Rachel Abbott

Née près de Manchester, Rachel Abbott vit en Italie. Après *Illusions fatales*, *Le Piège du silence*, *Une famille trop parfaite* et *La Disparue de Noël*, *Ce qui ne tue pas* est son cinquième roman à paraître en France.

W0291672

CE QUI NE TUE PAS

RACHEL ABBOTT

CE QUI NE TUE PAS

Traduit de l'anglais
par Laureline Chaplain

belfond

Titre original :
AND SO IT BEGINS
publié par Wildfire,
une marque de Headline Publishing Group, Londres

Tous les personnages de ce livre sont fictifs et toute ressemblance avec des personnes réelles, vivantes ou mortes, serait pure coïncidence.

MIXTE
Papier issu de sources responsables
FSC® C003309

Pocket, une marque d'Univers Poche,
est un éditeur qui s'engage pour la préservation
de l'environnement et qui utilise du papier fabriqué
à partir de bois provenant de forêts gérées
de manière responsable.

Le Code de la propriété intellectuelle n'autorisant, aux termes de l'article L. 122-5, 2° et 3° a, d'une part, que les « copies ou reproductions strictement réservées à l'usage privé du copiste et non destinées à une utilisation collective » et, d'autre part, que les analyses et les courtes citations dans un but d'exemple et d'illustration, « toute représentation ou reproduction intégrale ou partielle faite sans le consentement de l'auteur ou de ses ayants droit ou ayants cause est illicite » (art. L. 122-4).
Cette représentation ou reproduction, par quelque procédé que ce soit, constituerait donc une contrefaçon, sanctionnée par les articles L. 335-2 et suivants du Code de la propriété intellectuelle.

© Black Dot Publishing Limited, 2018. Tous droits réservés.

© Belfond, un département place des éditeurs 2019,
pour la traduction française.
ISBN : 978-2-266-30019-3
Dépôt légal : mars 2020.

PROLOGUE

I

Ça se termine comme ça.

J'ai compris à présent : c'est toi ou moi.

Certaines morts sont inéluctables. D'autres peuvent être évitées. Puis il y a ces tragédies prises dans leur propre élan qui, une fois lancées, s'emballent et causent mal après mal, perte après perte.

Oui. Il est temps d'en finir.

II

La voiture était enfin redevenue silencieuse. Stephanie était parvenue à clouer le bec de Jason en le menaçant de s'arrêter sur le bord de la route et de le jeter dehors s'il n'arrêtait pas de jacasser. Il n'aurait qu'à rentrer au poste à pied. L'ambiance était pesante, et ses mains se crispaient sur le volant. Elle entrouvrit sa vitre pour laisser s'échapper la chaleur et inspira une bouffée de brise marine imprégnée de l'odeur subtile des vagues qui s'écrasaient sur les rochers en contrebas.

Détends-toi. Ce ne sera pas comme la dernière fois.

La voix de Jason interrompit ses pensées :

— Vous croyez qu'on a affaire à une dispute conjugale, sergent ? Le quartier est trop huppé pour ça, non ? En tout cas, c'est pas l'argent qui doit poser problème, c'est clair.

Jason croisa les bras comme s'il avait tout dit et elle fut tentée de lui demander s'il avait écouté quoi que ce soit lors de sa formation. Elle détestait se coltiner les bizuts, en particulier ceux qui donnaient leur avis sans être suffisamment informés.

— Le 999 a reçu l'appel d'une femme qui criait à l'aide, c'est tout ce qu'on sait. La communication a été coupée. À en croire la société de surveillance qui gère la maison, elle est aussi barricadée que Fort Knox, une intrusion est donc peu probable.

Stephanie comprenait parfaitement ce que ça impliquait. Leur victime connaissait la personne qui la menaçait.

— La voiture de patrouille est déjà sur place, leur homme attend pour nous faire entrer. On sera fixés bien assez tôt.

Trop tôt.

Elle n'était pas sûre de vouloir savoir.

Le gravier du chemin crissa sous les pneus. Les nuages se dissipèrent, et la pleine lune éclaira les arbustes alignés le long d'une allée étroite. Après le virage, elle vit apparaître un long mur blanc, haut de six mètres, percé en son centre d'une large double porte en bois.

— Qu'est-ce que c'est que cet endroit ? s'étonna Jason, baissant la voix face à cet étrange tableau.

— C'est le mur arrière de la maison.

— Il n'y a aucune fenêtre. Pourquoi construire une maison sans fenêtres ?

— Attends de voir l'intérieur.

Elle sentit son regard sur elle.

— Vous êtes déjà entrée ?

Elle acquiesça. Elle ne voulait pas se remémorer la dernière fois qu'elle avait dû venir ici. Elle espérait de tout son cœur que l'histoire n'allait pas se répéter. Mais un appel à l'aide n'était jamais bon signe et, malgré ses qualités esthétiques, la maison lui donnait froid dans le dos.

Elle se gara à côté d'un véhicule au flanc orné du sigle de la société de surveillance. Un jeune homme mince couvert d'acné en bondit.

C'est pas vrai, songea-t-elle. *Deux bébés pour le prix d'un.*

— Sergent Stephanie King, annonça-t-elle. Vous avez la clef ?

Le jeune homme acquiesça.

— Je suis Gary Salter. De la société de surveillance.

On ne s'en serait pas doutés.

— Vous avez essayé de sonner ? demanda-t-elle.

Gary regarda nerveusement à droite et à gauche.

— Je ne savais pas si c'était une bonne idée.

— Vous avez sans doute eu raison. On ignore complètement ce qu'il se passe à l'intérieur et, seul, vous auriez été sans défense. Remontez dans la voiture, Gary. Jusqu'à ce qu'on ait éclairci la situation, on ne veut pas vous avoir dans les pattes.

Stephanie appuya fort sur la sonnette et s'approcha, à l'affût d'un mouvement à l'intérieur. Rien. Elle essaya une autre fois, au cas où, puis inséra la clef dans la serrure et la tourna.

Gary ressortit brusquement de sa voiture.

— Il y a une alarme, dit-il. Le code, c'est 140 329.

Elle poussa la porte. Le boîtier de l'alarme se trouvait à l'intérieur du petit sas d'entrée, mais le système était désactivé. Elle entra, Jason sur ses talons. Le couloir était plongé dans le noir, il n'y avait pas un bruit. Rien que le silence épais caractéristique des maisons parfaitement isolées. Lorsqu'elle appela, sa voix lui parut plate et morte.

Un rai de lumière apparaissait dans l'entrebâillement d'une porte qu'elle savait mener au séjour. Une main sur le mur pour se guider, elle s'approcha.

— Il y a quelqu'un ? Police !

Elle poussa la double porte au fond du couloir et les ténèbres se dissipèrent aussitôt.

— Nom de Dieu ! s'exclama Jason.

C'était peu dire. La vision la bouleversa autant que lors de sa précédente visite. Si le mur de façade du côté de l'entrée n'était percé d'aucune fenêtre, à l'arrière, une baie vitrée couvrait tout un pan de l'immense salle de séjour. L'éclat de la lune se reflétait sur la mer noire en contrebas et donnait l'illusion que la maison flottait au-dessus de l'océan.

— Pas le temps de profiter du paysage, petit. *Hello ?* cria-t-elle encore. Police. Il y a quelqu'un ?

Pas un bruit.

— Viens, Jason, allons explorer.

L'espace était conçu selon un plan complètement ouvert, avec une cuisine ultramoderne, une table à manger pour vingt personnes et un ensemble de canapés. Un nuage dissimula la lune et elle tendit le bras pour actionner l'interrupteur. Rien ne se produisit.

— Merde, murmura-t-elle. Va chercher la lampe torche. Et magne-toi. Je descends vers les chambres. Retrouve-moi là-bas.

Jason fit demi-tour vers la porte tandis que Stephanie s'approchait lentement du haut des marches, en se retenant fermement à la rampe. L'acier lisse était froid sous ses doigts.

— Police ! cria-t-elle. Monsieur North, vous êtes là ?

Sa voix manquait d'assurance. Tout ça à cause de ces souvenirs !

— Monsieur North ?

C'était une femme qui avait appelé, mais elle ne disposait que du nom de North qui, à sa connaissance, ne s'était pas remarié.

La lune réapparut soudain et avec elle les reflets envoûtants des vagues noires. Elle se concentra sur l'escalier et empoigna sa matraque de sa main droite. L'autre main cramponnée à la rampe, elle descendit prudemment les degrés de verre.

Il s'était passé quelque chose. Elle le sentait.

Les chambres se trouvaient à l'étage inférieur et, au bout du couloir, un autre escalier menait au sous-sol. Elle ne voulait pas y remettre les pieds.

Un bruit de piétinement la fit se retourner, et elle leva le bras pour se protéger de l'éclat aveuglant d'une lampe torche braquée sur elle.

— Désolé, sergent.

Jason avait la voix légèrement éraillée. À cause de la peur ou de l'excitation, elle n'aurait pas su le dire. C'était sans doute pour le mieux.

Stephanie appela, brisant le silence. Elle se souvenait de l'emplacement de la chambre principale. Lors de sa dernière visite, elle avait trouvé la porte ouverte, North assis sur le lit, la tête baissée et les épaules tremblantes.

Doucement, elle poussa la porte du pied.

La lampe torche était inutile. La baie vitrée laissait entrer le clair de lune et s'y ajoutait la lueur jaune et vacillante d'une douzaine de bougies soigneusement réparties dans la chambre.

— Nom de Dieu !

Le chuchotement blasphématoire de Jason disait tout. Sur le lit, un amas de draps s'entortillait autour des bras et des jambes de deux personnes. Homme ou femme, elle était trop loin pour distinguer. Une odeur métallique confirma ce qu'elle voyait. Les deux corps gisaient, inertes, sur une literie trempée d'un sang sombre et épais.

Malgré la chaleur de la nuit, un frisson parcourut sa nuque. Que s'était-il passé ici ? Elle eut subitement envie de prendre ses jambes à son cou, d'abandonner derrière elle cette scène brutale.

S'efforçant de se maîtriser, elle se tourna vers Jason pour lui demander calmement de remonter à l'étage et d'appeler des renforts. Pas besoin d'un miroir pour deviner que les yeux arrondis d'horreur de son collègue reflétaient les siens.

Alors qu'il quittait la pièce, elle entendit un bruit qui la figea sur place. Les pleurs d'un tout petit enfant. Elle pivota vers la porte, en essayant de distinguer la provenance du bruit. Elle devait trouver l'enfant, mais il ne pleurait ni de douleur ni de détresse, et elle avait encore une chose à faire avant de quitter la chambre. Il fallait qu'elle s'avance vers le lit imbibé de sang, qu'elle touche les deux corps pour vérifier leur pouls, même si elle avait peu de doutes. Les éclaboussures sur le mur évoquaient une peinture abstraite insolite, et des traînées rouges visqueuses décoraient une photographie plus grande que nature suspendue au-dessus du couple, le portrait en noir et blanc d'une jeune femme blonde.

Elle prit une profonde inspiration et s'obligea à mettre un pied devant l'autre, en direction des corps.

Elle crut d'abord que sa vue lui jouait des tours. Une jambe tressauta. L'instant suivant, les pleurs distants de l'enfant furent accompagnés d'un bruit plus bas, plus sourd. Un grognement de douleur. En provenance du lit.

L'un d'eux était encore en vie.

PREMIÈRE PARTIE

Trois mois plus tôt

Au début, c'étaient de petits gestes de cruauté. Un pied tendu qui provoquait un cri de douleur lorsqu'un genou heurtait le sol. Il y a pris goût. Les occasions se sont multipliées, les actes se sont faits plus brutaux. Chaque méfait semblait attiser son plaisir.

1

Je repère la photographie de l'autre côté de la rue. Elle est accrochée dans la vitrine par des câbles fins qui lui donnent l'air de flotter. C'est un portrait monochrome d'une femme dont le corps n'est qu'une silhouette sur fond noir. L'intensité du contraste crée sur chaque protubérance – une pommette, son nez, le bout de son menton – un éclat aveuglant, et dans chaque creux des ombres insondables.

La galerie est aussi étroite que les magasins qui l'encadrent. L'un exhibe des gâteaux sophistiqués, l'autre de la camelote que les gens achètent en vacances et qui perd tout intérêt au moment du retour : des requins gonflables, des ballons de plage qui exploseront au premier coup de pied, des matelas pneumatiques d'un rose criard et des cerfs-volants qui ne risquent pas de s'envoler.

En comparaison, la galerie paraît raffinée. Seuls deux mots peints se dessinent à l'extrémité droite de son bandeau d'enseigne gris immaculé, comme par discrétion : Marcus North.

La photographie m'hypnotise. Je me fige, submergée par les souvenirs. Enfin, je pousse la porte. L'intérieur est superbe. Dans le corps de la galerie, des piliers de brique espacés de quelques mètres ponctuent le gris sombre des murs en plâtre où sont exposées les photographies en noir et blanc, surmontées d'un éclairage discret. Elles rayonnent de vie.

Je m'avance lentement dans la salle profonde, attirée par le portrait au contraste exacerbé de deux enfants, l'un blanc, l'autre noir, en train de jouer ensemble. Une main noire caresse une joue blanche, une main blanche s'appuie sur une jambe noire. Les sourires envoûtants dévoilent des dents de lait.

Des sculptures en laiton reposent sur les piliers en brique : une tête de cochon, un poing ratatiné, une jambe de danseuse fléchie au genou. Elles tiennent lieu de présentoirs pour des bijoux en argent d'une beauté et d'une originalité incomparables à ce que j'ai pu voir ailleurs. Aux ailes d'un oiseau est suspendu un long collier en vagues ondoyantes ; sur le groin du cochon sont exposées des boucles d'oreilles serties de pierreries.

Une présence dans mon dos m'arrache à ma contemplation. Je me retourne.

La femme porte une robe fuchsia, courte et sans manches, qui détonne dans la sobriété du décor. Ses cheveux coupés près du crâne, presque tondus, éclatent de blancheur. Aussitôt, je suis happée par ses grands yeux gris clair braqués sur moi.

Je la reconnais. Cleo North.

— Puis-je vous être utile, ou préférez-vous explorer seule ?

Son sourire commercial ne dégage aucune chaleur. Mon premier réflexe est de me défiler, puis je me rappelle ce qui m'a amenée ici. Dominant mes angoisses, je gravis les marches qui nous séparent, le bras tendu vers elle pour lui serrer la main. Ses doigts sont froids.

— Evie Clarke, dis-je. Je tenais à voir par moi-même si les photographies de Marcus North sont aussi bonnes qu'on le prétend.

Elle plisse imperceptiblement les paupières.

— Je suis Cleo North, la sœur de Marcus. Je pense que vous ne serez pas déçue. Puis-je vous demander comment vous avez découvert son travail ?

Je souris en entortillant une longue mèche blonde entre mes doigts. Comparés au blanc lumineux de Cleo, mes cheveux paraissent jaune canari.

— Lors de quelques recherches récentes. Un journal local évoquait Marcus, vous y étiez citée comme sa directrice commerciale.

— Oh, vous habitez dans la région ?

Sa confusion laisse entendre qu'elle m'aurait reconnue si c'était le cas.

— Non, je viens de Londres. Un ami qui passait des vacances dans le coin m'a rapporté un exemplaire du journal. L'article m'a intriguée, alors j'ai décidé de me déplacer pour me forger ma propre opinion. Je cherche quelqu'un pour réaliser une série de portraits de moi.

Je souris, consciente de la vanité de ma requête.

— À vrai dire, la commande vient de mon père, mais j'ai demandé à choisir le photographe. Autrement, le connaissant, nous en serions réduits à un résultat attendu et ringard.

Le professionnalisme de Cleo ne parvient pas tout à fait à camoufler sa gêne.

— Je ne suis pas sûre que Marcus accepte des commandes de ce genre pour le moment. Il préfère s'investir dans la photographie de reportage, capturer des images chargées d'histoire. Celles-ci, dit-elle en désignant les portraits de la galerie, sont d'anciens travaux, pour la plupart.

— Je vois. Et si j'en discutais avec lui ? Je lui expliquerais ce que je recherche. Mon père a beaucoup de relations ; si le résultat lui plaît, je suis sûre qu'il en parlerait autour de lui avec plaisir.

Elle hésite. Elle a de l'ambition pour son frère, l'article l'a prouvé. Je dois trouver un moyen de la rallier à ma cause.

— Je ne souhaite pas spécifiquement des portraits en studio, si ça peut vous aider. Ce que j'adorerais, ce serait des photos espacées dans le temps, avec différentes ambiances, dans différents endroits. Je préférerais éviter qu'elles ne paraissent redondantes ou mises en scène.

— Marcus ne tombe jamais dans ces travers, comme vous pouvez le constater. Il est très demandé, bien sûr.

Finalement, au bout de dix minutes de persuasion subtile et d'allusions à un carnet d'adresses florissant, les réticences de Cleo laissent place aux premiers signes d'emballement. De toute évidence, elle a grandement exagéré le nombre de leurs clients. Après tout, voilà bientôt dix-huit mois que Marcus vit en ermite. Cleo a de l'ambition à revendre – pour son frère, pas pour elle-même. Jackpot.

— Comment souhaiteriez-vous procéder ? demande-t-elle.

Pour la première fois depuis que j'ai franchi la porte, son sourire est sincère. Ma requête lui plaît.

Après ce qui est arrivé à Marcus, elle a sans doute dû le protéger des curieux qui s'aventuraient dans la galerie uniquement pour apercevoir son visage dévasté.

— J'aimerais qu'il me parle de sa façon de travailler pour vérifier que nos idées sont compatibles. Mon père est exigeant, il sera le plus difficile à satisfaire.

— Oh, je ne m'inquiète pas pour ça. Je vais en discuter avec lui, et je reviendrai bientôt vers vous.

Je grimace.

— Je ne pense pas rester. Si ça ne l'intéresse pas, je préférerais le savoir dès aujourd'hui plutôt que de perdre mon temps. N'est-il pas disponible dans la journée ?

Elle a l'air inquiète, mais accepte néanmoins d'organiser un rendez-vous. Elle prend son téléphone et, malgré l'enthousiasme qu'elle insuffle à sa voix, je devine le mécontentement de son frère. Je m'éloigne vers le fond de la galerie, l'air de rien. Mieux vaut la laisser faire en privé.

Elle raccroche, victorieuse.

— Il a accepté de vous rencontrer aujourd'hui. Il a tendance à se perdre dans son travail, ça peut lui donner l'air distant. Enfin, c'est le tempérament des artistes, on n'y peut rien.

Je n'ai pas encore fait sa connaissance qu'elle lui trouve déjà des excuses. Néanmoins, je souris lorsqu'elle me tend l'adresse et lui dis au revoir.

Nous serons amenées à nous revoir de nombreuses fois, à condition que je persuade Marcus d'accepter le contrat. J'ai besoin d'un peu de temps pour mettre de l'ordre dans mes idées.

Je me rends chez lui à pied. Le chemin escarpé qui mène à la maison offre une vue sur la plage de sable, d'où me parviennent les rires et les cris des enfants en train de jouer. Les pieds dans la mer, ils aspergent leurs mères et leurs pères plus réticents à braver l'eau froide. J'envie leur insouciance. Je ne ressentais rien de tel, à leur âge.

J'avance péniblement sur le gravier grossier jusqu'à une immense étendue de mur blanc dépourvu de fenêtres. Ce n'est sans doute pas le cas de la façade opposée. Depuis le bord de la falaise, la vue doit être fabuleuse. Mark n'a pas acheté cette maison grâce à la vente de photographies, je le sais.

J'approche de la grande porte, le poing gauche levé. Je cogne contre le bois et une douleur violente me transperce du poignet jusqu'aux doigts. Pourtant je continue, je toque et je hurle. Je dois arrêter, je dois protéger ma main. Mais j'en suis incapable. Et plus je frappe, plus je suis à l'agonie.

Une souffrance lancinante m'arrache au sommeil. Elle seule subsiste tandis que les dernières bribes de mon rêve se dissipent. Je ne suis pas devant la maison de Marcus, mais à l'intérieur, allongée dans une chambre sombre dont les immenses baies vitrées surplombent la mer. Ma main gauche est enfermée dans un plâtre, du poignet jusqu'au bout des doigts. Les médicaments ont cessé d'agir. Ça fait un mal de chien.

Sans compter que ma peau me démange et que je ne peux pas l'atteindre.

Mes paupières collent, sans doute d'avoir pleuré. Mon rêve retraçait les événements d'une journée survenue deux ans plus tôt. Il y était fidèle en tout point, jusqu'au moment où je toquais à la porte. La douleur foudroyante qui hache désormais ma respiration s'est immiscée dans l'histoire de mon rêve pour en perturber les derniers instants.

Je voudrais retrouver ce moment, me souvenir de la suite et me convaincre que toutes les décisions que j'ai prises depuis ce jour étaient les bonnes. Mais cet espoir est de courte durée. Même si je parvenais à me rendormir, je ne retournerais sans doute pas devant cette porte, à attendre qu'elle s'ouvre. Le rêve s'est évaporé.

— Evie ?

La voix n'a rien de son assurance habituelle.

— Je suis réveillée. Tu peux entrer.

Je garde les yeux fermés. Cleo est toujours impeccable, ce qui est loin d'être mon cas. Je ne veux pas la voir.

— Comment va Lulu ?

— Bien. Elle fait la sieste, mais elle a été sage comme une image. Je peux faire quelque chose pour toi ?

Elle s'approche du lit et se penche vers moi. Je refuse de la regarder.

— Tu as les yeux gonflés, dit-elle. Où est ton nettoyant ? Je peux te faire un brin de toilette, si tu veux.

— Salle de bains.

Tout d'un coup, je n'ai plus la force de parler. Lulu va bien. C'est tout ce que je voulais savoir.

— Je ne vois rien, dit-elle de l'autre côté de la porte.

— Ça s'appelle du savon.

Je l'imagine en train de grimacer, écœurée par mes produits bas de gamme. C'est trop facile de la provoquer.

Cleo se barricade derrière sa perfection. Pour elle, c'est une armure semblable au coquillage dur et brillant que Lulu a ramassé sur la plage la semaine dernière – beau et impénétrable. Avec ses cheveux décolorés en blanc, son maquillage parfait et la couleur vive de ses vêtements, elle renvoie l'image d'une femme audacieuse et brillante. Parfois, les piétons subjugués se retournent sur son passage, sans se rendre compte qu'elle leur restera à jamais inaccessible. La vraie Cleo ne se dévoile qu'à une poignée d'élus, et je ne fais pas partie de ce groupe privilégié.

Elle revient à mon chevet.

— J'ai quelques boules de coton mouillées. Ça devrait faire l'affaire.

Elle s'assied au bord du lit et m'essuie délicatement les paupières. Je ne bronche pas. Je refuse qu'elle me touche. Nous ne serons jamais intimes, mais nous donnons le change ; sa préoccupation est sincère, j'en ai conscience à présent. Et je sais déjà ce qu'elle va me demander.

— Tu es sûre que tu ne veux pas que j'appelle Mark ?

Entendre son nom fait rejaillir les dernières images de mon rêve – moi devant le grand mur blanc, en train de frapper à la porte en bois. Malheureusement, je suis bel et bien éveillée. Le temps passe si vite. Combien de souvenirs ai-je refoulés de la sorte ?

Ce jour-là, l'homme qui m'avait ouvert n'était que l'ombre de lui-même. Il était sale, débraillé, avec une barbe négligée de trois ou quatre jours.

« Marcus North ?

— Non. Je m'appelle Mark. Avec un K. C'est mon prénom depuis toujours et ça ne risque pas de changer. »

Je le savais déjà, mais son dédain pour ces faux-semblants m'avait surprise.

« Je vous prie de m'excuser. Mark North, dans ce cas, je présume. »

Il avait passé une main dans ses cheveux gras.

« Désolé. C'est l'idée de ma satanée sœur, ce prénom. Il paraît que ça me donne du cachet. Je pensais que c'était la qualité de mes photos qui comptait, mais il faut croire que non. »

Cleo répète sa question. Même elle a arrêté de l'appeler ainsi dorénavant. Il refusait de répondre de toute façon.

— Non, bien sûr que non. Il reviendrait tête baissée à la première excuse, et tu t'es donné du mal pour lui obtenir ce contrat. Ça va aller.

Cleo s'écarte vers la baie vitrée. Elle jette un bref coup d'œil à mon plâtre avant de faire mine de contempler les vagues.

— Je ne comprends pas comment tu t'es débrouillée, Evie. Vraiment, ça m'échappe.

Je me remémore ma main, fermement maintenue contre les poids légers de la salle de gym, avec six blocs de cinq kilos chacun flottant au-dessus d'elle. Une barre les retient, serrée par des doigts qui soudain se relâchent. Le temps ralentit. Trente kilos s'abattent et j'attends la douleur. Je sais que le carpe, le métacarpe et les phalanges ne résisteront pas. Je m'y connais, en anatomie.

— Je te l'ai dit. La barre m'a échappé au mauvais moment. C'est débile, mais après tout, la majorité des accidents sont domestiques.

— Mais Mark venait à peine de partir, n'est-ce pas ? Pourquoi ne pas l'avoir appelé ?

Je soupire. Je n'ai pas de réponse à lui donner. Aucune qu'elle accepterait, en tout cas.

— Ce qui est fait est fait. Lui demander de revenir n'aurait servi à rien. Si ça ne te dérange pas de m'aider avec Lulu, on s'en sortira très bien. Je préférerais qu'il reste là-bas.

Elle se tourne brusquement vers moi.

— Arrête, Cleo. Tu sais que ça le stresserait et je n'ai pas besoin de ça en ce moment. D'ici son retour, je me sentirai beaucoup mieux – je pourrai gérer.

Je serai prête. Je n'ai pas le choix.

2

Au début, j'avais essayé de me rapprocher de Cleo. Son influence sur Mark était trop importante pour que je prenne le risque de me la mettre à dos. J'ai senti sa rancœur, le jour où j'ai pris le pas sur elle, et la superficialité de sa tolérance à mon égard depuis ce jour. Mark est aveugle à ces subtilités. Il me voit accueillir Cleo chez nous et l'inviter à dîner, sans jamais remarquer à quel point elle déteste dépendre de mon hospitalité.

Toutefois, elle sait pertinemment ce que Mark attendrait d'elle maintenant que je suis blessée et elle s'exécute sans protester, m'entourant de ses soins. Je me sens soulagée lorsqu'elle décide d'emmener Lulu en promenade pour une petite heure. J'ai deviné son inquiétude. Elle se demande s'il est bien prudent de me laisser seule avec l'enfant de son frère, compte tenu ma maladresse. Après tout, ce n'est pas mon premier accident. Il y a une explication évidente à tout cela qu'elle n'est pas prête à envisager.

De plus en plus souvent, elle me regarde avec une sorte de confusion, comme si elle ne comprenait pas la présence d'une intruse dans leurs vies.

Je ferme les yeux en attendant que les antidouleurs fassent effet. Je ne trouverai pas le sommeil tout de suite. Mon rêve s'est évaporé, mais ma mémoire prend le relais. Quelle chose incroyable, quand on y pense, que le destin.

Ce jour-là, quand Mark m'avait ouvert la porte avec l'air de sortir d'un lit où il se serait enterré depuis des jours, il était hors de lui. Sa silhouette trop mince le faisait paraître plus grand encore. Il avait les yeux aussi gris que sa sœur, à la différence près que les siens étaient glacials et furibonds. Il avait dit avoir pris le temps de réfléchir à ma proposition et en était venu à la conclusion qu'il n'avait rien à offrir. Merci, au revoir et à jamais.

Ça ne s'annonçait pas très bien, mais j'y étais préparée. J'étais retournée à la galerie pour expliquer ce qui s'était passé à Cleo. Je n'avais pas l'intention de baisser les bras, mais elle n'avait pas besoin de le savoir.

« Je suis sincèrement désolée, avait-elle dit. Pourriez-vous me laisser un peu de temps ? Je suis sûre qu'il changera d'avis. »

J'avais fait mine d'y réfléchir longuement.

« D'accord, mais mon père aimerait que les détails soient réglés au plus tôt. Si Marcus n'est pas intéressé, je trouverai quelqu'un d'autre. »

En moins de vingt-quatre heures, Cleo avait réussi à convaincre Mark de m'accorder une entrevue et j'étais de retour sur le sentier, battue par le vent chargé d'humidité. Le temps change très vite au sud-ouest de l'Angleterre, surtout l'été. Quelques personnes s'efforçaient bien de faire voler des cerfs-volants sur la plage, mais la plupart des familles avaient dû se réfugier dans les salles de jeu ou les nombreux cafés du coin.

Lorsque Mark avait ouvert la porte, il était méconnaissable. Il s'était rasé de près et ses cheveux – une tignasse sombre la veille – étaient désormais d'un marron chaud aux reflets roux. Il paraissait déconcerté, comme s'il se demandait comment il avait pu se laisser convaincre. Des mois plus tard, j'apprendrais que Cleo avait menacé de mettre la clef sous la porte et de partir s'il refusait de nouvelles commandes.

Il m'avait tendu la main.

« Excusez mon comportement d'hier. J'étais en train de travailler sur des photos et ça ne se passait pas très bien. »

Il avait baissé la main en me regardant droit dans les yeux.

« Ah, c'est des conneries. J'ai réagi comme un connard, voilà tout. Je vous prie de m'excuser. »

Bonne idée ou pas, j'avais éprouvé pour lui un bref élan de sympathie.

Il m'avait invitée à entrer, et j'avais franchi l'imposante porte en bois.

« Oh, la vache… »

Un paysage spectaculaire s'était déployé devant moi. Nous nous trouvions à l'étage supérieur du domaine – ça n'avait rien d'une simple maison – où seule une immense baie vitrée parsemée de gouttes de pluie nous séparait des vagues déchaînées en contrebas. C'était comme flotter au-dessus de la mer.

Mark m'avait guidée jusqu'à un canapé face à la fenêtre pour me parler de ses photos, de ses inspirations, de son approche à chaque nouveau projet et des techniques qu'il envisageait d'utiliser dans mon cas. J'avais eu le plus grand mal à rester concentrée, sans cesse distraite par le fracas des vagues contre les roches ou par le vol rasant d'un fou de Bassan.

Il s'était éloigné vers la cuisine ouverte pour me préparer un café, et le crissement des grains avait laissé place à l'arôme délicieux du café fraîchement moulu.

J'avais à peine remarqué le reste de la pièce. Je m'étais attendue à y découvrir des photographies immenses semblables à celles de la galerie, mais il n'y en avait qu'une. Suspendue derrière moi, face à la vitre, elle devait être quotidiennement exposée aux fluctuations de la lumière naturelle. C'était le portrait d'une femme au visage fin, aux lèvres épaisses et pâles et aux cheveux courts et sombres peignés vers l'arrière. Son regard m'avait saisie. Il semblait m'épier, me juger.

Cette sensation ne m'avait pas quittée lorsque je m'étais retournée pour accepter la tasse en porcelaine que Mark me tendait. J'avais tâché de m'en défaire pour me concentrer sur la conversation. Il était impératif que Mark m'apprécie. Qu'il me fasse confiance, qu'il se livre à moi. J'avais souri à ses traits d'esprit maladroits et ses tentatives évidentes de me charmer, au moins pour apaiser sa sœur. Il ne fallait pas y voir autre chose. Du moins, pas à ce moment.

Nous étions convenus de commencer le projet avec six photos, prises à des jours et des heures différentes pour obtenir des variations de lumière. Il me visualisait au milieu des vacanciers, mon corps contrasté me distinguant de la foule en nuances de gris, ou penchée sur les remparts d'un vieux bâtiment abandonné des environs. Le projet commençait à l'enthousiasmer.

J'avais prolongé ma visite autant que possible. Au moment de partir, je l'avais questionné sur la maison.

« Quelle architecture incroyable, vraiment. La construction a dû durer des années. Vous êtes le premier propriétaire ?

— Non. »

Son visage s'était durci, et son regard braqué sur moi m'avait incitée à prendre des risques. Tout à coup, j'avais autant de savoir-vivre qu'une poissonnière.

« Il y a donc un autre niveau. Les chambres sont en bas, c'est ça ? »

Il s'était montré très mal à l'aise. Je ne pouvais pas m'arrêter. Je savais que les étages inférieurs avaient été creusés dans la roche et que, à l'instar de cette pièce, leurs façades s'ouvraient sur la mer.

« Deux, en fait, avait-il dit en fuyant mon regard.

— Vraiment ? J'imagine que votre studio est au sous-sol.

— Non… Le sous-sol est fermé. Il y a une piscine et une salle de gym. »

Il avait ramassé les deux tasses en les entrechoquant.

« Vous ne les utilisez pas ?

— Je n'y mets pas les pieds.

— Elles ne sont pas hantées, j'espère.

— C'est bien possible. Ma femme y est décédée. »

Mark avait tourné les yeux vers le portrait, et à nouveau j'avais eu la sensation d'être épiée.

J'avais pris un air choqué et contrit, comme si, contrairement à tous ceux qui avaient entendu parler de Marcus North de près ou de loin, j'ignorais tout de son passé.

Vingt-deux mois se sont écoulés depuis cette première conversation, et onze mois depuis que je me suis installée chez lui. Aujourd'hui encore, je fuis le regard pesant de Mia North, la première épouse de Mark.

3

Cleo entra à reculons dans le café, poussant la porte de verre embuée avec son dos et tirant la poussette de Lulu. Elle eut du mal à cacher sa surprise lorsqu'un adolescent couvert de piercings surgit de nulle part pour lui venir en aide. Elle le remercia, et le jeune homme se pencha, tout sourire, devant Lulu, qui ne parut pas s'émouvoir de cette apparition constellée de métal.

Cleo chercha la silhouette rassurante de sa meilleure amie, Aminah Basra, dans le café à moitié vide. Les vacanciers l'envahiraient d'ici quelques mois, et alors ni elle ni Aminah ne pourraient plus y mettre les pieds ; mais à ce moment de la saison, elles prenaient encore plaisir à s'y donner rendez-vous. Elle aperçut une masse de cheveux en bataille, et les signes enthousiastes que lui adressait Aminah.

Elle guida la poussette vers le coin où son amie s'était installée. Celle-ci savourait un cappuccino, un large sourire aux lèvres.

— La tête que tu as faite ! dit Aminah lorsque Cleo se fut assise. Voilà ce qui arrive quand on a des préjugés !

— Je sais, j'ai honte. Mon premier réflexe a été de l'empêcher de s'approcher de Lulu. C'est horrible.

Cleo s'inclina en faisant la moue.

— Cela dit, je ne comprends pas comment il peut se moucher. En tout cas, ça me fait plaisir de te voir. Pas d'Anik aujourd'hui ?

— Je l'ai confié à sa grand-mère. Elle va tâcher de lui apprendre les bonnes manières, vu que je suis apparemment beaucoup trop laxiste avec mes enfants. Ce n'est pas censé être le contraire, les grands-parents qui lâchent la bride ? Et toi alors, pourquoi est-ce que tu as Lulu ? Même si je suis toujours ravie de la voir.

Une serveuse à l'air blasé les interrompit pour prendre leur commande, et Cleo profita de ce répit pour réfléchir à sa réponse. Son amie s'était considérablement rapprochée d'Evie ces derniers mois et lui avait déjà reproché une fois ou deux de se montrer trop dure envers la compagne de son frère. Depuis, Cleo s'évertuait à ne jamais donner l'impression de la critiquer.

— Evie a eu un nouvel accident. Mais ça va maintenant, ne t'inquiète pas. Elle dormait quand je suis sortie, les médocs de l'hôpital l'assomment complètement.

Aminah parut horrifiée.

— Qu'est-ce qui s'est passé ? Mark est au courant ?

— C'est arrivé alors qu'il venait de partir et elle m'a demandé de ne pas l'appeler. Elle a réussi à se coincer la main et se briser quelques os, autant dire qu'elle a vraiment mal.

— Mais se coincer la main où ça, bon sang ?

Cleo ne voulait pas décrire l'accident. Imaginer les poids s'écraser sur les phalanges fragiles la faisait frissonner d'horreur. Cependant, Aminah ne lâcherait pas le morceau tant qu'elle n'aurait pas toutes les réponses.

— Apparemment, elle était en train de faire un peu de tirage vertical dans la salle de gym.

Elle sourit devant l'air confus de son amie.

— Ne t'en fais pas, tu n'as pas besoin de savoir ce que c'est. En tout cas, elle retenait le manche de l'appareil et se penchait en avant pour faire des ajustements sur la machine. Elle devait avoir la main moite de sueur, parce que le manche lui a échappé alors que son autre main se trouvait entre les poids. C'est un accident stupide qui n'aurait jamais dû se produire. Ça a dû se finir en quelques secondes. Enfin, elle va s'en remettre, et elle ne veut pas que je prévienne Mark.

— La salle de gym. Encore.

Sous le regard insistant d'Aminah, Cleo se pencha vers la poussette pour caresser les cheveux soyeux de sa nièce.

— Je sais, dit-elle. Mark refuse toujours d'y aller – depuis la mort de Mia, je crois. Evie a sans doute peur qu'il ne condamne l'étage s'il découvre qu'elle s'y est blessée. Ça lui resterait en travers de la gorge car elle passe son temps à la piscine avec Lulu. Selon elle, c'est criminel de ne pas apprendre à nager à son enfant quand on vit aussi près de la mer.

— Elle n'a pas tort.

Cleo soupira. Evie disait toujours des choses sensées, mais ça ne l'empêchait pas d'enchaîner les accidents ces derniers temps.

— Qu'est-ce qui te tracasse, Cleo ? Allez, je connais cette tête.

Elle leva le menton.

— Je ne sais pas quoi penser de tout ça. Enfin, tu vas me trouver ridicule, alors j'hésite à dire quoi que ce soit.

La serveuse apporta leur commande, une eau pétillante pour Cleo, de l'eau plate pour Lulu et un second cappuccino pour Aminah. Elle planta le tout au milieu de la table sans un mot. Les deux femmes ne lui prêtèrent pas attention. Aminah n'avait pas détourné le regard. Elle attendait la suite.

— Ce n'est pas son premier accident, pas vrai ? Et chaque fois, ça arrive quelques heures après le départ de Mark. Comme quand elle s'est débrouillée pour s'ébouillanter avec la bouilloire ? Apparemment, elle a éternué au moment où elle versait l'eau dans sa tasse. Elle a dit qu'elle s'était aspergée, mais j'ai vu sous son bandage, et ce n'étaient pas de simples éclaboussures.

— Et donc, qu'est-ce que tu es en train de me dire ? Qu'elle cherche à attirer l'attention sur elle ou qu'elle est maladroite ? Si c'était pour se faire remarquer, elle voudrait sans doute que Mark revienne au galop, tu ne crois pas ?

— Je ne sais pas. Mais quelque chose ne tourne pas rond.

Aminah lâcha un grognement.

— Bon sang, Cleo, tu disais la même chose à propos de Mia. Tu ne l'aimais pas, et tu ne lui faisais pas confiance pour un sou.

— Ça t'étonne ? Elle était beaucoup plus vieille que Mark. Elle considérait que la photo n'était qu'un hobby pour lui. « Mark est mon époux à présent, ajouta-t-elle en imitant un accent américain. Il n'a pas besoin d'avoir du succès, j'en ai assez pour deux. Et puis nous avons bien assez d'argent comme ça. Laisse-le s'amuser, va. »

Elle fit une grimace et Aminah éclata de rire.

— Tu sais, ma belle, il est généralement recommandé de s'amuser. Tu voudrais que Mark devienne célèbre, mais lui, qu'est-ce qu'il en pense ?

Elle versa un peu d'eau dans la tasse à bec de Lulu et referma le couvercle.

— Et voilà, ma chérie.

Lulu était une enfant exemplaire. À neuf mois, sa ressemblance avec Mark se remarquait déjà. Ils avaient les mêmes cheveux brun-roux.

— Tu es en train de m'ignorer.

— J'ai toujours dû veiller sur Mark, tu le sais.

— Allez, arrête, on en a déjà parlé : tu te comportes avec lui comme s'il avait dix-sept ans et que c'était ton fils. Sauf qu'il en a trente-sept, et que c'est ton frère. Je sais que tu t'es occupée de lui après le départ de ta mère, mais c'est un adulte maintenant. Il peut assumer ses éventuelles erreurs de parcours – à supposer qu'Evie en soit une, comme tu as l'air de le penser. Pour être franche, je ne vois pas ce que tu lui reproches. Elle n'est pas si mal. Je l'aime bien, personnellement, et puis Mark a l'air amoureux d'elle, c'est ce qui compte. Tu devrais te détendre, ça te ferait du bien. Et si c'était à toi d'être chouchoutée, hein ?

Ces derniers mots étaient pleins de bienveillance. Cleo s'imagina lâcher prise, profiter de la vie plutôt que d'essayer de la contrôler. Mais elle avait déjà laissé filer sa chance. Elle avait pris sa décision, même si elle ne pouvait pas l'admettre devant son amie.

La serveuse déposa une assiette de pâtisseries sur la table, et Cleo feignit la consternation.

— Quoi ? demanda Aminah en mordant dans une espèce d'horrible réalisation au chocolat. Les gâteaux, c'est un de mes péchés mignons. Tu es ma meilleure amie et je t'adore, mais quand est-ce que tu te lâches un peu ? Tu passes tes journées à courir derrière Mark et à suer pour maintenir ta silhouette. Qui est magnifique, d'accord, mais à quel prix ? Tu ne voudrais pas plutôt prendre un verre, manger quelques frites et trouver un mec avec qui tu aurais de folles parties de jambes en l'air passionnées sur la plage en plein milieu de la journée ?

Devant l'enjouement d'Aminah, Cleo fut presque tentée d'admettre qu'elle avait souvent rêvé de ce scénario. Mais elle craignait que tout ne s'effondre si elle baissait la garde, même un peu.

— Tu n'es plus si loin de la quarantaine, Cleo. C'est un bel âge, tu devrais en profiter. Tout ce que je te souhaite, c'est d'être heureuse. Est-ce que c'est le cas ?

Aminah posa la main sur la sienne. Cette conversation n'avait que trop duré.

— Ne t'en fais pas pour moi. Je vais bien, vraiment. Et puis, autant se rendre à l'évidence, ce n'est pas la première fois que tu me prodigues tes merveilleux conseils.

Elle sourit pour ne pas donner à ses mots l'effet d'une pique.

— Je voudrais seulement que tu me dises quoi faire, par rapport à Evie. Compte tenu de tous ses accidents, est-ce qu'il est bien prudent qu'elle s'occupe de Lulu ?

— Désolée, ma chérie, ce n'est pas à toi d'en décider. Si tu laisses entendre à Mark qu'Evie n'est pas capable de prendre soin de leur fille sous prétexte qu'elle a eu quelques accidents domestiques, tu vas creuser un canyon entre vous deux. Ne refais pas la même erreur que lorsqu'il était marié à Mia. La dernière fois qu'il a coupé les ponts avec toi, je t'ai ramassée à la petite cuillère.

Cleo se tut, consciente que son amie avait raison. Son aversion pour Mia l'avait poussée à se plaindre auprès de Mark de la façon dont sa femme les étouffait, lui et son talent. Ce n'était pas le cas d'Evie, qui l'encourageait de tout son cœur. Alors pourquoi s'effondrait-elle dès qu'il mettait un pied dehors ?

Il était clair que, en ce qui concernait Evie, Aminah ne se rangeait pas complètement à son avis. Après tout, elles avaient des points communs. Elles étaient toutes les deux mères et partageaient même quelques mauvaises habitudes. Cela l'inquiétait. Elle craignait que cette camaraderie n'évolue au fil du temps et ne la relègue au second plan dans le cœur d'Aminah. Pas plus tard que la semaine précédente, elle les avait aperçues derrière la vitrine du café, en train de rire autour d'une part de gâteau au chocolat. Elle n'était pas entrée pour se joindre à elles. Elle aurait eu l'impression d'être de trop.

Seules trois personnes comptaient désormais à ses yeux : Mark, Lulu et Aminah. Et Evie prenait progressivement une place centrale dans leur univers, un univers qu'elle observait de loin, mais dont elle ne faisait pas partie.

4

Tandis qu'elle grimpait la pénible montée menant chez Mark, en guidant la poussette devant elle, Cleo s'efforça de se défaire des paroles d'Aminah. Il était vrai qu'elle n'avait pas porté Mia dans son cœur, à la fois à cause de son arrogance et de sa manie de considérer tout enthousiasme pour les photos de Mark comme une forme d'idiotie. Mia était née avec une cuillère en argent dans la bouche et croyait dur comme fer que tout lui était dû. Elle traitait Mark comme un adolescent récalcitrant plutôt que comme un époux. Cleo avait commis l'erreur de mentionner le sourire condescendant qu'elle adressait souvent à son frère lorsqu'elle lui parlait. Leur relation avait bien failli ne pas s'en remettre, et elle avait été contrainte de s'excuser du bout des lèvres, de peur de le voir disparaître de sa vie. Dire que c'était elle qui les avait présentés l'un à l'autre…

Tout comme Evie, Mia était un jour entrée dans la galerie, à la recherche d'un photographe pour une série. Dans son cas, le sujet était une splendide maison neuve dont l'immense baie vitrée donnait sur la mer, qu'il fallait capturer au fil des saisons. Cleo s'était démenée pour obtenir ce contrat, et Mark avait passé une année à arpenter ce chemin qu'elle empruntait à présent. Il s'y rendait à quelques semaines d'intervalle, y restant parfois des journées entières à attendre une lumière, un temps particulier. Jamais elle n'aurait imaginé qu'il puisse s'intéresser à cette Américaine au visage fin, presque émacié. Elle n'avait rien vu venir, jusqu'au jour où Mark lui avait annoncé leur mariage imminent.

Et maintenant, c'était au tour d'Evie, une femme différente par de nombreux aspects. Alors pourquoi ne l'appréciait-elle pas davantage ? Après tout, Evie avait tiré Mark du gouffre où il s'était enterré à la mort de Mia. Mais Evie avait réussi là où elle-même avait lamentablement échoué, et cette défaite lui restait en travers de la gorge.

— Je suis une femme entre deux âges avec un mauvais caractère, voilà tout, dit-elle à Lulu, sûre que celle-ci ne risquait pas de comprendre ou de répéter ses mots. C'est juste que j'aime profondément ton père. Je ne veux que son bonheur. Mais je n'ai pas l'impression que ta maman m'apprécie.

C'était la stricte vérité. Voilà une semaine qu'elle avait emménagé avec la mère et la fille pour prendre soin d'elles. Cette cohabitation aurait dû les rapprocher, mais les politesses d'Evie ne suffisaient pas à compenser l'inexistence d'un lien familial entre elles. C'était Cleo et Mark d'un côté, Evie et Mark de l'autre – avec Lulu, bien sûr. Mais elle devait rester près d'Evie, ne serait-ce que pour le bien de son enfant. Chaque année qui passait réduisait ses chances de devenir mère un jour, et elle reportait sur Lulu son amour maternel inassouvi.

Elle se remémora l'amour qu'elle avait rejeté. Renoncer à Joe avait été l'une des épreuves les plus dures de sa vie, mais le contraire aurait demandé trop de sacrifices. De leur part à tous les deux.

Elle ignora le picotement de larmes naissantes.

— On va te ramener à la maison, ma puce. C'est l'heure de la sieste.

Arrivée à la hauteur du long mur blanc, elle pénétra dans le garage, occupé par deux voitures. Au fond de la pièce, une porte rarement utilisée donnait sur un jardin privé longeant le flanc de la maison, et dont l'extrémité s'ouvrait sur la mer. Ce promontoire, uniquement protégé par une haie de hêtres, offrait une vue terrifiante sur la falaise et sur les deux étages inférieurs de la maison. Evie n'en savait rien, et pour l'instant, c'était bien comme ça.

Trois ans plus tôt, Cleo avait rendu une visite inopinée à Mia. Elle avait compté sur le fait que celle-ci n'apprécierait pas de découvrir que sa belle-sœur possédait une clef de chez elle pour provoquer une dispute, histoire de lui dire ses quatre vérités sur la façon dont elle traitait Mark.

Cleo inspira profondément pour chasser le souvenir de ce jour. Les cauchemars avaient enfin cessé, mieux valait ne pas tenter le sort.

Elle entra dans le jardin. Une fenêtre tout en hauteur fendait la façade du vaste séjour, côté cuisine. Evie était assise au comptoir, l'échine courbée, la tête enfouie dans ses bras repliés. Cleo craignit soudain qu'elle ne soit en train de pleurer, qu'il ne se soit passé quelque chose pendant sa courte absence.

Elle se hâta d'entrer, remorquant la poussette à sa suite.

— Evie ? Tout va bien ?

Evie se redressa. Ses yeux étaient rouges, mais secs.

— Ça va. Je suis fatiguée, voilà tout.

Cleo referma la porte et prit Lulu dans ses bras.

— Et si tu retournais t'allonger ?

— Inutile, je t'assure. Si je dors à cette heure, je ne fermerai pas l'œil de la nuit.

— Les médicaments n'aident pas ?

Elle retira le manteau de Lulu qui gesticulait dans tous les sens.

— Un peu. Mais je roule sur mon bras chaque fois que je m'endors profondément, et ça me fait super mal.

Elle déposa Lulu dans sa chaise à bascule avec quelques-uns de ses jouets favoris. Tout ce qui faisait du bruit ou jouait un air suffisait à l'amuser.

— Je vais te préparer un café, dit Evie en glissant de son tabouret.

— Reste assise, je vais m'en occuper. C'est pour veiller sur vous deux que je suis là.

— Cleo, c'est gentil de ta part et j'apprécie ton aide, mais je vais bien. Je peux tout gérer, sauf Lulu. Et puis il n'y a qu'à presser un bouton, je n'ai pas besoin de deux mains pour ça.

Cleo fixa le dos d'Evie. En dépit d'une semaine entière de cohabitation, elles continuaient de danser l'une autour de l'autre et de déblatérer des platitudes.

Evie se montrait progressivement plus distante, et Cleo n'osait pas se rapprocher d'elle pour l'interroger davantage. Elle savait parfaitement ce qui la retenait.

Elle ne voulait pas entendre les réponses.

5

Mark va rentrer d'un moment à l'autre. Cette pensée me rend si nerveuse que je peux sentir mon sang palpiter dans mes veines. Cleo est toujours là. Elle ne nous a pas quittées de la semaine, depuis ma blessure ; elle dort sur place et s'occupe de Lulu. Elle aimerait sans doute la ramener chez elle pour la couvrir de petites attentions et jouer à la maman, mais c'est hors de question.

Mark entre sans un avertissement. L'épaisseur des murs nous a empêchées d'entendre le taxi se garer, et je tressaille sur mon siège lorsque la porte s'ouvre.

Son sac atterrit au sol avec un bruit sourd. Je ne me tourne pas pour lui faire face. Cleo se rend compte de ma nervosité. Que va-t-il dire ? S'attend-il à ce que je parle la première ? Je n'ai pas le droit à l'erreur. Pas maintenant.

— Salut, Mark, dit Cleo.

Elle fait sauter Lulu sur ses genoux, à la plus grande joie de celle-ci. Lulu adore son papa, elle n'a pas sa pareille pour lui arracher des sourires. C'est le plus terrible, au fond.

— Salut, Cleo. Qu'est-ce que tu fais ici ?

Il descend les deux marches qui séparent le couloir d'entrée de la salle de séjour. Il sait que Cleo et moi n'avons pas l'habitude de passer du temps ensemble en son absence.

Il s'avance dans mon dos et se penche pour m'embrasser. C'est à ce moment qu'il remarque le plâtre autour de ma main et de mon poignet gauches.

— Nom d'un chien ! Qu'est-ce qui t'est arrivé, Evie ?

Je guette la réaction de Cleo. Qui observe-t-elle, Mark ou moi ? J'aimerais déchiffrer son expression, mais elle fait mine de nous laisser notre intimité et se remet à gazouiller près de Lulu.

— Evie ? répète Mark.

— Je me suis coincé la main. Tout va bien, chéri. C'est plus une gêne qu'autre chose.

Je redresse légèrement le menton, un sourire aux lèvres. Son visage est penché sur le mien, je vois sa puissante mâchoire recouverte de poils drus, le noir de ses narines. Pas ses yeux. Si seulement je pouvais lire dans ses pensées.

Sa main s'abat sur mon épaule et il m'agrippe fermement.

— Pourquoi est-ce qu'aucune de vous deux ne m'a appelé ?

Cleo choisit ce moment pour lui sourire d'un air contrit.

— Je voulais le faire, mais Evie a été catégorique.

Une vraie rapporteuse de cour de récréation. Mais je n'attendais pas autre chose de sa part. Si Mark doit se fâcher, autant que ce soit contre moi.

La pression de sa main s'alourdit encore, comme s'il s'y appuyait de tout son poids. Je hausse les épaules et, pour lui faire changer sa prise, me penche en avant pour me lever.

— Viens t'asseoir, Mark. Je vais te servir à boire.

Je n'ai pas besoin de demander ce qui lui ferait plaisir. Il désire toujours un verre de vin rouge.

Impossible d'éviter son regard plus longtemps.

— Non, c'est toi qui t'assieds, Evie. Je veux savoir pourquoi personne ne m'a prévenu. Je serais rentré sur-le-champ.

À vrai dire, Mark sauterait sur la première excuse pour ne pas partir du tout. Il déteste les commandes, y compris celles qui lui rapportent énormément, comme celle-ci. Cleo lui a arrangé de nombreuses affaires depuis la fin de son exil. Son dernier client, Alain Roussel, est un Parisien qui doit sa récente fortune à une chaîne de casinos. Il possède une maison au cap Ferrat, pour laquelle il voulait une série de photos assemblées dans une fresque grandiose. Un projet très chronophage pour Mark, sans compter que son client exige des visites régulières afin de discuter des thématiques… et de l'exhiber comme une marchandise devant son cercle de connaissances, les nouveaux riches de France.

Cleo affirme que cette commande sera un véritable tremplin ; les gens se bousculeront bientôt pour obtenir les dernières photographies de Marcus North. Mark n'est pas indifférent à ces longues descriptions d'une gloire internationale. Des signes d'ambition pointent sous ses airs flegmatiques. Il n'a pas soif d'argent, mais de reconnaissance.

Pourtant, chaque fois qu'il s'en va, je sais qu'il se remémore ce voyage au retour duquel il a retrouvé sa femme morte.

Je connaissais l'histoire de Mia avant de rencontrer Mark. Qui elle était, les circonstances de sa mort. Ce n'était pas un secret dans le coin. Je n'aurais pas dû le pousser à m'expliquer pourquoi le sous-sol lui faisait horreur ce premier jour. Le regard fixe de Mia m'avait provoquée et j'avais eu envie de jauger sa réaction, de savoir quel genre d'homme se tenait devant moi.

Mark parle rarement de sa femme, mais il m'a confié son sentiment de culpabilité. S'il avait refusé cette commande, elle n'aurait pas été seule à la maison, ce jour-là. C'était une idée irrationnelle, il en avait conscience, puisque Mia avait vécu en solitaire avant leur rencontre. Néanmoins, elle le taraudait.

Cleo lui avait obtenu un contrat pour un projet qui ne l'intéressait pas vraiment. Il s'était senti tiraillé entre les avis opposés des deux femmes de sa vie – Cleo, dont le plus cher désir était qu'il réalise son potentiel, et Mia, qui préférait considérer la photographie comme un loisir.

Bien sûr, Cleo avait fini par obtenir gain de cause, ce qui avait provoqué une dispute avec Mia peu avant le départ de Mark – un détail « sans rapport » qu'il n'avait pas jugé bon de raconter à la police. Il avait essayé d'appeler sa femme depuis l'aéroport pour s'excuser. Elle n'avait pas répondu, mais il ne s'en était pas inquiété outre mesure. Elle était toujours injoignable lorsqu'il avait retenté sa chance après l'atterrissage, et cette fois, il avait demandé à Cleo de se rendre sur place. Elle avait découvert le corps brisé de Mia au bas des marches, sur le sol de pierre.

Malgré l'horreur de la situation, la police avait réussi à reconstituer l'accident. Mia était tombée dans l'escalier. Elle s'était sans doute précipitée en direction de la salle de gym, avait trébuché sur un lacet défait de ses tennis et basculé en avant, la tête la première. Sa montre s'était arrêtée en se brisant, ce qui avait permis aux enquêteurs d'évaluer précisément l'heure du décès : environ trois quarts d'heure après le départ de Mark.

J'ai toujours su qu'il ne me donnait là qu'un résumé simplifié de l'histoire. Il omettait des petits détails. Il a fini par me raconter le reste, ou du moins sa version de la vérité.

Je reprends soudain conscience de mon environnement. On n'entend que les vagues qui s'écrasent sur les rochers, et Mark et Cleo me fixent intensément. Mark a dû me poser une question et je n'ai pas répondu. Cleo s'inquiète de ma tendance à me couper mentalement du reste du monde et à laisser mon esprit s'éloigner vers d'autres lieux, d'autres époques. Elle ignore où ces échappatoires me mènent. Je ne pense pas qu'elle s'y plairait.

— Quelqu'un va finir par m'expliquer ce qu'il s'est passé ?

Le regard de Mark oscille entre Cleo et moi, peut-être sent-il qu'elle sera plus susceptible de lui fournir une réponse.

Il sait pourquoi je n'ai pas appelé. Je m'éloigne vers la cuisine pour mettre la bouilloire à chauffer et servir un unique verre de vin à Mark. Je ne bois pas souvent d'alcool ces derniers jours et Cleo se tient à distance de tout ce qui pourrait nuire à son corps. Ils discutent à voix basse. Ils savent très bien que je peux les entendre, quand bien même je ne distingue pas leurs mots. Les fredonnements de Lulu qui essaie de chanter emplissent la distance entre nous. L'eau gargouille dans la bouilloire, qui s'interrompt comme par hasard au même moment que Lulu. Soudain, la voix de Cleo devient audible.

— Qu'est-ce qu'on va faire ?

6

Je suis soulagée quand Cleo se retire enfin. La soirée s'est déroulée sans incident, pourtant une tension palpable règne dans la pièce.

Mark s'inquiète : il ne s'attendait pas à découvrir Cleo chez nous à son arrivée. Ça le perturbe de ne pas comprendre ce que j'ai dans la tête. Il déteste tout sentiment d'instabilité, cela lui fait craindre de retomber en dépression, celle dont il s'imagine que je l'ai sauvé. Cette ambiance pesante ne correspond pas au retour triomphant qu'il avait espéré. Si seulement il pouvait en être autrement.

Cleo nous a observés toute la soirée. Elle cherchait à comprendre notre dynamique, à deviner pourquoi je m'écartais chaque fois que Mark s'approchait de moi. J'ai fait mine de ne pas l'avoir entendue tout à l'heure. Je lis clairement dans son jeu. Depuis que Mark et moi sommes ensemble, Cleo s'est toujours efforcée de se glisser entre nous. Pour elle, ma réaction représente une occasion en or. Quand elle lui dit : « Qu'est-ce qu'on va faire », elle se range du côté de Mark et m'isole.

Désormais, le problème, c'est moi – mes accidents, ma maladresse.

Rien ne sert de la tenir à distance, cependant, aussi ai-je insisté pour qu'elle reste dîner, en remerciement de son aide au cours de la semaine. Une main suffit pour retourner trois steaks, et Cleo s'est occupée de la salade.

Je n'étais pas prête à me retrouver seule avec Mark. Nous avions tous les deux besoin d'un répit, le temps que la pression se dissipe, et je voulais profiter de la présence de Cleo pour me faire une meilleure idée de l'état de notre relation.

À présent qu'elle est partie, une conversation est inévitable. Une fois n'est pas coutume, je me sers un grand gin.

Mark s'assied face à moi, appuyé contre les coussins moelleux du canapé, et me regarde siroter mon verre.

— Comment vas-tu, honnêtement ?

Il se doute que je faisais bonne figure devant Cleo.

— Ça va. Ça m'a fait mal – ça continue de faire mal. Mais ce qui est fait est fait.

— J'aurais dû revenir.

Comment lui dire que je ne le voulais pas ? Je sais que cette sensation de rejet le fait souffrir.

— On peut changer de sujet ? Je suis désolée de t'annoncer que je n'ai pas pu écrire davantage, avec tout ça.

Pour l'aider à se faire un nom et contribuer à sa carrière, j'ai pris la responsabilité du marketing sur Internet. Je suis censée mettre régulièrement son blog à jour – c'était mon idée, je ne peux pas lui en faire le reproche.

Au bout du compte, la commande d'une série de portraits par Marcus North n'avait abouti qu'à un premier contact. Je m'étais imaginé de longues sessions dans son studio, à faire connaissance et à nous rapprocher tandis que je prendrais la pose et qu'il chercherait le meilleur angle. En fin de compte, nous n'avions effectué qu'une unique séance chez lui, de quelques heures à peine. Par la suite, il m'avait donné rendez-vous dans les décors de son choix, tous théâtraux à leur manière, où il passait plusieurs heures à me donner des directives, obnubilé par son objectif.

« Penchez-vous un peu vers moi. Non, seulement le torse » ou « rejetez la tête en arrière puis de nouveau en avant ». Je tournoyais, sautais ou me tenais en équilibre sous les rafales de son appareil photo. L'artiste au travail n'était pas bavard.

Puis nos séances avaient pris fin. Il avait récupéré suffisamment de matière première, il ne lui restait plus qu'à perfectionner les photographies sur son ordinateur pour transformer le mondain en extraordinaire.

Enfin, un mail m'annonçant que les épreuves étaient prêtes et que j'étais invitée à venir les voir m'avait contrainte à lui apprendre la terrible nouvelle. Je m'étais présentée à sa porte, le visage baigné de larmes.

« Mark, je suis désolée. Je ne sais pas quoi dire.

— Quoi donc ? Qu'est-il arrivé ?

— C'est mon père. Il est mort ! »

Je sanglotais et, malgré sa confusion et son incertitude évidente sur la réaction appropriée dans ce genre de circonstances, Mark m'avait invitée à entrer pour boire un verre d'eau.

« Que s'est-il passé ? »

Je me tenais prostrée, la tête dans les mains, les coudes sur les genoux.

« Il a fait une attaque cardiaque. Il est mort en un instant, heureusement pour lui. Pour nous, en revanche, c'est l'horreur. »

Je pleurais. Mark avait finalement décidé qu'ouvrir une bouteille de vin m'aiderait peut-être davantage. Malgré sa bonne volonté, la situation le dépassait complètement.

« Je ne sais pas quoi vous dire. L'argent de papa est bloqué jusqu'au règlement de la succession, et ça va être un cauchemar pour tout mettre en ordre. Il avait une quantité de personnes à sa charge, sans compter ses ex-femmes qui s'égosillent pour recevoir leur part… Normalement, elles n'ont droit à rien, mais je ne sais pas vraiment comment ça marche. Il faudra six mois avant que l'argent soit dégelé, et même à ce moment-là, mon infâme belle-mère héritera sans doute de la totalité. »

Je parlais à voix basse, le visage incliné, trop honteuse pour affronter son regard. Mes épaules avaient cessé de trembler.

« J'ignore comment vous payer, Mark. Je suis sincèrement désolée. »

Il avait éclaté d'un rire soulagé. Il avait craint que je n'en attende davantage de lui. Les questions d'argent, au moins, restaient dans ses cordes.

« Bon sang, ce n'est pas grave, Evie. Ce ne sont que quelques photos, et je n'ai pas vraiment besoin de cet argent de toute façon. Je m'inquiète surtout pour vous. Vous viviez chez votre père ?

— En quelque sorte. J'avais mes appartements chez lui. Enfin, la maison va être vendue, bien sûr. Je vais devoir déménager. »

Mark avait tapoté le bord de son verre.

« Avez-vous quelque part où aller ?

— Non. »

J'avais pris une gorgée de vin, laissant le poids de ma réponse s'ancrer dans son esprit.

« Je pensais m'installer dans les parages. Je peux travailler n'importe où, et ce petit coin du monde me plaît. C'est mieux que Londres en tout cas. Je n'y logeais que pour profiter de la compagnie de mon père. »

Il était parti vers la cuisine pour me laisser un peu d'air. Ou peut-être était-il simplement à court d'expressions de sollicitude.

« Je devrais y aller.

— Non, je vous en prie. Restez un peu, regardez la mer. Cela m'apaise toujours. »

Les moments de conversation alternaient avec le silence, et j'avais suivi son conseil. Le ciel s'était assombri. Des éclairs illuminaient les nuages ombrageux à intervalles réguliers, leur lumière blanche se reflétant sur les rides de l'eau. Enfin, Mark m'avait demandé quel métier me permettait d'aller et venir ainsi selon mon bon plaisir. Je lui avais répondu que je créais et administrais des blogs pour divers clients.

« J'ai obtenu un diplôme en technologie créative à l'université de Kingston. C'était trop loin de chez mon père pour des allers-retours quotidiens, mais assez près pour que je revienne les week-ends. »

Mark avait feint de s'intéresser à mon cursus, même s'il n'accordait pas beaucoup de valeur à la conception uniquement numérique.

« J'ai une idée, avais-je dit avec un enthousiasme subit. Je vais créer un blog pour vous – gratuitement, cela va sans dire –, en guise de paiement pour le temps de travail que vous avez consacré aux photos. Cela vous assurera une présence sur Internet, vous en avez besoin. Je me chargerai de toute la mise en place, il ne vous restera plus qu'à le mettre à jour de temps à autre. Quoique, je pourrais m'occuper de cela également. Vous êtes d'accord ? Dites oui, je vous en prie.

— Qui donc s'intéresserait à moi ? avait-il demandé avec une stupéfaction sincère. Franchement, je n'ai rien accompli qui mérite de figurer dans un blog. Il n'y aurait rien à raconter. »

J'avais dû le persuader du contraire : il représentait un symbole d'espoir pour les artistes de tous les domaines aspirant à réussir. Après tout, il était encore jeune et possédait déjà une galerie en vogue à son nom et une vie dont beaucoup de ses congénères ne pouvaient que rêver. Cette description l'avait étonné.

« Oh, balivernes. J'ai épousé une héritière américaine, bon sang. Je n'aurais jamais obtenu cette maison ou la galerie autrement. C'est ma femme qui les a achetées. »

J'avais eu du mal à le contredire. Je n'étais pas encore prête à me retirer, mais je sentais le regard de Mia transpercer ma nuque.

« Les moyens qui ont permis votre succès ne comptent pas. Ce n'est pas l'art de Mia que les gens achètent, mais le vôtre. »

Mark avait secoué la tête et passé les doigts dans ses cheveux – un signe de confusion chez lui –, ce qui lui avait donné un air plus sauvage.

« La plupart des visiteurs de la galerie s'intéressent aux bijoux de Cleo. C'est une artiste, elle aussi, seulement elle refuse de s'attribuer ce mérite. Si quelqu'un s'intéresse à un bracelet à deux cents livres, elle se plie en quatre pour lui vendre une photographie à deux mille ou lui faire passer une commande plus chère encore. »

J'avais rétorqué que c'était un bon point. Nous pourrions exposer les bijoux de Cleo sur le site et souligner le rôle crucial qu'elle avait joué dans sa carrière.

« Vous avez toujours été proches ?

— Elle est mon aînée de deux ans, elle veille sur moi. Quand je suis entré au collège, ma passion pour la photographie m'a valu les moqueries de mes camarades. Ça m'attirait pas mal d'ennuis. Un garçon en particulier avait une dent contre moi.

— Comment avez-vous géré la situation ?

— Je n'ai rien fait. »

Il s'était détourné avec une expression indéchiffrable.

« Le problème a fini par se résoudre de lui-même. Cleo l'avait à l'œil, mais… c'est une vieille histoire, maintenant. »

L'heure était venue de prendre congé. Mes larmes s'étaient taries depuis longtemps. À la porte, je m'étais tournée vers lui.

« Écoutez, je vais essayer de louer un appartement dans les environs, pour un mois ou deux. Une fois que j'aurai réglé ces formalités, que diriez-vous d'aller dîner ensemble ? Je convierais bien Cleo à se joindre à nous, mais peut-être vaut-il mieux que vous preniez votre décision seul, concernant le blog. Après tout, vous savez déjà ce qu'elle en pensera. »

Je me tenais près de lui, le visage levé, souriant à l'idée de l'engouement présumé de Cleo. Mon souffle lui caressait le menton.

« Peut-être devrions-nous convenir d'un plan d'action ensemble, et nous lui annoncerons la nouvelle lorsque nous aurons une idée plus concrète de ce que nous comptons faire. »

C'était mon premier geste pour me mettre du côté de Mark. Nous deux unis face à Cleo.

C'est comme ça que tout a commencé.

J'avais poursuivi avec enthousiasme sans lui laisser le temps de répondre.

« Où voudriez-vous dîner ? C'est moi qui invite. Oh, j'ai une idée. C'est peut-être un peu rustique, alors si vous préférez quelque chose de plus distingué, surtout dites-le-moi. J'ai découvert un remarquable petit restaurant de mer sur la côte. Très simple, mais tout à fait délicieux. Si vous aimez le crabe, bien sûr. Qu'en pensez-vous ? »

Son visage s'était éclairé.

« Comment l'avez-vous trouvé ? C'est un petit bijou. Voilà des années que je n'y ai pas mis les pieds. J'y allais beaucoup avant Mia, mais ce n'était pas trop son truc. J'adorerais y retourner. »

J'étais parvenue à raviver une étincelle d'intérêt chez un homme convaincu de ne plus rien ressentir, et à déclencher une série d'événements qui avait abouti à notre relation actuelle. Après ce premier rendez-vous, j'avais pris l'habitude de lui rendre visite quotidiennement sous le prétexte de compenser le non-paiement des photographies. Je travaillais sur le blog et je lui proposais de préparer le déjeuner, puis le dîner.

Je m'étais rendue indispensable. Le blog – mon excuse pour rester près de lui – lui fournissait des contrats qui l'éloignaient de moi. Quand j'étais tombée enceinte, j'avais arrêté d'écrire, prétendant ne pas réussir à me concentrer.

J'ai recommencé à rédiger des articles depuis peu, principalement parce que Cleo remettait sans cesse le sujet sur le tapis. Mais je ne peux pas continuer avec une main dans le plâtre.

Mes excuses ne font que l'agacer.

— Je me fiche pas mal du blog, dit-il. Tu le sais. C'est le dernier de nos soucis.

Une quantité de non-dits pèse sur nous lorsque Mark décide finalement de se mettre au lit en fin de soirée.

— Je te rejoins bientôt. Je vais rester un peu au chevet de Lulu. Vas-y.

Je refuse qu'il voie combien je peine à me déshabiller et je refuse aussi qu'il m'aide. Je ne veux pas me sentir démunie.

— Evie, je suis désolé. Je n'aurais pas dû m'énerver avant de partir. Et j'aurais dû appeler pour m'excuser. Pardonne-moi, s'il te plaît, viens dormir.

— Dans un instant.

Ma voix ne trahit ni colère ni pardon. Le regard qu'il m'adresse me brise un peu plus le cœur.

Il est déçu. En dépit de la tension, Mark est un homme d'habitudes. Ses rituels lui permettent de se concentrer, et cette nuit est celle de son retour de voyage. Il voudrait faire l'amour, mais c'est hors de question. J'ai bouleversé ses plans, je l'ai perturbé. Ça ne va pas lui plaire.

7

J'aime contempler ma fille qui dort ; c'est l'un de mes rares plaisirs. Ces moments m'apaisent et me permettent de m'échapper. C'est comme si la mer avait rincé son visage pour ne laisser derrière elle que la beauté épurée de son nez minuscule, ses lèvres roses et la teinte bleuâtre de ses paupières.

Je caresse sa joue d'un doigt. Mark et moi avons mis cette enfant au monde, et je veux profiter de chaque instant auprès d'elle avant l'inévitable.

Pouvait-il en être autrement ? Aurais-je pu suivre un chemin différent ? C'est fascinant, l'impact qu'une décision peut avoir, non pas sur une seule vie, mais sur plusieurs. Que se serait-il passé si Mark n'avait pas choisi cette nuit – celle où Lulu a été conçue – pour évoquer son enfance ? Serions-nous devenus un véritable couple ? Nous nous connaissions depuis plusieurs mois et, au fil des semaines, il avait commencé à se confier à moi. Je savais qu'il me trouvait séduisante, tout comme je savais qu'il voudrait faire le premier pas.

Je n'avais pas ménagé ma peine ce jour-là. Le soir, après avoir passé la journée à travailler, j'avais concocté une pizza maison basique, mais savoureuse. Il prenait un malin plaisir à déguster des plats dont la vue aurait donné des boutons à sa sœur. Il ne le lui aurait pas avoué. Cela aurait engendré un deuxième aveu, à savoir la régularité avec laquelle je cuisinais pour lui. Il n'était pas prêt. Pas encore.

Après le repas, nous nous étions confortablement installés avec un verre de vin. Mark me croyait encore accablée par le deuil ; il m'avait posé des questions sur mon père que j'avais détournées sur ses propres parents. Cleo et lui avaient connu une enfance instable. Toujours meilleure que la mienne, mais pas facile pour autant.

« J'ai très peu de souvenirs de ma mère. Elle est partie quand j'avais sept ans, je n'ai jamais su pourquoi. Mon père refusait de parler d'elle, son prénom même est devenu tabou. Ce jour-là, on est rentrés de l'école, Cleo et moi, et papa nous a simplement dit : "Elle est partie." On a immédiatement compris de qui il parlait. Je me suis précipité à l'étage, en pleurs, et je me suis arrêté net à la porte de ma chambre. Elle avait laissé son appareil photo au milieu de mon lit. Elle l'avait laissé pour moi. Je me souviens d'un autre jour où nous étions assis sur un banc, tous les trois. Cleo et moi jouions aux pirates avec des épées de bois flotté. Ma mère nous mitraillait en riant. J'ai oublié la suite. Elle adorait cet appareil. Après son départ, c'est tout ce qui m'est resté d'elle. »

J'étais pendue à ses lèvres, assise en équilibre au bord du canapé, penchée vers son fauteuil. Mon cœur battait la chamade. Cette soirée marquait un tournant décisif. Il était encore temps de faire machine arrière.

C'était ma dernière chance de renoncer. Mais je suis restée.

« Papa a fait de son mieux, mais il était complètement dépassé. Quand nous avons quitté la maison, il a lâché prise et il s'est donné la mort. Je crois qu'il ne s'est jamais remis du départ de ma mère. C'est Cleo qui m'a sauvé après ça. Je voulais me lancer à la recherche de maman, mais Cleo m'a convaincu qu'elle avait déjà pris sa décision le jour où elle nous avait abandonnés. Au moins, nous pouvions nous fier l'un à l'autre. Tant qu'on était ensemble, on n'avait besoin de personne. J'étais encore assez jeune quand j'ai réalisé que j'avais besoin de suivre des règles, une routine. J'avais toujours eu la sensation que ma vie échappait à mon contrôle, alors Cleo m'aidait en me dictant quoi faire. Pas pour jouer au petit chef, simplement parce qu'elle comprenait à quel point mon esprit était embrouillé – à quel point il l'est encore parfois aujourd'hui. Mia a joué ce rôle par la suite. À sa mort, ces règles ont disparu et tout est devenu plus compliqué. Ça a contribué à ma dépression. Non seulement je l'avais perdue, elle, mais je n'avais plus de structure à laquelle me raccrocher. »

J'avais recueilli une de ses mains entre les miennes. Il pouvait interpréter cela comme un geste de réconfort de la part d'une amie, ou autre chose. Nos regards s'étaient croisés. Il me désirait. Je m'étais inclinée. Doucement, il m'avait attirée à lui. C'était suffisant. J'étais tombée à genoux face à lui et j'avais libéré mes mains pour les reposer sur ses cuisses. Il m'avait agrippé les bras, mais pas pour me faire mal. La prise de ses doigts était pleine d'incertitude. Je m'étais approchée et j'avais laissé mes paumes courir jusqu'à ses hanches pour l'attirer vers moi. Il m'avait saisie par la taille et m'avait hissée sur lui.

Les jours suivants avaient été galvanisants. J'avais trouvé ma place, ma vie avait un sens nouveau. Mark ne voulait pas annoncer la nouvelle à Cleo, du moins pas encore, et cela me convenait parfaitement. Je savais qu'elle douterait de mes intentions et penserait que je ne méritais pas son frère.

Malgré l'insistance de Mark, je refusais toujours de rester chez lui la nuit entière. Aux premières heures du matin, je remontais dans ma vieille Fiesta pourrie et retournais dans mon appartement. Il ne comprenait pas ma réticence, et j'avais dû lui expliquer que, comme lui, je désirais garder le contrôle sur ma vie. Il ne devait pas me tenir pour acquise.

Il voulait tout savoir à l'avance : quand je comptais venir, combien de temps j'allais rester et à quelle heure je souhaiterais me coucher. Mon imprévisibilité le perturbait énormément, mais je refusais de me plier à une routine et de faire l'amour deux fois par semaine à heures fixes.

Il avait pour habitude de dîner chez Cleo les jeudis soir. Je savais que ce rendez-vous faisait partie de ses rituels. Nous étions ensemble depuis trois mois lorsque, un mercredi soir où nous discutions, assis côte à côte sur le canapé, il s'était désolé de devoir passer deux jours sans moi.

« À vrai dire, je prévoyais de retourner à Londres vendredi, avais-je répondu. Je ne reviendrai pas avant lundi, ou peut-être mardi. On ne va pas se voir pendant presque une semaine, tu te rends compte ? Dommage que tu ne sois pas disponible demain. »

Je m'étais blottie contre lui.

« Je pourrais demander à Cleo de décaler, avait-il finalement suggéré à contrecœur.

— C'est comme tu veux. »

Après quelques minutes, il s'était levé de son siège pour récupérer son téléphone en me lançant un large sourire, comme si nous étions en train de comploter ensemble. C'était le cas, au fond. Il avait composé le numéro sur l'écran et je m'étais glissée dans son dos, les bras autour de sa taille, une main sous son t-shirt à caresser les poils fins de son ventre plat.

Je n'avais pas entendu la réponse de Cleo, mais j'avais deviné sa déception tandis que Mark inventait une excuse quelconque. Mon attention était davantage focalisée sur Mark. Mes doigts s'étaient faufilés sous la ceinture de son jean et je m'étais décalée pour voir son visage. Son regard s'était enflammé. Il avait abrégé la conversation et raccroché précipitamment.

Je m'étais esquivée, hilare, de l'autre côté de l'îlot central de la cuisine ouverte.

« Rappelle ta sœur, invite-la à dîner lundi. Je reviendrai tout droit de Londres pour m'occuper du repas. Mais ne lui dis rien. Ce sera notre surprise. »

Il avait compris ce que je lui demandais. Il était temps que Cleo soit informée de notre relation. Devant son hésitation, j'avais haussé les sourcils avec défi – un défi auquel il ne pourrait pas résister.

Il s'était exécuté. Elle avait été étonnée, et Mark avait dit : « Ce n'est pas pour une occasion spéciale. Seulement un petit truc entre nous. »

Cleo n'avait pas compris à l'époque que j'étais incluse dans ce « nous ».

Cette soirée me semble appartenir à un passé lointain. Je regarde le joli visage de ma fille, et je sais qu'il est temps d'en finir. Mais pas encore.

Lentement, je prends le chemin de notre chambre, où Mark m'attend.

8

Au tintement discret du carillon, Cleo reposa la bande d'argent sur l'établi et éteignit la polisseuse. Elle s'ébouriffa rapidement les cheveux et, armée de son sourire professionnel, quitta son minuscule atelier pour rejoindre le corps de la galerie.

Son visage s'éclaira lorsqu'elle reconnut Mark.

— Oh, c'est toi ! Je ne m'attendais pas à une visite matinale.

— Je dois prendre rendez-vous pour entrer dans ma propre galerie ?

Son ton léger ne la trompa pas.

— Désolée, j'étais concentrée sur un ouvrage très délicat. Ça me fait plaisir de te voir. Quelque chose en particulier t'amène, ou tu te baladais juste dans le coin ?

D'ordinaire, Mark évitait la galerie. Il n'aimait pas devoir expliquer l'aspect technique de ses photographies ou parler de ses inspirations avec des clients curieux. Il préférait attendre la fermeture pour installer ses œuvres.

— Tu n'aurais pas un peu de café ? dit-il en sortant l'une des chaises rangées derrière le bureau réservé aux transactions.

— Bien sûr que si. Une pause me fera du bien, à vrai dire.

Elle partit vers la petite cuisine coincée entre la galerie et l'atelier.

— Tu apprécies toujours l'orfèvrerie ? demanda son frère en haussant la voix. Tu sais que si tu finis par t'en lasser, on peut toujours s'arranger sur ta rémunération.

Elle versa de l'eau bouillante sur le café moulu avec un petit sourire. Mark s'imaginait qu'elle confectionnait des bijoux par souci d'argent. Il ne mesurait pas la profondeur de l'ennui qu'on pouvait ressentir à rester des journées entières dans la galerie vide, avec pour unique distraction les visites occasionnelles de clients intéressés par les photographies. En plus d'attirer plus de monde, les bijoux donnaient un côté décalé à l'endroit. Ça plaisait au public, et ça l'occupait pendant les périodes creuses.

Elle apporta les tasses et la cafetière sur le bureau placé entre eux et servit le café.

— C'est très généreux de ta part, mais il me faut un but dans la vie. Si je n'avais pas besoin de gagner de l'argent, que ce soit grâce aux commissions sur tes photos ou à la vente de mes bijoux, à quoi voudrais-tu que j'occupe mes journées ?

— Tu passerais sans doute plus de temps à t'amuser.

— Oh, ne commence pas, dit-elle en riant. Aminah me baratine déjà avec ça. Je vais bien. J'ai mon travail, ma meilleure amie, une superbe nièce, et toi. Que vouloir de plus ? Si je n'étais pas heureuse, tu serais le premier à le savoir.

Il savoura une gorgée de café et tourna sept fois sa langue dans sa bouche.

— Tu ne penses plus à lui ?

La question la prit au dépourvu. Mark évitait toujours les conversations délicates. Il ne s'était jamais épanché sur ses sentiments après la mort soudaine de Mia, même si ses dix-huit mois de réclusion en disaient bien assez long sur ce qu'il avait pu ressentir. Il n'était pas dans ses habitudes de s'enquérir ainsi du moral de sa sœur.

— Je vais bien.

— Ce n'est pas ce que j'ai demandé. Écoute, je sais que tu l'aimais, et que tu pensais que c'était réciproque.

Les dents serrées, Cleo s'efforça de prendre sur elle.

— Oh, il m'aimait. Mais ce n'est pas ça qui compte, n'est-ce pas ?

— Beaucoup de gens te diraient sans doute que c'est tout ce qui compte, au contraire.

Elle rit.

— Oh oui. Comme si je ne le savais pas. L'amour triomphe toujours, et toutes ces conneries. Mais je ne suis pas la seule à l'aimer, alors de quel droit mon bonheur passerait-il avant celui de quelqu'un d'autre – en particulier d'un enfant ? Comment ce que nous éprouvons pourrait-il l'emporter sur l'amour de deux petits garçons pour leur papa ?

— C'est ton avis, ou celui de Joe ?

Cleo vérifia par réflexe que la galerie était vide et qu'aucune oreille indiscrète n'avait pu entendre son frère. Ils évitaient généralement de parler de lui, et prononcer ce nom à voix haute était plus rare encore.

— Ce n'est pas lui. C'est moi. Il aurait quitté sa femme et sa famille, mais j'ai refusé. Le vrai bonheur ne se construit pas sur la misère de quelqu'un d'autre, et il n'est pas le genre d'homme capable de partir sans un regard en arrière. Je n'aurais pas voulu de lui, sinon. À ton avis, combien de temps aurait duré notre petite idylle avant qu'il ne commence à me tenir inconsciemment responsable de son malheur ?

— Tout marchait pourtant bien entre vous. Ça a duré un an, pourquoi ne pas avoir continué ?

Des larmes lui brûlèrent les yeux. Elle les essuya du revers de la main.

— Il en était incapable. C'était trop douloureux pour lui, il devait faire un choix. Quitter sa famille ou s'engager à rester auprès d'eux. On a décidé ensemble qu'il devait rester.

Mark posa sa tasse sur le bureau et se redressa en ouvrant les bras.

— Viens là.

Il la serra contre lui dans un rare geste de réconfort. Il avait toujours éprouvé des difficultés avec les marques d'affection et rechignait à en donner librement. C'était la faute de leur mère. Il l'avait adorée étant enfant, et elle le lui avait bien rendu. À l'époque, elle avait pour habitude de chanter et de danser à la moindre occasion, y compris lorsqu'elle faisait réchauffer des poissons panés et des petits pois surgelés dans la cuisine, ce qui correspondait plus ou moins à l'apogée de ses talents culinaires. Sous d'autres aspects, elle ressemblait parfois à un oiseau sauvage. Les mois qui avaient précédé son départ avaient été rythmés par ses chants autant que par des jours de colère, de hurlements et de pleurs. Mark ne gardait aucun souvenir de ces dernières semaines, mais Cleo n'avait pas oublié les nombreuses nuits où il était venu trouver refuge dans son lit, le corps tremblant de détresse.

Elle était l'unique personne sur qui il pouvait toujours compter. Elle le protégerait coûte que coûte et, tandis qu'il l'étreignait, elle sut que le lien qui les unissait ne serait jamais rompu. Par personne. Elle glissa les bras autour de sa taille et le pressa contre son cœur.

— Tu n'as pas parlé de Joe à Evie, n'est-ce pas ? murmura-t-elle contre son cou.

Le silence qui suivit dura un peu trop à son goût.

— Bien sûr que non. Et Aminah, elle est au courant ?

— Je suis convaincue qu'elle soupçonne quelque chose ; elle creuse de temps en temps, mais je ne peux rien lui dire. Elle pense que je devrais me changer les idées en m'envoyant en l'air avec la moitié du comté. Si elle savait, elle me forcerait sans doute à ingurgiter un mille-feuille avant de me conseiller de me jeter à l'eau et de m'éclater.

Cleo rit à cette idée. Ce n'était pas la première fois qu'elle souhaitait ressembler davantage à son amie.

Ces effusions furent de courte durée. Mark finit son café et ils orientèrent la conversation sur les quelques commandes qui se dessinaient à l'horizon.

— On dirait bien que ton copain a vanté tes mérites autour de lui. Une de ses connaissances s'intéresse à nous. Un Croate. Il vient d'acheter un assez gros yacht de luxe. Il a l'air de penser que tout ce qui manque à son bonheur à présent, c'est une fresque de ton cru dans la cabine principale. Il voudrait que tu y jettes un coup d'œil.

Le désarroi de Mark avait de quoi faire sourire. La plupart des gens auraient été ravis à l'idée d'un voyage tout frais payés en Croatie.

— Où est-il amarré ?

— À Zadar, mais le capitaine pourrait te retrouver à Split si c'est plus facile pour toi. Ne fais pas cette tête, Mark. Vas-y. J'ai entendu dire que Split était une ville superbe.

— C'est un sacré long voyage, maugréa Mark. Je pourrais tout aussi bien trouver des idées avec une recherche Internet. La seule étape qui requiert ma présence, c'est la session de photo finale.

Néanmoins, il finit par capituler.

— Si j'accepte de partir, ça devra attendre qu'Evie soit rétablie. Je ne peux pas la laisser tant que sa main est dans cet état.

Cleo évitait de penser à l'accident d'Evie. Il soulevait trop de questions.

— Et si elle t'accompagnait ? Je pourrais garder Lulu.

Il resta coi. Quelque chose se tramait entre lui et Evie qu'elle n'arrivait pas à définir. Elle ne voulait que le bonheur de son frère, mais elle avait eu du mal à se faire à l'idée qu'une nouvelle femme était apparue dans sa vie. Avec Evie à ses côtés, il avait moins besoin de sa sœur. Elle avait parfaitement conscience que ce changement avait contribué à la faire tomber follement amoureuse de Joe. Leur relation avait rempli le vide créé par Evie qui la privait de son frère.

Après un long silence, Mark répondit.

— Je ne vais pas amener Evie, mais pourrais-tu me confectionner un bijou hors normes ? Quelque chose de vraiment extraordinaire. Tous tes bijoux sont somptueux, mais je parle d'une pièce exceptionnelle.

— Bien sûr. Mais encore ?

— C'est pour Evie, tu t'en doutes. Tu penses que tu serais en mesure de finir avant mon départ en Croatie ?

Cleo dressa le récapitulatif de ses commandes en cours. La main d'Evie resterait plâtrée pendant trois semaines au moins, ce qui constituait un délai largement suffisant.

— Tu as une idée en tête ?

— Je veux quelque chose qui reflète sa personnalité. Tu es douée pour ça.

Il disait vrai, mais elle doutait que, dans ce cas précis, le résultat obtenu lui convienne.

— Dis-moi plutôt comment tu la vois, toi.

Mark rejeta le menton en arrière et ferma les yeux, comme pour se représenter le visage d'Evie.

— Elle est belle, bien sûr, et conciliante, mais ça ne t'aide pas. Elle est intelligente, créative. Avec un je-ne-sais-quoi d'insaisissable. Parfois, c'est comme si elle se tenait tout juste hors de ma portée.

L'expression de son frère lui fit regretter d'avoir posé la question. Il ouvrit de grands yeux.

— Je ne peux pas la perdre, Cleo. Tu comprends, n'est-ce pas ?

Elle se pencha et lui serra le bras.

— Ça ne risque pas d'arriver, pas vrai ? Je crois que je visualise ce que tu souhaites. Est-ce que c'est pour une occasion spéciale ? Ce n'est pas son anniversaire, en tout cas.

Les yeux de nouveau baissés, Mark appuya les coudes sur ses cuisses et joignit les mains.

— Je veux qu'elle sache que je l'aime, envers et contre tout.

Cleo se hérissa.

— Envers et contre quoi ?

Mark soupira.

— Tu sais bien que je ne suis pas facile à vivre.

— N'importe quoi. On a tous des petits travers, et Evie ne fait pas exception. Elle a une chance incroyable de t'avoir.

— Pas vraiment. Tout au moins, ce n'est clairement pas comme ça qu'elle voit les choses.

— Qu'est-ce que c'est censé vouloir dire ?

— Je l'ai demandée en mariage ce matin.

— Et ?

— Elle a dit non, répondit-il doucement, mais je veux lui faire comprendre qu'elle m'appartient. Peu importe qu'elle ne désire pas ma bague ou mon nom de famille. En ce qui me concerne, nous deux, c'est pour la vie. Elle doit le savoir.

Cleo se tut. Elle avait longtemps hésité à confier ses doutes à son frère : Evie s'était mise en tête de le séduire dès leur première rencontre ; elle avait sans doute entendu parler de lui, de sa fortune et du drame de son premier mariage. Après tout, il était le candidat parfait aux yeux d'une jeune femme qui chercherait un bon parti pour s'élever socialement. Pourtant, Evie avait refusé cette garantie pour le futur. Elle avait éconduit Mark, et pour Cleo, ce rejet constituait un mystère.

9

— Non, Anik, tu n'auras pas de glace. On va goûter chez mamie, elle sera fâchée si tu ne finis pas ton assiette.

Aminah aurait volontiers laissé son fils de trois ans déguster une glace s'il en voulait une, mais sa belle-mère lui avait souvent reproché de se montrer trop « laxiste » avec les enfants. En quoi le gâteau au chocolat qu'elle préparait avant chaque visite de son petit-fils était plus convenable, mystère. Pas un qui méritait d'ouvrir les hostilités, cependant. La journée était trop belle pour qu'on la gâche avec des tensions puériles.

Aminah traversa la route et conduisit la poussette sur la promenade pavée longeant le littoral, d'où l'on pouvait admirer l'horizon. Elle souleva Anik dans ses bras pour lui permettre de regarder au-dessus des remparts côtiers. Il trépidait d'excitation, et elle prit soin de le tenir à deux mains en le déposant sur la muraille, trop basse pour offrir une protection suffisante. Ils adoraient tous deux la mer. Ensemble, ils contemplèrent les vagues qui se brisaient paresseusement sur les roches de la baie.

— Bonjour, Aminah.

Evie se tenait à côté d'elle.

— Eh ! Ça fait plaisir de te voir en vadrouille. Alors, comment est ta main ?

— En bouillie, si tu veux savoir.

Le visage blême, Evie jeta un coup d'œil inquiet vers Anik, mais il était trop obnubilé par la marée pour l'avoir entendue.

— Enfin, ce n'est pas assez grave pour m'empêcher d'emmener Lulu en balade et lui faire prendre un peu l'air.

Aminah retira Anik du muret et, sans prendre garde à ses protestations indignées, se pencha sur Lulu. C'était une enfant au visage aimable. Elle avait l'ossature délicate, la peau pâle, et des boucles lâches de cheveux sombres et fins lui tombaient sur les oreilles. Elle répondit au sourire d'Aminah par une gentille risette.

Rien à voir avec les exubérances de sa progéniture.

— Elle est trop mignonne.

— Merci. Je sais que je ne suis pas objective, mais elle est vraiment adorable.

Evie s'accroupit et embrassa le haut du crâne de sa fille.

— Tu es la petite chérie de maman, pas vrai ?

— Quand même, tu n'as pas l'air dans ton assiette. Tu es sûre que ça va ?

Evie grimaça.

— Je dors mal, c'est tout. Je n'arrive pas à trouver une position confortable pour ma main, elle finit toujours par me lancer. Je devrais peut-être suivre tes conseils à l'avenir et éviter toute forme de sport, ce serait moins risqué.

Elles échangèrent un sourire tandis qu'Anik perdait patience et tentait, en vain, d'escalader le muret. Aminah l'y aida finalement et drapa ses bras autour de lui.

— Impossible de le tenir éloigné de la mer. Je crains le jour où il sera trop grand pour que je le retienne comme ça.

Comme pour lui donner raison, Anik explosa de rire et se mit à bondir sur place, gesticulant pour se dégager de l'emprise de sa mère.

— Arrête ça, Anik. Je ne te lâcherai pas. C'est dangereux.

Lorsqu'elle se tourna de nouveau vers Evie, celle-ci était plus livide encore. Elle fixait l'horizon, comme hypnotisée par l'étendue du grand large.

— Cleo t'a raconté qu'un garçon est mort ici ? demanda Aminah à voix basse.

Evie ne bougea pas, mais son front se plissa légèrement.

— Elle ne m'en a pas parlé. Que s'est-il passé ?

— Je ne sais pas trop. Un gamin – un garçon de onze ou douze ans – avait escaladé les remparts en pleine tempête de vent, histoire de frimer. Cleo m'a raconté qu'elle lui avait crié de descendre, mais qu'il n'en faisait qu'à sa tête. Une énorme vague l'a balayé et l'a attiré vers les rochers. Ça a dû être terrible. J'imagine que c'est pour ça qu'ils ont ajouté la rambarde, mais tu sais ce que c'est quand le temps se gâte par ici. Ce n'est pas ça qui va arrêter les vagues.

Evie paraissait bien seule. Elle n'avait jamais eu un mot désagréable à propos de Cleo, mais elle devait savoir que celle-ci ne la portait pas dans son cœur.

C'était dommage. Tout le monde avait besoin d'une famille.

Evie mit un moment avant de prendre conscience qu'Aminah s'était tue.

— Excuse-moi, Aminah. J'ai eu une sorte de spasme douloureux. Je n'ai qu'une hâte, c'est de me débarrasser de ce truc.

Elle gratta la peau de son poignet, en bordure du plâtre.

— Ça me fait penser que j'ai une faveur à te demander. On doit me le retirer dans quelques semaines, alors est-ce que tu pourrais me conduire à l'hôpital le jour J ? J'ignore si Mark sera là et je n'ai pas envie de déranger Cleo, ça l'obligerait à fermer la galerie. Ça me rassurerait de savoir que quelqu'un peut m'accompagner. J'aurai Lulu avec moi, bien sûr, donc si ça pose problème, je peux prendre un taxi.

— Évidemment que je t'emmènerai. Les trois grands seront à l'école, et cette petite terreur (elle étreignit Anik) pourra rester avec sa grand-mère ou avec Zahid, s'il ne travaille pas. Préviens-moi tout de même la veille, dans la mesure du possible, pour que je m'organise.

Evie la remercia, mais elle paraissait encore distraite.

— Écoute, Evie, on est en route pour aller voir mamie, et elle cuisine toujours pour un régiment. Et si vous vous joigniez à nous pour le déjeuner ? Elle sera ravie de vous voir, toutes les deux.

Evie se pencha vers elle et la serra brièvement contre son cœur.

— Merci, Aminah. Tu es un trésor, mais je dois rentrer. Mark s'inquiète quand je sors trop longtemps.

Elle s'écarta et, avec un faible sourire, fit pivoter la poussette de Lulu dans la direction opposée.

— Au revoir, Anik, dit-elle.

Il l'ignora, trop occupé à sautiller sur place chaque fois qu'une vague s'écrasait sur le rivage.

Aminah la regarda partir en essayant d'imaginer, une fois encore, la vie qu'une femme pouvait mener auprès d'un homme si envahissant.

10

Les semaines s'égrainent avec lenteur depuis que je me suis blessé la main. Mark est aux petits soins avec moi et, hormis pendant les quelques heures qu'elle doit consacrer quotidiennement à la galerie, Cleo ne quitte pas la maison. Elle me surveille chaque fois que je joue avec Lulu. Je sais qu'elle pense que j'accumule les accidents, mais je suis prudente avec ma fille.

Mes sessions de natation avec Lulu m'avaient manqué. On adore barboter dans la piscine toutes les deux, elle est en train de devenir un vrai bébé nageur. Mark s'obstine à refuser de l'y emmener et Cleo ne veut pas froisser son frère en s'amusant au sous-sol. Il prétend s'être remis du décès de Mia, avoir fini son deuil, pourtant il répugne toujours à descendre à cet étage où elle est morte.

J'avais trouvé le courage d'en discuter avec lui juste avant son départ pour la France. C'était la raison de notre dispute.

« Je ne sais pas pourquoi tu racontes que tu ne remettras jamais plus les pieds dans ton joli sous-sol, avais-je dit en récupérant mes affaires de sport. Tu y es déjà retourné plus d'une fois, alors où est le problème ? »

Mark a les yeux les plus expressifs que j'aie jamais vus. Son regard, à ce moment, évoquait un orage en mer, quand un éclair éclate dans le ciel et se reflète fugitivement sur l'eau noire et agitée.

« J'y vais quand j'en ai besoin. Quand je veux mettre un peu d'ordre dans mes idées. »

Je m'étais assise sur le lit et penchée en arrière, appuyée sur les coudes, en faisant de mon mieux pour paraître décontractée, comme si cette conversation était tout à fait banale. Mark récupérait des vêtements pour son voyage, qu'il jetait dans un fourre-tout.

« Je comprends que la mort de Mia ait été un horrible traumatisme pour toi. Mais c'était un accident, et tu aurais peut-être moins de mal à l'accepter si tu arrêtais de considérer une partie de ta maison comme une zone interdite. »

Mark s'était figé sur place, dos tourné. Il avait agrippé le haut de la commode avec tant de force que ses jointures avaient blanchi.

« Chaque fois que je descends au sous-sol, elle se matérialise dans mes pensées. J'imagine son corps gisant sur le carrelage, le visage vers le ciel, les yeux grands ouverts. Je me souviens des vêtements qu'elle portait ce jour-là, tout comme je sais lesquels tu portes quand tu fais du sport. Je te regarde te préparer, comme je l'avais fait avec elle.

— Tu ne crois pas que si tu descendais tous les jours pour utiliser la salle de gym ou la piscine, ces visions finiraient par s'estomper ? »

Il avait pivoté et, s'avançant vers le lit, m'avait agrippé le poignet et tirée vers lui.

« Parfait. Voyons si ça marche, tu veux ? Réglons ça tout de suite. Allons au sous-sol, tu constateras par toi-même quel effet ça me fait. »

J'avais essayé de lui résister, mais il avait toujours été plus fort que moi.

Il n'avait pas exagéré. Le sous-sol avait sur lui un impact indéniable, et je ne lui suggérerai plus d'y descendre. Quand il avait eu la certitude que j'avais compris, il avait gravi seul l'escalier, en me laissant sur place, et je ne l'avais pas revu avant son retour de France.

Le studio est situé à l'étage intermédiaire, à côté de notre chambre. C'est une pièce troglodytique immense aux fenêtres orientées vers le nord. Mark n'est pas peintre, mais ça ne l'empêche pas d'apprécier la lumière naturelle. Il adore en exploiter les vertus lors de ses séances en studio. Je n'avais pas compris l'intérêt crucial d'une exposition au nord pour un artiste jusqu'à notre unique séance sur place. Il avait fait chaud toute la journée, mais les rayons du soleil ne pénétraient pas dans la pièce ; ils ne dessinaient aucune ombre et n'altéraient pas la couleur des murs. La luminosité changeait en fonction du temps et de l'heure, mais elle ne se teintait jamais de jaune ou du rouge du soleil couchant.

Mark n'est pas sorti de son antre de toute la matinée, absorbé par la commande du Français qui, pour le moment, semble avancer comme il le souhaite. Je m'attendais à ce qu'il s'y terre jusqu'au soir, mais la lourde porte du studio se referme avec un bruit sourd et je l'entends monter l'escalier pour nous rejoindre, Lulu et moi.

— Un thé ? propose-t-il en se dirigeant vers l'espace cuisine.

N'est-ce pas surprenant, tout ce que l'on peut dissimuler sous des faux-semblants de normalité ?

— Non merci. Tu as fini ta journée ? J'allais partir à l'hôpital pour faire retirer mon plâtre, j'aimerais que tu gardes Lulu si tu ne travailles pas.

Il récupère une tasse dans le placard et la pose bruyamment sur le comptoir.

— Bien sûr. Comment avais-tu prévu de t'organiser, sinon ?

— Je l'aurais prise avec moi. Aminah va m'y conduire.

Mark éteint la bouilloire et vient s'appuyer sur le bras du canapé.

— Evie, pourquoi ne pas m'avoir demandé ? Je t'aurais accompagnée. Tu le sais, quand même.

Aucune réponse ne me vient qui ne sonnerait pas comme un caprice.

— J'ai pensé que ce serait plus simple, et puis ça fait longtemps que je n'ai pas vu Aminah. Et comme tu es là, Lulu sera contente de passer quelques heures avec son papa.

Lulu est en train de ramper sur son tapis de jeu et Mark tombe à genoux devant elle pour la chatouiller. Elle glousse et lui attrape la main.

Je les regarde. Est-ce que je fais le bon choix ? Est-ce que je devrais le quitter, disparaître avec Lulu et le laisser vivre sa vie ? Non, impossible. Je ne vais pas renoncer. Pas après tout ce temps.

Mon téléphone vibre. Aminah m'attend dehors.

— Je dois y aller. Tu es sûr que ça ne te gêne pas ?

Mark saute sur ses pieds, soulève Lulu et la fait tournoyer dans les airs. Puis il la cale contre lui et la penche vers moi.

— Fais un bisou à maman.

Il me sourit et, l'espace d'un instant, le visage de sa sœur se superpose au sien. Je retrouve ma détermination.

J'embrasse la joue souple de ma fille et celle rugueuse de Mark, puis je pars.

11

— Merci, tu me dépannes vraiment.

Je me glisse sur le siège passager de la voiture de sport d'Aminah. Certaines tâches deviennent étonnamment compliquées lorsqu'on ne dispose que d'une main. Heureusement, c'est bientôt fini. Je me demande où elle comptait installer Lulu si Mark n'avait pas accepté de la garder, mais elle répond à cette question avant que j'aie pu la lui poser.

— Pas de problème, ça me fait plaisir de te voir. Zahid est parti avec le monospace pour récupérer les enfants, alors j'en ai profité pour faire main basse sur cette grosse bête. On ne va pas se gêner. Je m'étais dit qu'on prendrait la tienne, si Lulu nous accompagnait, mais puisqu'elle n'est pas là...

Aminah fait ronfler le moteur et la voiture s'élance en projetant des graviers. Elle conduit comme elle fait tout le reste, avec un abandon total. D'ordinaire, je lève le bras pour me tenir à la poignée suspendue, mais aujourd'hui c'est impossible, alors je m'agrippe au rebord de mon siège de ma seule main valide.

— Désolée de ne pas t'avoir rendu visite plus tôt, dit-elle en rejoignant la route principale. J'ai chopé une amygdalite le lendemain du jour où on s'est croisées sur la promenade. Une amygdalite ! Je croyais que c'était réservé aux gosses. En tout cas, je peux te dire que ça fait super mal. J'avais l'impression d'avoir la gorge remplie de lames de rasoir, je ne pouvais rien avaler. J'ai perdu quasiment six kilos en une semaine.

Ça la fait rire.

— Ce sera vite réglé. Quelques gâteaux, une barre de chocolat ou deux et on n'y verra que du feu. L'éclate totale.

Aminah m'arrache toujours un sourire malgré moi. Je ne comprends pas comment elle et Cleo peuvent être aussi proches. Cleo est du type guindé qui cherche constamment à tout contrôler, alors qu'avec Aminah, c'est l'inverse. Même leurs valeurs sont complètement différentes. C'est peut-être à cause de la règle qui veut que les opposés s'attirent.

— Je ne voulais pas venir te voir et te refiler mes microbes par la même occasion.

C'est un autre aspect de sa personnalité : elle parle sans discontinuer. Ça me simplifie la vie. Je n'ai pas besoin de réfléchir à ce que je vais répondre, parce que j'ai rarement l'occasion d'en placer une.

— Alors, comment vas-tu ? Oh, oublie. Tu douilles, je le sais bien. Ça se voit, et puis Cleo m'a envoyé quelques messages pour me dire que c'était la croix et la bannière pour vous en ce moment, surtout avec Lulu.

Ça ne m'étonne pas d'elle.

— Comment a réagi Mark ? Il est complètement parano avec ce fichu sous-sol. En toute amitié, Evie, choisis un autre endroit de la maison pour ton prochain accident.

Elle me jette un regard en coin.

— Cleo m'a raconté que Mark allait bientôt repartir en voyage – la Croatie, je crois. Tu vas gérer ? Parce que je peux passer te donner un coup de main, sinon.

Je ne dis rien, m'attendant à ce qu'elle donne elle-même la réponse. Mais pas cette fois.

— Ça va aller. Cleo est toujours prête à m'épauler si je suis coincée avec Lulu.

C'est ce que toute belle-sœur digne de ce nom devrait répondre, mais Aminah décèle quelque chose dans ma voix et me jette un regard inquisiteur.

— Elle aime Lulu, tu sais.

Un bref silence s'installe pendant lequel j'essaie vainement de trouver une réaction adéquate. Finalement, Aminah me sauve de nouveau la mise.

— Cleo aurait dû fonder sa propre famille, reprend-elle. Peut-être que comme ça, elle aurait été moins obsédée par Mark et Lulu. Je l'imagine bien avec un enfant unique, c'est ce qui lui correspondrait le plus. D'autres ont plus tendance à… tu sais… Allez, on enchaîne, j'en veux un autre tout de suite ! Enfin, tu vois le genre.

Elle ricane.

— Et pourquoi pas ? dis-je.

— Zahid a mis son veto. Il paraît que c'est déjà irresponsable d'avoir quatre gosses. Mais bon, Anik n'a que trois ans, je vais attendre un peu avant de le relancer. Il finit généralement par céder, dit-elle avec un large sourire. Et toi ? Vous en prévoyez d'autres ?

Je sais que ça n'arrivera pas, mais je ne peux pas l'annoncer de façon aussi catégorique.

— C'est trop tôt, dis-je.

Ma réponse est trop courte, je devrais la compléter. Sous ses airs de ne rien écouter, Aminah est perspicace. Je ne veux pas qu'elle cherche à interpréter mon silence.

— Comment Mark se débrouille-t-il dans son nouveau rôle de papa ? Entre Mia et sa sœur, il avait plutôt l'habitude d'être au centre de l'attention. Il parvient à gérer la concurrence ?

Mark est un bon père pour Lulu. L'homme que j'ai rencontré – celui à l'esprit embrouillé, dans sa bulle, qui préférait vivre en ermite – n'aurait pas su s'occuper d'un enfant. La paternité l'a transformé. Au moins lorsqu'il est en présence de sa fille.

— Depuis combien de temps connais-tu Cleo, Aminah ?

La dernière fois que j'ai posé cette question, elle m'a répondu « depuis toujours », mais je veux plus de précisions.

— On s'est rencontrées quand j'ai emménagé dans le coin, à mes quinze ans. J'étais une gamine assez revêche. Je me sentais obligée de l'être, car le manque de mixité par ici rendait l'intégration plus difficile. On était dans la même classe. Cleo était un peu loup solitaire, elle aussi. Elle passait son temps à se préoccuper de Mark et à s'assurer qu'il allait bien. Les autres gamins se moquaient d'elle en disant qu'elle le traitait comme un bébé, ce genre de trucs. C'était une petite grincheuse franchement pas populaire quand j'ai débarqué. Ce n'est pas tellement qu'on s'est trouvées, mais plutôt qu'on n'avait personne d'autre. Et au fil du temps, on a fini par se rapprocher et se faire confiance.

Ça paraît logique. Ce qui les différencie à présent, c'est qu'Aminah a évolué. Elle est mariée, a quatre enfants, sans compter une ribambelle d'amis. Elle et Zahid reçoivent souvent, leur maison est constamment emplie de bruits, d'amour et de jeux.

Cleo, elle, n'a qu'Aminah comme amie. Un jour, elle m'a dit n'avoir besoin de personne d'autre, parce qu'elle aurait toujours Mark. Elle ferait n'importe quoi pour lui. Elle fermerait les yeux sur tout, que ce soit bon ou mauvais. Je le sais pertinemment. Et Mark le sait aussi.

12

Voilà une semaine que je suis libérée du plâtre, à mon grand soulagement. Je peux de nouveau prendre Lulu dans mes bras et la faire danser à travers la maison sur sa musique préférée. Elle n'est pas fana de comptines, mais elle a l'air d'avoir un béguin enfantin pour Ed Sheeran, et elle adore se trémousser.

Mark part demain pour son voyage de recherches en Croatie. Il s'en plaint depuis des jours.

— Pourquoi ce mec tient-il autant à ce que je voie son yacht ? Il pourrait m'envoyer les dimensions, tout simplement, et me laisser me débrouiller. C'est complètement ridicule, Cleo aurait dû lui dire que ce n'est pas du tout comme ça que je travaille.

Je fais de mon mieux pour le rasséréner, mais je sais qu'il brasse de l'air. Il finira par y aller, comme chaque fois.

Cleo est venue un peu plus tôt dans la journée me dire, une fois encore, qu'il n'était pas trop tard pour décider d'accompagner Mark. Je lui ai répondu que je ne voulais pas laisser Lulu. Observer Cleo est un passe-temps toujours fascinant.

Je me souviens du jour où nous lui avons révélé l'existence du blog. Je ne l'avais pas vue depuis que j'avais confessé à Mark que je ne pouvais pas lui payer les photographies, trois semaines plus tôt, mais je savais qu'il lui avait déjà fait part de cette regrettable nouvelle. Nous n'étions pas encore en couple. J'apprenais à connaître Mark et je m'étais imaginé que ce projet commun constituait pour lui une première prise d'initiative, sans l'aval de sa sœur. Mais j'avais tort, comme je l'ai découvert ce soir-là.

Mark avait invité Cleo à passer boire un verre après la fermeture de la galerie pour discuter boulot. Elle m'avait vue au moment de franchir le seuil et avait été trop surprise pour dissimuler son trouble. Elle ne s'était pas attendue à me trouver là.

Nous nous étions assis sur les canapés, Mark et moi côte à côte, Cleo en face. Elle s'efforçait de paraître détendue, mais ses yeux, aussi gris et expressifs que ceux de Mark, trahissaient son malaise. Après tout, je n'étais qu'une cliente, n'est-ce pas ? Une pas fichue de régler la facture, de surcroît.

Mark avait d'abord discuté de la galerie afin de gagner un peu de temps, comme s'il redoutait la réaction de sa sœur. Finalement, il avait évoqué le blog en expliquant son enthousiasme pour ce nouveau projet sur lequel nous travaillions désormais depuis quelques semaines. J'avais chargé le site sur l'écran de mon iPad et l'avais tourné vers elle. Elle était abasourdie. Pas dans le bon sens.

« Pourquoi avoir manigancé ainsi derrière mon dos ? avait-elle demandé.

— Ce ne sont pas des manigances, avait répondu Mark, exaspéré. Evie voulait nous dédommager de son défaut de paiement. Elle a eu l'idée du blog, et c'est vrai que j'ai eu des doutes au début, mais le site est magnifique. Je pensais que ça te ferait plaisir. C'est censé être une bonne surprise. Tu rabâches sans arrêt qu'on ne fait pas suffisamment parler de nous. Ça me paraît un sacré pas en avant dans la bonne direction, non ? »

Cleo avait braqué sur moi un regard inquisiteur, tâchant sans doute de déterminer si j'étais une intruse qui voulait s'immiscer entre eux, ou la malheureuse jeune femme depuis peu orpheline que je prétendais être. Elle n'avait pas été convaincue par l'enthousiasme de son frère, qui avait commencé à perdre patience.

« Ce n'est pas la peine de faire cette tête, Cleo. Le site ne nous coûte rien, et c'est une bonne publicité. Evie voulait garder la surprise jusqu'à ce que la conception soit finie, et j'étais d'accord. »

Devant son air résolument perplexe, je lui avais adressé un sourire plein d'espoir – du moins avais-je essayé.

« Vous savez quoi ? avais-je dit. Je vais vous laisser en discuter un peu entre vous. Mark, tu permets que je prenne quelques photos du studio ? Elles ne seront pas aussi bonnes que les tiennes, mais quelques-unes suffiront pour montrer ton espace de travail sur le blog. Tu pourras les remplacer quand tu auras un peu de temps. »

Il avait acquiescé distraitement, le regard rivé sur sa sœur. Il essayait de contrôler son irritation, pourtant je sentais qu'il n'allait pas tarder à s'excuser – pour quel affront, mystère.

J'avais pris mon iPad en guise d'appareil photo et je m'étais éloignée dans un silence de plomb. Cleo attendait visiblement que je sois hors de portée de voix.

J'avais descendu l'escalier jusqu'à la porte du studio, que j'avais ouverte et laissée se refermer dans un bruit sourd. J'étais restée dans le couloir, immobile, où je pourrais entendre chaque mot.

« Mark, je sais que ce n'est pas grand-chose. Ce n'est qu'un petit blog stupide, au bout du compte. Mais tu dois te méfier d'Evie. Je ne lui fais pas confiance. »

La bouteille de vin avait été reposée un peu trop brusquement sur la table.

« J'y crois pas, Cleo. C'est quoi, ton problème ? Elle ne nous fait rien payer. La facture aurait sans doute atteint le montant des photos si on avait engagé quelqu'un d'autre.

— Tu parais plus épanoui depuis quelques semaines, et je sais que c'est en partie grâce à ton travail sur les photos d'Evie. Mais je ne veux pas qu'une nouvelle femme profite de toi, c'est tout. »

Certains silences sont si épais qu'on peine à y respirer. Je n'avais aucune idée de ce que Mark allait répondre, de la réaction qu'il aurait. Lorsqu'il avait repris la parole, ç'avait été d'une voix si basse que j'avais dû tendre l'oreille pour le comprendre.

« Qu'est-ce que tu veux dire par là, au juste ?

— Tu le sais très bien. Tu as attendu qu'il soit trop tard pour me parler de tes sentiments envers Mia. Je veux simplement t'épargner une nouvelle erreur.

— Trop tard ? Trop tard pour qui ? » avait-il grondé d'une voix acérée.

Je n'avais pas besoin de le voir pour ressentir le feu de sa colère, si rarement dirigée contre sa sœur. Cleo y avait semblé indifférente.

« Elle n'était pas faite pour toi. Elle n'avait aucune foi en toi ou en ton travail, et pour des encouragements, on pouvait repasser. À ses yeux, la photographie n'était qu'un hobby. Écoute, ça va faire deux ans qu'elle est morte, il est peut-être temps d'admettre qu'elle exerçait une mauvaise influence sur toi, non ? »

Le silence s'était fait plus étourdissant encore.

« Cleo, tu dis que je suis mieux sans Mia... Serais-tu en train d'insinuer que c'est une bonne chose qu'elle soit morte ? »

Elle avait hoqueté.

« Bien sûr que non ! Je ne dirais jamais une chose pareille !

— Et si c'était moi qui le pensais ? Si mon deuil n'était qu'une forme de culpabilité déguisée – si j'avais pris conscience qu'elle n'était pas la bonne et que, peut-être, j'estimais être mieux sans elle ? Que dirais-tu, alors ? »

Il y avait eu une pause, suivie du raclement d'une chaise violemment repoussée en arrière.

« Je vais retrouver Evie. Je suggère que tu t'en ailles avant que l'un de nous deux dise quelque chose qu'il serait impossible d'effacer. »

Silencieusement, j'avais ouvert la porte du studio et, tout aussi silencieusement, je l'avais refermée derrière moi.

13

Mark a fini par partir. Il a passé la journée d'hier à inventer des excuses pour rester à la maison avec nous. Il n'aime pas l'idée de « faire de la lèche aux riches », comme il le dit. Ce n'est pas parce qu'il n'est plus l'ermite d'autrefois qu'il considère soudain ces escapades comme une partie de plaisir.

Cet après-midi, je suis censée me rendre à l'association caritative où je suis bénévole. C'est à moi de tenir la ligne téléphonique. Je n'y ai pas mis les pieds depuis des semaines, étant incapable de conduire, et aujourd'hui encore, je vais devoir décommander. Je culpabilise, mais c'est pour le mieux. Il faut que je trouve une excuse à donner à Harriet.

La première fois que j'ai vu Harriet James, c'était au bulletin télévisé local. Elle se tenait à l'extérieur d'un palais de justice et parlait aux journalistes au nom d'une de ses clientes. C'était une femme frêle, avec des cheveux sombres et soyeux tirés en une queue-de-cheval sévère, aux yeux marron étincelants, qui expliquait par le menu toutes les erreurs du juge. L'intensité de son caractère réduisait ceux qui l'entouraient au silence, et j'avais été si impressionnée par son éloquence que j'avais recherché son nom sur Internet pour en apprendre davantage sur elle. J'avais découvert qu'elle était très impliquée dans une association caritative, pour laquelle je lui avais offert mes services. Bien sûr, j'avais dû informer Mark que je faisais désormais du bénévolat, mais il ne connaissait pas plus de détails sur le sujet.

À présent, je dois téléphoner à Harriet et m'excuser de ne pas venir, une fois encore.

— Salut, Harriet, dis-je quand elle décroche.

— Salut, Evie, tu vas bien ? Tu nous as manqué. Comment guérit ta main ?

Le ton de sa voix est aussi assuré et lapidaire que d'habitude. Je l'imagine en train de vérifier sa montre, essayant d'évaluer la durée probable de l'appel. Ce qui ne signifie pas qu'elle ne m'accorde pas d'importance. C'est simplement qu'il y a davantage de personnes importantes à ses yeux que d'heures dans une journée.

— Ça va. On m'a retiré le plâtre, mais je ne suis pas encore complètement remise… À vrai dire, je ne pense pas être en état de venir cet après-midi. J'étais censée commencer mon service à quinze heures, je suis vraiment désolée de te faire faux bond.

Harriet se transforme aussitôt. Elle a dû percevoir quelque chose dans mon intonation, car elle semble avoir soudain l'éternité devant elle.

— Que se passe-t-il ? Quelque chose ne va pas, je l'entends bien. Dis-moi tout.

— Je vais bien, Harriet. Ce n'est pas la peine de t'inquiéter pour moi, je t'assure.

Ma voix se casse.

— Tu veux que je passe te voir ? Tu es seule ?

Je renifle.

— Je te jure que ça va. J'ai Lulu avec moi, je crois que j'ai simplement besoin de rester un peu seule à seule avec ma fille aujourd'hui.

— Écoute, je ne vais pas insister si tu préfères ne rien me dire. Mais je suis habituée à garder les secrets. Ça fait partie de mon boulot, après tout. Alors si tu changes d'avis, tu connais mon numéro. N'hésite pas à m'appeler, à n'importe quelle heure du jour ou de la nuit, compris ?

Elle s'interrompt un moment au cas où je voudrais ajouter quelque chose, mais mon silence est suffisamment parlant.

— Je t'appellerai demain pour vérifier comment ça va, dit-elle. Prends bien soin de toi, Evie, d'accord ?

Je raccroche avec un sentiment de culpabilité. Mais je n'avais pas d'autre choix. Je ne pouvais pas la laisser me voir aujourd'hui.

Lulu fait la sieste. Son moniteur m'avertira si elle se réveille. Je m'aventure dans la cuisine à la recherche d'une tâche susceptible de m'occuper les mains et, je l'espère, l'esprit. J'avais prévu de déjeuner avec Aminah puis de lui confier ma fille cet après-midi afin de me rendre au refuge. Finalement, je lui ai laissé un message sur son portable pour annuler notre rendez-vous et lui demander de ne pas venir. Que pensera-t-elle de ce changement de dernière minute, et du ton de ma voix ? Ces anomalies ne lui auront pas échappé. Tout comme Harriet, elle est perspicace.

Mes pensées s'égarent vers la soirée de la veille. Mark a décidé de se coucher et j'ai promis de le rejoindre rapidement. Mais ça ne lui a pas suffi. Il me désirait à ses côtés. C'était la veille d'un départ en voyage, nous devions être proches l'un de l'autre. Ma promesse n'a pas dû le convaincre, car il a attendu jusqu'à ce que je cède.

Je savais qu'il voudrait faire l'amour – ça fait partie du rituel. Avant chaque départ et après chaque retour. J'ai de plus en plus de mal à m'y plier, cependant, et mon attitude fuyante est devenue une sérieuse source de tension entre nous. J'avais refusé de m'abandonner à sa passion la veille de son précédent voyage, et mon rejet nous avait blessés tous les deux. Mais c'est au-dessus de mes forces, ça me brise le cœur. Il m'en demande trop.

Un jour, j'ai voulu qu'il m'explique quel charme il trouvait à une prévisibilité pareille.

« L'idée de te faire l'amour, c'est quelque chose à quoi je peux me raccrocher quand je suis seul, loin de toi. J'ai toujours peur que tu ne sois pas là à mon retour, alors c'est comme si chaque fois pouvait être la dernière. »

Craint-il que je le quitte, ou de me retrouver un jour morte, moi aussi ? Je ne sais pas.

« Quand je reviens, avait-il dit, c'est comme si je reprenais possession de toi – comme si je revendiquais le fait que tu m'appartiens. Ça me calme. »

Parfois, j'essaie de l'arracher à ses routines, mais il résiste toujours avec obstination.

« Faire les choses d'une certaine manière me donne un sentiment de sécurité. Tant que je, tant que nous respecterons certaines règles, tout ira bien. C'est l'impression que j'ai. »

Essayer de lui imposer mon point de vue la veille de son départ n'aurait servi à rien, hormis à nous mettre tous les deux sur les nerfs. J'ai capitulé. Au fond, je le comprends. Son esprit est pollué par des idées éparses qui rivalisent constamment pour attirer son attention et, contrairement à la plupart des gens qui font de leur mieux pour endiguer ces pensées intrusives ou gérer leurs humeurs, Mark se sent obligé, par son statut d'artiste, de leur laisser le champ libre. Les règles arbitraires sont pour lui une façon de contrôler ses émotions et, en cela, la nuit dernière a ressemblé aux précédentes.

Il m'a enveloppée de ses bras.

— Evie. Je veux t'offrir un petit cadeau pour que tu ne m'oublies pas pendant mon absence. Tu ne peux pas l'avoir tout de suite, tu devras attendre jusqu'au matin. Pour l'instant, tout ce que je désire, c'est toi.

Il parlait d'une voix douce, souriait, excité à l'idée de ce qui allait suivre – l'étape suivante du rituel, que j'étais censée attendre avec impatience.

Quinze minutes après l'heure fixée pour notre déjeuner, Aminah sonne à la porte une première fois, puis une deuxième, avec insistance. Je sais que c'est elle. Elle a ignoré mon message qui la priait de ne pas venir. Elle veut comprendre pourquoi j'annule, me voir en face et vérifier que je vais bien. Dans le cas contraire, elle proposera de m'aider.

Mais je ne vais pas la laisser entrer.

Le carillon retentit en continu, une impatience grandissante répondant à mon silence. Puis c'est au tour du téléphone, que j'ignore également. Je commence à craindre que Lulu ne se réveille ; elle doit rester endormie. Aminah finira peut-être par jeter l'éponge, mais j'en doute.

Je me tiens dans la cuisine, près de la fenêtre haute et étroite qui court du sol jusqu'au plafond. D'ici, j'ai vue sur le jardin. Ce n'est pas aussi spectaculaire que la mer, mais j'aime regarder le gazon bien tondu et les plantes, surtout au printemps, lorsque des bulbes d'un vert tendre affleurent à la surface de la terre sablonneuse, ou au début de l'été, à l'éclosion des premiers bourgeons de roses.

Le jardin est caché par la maison d'un côté, la mer d'un autre, et un haut mur blanc enroulé en demi-cercle qui clôt le terrain. Encastré dans ce mur, un garage assez grand pour abriter trois voitures, fait de murs blancs couverts de clématites et de chèvrefeuilles qui saillent sur la pelouse.

Je reste à la fenêtre. Peu importe combien de fois Aminah toquera à la porte ou fera sonner le téléphone, je ne lui ouvrirai pas.

Enfin, les appels cessent, et j'entends Lulu geindre faiblement. Je dois la rejoindre. Mais pas tout de suite. Elle peut encore se rendormir.

Les dernières minutes qui ont précédé le départ de Mark se rejouent dans mon esprit tandis que je contemple le paysage sans le voir. Je mets un moment à remarquer la présence d'Aminah dans le jardin. Elle a dû passer par le garage. Elle me fait de grands gestes et me désigne son téléphone.

Je me tourne légèrement vers elle et, une fois n'est pas coutume, elle est frappée de stupeur. Elle s'arrête brusquement et baisse la main qui tient le téléphone, sans me quitter du regard. Deux ou trois secondes s'écoulent avant que je descende les stores, dissimulant mon visage à sa vue.

Mais je sais qu'elle a remarqué, déjà, la peau bleue et rouge vif autour de mon œil droit.

14

Cleo professait des éloges dithyrambiques sur l'un des paysages les plus récents de Marcus North devant un couple d'intéressés lorsque le tintement discret du carillon lui indiqua qu'un nouveau venu avait pénétré dans la galerie.

Elle se tourna, mais son sourire charmeur se flétrit quand elle aperçut le visage exceptionnellement sombre d'Aminah. Elle l'interrogea silencieusement d'un froncement de sourcils, et cette brève distraction suffit à lui coûter ses clients. L'homme suivit son regard, se désintéressant de la photographie.

— On va y réfléchir, dit-il.

Il posa la main sur la taille de sa femme, et ils se dirigèrent ensemble vers la sortie.

Encore quelques minutes et l'affaire était pliée, songea Cleo avec frustration.

— Désolée, s'excusa son amie quand elles furent seules.

Cleo résista à l'envie grandissante de soupirer. Elle ne reprochait pas cet échec à Aminah, qui paraissait angoissée.

— Ne t'inquiète pas pour ça. Ç'aurait été génial de vendre une photo, cela dit. J'ai l'impression d'avoir perdu la main. Bref, qu'est-ce qui me vaut l'honneur de ta visite ? Je croyais que tu déjeunais avec Evie avant de garder Lulu.

Aminah demeurait silencieuse. Elle n'avait pas interrompu Cleo une seule fois. Ça ne lui ressemblait pas.

— Qu'y a-t-il ?

— Je peux te poser une question ?

— Bien sûr. Je ne te promets pas de répondre, parce que ça dépend de la question, mais demande toujours.

Elle sourit pour indiquer qu'elle n'était pas sérieuse. Son amie sembla chercher ses mots.

— Est-ce que tu crois que Mark a des problèmes d'agressivité ?

Elle ne s'était pas attendue à ça.

— C'est quoi, cette question ? Qu'est-ce qui peut bien te faire penser une chose pareille ?

— Réponds-moi, c'est tout.

Cleo resta coite. Il se passait quelque chose – Aminah ne lui disait pas tout.

— Non !

Elle ne ressentit pas le besoin de développer, mais elle avait donné au mot plus de force que nécessaire.

— Ne va pas m'arracher la tête, Cleo. Je devais poser la question.

— Mais pourquoi ? Est-ce que tu l'as vu éclater de colère ? Ou bien c'est autre chose ? C'est Evie qui commence à l'accuser à tort et à travers ?

L'expression d'Aminah était indéchiffrable. Cela ne lui ressemblait pas. Un silence pesant s'installa.

— À propos de cet accident, il y a des années, quand vous étiez gamins… Tu as toujours dit que c'était sans rapport avec Mark. Est-ce que tu le couvrais ?

Cleo sut immédiatement à quel accident Aminah faisait allusion. Elles ne se connaissaient pas encore à l'époque, mais l'histoire avait acquis une certaine notoriété locale. Cleo refusa d'y songer. Elle ferma son esprit aux cris des mouettes dans le ciel, aux fracas des vagues sur les remparts et à un long hurlement perçant.

— Ne joue pas à ça, Aminah. Mark n'a jamais été impliqué dans cette histoire. Maintenant, tu dois me dire ce qu'il se passe.

Indécise, Aminah se mordit l'intérieur des joues.

— Non, dit-elle enfin. Je ne « dois » rien du tout. Excuse-moi d'avoir posé la question. Oublie, c'est bon.

— Hors de question ! Tu ne peux pas accuser mon frère d'un truc pareil sans expliquer ensuite d'où te viennent des idées aussi absurdes.

Cleo savait qu'elle réagissait de façon disproportionnée. Elle voyait la confusion d'Aminah. Mais c'était plus fort qu'elle.

— Est-ce qu'Evie a dit quelque chose ? Il n'aurait jamais dû la laisser emménager avec lui.

Aminah se fendit d'un sourire peu convaincant.

— Je ne l'accusais pas, et si je me souviens bien, Evie a pris son temps avant d'accepter ce déménagement. Elle était enceinte de six mois quand elle a fini par céder.

C'était la vérité. Evie avait expliqué que Mark n'avait rien proposé de sérieux entre eux avant qu'elle tombe accidentellement enceinte et que, par conséquent, elle ne lui imposerait pas de s'engager auprès d'elle et de l'enfant. Finalement, il avait dû la convaincre qu'il désirait sincèrement faire partie de leur vie.

— Oui, mais c'était avant. Écoute, si Evie sous-entend qu'il lui fait du mal…

— Je ne lui ai pas parlé, elle n'a donc rien sous-entendu.

Elle ne lui racontait pas tout. Qui essayait-elle réellement de protéger ?

— Oublie ça.

— Tu sais très bien que je ne peux pas.

— Je ne dirai rien de plus, à toi ni à personne, tant que je n'aurai pas plus de certitudes.

— Quelles certitudes ? De quoi tu parles, bon sang, Aminah ?

Son cœur battait la chamade. Même si elle ignorait ce qui avait éveillé la suspicion de son amie, elle savait précisément ce qu'elle insinuait. Des doutes semblables l'avaient assaillie récemment – jusqu'à ce qu'elle refuse catégoriquement d'y prêter attention – mais elle ne pouvait pas admettre une telle chose devant son amie.

— Si elle te raconte qu'il lui a fait du mal, de quelque façon que ce soit, je la tuerai de mes propres mains.

Devant l'expression d'Aminah, elle sut que cette fois elle était allée trop loin. Elle devait la convaincre qu'elle ne pensait rien de tout cela, mais c'était trop tard. Son amie tourna les talons sans un mot et s'éloigna.

— Ce n'est pas ce que je voulais dire, Aminah, murmura-t-elle. Je ne ferais jamais de mal à Evie.

Arrivée à la porte, Aminah lui jeta un coup d'œil par-dessus son épaule et Cleo se rendit compte qu'elle ne la croyait pas. C'était compréhensible, au fond.

Cleo plaça les mains sur ses tempes, appuyant fort pour chasser le souvenir de son esprit. Une seconde suffisait – un moment de folie, une poussée, une paire d'yeux écarquillés par la surprise, et un cri perçant qui continuait de hanter ses nuits.

15

Après le départ d'Aminah, Cleo prit trente secondes pour décider quoi faire. Elle retourna l'écriteau de la vitrine afin d'indiquer que la galerie était fermée, saisit son sac et les clefs de sa voiture, activa l'alarme et sortit au pas de course. Qu'est-ce qui avait bien pu provoquer une telle réaction chez Aminah ? Tout ça, c'était la faute d'Evie ! Elle devait la voir et lui tirer les vers du nez.

Quelques minutes plus tard, elle s'arrêta dans un crissement de freins le long du haut mur blanc. Même si elle en comprenait l'intérêt, elle s'agaça de l'absence de fenêtres sur la façade. Elle aurait adoré apercevoir la réaction d'Evie devant cette visite impromptue. Mark lui avait un jour demandé de les prévenir par téléphone avant de venir chez eux, et elle ne s'était jamais permis de passer à l'improviste depuis. Toutefois, Mark lui pardonnerait sans doute cet écart.

Elle bondit hors de sa voiture et vint tambouriner à la porte tout en appuyant sur la sonnette.

Rien. Elle recommença.

— Merde, murmura-t-elle.

Evie ne comptait pas la laisser entrer.

Elle jeta un coup d'œil au garage dans l'espoir de couper par le jardin. Elle rejoignit la porte d'un pas brusque et la secoua, mais celle-ci était verrouillée. Elle lui donna un coup de pied pour faire bonne mesure et se retourna vers la maison. Si Evie avait décidé de l'ignorer, alors elle n'avait pas le choix : elle entrerait par ses propres moyens.

Elle fut soudain assaillie par les souvenirs de la dernière fois où elle s'était impulsivement servie de sa clef « réservée aux urgences ». C'était le jour de la mort de Mia. Elle n'avait pas utilisé la clef une fois, mais deux. La première : elle était entrée en trombe, folle de rage, comme aujourd'hui. Son esprit bloqua aussitôt le reste. Elle devait se calmer. Ce jour horrible et tout ce qui avait suivi ne pouvaient pas se reproduire.

Elle sortit la clef de la pochette de son sac et l'inséra dans la serrure. Elle essaya de la faire pivoter, mais une résistance l'en empêcha. Elle s'appuya contre la porte au cas où la serrure ne serait pas correctement alignée. En vain.

Il n'y avait qu'une seule explication possible. Les serrures avaient été changées.

Elle se tourna et jeta la clef de toutes ses forces en direction du vide.

Cleo remonta dans sa voiture. Elle récupéra son téléphone portable et, enfonçant les boutons avec énergie, composa le numéro de Mark.

Elle s'attendait à ce qu'il ne lui réponde pas non plus, mais il la surprit en décrochant après deux tonalités.

— Salut, dit-il. Que se passe-t-il ?

De toute évidence, il n'envisageait pas qu'elle puisse l'appeler pour une simple conversation fraternelle. En l'occurrence, ses soupçons étaient fondés.

— As-tu parlé à Evie ? demanda-t-elle brusquement.

— Pas encore. Je descends tout juste de l'avion et je comptais lui téléphoner une fois arrivé au yacht… dans une demi-heure environ, d'après mon chauffeur de taxi. Il y a un problème ?

Cleo s'accorda un moment de réflexion. Elle ne voulait pas compromettre les chances de son frère auprès de son client. S'il s'inquiétait, il n'arriverait pas à se concentrer. Pire, il risquait de rebrousser chemin et de rentrer immédiatement à la maison. Elle s'appliqua à calmer sa respiration.

— Non, mais j'ai subitement eu envie de lui rendre visite. J'avais dans l'idée de lui proposer ma compagnie un de ces soirs, pendant ton absence.

— Vraiment ? Ça ne te ressemble pas.

— Ne sois pas mauvaise langue, Mark. Je fais des efforts pour que ça se passe bien entre nous, et puis j'adore Lulu.

Il rit.

— À d'autres, Cleo ! Enfin, tu n'as pas besoin de ma permission pour la voir, tu sais.

— Je sais, j'ai sonné, mais elle ne répond pas. Elle doit être sortie. Je voulais lui laisser un mot à l'intérieur, mais ma clef n'a pas l'air de fonctionner.

Il y eut un moment de silence.

— Non. En effet. On a changé les serrures.

Des larmes lui piquèrent les yeux. Son frère lui avait interdit l'accès de sa maison.

— Mais pourquoi ? Je suis la seule à avoir un double, nom d'un chien.

— Ça n'a rien de personnel, Cleo. Quand Evie s'est installée chez moi et que j'ai commencé à m'absenter, elle a eu envie d'engager une société de surveillance. Tu sais, de celles qui démarchent régulièrement pour voir si on n'a besoin de rien. Et ça m'a semblé une bonne idée ! Leur première mesure a été de nous installer une serrure plus solide, voilà tout.

— Et tu n'as pas pensé à m'en parler ?

— Désolé, ça m'est complètement sorti de la tête. C'est Evie qui a géré tout ça. La seule raison pour laquelle je sais qu'on a changé de serrure, c'est parce qu'elle m'a donné une nouvelle clef. La société de surveillance a insisté, il paraît.

Cleo voulut lui demander s'il lui confierait un double à présent, mais elle n'en eut pas le courage. Elle ne supportait pas l'idée qu'il puisse refuser.

— Que se passe-t-il réellement, Cleo ?

Elle devait trouver quelque chose. Une réponse lui apparut brusquement.

— Evie était censée se rendre à son association caritative cet après-midi pendant qu'Aminah faisait du baby-sitting, mais elle a annulé leur rendez-vous. J'ai d'abord pensé qu'elle avait eu un empêchement, mais elle a peut-être simplement décidé d'amener Lulu là-bas. Tu sais où c'est ?

— Non, et si je le savais, je ne te le dirais pas. Dans ce genre d'associations, les bénévoles n'ont pas le droit de raconter à leur entourage où ils travaillent. C'est la même logique que pour les Samaritains : quelqu'un peut ne pas appeler s'il craint d'être mis en contact avec une connaissance. Je sais qu'elle y va, et j'espère qu'elle les aide, mais c'est tout.

Cleo voyait mal ce qui empêchait Evie de discuter de ce genre de choses avec Mark. Ce n'était pas comme s'il pouvait un jour avoir recours à ces centres de soutien. Cette manie de faire des cachotteries sans raison était typique d'Evie.

— Enfin, ce n'est pas un boulot d'agent secret ! C'est une association caritative à la con, après tout, pas le MI5.

Mark laissa échapper un soupir irrité.

— Désolée, se reprit-elle.

Evie était en train de creuser un fossé entre Cleo et son frère. C'était arrivé une fois, par le passé, et il était hors de question que cela se reproduise. Elle l'avait déjà déçu plus tôt dans la semaine, quand elle avait échoué à lui remettre le bijou qu'il lui avait commandé – pas à cause d'un manque de temps, en vérité, mais parce qu'elle n'avait pas trouvé la motivation nécessaire pour s'atteler sérieusement à la tâche.

— Je suis désolée, Mark, répéta-t-elle. Et je suis aussi désolée de ne pas avoir fini le bijou pour Evie. J'avais plus de travail que je ne le croyais.

— Ce n'est pas grave. Écoute, je dois te laisser, j'ai l'impression qu'on s'approche de la marina. Mais ne t'inquiète pas pour ça. Elle n'a jamais su ce que j'avais en tête, de toute façon, et je lui ai offert autre chose. Ce sera pour une autre fois.

Il raccrocha.

Elle resta dans sa voiture dix minutes de plus, sans savoir quoi faire. Même si Aminah avait refusé de lui donner plus de détails, elle avait eu l'air sincèrement convaincue que quelque chose ne tournait pas rond. Cleo ignorait de quoi il s'agissait, mais dans tous les cas, c'était un problème qu'elle se devait de régler. Elle aurait pu se réjouir que la relation entre Mark et Evie tourne au vinaigre. Seulement, voilà : si Evie partait, elle partirait avec Lulu. Et Cleo refusait de la perdre.

16

Mark est parti depuis dix jours. Il n'avait pas prévu de s'absenter si longtemps, mais il a dû faire un crochet par Londres sur le chemin du retour pour visiter une galerie qui s'intéresse à ses photographies et envisage d'en inclure quelques-unes dans une exposition à venir. Il a passé quelques nuits sur place. C'était la solution la plus logique, cela lui épargnait de rentrer à la maison pour repartir le surlendemain.

Je n'ai revu ni Cleo ni Aminah depuis ce premier jour. Cleo a campé dans l'allée un long moment et, à travers le judas de la porte, je l'ai vue abattre les mains sur le volant de sa voiture, dans un élan de frustration. Elles ont toutes les deux continué de m'appeler. Je les ai ignorées autant que possible, mais je ne pouvais pas les fuir éternellement.

Au bout du compte, Mark m'a demandé d'expliquer à Cleo pourquoi il devait retarder son retour. Il n'avait pas envie de le lui annoncer lui-même : il trouvait qu'elle se comportait bizarrement ces derniers temps, et il ne voulait pas mettre de l'huile sur le feu.

« Honnêtement, Evie, c'est dans l'intérêt de tout le monde de ne pas la contrarier. Elle s'inquiète pour nous autres, voilà tout. »

« Nous autres » n'inclut que Lulu et lui. Mais cela ne vaut pas la peine de le lui faire remarquer.

Mark est différent quand il est loin. Parfois, en fonction de la façon dont nous nous sommes quittés, nous n'avons aucun contact pendant toute la durée de son voyage. Je ne sais pas pourquoi il s'inflige ces excursions – nous les inflige à tous – s'il en a tant horreur. Pourtant je n'essaie pas de le dissuader de partir. J'ai besoin qu'il soit absent quelque temps. Ce serait invivable s'il était constamment présent.

Aujourd'hui, il m'a téléphoné pour me dire qu'il avait hâte de rentrer à la maison auprès de nous. Son affection paraissait sincère. Je me suis efforcée de répondre, mais ce n'est pas toujours évident. Il a attendu que je lui dise que je l'aimais. Parfois les mots me viennent. Le plus souvent, ils restent coincés au fond de ma gorge. Cela posera problème au moment de son retour, et alors je regretterai de ne pas avoir été capable de jouer correctement mon rôle. C'est difficile de le laisser s'approcher de moi quand je sais à quel point j'en souffrirai plus tard.

J'ai fait ce qu'il m'a demandé : j'ai appelé Cleo. La conversation a été brève. Elle voulait savoir ce que j'avais raconté à Aminah ; j'ai répondu que je n'avais rien dit, ce qui est la stricte vérité. Elle désirait voir Lulu ; je préférais qu'elle attende le retour de Mark. Cela ne lui a pas plu, mais nous avons arrêté de prétendre qu'une amitié était possible entre nous.

Nous parvenons encore à nous plier aux convenances, mais nos politesses sonnent creux, comme un papier cadeau chic enveloppant une boîte vide.

Ça n'a plus d'importance.

Avec Aminah, bien sûr, c'est une autre paire de manches. Elle appelle inlassablement, déterminée à découvrir ce qui est arrivé à mon visage.

— Ah, lui dis-je. L'œil au beurre noir. Je ne m'étais pas rendu compte que tu l'avais vu. C'est Lulu. J'étais en train de changer sa couche et elle agitait les jambes en l'air quand, boum, elle m'a envoyé son petit pied tout droit dans l'œil.

— Alors pourquoi tu n'as pas ouvert quand tu m'as vue dans le jardin ?

Ce n'est pas une question déraisonnable.

— Parce que je pensais sincèrement que tu n'avais pas remarqué, et j'ai eu peur que tu n'imagines aussitôt le pire si je te laissais entrer – que j'avais eu un autre accident débile ou qu'on m'avait donné un coup de poing, par exemple.

Je ris, comme si l'idée était si ridicule qu'elle en devenait drôle.

— Il m'a paru plus simple de me tenir un peu à l'écart plutôt que d'essayer de me justifier. Personne ne te croit jamais dans ce genre de situation, pas vrai ?

Aminah se tait. J'imagine qu'elle hésite à m'interroger plus directement, mais elle sait déjà quelle réponse je lui donnerai. Alors, à quoi bon ?

— Souviens-toi seulement que je suis ton amie, conclut-elle. Si un jour tu as besoin de quelqu'un, appelle-moi. D'accord ?

Je me rends compte à ce moment que cette situation n'a que trop duré. Il faut que ça s'arrête. Tout ça doit prendre fin, et vite.

Il est de retour. Il est arrivé tard dans l'après-midi et, à peine le seuil du séjour franchi, a laissé tomber son sac près de la porte avant de se jeter sur le canapé et d'étendre les jambes devant lui.

— Ne me fais plus partir aussi longtemps, Evie. C'était un enfer.

Il n'a rien remarqué de différent sur mon visage, mais il est resté absent plus de dix jours, assez pour permettre à un œil au beurre noir de se résorber. Aminah est la seule à être au courant, et je doute qu'elle aborde le sujet avec lui.

Mark a donné son bain à Lulu et l'a mise au lit. Je les ai entendus, elle glousser et lui pousser la chansonnette. Elle adore son père. Ça ne me facilite pas la tâche.

Il est tard à présent. Nous avons ouvert une bonne bouteille de vin pour le dîner, et tant pis pour la sobriété. Quand la première a été finie, nous en avons ouvert une autre. Mark a bu lentement, mais sans discontinuer, quant à moi, j'ai largement dépassé la limite de mon occasionnel petit verre. Il m'a raconté l'intégralité de son voyage en Croatie.

— C'était sympa de se balader en yacht, même si je n'étais pas vraiment emballé au début. Ça m'a donné quelques idées pour la fresque. Mais vous m'avez manqué, Lulu et toi.

Je devrais lui répondre qu'il m'a manqué, lui aussi. C'est ce qu'il attend.

— Evie, je suis le premier à admettre que je ne suis pas facile à vivre. Je dois te rendre folle, parfois, avec certaines de mes manies. Pourtant, tu parviens à me gérer. Et ça compte beaucoup pour moi, j'espère que tu le comprends. Je vais faire plus d'efforts, je te le promets.

— Étais-tu pareil avec Mia ? dis-je à voix basse.

— Aucune idée. C'est compliqué de se voir à travers les yeux de quelqu'un d'autre. Mia avait davantage de franc-parler, elle pensait savoir ce qui était le mieux pour moi.

Il prend une longue gorgée de vin.

— Je n'avais pas la vie facile quand j'étais gamin, je t'en ai déjà parlé. Je m'étais juré de ne jamais plus laisser quiconque me marcher sur les pieds. Alors quand Mia me disait quoi faire, sans doute que je… Oh, j'en sais rien. Tout ce que je sais, c'est qu'après sa mort, j'ai passé plus d'un an à regretter de ne pas avoir été un meilleur mari.

— Pourtant tu permets encore à Cleo de te dicter ta conduite. Où est la différence ?

Mark paraît confus.

— Tu trouves qu'elle se montre autoritaire envers moi ?

Je ricane.

— Mark, tu fais tout ce qu'elle te dit.

Son visage change : il n'aime pas que j'ose critiquer Cleo. Je dois désamorcer sa colère avant qu'une dispute éclate. Je souris.

— Enfin, c'est bien normal. C'est ta grande sœur, après tout, elle ne veut que ton bonheur. Il n'y a pas de mal à ça.

Le reste de la soirée se passe sans encombre, jusqu'à ce que notre téléphone sonne. C'est Alain Roussel, le client parisien de Mark, qui veut lui parler. J'ignorais qu'il connaissait le numéro de notre ligne fixe, j'ai du mal à croire que Mark le lui ait donné. Je soupçonne davantage Cleo.

M. Roussel exige que Mark le rejoigne au plus tôt à Paris. Il a de nouvelles idées pour les photos. Mark lui rétorque que ce n'est pas le bon moment, il est en train de boucler différents projets, mais Roussel ne veut rien savoir. Je n'ai pas besoin de me rapprocher du combiné pour l'entendre dire dans un anglais maladroit que, au prix où il le paie, Mark devrait se plier à tous ses caprices – ou quelque chose du genre.

Quand Mark raccroche, son humeur a changé du tout au tout.

— Je devrais l'envoyer se faire foutre, ce connard. Je n'ai pas besoin de ce genre de stress dans ma vie.

La conversation se tarit après cela. L'ambiance est inexorablement fichue.

Mark ne tarde pas à annoncer qu'il est fatigué et veut se mettre au lit. Il est encore à cran, il ne va pas s'endormir de sitôt. Il a envie que je le suive et, en dépit de tout, j'accepte. Autant que possible, j'ai besoin de le garder de bonne humeur pendant les quelques jours qui précéderont son départ à Paris.

C'est difficile. Plus difficile que je ne pouvais l'imaginer.

17

Voilà cinq jours que Mark est rentré. Déjà. Les journées se succèdent sans heurts, pourtant mes nerfs sont constamment à fleur de peau. J'ai peur de ce qui doit suivre. Je visualise tous les détails de ce qui se produira inéluctablement la veille de son départ, et l'anticipation me donne des sueurs froides. Quand le grand soir arrive, je suis transie de terreur.

Je lui ai acheté un cadeau. Je l'ai reçu hier, juste à temps pour son départ. Mark sera heureux – euphorique – que j'aie eu cette petite attention à son égard, du moins je l'espère. C'est un télescope. Voilà des mois qu'il parle de s'en procurer un pour profiter de la vue imprenable depuis la baie vitrée du séjour. Le paquet est emballé, je n'aurai qu'à le lui offrir ce soir en guise de cadeau d'adieu, en lui disant que cela lui donnera une raison supplémentaire d'être pressé de rentrer à la maison. Je l'ai laissé sur le lit, il ne le verra pas avant d'aller se coucher.

J'ai disposé des bougies dans la chambre et j'ai changé la literie. Par cette chaleur, nous nous contentons d'un drap sans duvet. Les rideaux ne sont jamais fermés – personne ne peut nous épier – et, perçant brièvement le voile de nuages, la lune éclaire la pièce. Tout est parfait. Une photo de moi trône au-dessus du lit. Elle fait partie de la série que Mark a réalisée pour mon père. C'est sa préférée. J'y parais insouciante, mes yeux pétillent tandis que le vent plaque mes cheveux sur mes joues. Mon image crée une illusion de bonheur aux antipodes de ce que je ressens aujourd'hui.

Je retourne au séjour. Quand Mark déclare qu'il va se coucher, je lui emboîte le pas dans l'escalier de verre. C'est toujours lui d'habitude qui organise des « petites surprises » avant chaque départ, mais cette fois, c'est mon tour.

Je pose les mains sur ses omoplates et je lui susurre à l'oreille :

— J'ai quelque chose pour toi.

Et je l'incite à descendre les marches sans se retourner.

— Dans la chambre.

Il pénètre dans la pièce tandis que je tends la main vers l'interrupteur. Un petit bruit sec retentit. Non seulement la lampe ne s'allume pas, mais le couloir s'éteint.

— Merde, lâche Mark. Les plombs ont sauté.

Il reste sur le seuil, réticent.

Mon cœur s'affole, mais la lune est de mon côté et sa lueur suffit à me permettre de trouver des allumettes et d'allumer les bougies.

— C'est mieux que de la lumière artificielle, non ?

Je l'ai surpris. Une lueur d'intérêt brille dans ses yeux. Cette version de moi l'intrigue. Son cadeau repose sur le drap, enveloppé d'un papier noir et or, avec un nœud énorme.

Il hésite entre l'ouvrir et s'approcher de moi.

— Commence à le déballer. Je vais chercher des ciseaux. Je ne pense pas que tu viendras à bout de l'emballage à mains nues.

Je m'absente quelques minutes seulement. La maison entière est plongée dans le noir.

— J'ai essayé de rétablir le courant, mais je ne sais pas quel fusible a sauté, lui dis-je à mon retour. Tant pis, on ne va pas se soucier de ça pour le moment. On a les bougies, après tout. Tiens, je t'ai rapporté de quoi finir d'ouvrir le paquet.

Mark me tend le bras.

— Je t'aime. Tu le sais, n'est-ce pas ?

Je pose la joue sur son épaule.

— Allez, dis-je en le poussant gentiment. Ouvre ton cadeau.

Je lui présente le couteau à désosser que j'ai récupéré dans la cuisine, à la longue lame fine, et je contourne le lit.

Je reconnais l'expression de son visage. Ses yeux scintillent d'une excitation sans rapport avec mon cadeau tandis qu'il tient la lame devant lui.

— Je ne veux pas que tu m'oublies en mon absence, dit-il. C'est ma plus grande crainte. J'avais prévu de te donner quelque chose de très spécial demain matin, mais je devrais peut-être le faire maintenant, après tout.

Il me rejoint de l'autre côté du lit. Ça y est. Le moment est finalement arrivé.

DEUXIÈME PARTIE

La chambre est sombre. C'est délibéré, ça lui plaît comme ça. Il déteste voir les regards haineux braqués sur lui, mais les sons lui plaisent. Le craquement d'un fouet. La peau qui éclate. Les cris étouffés.

18

Plus que tout au monde, la sergent Stephanie King aurait voulu ne pas être de service ce soir-là, quand l'appel au secours leur avait été transmis. Dès qu'elle avait poussé la porte de bois de l'imposant mur blanc, elle avait su que ce qui l'attendait de l'autre côté ne serait pas beau à voir. Son intuition avait été en deçà de la réalité.

Lorsque Jason était parti à la recherche de l'enfant, guidé par ses pleurs, Stephanie était restée seule dans la chambre avec les deux corps. Un cadavre, peut-être deux. Aucun nouveau signe de vie n'avait suivi le râle imperceptible qu'elle avait entendu à leur arrivée. L'avait-elle imaginé ? Elle ne pouvait pas prendre de risque. Elle devait en avoir le cœur net. Lequel de ces deux corps empêtrés dans les draps imbibés de sang aurait pu survivre aux atrocités commises dans cette pièce ?

Le premier devoir de Stephanie était de protéger la vie. Aussi, au risque de compromettre la scène de crime, elle braqua le faisceau de sa lampe sur le sol et, évitant autant que possible de déranger les éléments potentiellement importants pour l'enquête, s'avança vers le côté du lit où les deux corps étaient blottis.

Elle éclaira le seul visage visible – bel et bien mort. Les yeux aveugles demeurèrent grands ouverts, sans ciller face au rayon.

Elle se pencha vers la seconde personne, dont le visage était dissimulé par l'amas de draps, et tendit la main vers une épaule sous le tissu fin. Le torse se cabra soudain, et la tête d'une jeune femme se dégagea du linge avec un hurlement de détresse. Stephanie recula, surprise, et resta tétanisée devant la femme au regard fixe, chargé de peur ou d'horreur, elle n'aurait su le dire.

Elle n'eut pas le temps de réagir. Un bruit de course résonna aussitôt dans le couloir.

— Sergent, cria Jason. Tout va bien ?

Elle se tourna vers lui.

— Où est l'enfant ?

Figé sur le seuil, il ne répondit pas. Il fixait la silhouette svelte sur le lit, dont on apercevait dans la pénombre la peau dénudée jusqu'à la taille, couverte de sang. Le hurlement s'était transformé en sanglots.

— Jason, le bébé !

— Elle est en sécurité. Elle est trop petite pour marcher, je l'ai laissée dans son berceau.

Il ne quittait pas la femme des yeux.

— Inspecte la maison. Même si ça n'y ressemble pas, on doit s'assurer qu'il ne s'agit pas d'une intrusion. Va vérifier le sous-sol : il y a une salle de gym et une piscine en bas.

Elle se pencha vers la femme.

— Est-ce que ça va ? Vous êtes blessée ?

On voyait des coupures sur ses bras et sur sa poitrine, trop superficielles néanmoins pour expliquer une telle quantité de sang. La femme la regarda sans réagir, le visage baigné de larmes. Malgré la touffeur de la soirée, sa peau était froide au toucher. Elle était en état de choc.

Stephanie se tourna à nouveau.

— Ne reste pas planté là, Jason ! Continue à fouiller. Et ne fais plus un pas dans cette pièce. On doit préserver au maximum l'intégrité des indices que je n'ai pas déjà détruits.

Elle saisit sa radio et, sans se détourner de la jeune femme, demanda l'intervention des secours de toute urgence. Des ambulanciers, des policiers et des enquêteurs de la Scientifique envahiraient bientôt la maison. Elle serait soulagée de leur passer le relais.

Elle regarda autour d'elle. Un lainage gisait sur une chaise à proximité du lit, et elle l'attrapa pour draper les épaules de l'inconnue.

— Est-ce que ça va ? répéta-t-elle. Vous voulez me raconter ce qui s'est passé ?

La femme tremblait de tous ses membres, mais les pleurs de l'enfant la ramenèrent à la réalité. Son corps entier se crispa.

— Lulu ? demanda-t-elle.

Pour la première fois, son regard s'accrocha à celui de Stephanie.

— C'est votre petite fille ?

La femme acquiesça.

— Elle va bien. Elle est en sécurité dans son berceau, on vous conduira auprès d'elle dès que possible. Est-ce qu'il y a quelqu'un d'autre dans la maison ?

Mon collègue est en train d'inspecter les lieux, mais ça nous aiderait de savoir quoi chercher.

Elle avait déjà deviné qu'ils ne trouveraient aucun intrus tapi dans l'ombre. Si quelqu'un avait été présent, il aurait largement eu le temps de filer en emportant son arme.

Son regard tomba sur une pièce à conviction ; une que personne ne devait toucher. Un éclat de lumière, reflet de la torche sur une poignée en acier immaculée, révélait la présence d'un couteau à désosser sur l'oreiller, à côté de la gorge tranchée de l'homme. La lame était couverte de sang.

La chambre donnant côté mer, Stephanie n'entendit pas les ambulanciers arriver. Elle s'était efforcée, sans grand succès, de réconforter la femme, qui sanglotait trop violemment pour faire quelque révélation que ce soit sur l'éventuelle implication d'une tierce personne. Les lamentations lointaines du bébé ajoutaient encore à l'atmosphère lugubre, et Stephanie éprouva un vif soulagement en entendant le lourd martèlement de bottes dans la cage d'escalier.

Son ambulancier préféré entra dans la pièce et la salua à voix basse.

— Salut, Steph, comment ça va ?

Comme elle, ce n'était pas la première fois qu'il pénétrait dans cette maison. Par le passé, il était venu examiner un corps gisant sur le seuil du sous-sol.

— Ça va, Phil. Mais c'est une scène de crime, alors fais gaffe où tu mets les pieds.

— On ne peut pas allumer ?

— La lumière n'a pas l'air de fonctionner. Je ne veux rien toucher jusqu'à ce que les gars de la Scientifique soient passés par là.

Phil reporta son attention sur le lit.

— Un mort, l'autre en état de choc, à première vue, murmura-t-elle.

— On s'en charge.

— Mieux vaut que je reste pour voir ce que tu touches. Mais il faudrait vraiment que j'aille m'occuper de ce bébé. Elle n'est pas en danger, mais je n'ai pas encore eu l'occasion de mettre un pied en dehors de cette chambre.

— On va faire aussi vite que possible.

Phil se fraya un chemin jusqu'au lit. Sa partenaire, une jeune femme que Stephanie n'avait jamais croisée, attendit près de la porte.

— Reste là, Lynne, au cas où on aurait besoin de quelque chose dans l'ambulance. Autant éviter d'entrer tous les deux avec nos gros sabots, si possible.

Il contourna le lit pour se pencher vers l'homme. C'était son rôle de constater le décès, et il le confirma d'un geste muet. Il s'inclina vers la femme, qui s'était recroquevillée contre le dos du cadavre.

— Bonjour, dit-il doucement. Comment vous appelez-vous ? Moi, c'est Phil. Je suis ambulancier.

Les sanglots redoublèrent d'intensité.

Phil demanda d'un coup d'œil la permission de monter sur le lit, et Stephanie acquiesça. Cela paraissait le seul moyen de vérifier que la femme n'était pas en danger immédiat. Il fit courir sur elle le faisceau de sa lampe, mais il lui faudrait inspecter en dessous des draps pour ne pas manquer des blessures graves.

— Est-ce que vous avez mal ? s'enquit-il gentiment.

La femme ne répondit pas. Finalement, elle secoua vivement la tête.

— D'accord, tant mieux. Vous pouvez vous déplacer un tout petit peu sur le côté, que je vous examine ? Vous avez quelques coupures, je dois m'assurer qu'aucune n'est profonde.

Elle parut d'abord ne pas l'avoir entendu. Puis elle prit appui sur son coude gauche et, péniblement, se traîna à l'autre bout du lit.

— Comment vous appelez-vous, dites-moi ?

Elle ne réagit pas.

— Je vais vous examiner rapidement, puis on va vous emmener à l'hôpital. Vous êtes en état de choc. Lynne, je n'ai pas l'impression qu'on aura besoin d'une civière. Tu peux t'occuper du bébé, s'il te plaît ?

— Lulu ? demanda la femme, comme si elle avait oublié la présence de l'enfant.

— Ne vous inquiétez pas, elle va bien, dit Phil. Tout ce qu'il lui faut, c'est un gros câlin. Ne vous tracassez pas pour elle. C'est votre petit bout de chou, c'est ça ?

La femme acquiesça. Dans l'autre chambre, les pleurs se calmèrent et furent remplacés par de faibles gémissements.

— Lynne a un don avec les nourrissons. Votre bébé est entre de bonnes mains.

Tout en parlant, il cherchait des traces d'hémorragie sur le corps de la femme. Le couteau avait gravé d'impressionnantes estafilades dans la chair de ses bras et de son torse, mais ces blessures étaient heureusement superficielles. Il se tourna vers Stephanie et lui fit comprendre que la victime était stable.

Ils devaient désormais lui faire quitter la chambre. Le corps de l'homme resterait jusqu'à l'intervention du médecin légiste, qui risquait de prendre un certain temps. La femme, elle, devait être évacuée.

La voix de Jason résonna en haut de l'escalier : l'inspecteur Brodie était arrivé pour prendre en mains la suite des opérations. Stephanie se troubla. Elle n'avait aucune envie de le voir, mais elle pouvait difficilement l'éviter.

Elle appela l'ambulancier à voix basse.

— J'ai besoin d'un nom, Phil.

Celui-ci fit signe qu'il l'avait entendue et interrogea la femme, dont la voix trop faible ne portait pas jusqu'à Stephanie.

— Evie Clarke, répéta Phil en aidant celle-ci à s'extraire du lit.

— D'accord, Evie, poursuivit la policière. Connaissez-vous le nom de l'homme étendu à côté de vous ?

Evie se tourna vers elle. La lumière vacillante des bougies créait des ombres profondes qui dissimulaient son regard.

— Il s'appelle Mark North, dit-elle.

— Pouvez-vous me dire ce qui s'est passé ici ce soir ?

Les ombres chancelèrent, révélant son visage. Evie la regardait droit dans les yeux, muette. Finalement, elle ferma les paupières.

— Je l'ai tué, dit-elle.

19

Tandis que l'ambulancier enveloppait Evie Clarke dans une couverture thermique, Stephanie sentit une présence dans son dos.

— Stephanie, ça fait plaisir de te voir.

Elle aurait reconnu cet accent écossais entre mille. Elle tourna la tête vers son supérieur avec toute la nonchalance dont elle était capable. Il s'était laissé pousser la barbe, et ses cheveux noirs bouclés avaient légèrement poussé. Ça lui allait bien.

— Tout le plaisir est pour moi, monsieur.

Il leva les yeux au ciel avec un petit sourire. Angus Brodie la connaissait suffisamment pour comprendre que, en ce qui le concernait, elle préférait se réfugier derrière une barrière de professionnalisme. Ses collègues n'avaient pas à savoir qu'elle ne pensait qu'à lui à longueur de journée.

— Alors, quelle est la situation ? murmura-t-il pour ne pas être entendu d'Evie.

Stephanie lui fit face.

— Il faut l'escorter à l'hôpital. Et tu dois lui parler.

Il n'eut pas besoin qu'elle lui fasse un dessin.

— Elle est sous le choc, continua-t-elle. Elle a déclaré l'avoir tué avant que j'aie pu l'informer de ses droits.

— Merde, dit-il, pris de court. Ça n'arrange pas nos affaires.

— Désolée. Je n'ai pas pensé à le faire, et elle a sorti ça soudainement. Sur le coup, j'ai surestimé la gravité de ses blessures.

— Ce n'est pas ta faute, Steph. On n'a plus qu'à espérer qu'elle ne se contredise pas par la suite, ou la défense s'arrangera pour invalider son aveu.

Gus se massa la nuque – un geste qu'elle avait souvent observé chez lui lorsqu'il réfléchissait.

— Comment on va gérer ce bordel ? murmura-t-il. Il faut l'emmener à l'hôpital, mais va savoir ce qu'elle peut encore nous raconter.

Il reprit un ton normal pour demander à Phil :

— Tu es prêt à décoller ?

L'ambulancier acquiesça et guida lentement Evie Clarke vers la porte, un bras glissé autour de sa taille.

— Amène-la à l'étage, assieds-la et réchauffe-la un peu. Je veux lui parler avant que tu l'emmènes.

Brodie attendit qu'Evie et Phil se soient suffisamment éloignés pour reprendre la parole.

— Je vais la rejoindre et l'informer de ses droits au cas où elle serait de nouveau d'humeur bavarde, puis je l'arrêterai, dit-il. Ça me paraît la meilleure solution. En espérant ne pas me faire engueuler par la suite pour avoir pris une mauvaise décision.

Il poussa un profond soupir et tendit la main pour récupérer la lampe torche de Stephanie. Elle maîtrisa à grand-peine un frisson quand le pouce de Gus effleura l'intérieur de son poignet. Il éclaira le lit, puis le reste de la chambre. Elle l'observa qui s'imprégnait de l'endroit, silencieuse. Il avait toujours été bon pour analyser les scènes de crime.

— Qu'est-ce qui cloche avec la lumière ?

De toute évidence, le frôlement de leurs peaux ne l'avait pas perturbé.

— On ne sait pas. J'ai préféré ne pas toucher aux fusibles en attendant l'arrivée de l'équipe technique.

— On connaît l'identité des deux personnes ?

— La femme s'appelle Evie Clarke. L'homme allongé s'appelle Mark North. Marcus, de son nom d'artiste. La galerie de photographies en ville lui appartient.

— Un peu pompeux, comme surnom, tu ne crois pas ?

Elle sourit.

— C'était l'idée de sa sœur.

— Ah oui ? Comment tu sais ça ?

— Ce n'est pas la première fois que je viens ici.

Il se tourna vers elle, surpris.

— C'est l'affaire dont tu m'avais parlé. Le décès de l'Américaine. C'était son épouse, c'est ça ?

— Oui, c'est ça.

Il n'affichait aucune expression particulière. Sans doute avait-il oublié les circonstances dans lesquelles elle lui avait confié ce souvenir. C'était la première nuit qu'ils avaient passée ensemble, à l'époque où tout semblait encore possible.

— Rafraîchis-moi la mémoire.

— Elle s'appelait Mia North, c'était il y a trois ans et demi. On l'a trouvée au sous-sol, en bas de l'escalier. Sa mort a été attribuée à une mauvaise chute provoquée par un lacet défait. C'est la sœur de Mark qui l'a découverte – Cleo North. Rien ne nous a semblé suspect à l'époque, et son mari était apparemment dans un avion au moment de l'accident. J'étais là à son retour : il paraissait sincèrement bouleversé.

— Merci. Deux décès dans une maison, hein ? Même sans rapport évident entre les deux, ça ne me plaît pas. Evie Clarke a dit autre chose ?

— Seulement qu'elle l'a tué.

— Alors je ferais mieux d'aller lui parler. Tu veux te joindre à moi ?

— Non. Une ambulancière s'occupe du bébé pour le moment, mais elle devra repartir avec Phil. Je vais me charger de l'enfant en attendant qu'on détermine ce qu'on va en faire.

Il la dévisagea et, d'un doigt, lui effleura la joue.

— Tu es sûre que c'est une bonne idée ?

Stephanie chassa sa main en ignorant son ton inquiet.

— Bien sûr. Où est le problème ?

Elle tourna les talons et l'abandonna sur le pas de la porte. Elle sentait le poids de son regard, mais elle ne s'arrêta pas.

20

La maison, où un silence de mort l'avait accueillie, bruissait désormais des chuchotements échangés par toutes ces personnes occupées à leurs tâches. Le dysfonctionnement de l'éclairage avait été compensé par de puissantes lampes à arc qui illuminaient les pièces auparavant plongées dans les ténèbres. Une policière s'était proposé de veiller sur Lulu. D'abord réticente, Stephanie s'était finalement empressée de lui donner le nourrisson lorsqu'elle avait entendu Gus redescendre l'escalier.

Il se tenait en bas des marches, où il patientait pour lui parler. La policière le dépassa et conduisit Lulu à l'étage sous prétexte de lui donner à boire. Stephanie retourna dans la chambre de l'enfant et, comme elle s'y était attendue, Gus l'y suivit.

— Tu es sûre que ça va, Steph ?

Elle se plaça de l'autre côté du berceau, qui s'érigeait comme un rempart entre eux.

— Je vais bien. Qu'est-ce qu'elle t'a dit ?

— La même chose qu'à toi. Je l'ai informée de ses droits et je l'ai mise en état d'arrestation. Elle a confirmé qu'elle l'avait tué, mais elle refuse d'en dire davantage sans la présence de son avocate.

— Elle en a une ?

— Harriet James.

— Quoi ?!

Harriet James comptait parmi les avocats les plus médiatisés de la région. Elle militait sans relâche pour les droits des femmes, au point d'avoir fondé une association caritative qui offrait un refuge aux femmes battues et à leurs enfants. C'était une dure à cuire, une professionnelle audacieuse qui refusait de se laisser marcher sur les pieds par qui que ce soit.

— J'ai eu la même réaction, dit-il. Ça ne sera pas aussi vite plié qu'on aurait pu l'espérer, si Harriet est mêlée à cette affaire.

— Tu as permis à Evie de l'appeler ?

— C'était une décision délicate, j'espère avoir pris la bonne. En temps normal, j'aurais attendu de l'avoir placée en garde à vue, mais puisque je me tenais à côté d'elle, je ne voyais pas de mal à lui accorder son coup de fil. Harriet connaît la procédure. Evie va être examinée de près, avec échantillons, photos, tout le tintouin, avant d'être autorisée à parler à quiconque. Harriet attendra, mais elle veut voir sa cliente dès qu'on aura fini de récupérer tous les éléments nécessaires à l'enquête.

— Et Evie n'a rien ajouté ?

— Seulement que le bébé peut rester chez sa tante, Cleo North. J'ai mis quelqu'un sur le coup, on la trouvera rapidement.

Son portable sonna, et il le sortit de sa poche.

— Angus Brodie.

Stephanie recula dans l'ombre et profita de ce répit pour l'étudier. Appuyé contre le mur, il paraissait déjà épuisé par les événements de la dernière demi-heure. Ils appartenaient au même corps de police, mais opéraient à des kilomètres d'écart et se croisaient rarement. Malgré tout, ces larges épaules sur lesquelles elle avait souvent reposé la tête continuaient de l'attirer. Les rides de sourire qui entouraient ses yeux s'étaient peut-être approfondies, mais il avait belle allure. Trop belle allure.

— Oui, monsieur. Non. Je comprends. La sergent King est avec moi. Je lui en ferai part.

Il se tut un instant.

— Bien. C'est entendu.

Il raccrocha, l'air mal à l'aise.

— Qu'y a-t-il ?

— Apparemment, tu as demandé une évolution de carrière il y a quelque temps. Une affectation au Criminal Investigation Department.

— C'était il y a des mois. Tu le sais très bien.

— Bien sûr. Eh bien, on dirait que c'est ta chance. On manque de personnel avec les départs en vacances, et il ne reste pas grand monde pour s'occuper d'une mort suspecte. À partir de maintenant, c'est à moi que tu remettras tes rapports.

Les mains de Stephanie devinrent moites. L'air de la pièce était irrespirable, et elle alla ouvrir une fenêtre en grand. Le bruit de la mer, des vagues s'écrasant sur les rochers, l'apaisa légèrement. Il lui rappelait qu'on ne pouvait pas lutter contre certaines forces de la nature.

— C'est une très mauvaise idée, Gus. Tu le sais.

Il resta silencieux.

— Que veux-tu que j'y fasse ? répondit-il finalement. Que je leur dise que je ne veux pas de toi parce que tu es un boulet ? Que notre relation nous empêche de travailler ensemble ?

— Quelle relation ?

Elle ne se tourna pas. Sa voix trahissait l'amertume qu'elle essayait si péniblement de ne plus ressentir.

Elle ne pouvait pas rester plus longtemps ici, en sa compagnie. Le berceau entre eux semblait désormais symbolique, et elle le contourna pour quitter la pièce. Elle crut qu'il lui saisirait le bras au passage, mais une jeune enquêtrice de la Scientifique choisit ce moment pour passer la tête dans l'embrasure de la porte.

— Inspecteur, j'ai trouvé quelque chose qui va vous intéresser.

La bouche de Gus se tordit légèrement, puis il prit une profonde inspiration et suivit la femme dans la chambre principale.

— Qu'est-ce que je suis censé voir ?

Stephanie était restée dans le couloir, à l'extérieur de la chambre où Gus discutait avec l'enquêtrice. Elle entendait chaque mot de leur conversation.

— Cet interrupteur, répondit la femme.

Elle avait dévissé le socle et, sans en détacher les fils, l'avait incliné vers lui.

— Désolé, mais je ne suis pas électricien. Il va falloir m'expliquer.

— Vous voyez ce fil ? C'est la phase, elle est normalement raccordée à ce terminal, mais elle a été déplacée sur cet autre. La personne qui a actionné l'interrupteur a dû provoquer un court-circuit qui a immédiatement fait sauter le disjoncteur.

— Quoi, vous êtes en train de me dire qu'on a affaire à un sabotage délibéré ?

— Ce n'est pas à moi de tirer ce genre de conclusion, mais soit c'est effectivement le cas, soit quelqu'un s'est planté en essayant de faire un peu de bricolage. Je ne vois aucune raison de vouloir bidouiller ce truc, cela dit. Il a l'air assez neuf.

Son explication fut momentanément couverte par la voix de Jason à l'étage. À défaut d'avoir trouvé une meilleure façon de l'occuper, Stephanie lui avait demandé d'orienter les nouveaux venus vers la chambre.

— C'est en bas, mademoiselle !

La demoiselle en question était probablement Molly Treadwell, une médecin légiste du ministère de l'Intérieur. La connaissant, elle aurait souri d'une telle appellation. Stephanie l'entendit descendre lourdement les marches, puis elle apparut dans son champ de vision. Elle avait toujours la même allure, indépendamment de l'heure ou de la saison. Elle était perpétuellement à bout de souffle, bien qu'elle n'eût pas l'habitude de se presser, et portait le même ensemble sous sa combinaison protectrice : un pantalon de tailleur noir trop grand d'une taille, « pour le confort », et un chemisier blanc qu'elle laissait blouser au-dessus de sa ceinture. Elle portait ses cheveux gris tirés en arrière en un chignon flou.

— C'est qui, le rigolo à l'étage ? demanda-t-elle.

— Jason, un stagiaire. Tu as dû lui faire peur pour qu'il t'appelle « mademoiselle ». Tu devrais être flattée.

Molly ricana en s'avançant vers la porte de la chambre.

— Eh beh, si ce n'est pas le seul et l'unique Angus Brodie ! J'en ai, de la chance, dit-elle à mi-voix, les sourcils haussés en direction de Stephanie.

Gus se retourna sans relever le sous-entendu.

— Content de te voir, Molly, dit-il. On doit déplacer le corps aussi vite que possible pour pouvoir fouiller la pièce correctement.

— Chaque chose en son temps. Tout vient à point à qui sait attendre, comme on dit.

Stephanie s'arrêta sur le seuil de la chambre tandis que Molly rejoignait le lit.

— Oh là là. Ce pauvre diable n'avait aucune chance d'en réchapper, hein ?

Elle se mit à fredonner à mi-voix, et Stephanie croisa le regard de Gus. En dépit de la situation, ils échangèrent un bref sourire.

La procédure prendrait un moment. Molly n'était pas la plus rapide, mais elle était consciencieuse. Gus resterait à ses côtés jusqu'à ce qu'elle donne son aval pour que le corps soit placé dans une housse mortuaire et conduit à la morgue. Stephanie, elle, était libre de partir.

Le reste de l'équipe avait déjà dû se mettre à la recherche des ordinateurs et des téléphones de la maison. Désormais, ils devraient découvrir quels événements avaient précédé la mort de Mark. Était-ce un acte prémédité ? Evie avait-elle été provoquée ? Il n'y avait aucun moyen de le savoir pour le moment. Mais, comme l'avait fait remarquer Gus, cette maison avait été le théâtre de deux morts atroces, et tout le monde s'accorderait à dire que c'était trop.

21

Cleo avait passé des heures à tourner dans son lit, incapable de trouver une position confortable. Elle avait mis cette agitation sur le compte de la chaleur ; pourtant, quand la sonnette de la porte d'entrée retentit, elle eut l'impression d'avoir attendu ce moment.

La boule au ventre, elle attrapa une robe de chambre en soie bleue, l'enfila et descendit l'escalier à la hâte. Ce serait une mauvaise nouvelle. On était au beau milieu de la nuit, une visite si tardive ne présageait jamais rien de bon. Elle déverrouilla la porte. Un homme et une femme se tenaient sur le seuil. Leurs vêtements étaient légèrement froissés, comme s'ils les avaient portés la veille et de nouveau enfilés au saut du lit.

— Mademoiselle North ? interrogea l'homme.

Ils lui montrèrent chacun un badge de police et se présentèrent. Leurs voix se mélangeaient dans un marmonnement indistinct, noyées par les battements affolés du cœur de Cleo. Elle se moquait de leurs noms, elle voulait seulement savoir ce qu'ils étaient venus lui annoncer. Elle arrivait à peine à respirer.

— Qu'y a-t-il ? demanda-t-elle. Que s'est-il passé ?

— Pouvons-nous entrer, mademoiselle North ? dit la jeune policière. Je pense que nous serons mieux à l'intérieur.

Résister aurait été puéril. Elle s'écarta et ils la suivirent jusqu'au salon, où elle les invita d'un geste de la main à s'installer sur le canapé. Incapable de tenir en place, elle commença à faire les cent pas.

— Vous feriez peut-être mieux de vous asseoir, dit le policier.

— C'est bon. Dites-moi.

Ce fut sa collègue qui répondit.

— J'ai le regret de vous annoncer le décès de votre frère, Mark North.

Ils continuèrent de parler après ça, mais leurs mots glissaient sur elle. Plus rien n'avait d'importance. Pas les circonstances de sa mort, l'heure, l'endroit où il était à présent. Son frère, la personne qui comptait le plus dans sa vie, n'était plus.

Un cri monta en elle. Son menton se leva, sa tête bascula en arrière et un hurlement bestial lui échappa.

— Non ! cria-t-elle, encore et encore.

Ses jambes, soudain faibles, se dérobèrent sous elle. Elle s'écroula sur une chaise. Le policier quitta la pièce en toute hâte et sa collègue voulut s'approcher, mais Cleo l'en dissuada d'un geste. Elle essayait, péniblement, de retrouver l'usage de ses poumons – de contrôler sa respiration.

C'était impossible. Toute sa vie, elle avait protégé Mark. Comment avait-elle pu lui faire défaut à ce moment critique ? Est-ce qu'il s'était passé quelque chose chez lui ? Un accident ? Un incendie ?

La policière restait silencieuse, lui laissait le temps d'encaisser la funeste nouvelle. Finalement, le brouillard qui enveloppait son esprit se dissipa, repoussé par un seul mot.

Lulu.

Elle se tourna vers la policière, les yeux écarquillés.

— Dites-moi que Lulu n'est pas blessée.

— Non, mademoiselle North. Lulu va bien. Mais sa mère demande si vous pourriez veiller sur elle quelque temps.

— Pourquoi ? Evie aussi est blessée ? Ce n'est pas encore l'un de ses accidents débiles, si ? C'est sa faute ? Que s'est-il passé ?

Elle criait, mais ça n'avait pas d'importance. La douleur menaçait de la submerger tout entière – et alors, elle serait perdue à jamais.

L'homme revint avec une tasse de thé, et les deux agents échangèrent un regard soucieux.

— Mlle Clarke est à l'hôpital, révéla finalement la femme.

Cleo la fixa. À aucun moment, elle ne s'était inquiétée pour sa belle-sœur.

— Je le savais. Je savais que ce serait sa faute. Mon Dieu. Mark, tu ne peux pas être mort. C'est impossible !

Elle l'avait dit ! Elle avait dit à Aminah que la maladresse d'Evie la rendait dangereuse, et personne ne l'avait crue ! Voilà où cela les avait menés. Incapable de retenir plus longtemps ses larmes, elle remonta les genoux contre elle et enroula les bras autour de ses jambes, luttant pour ne pas s'écrouler.

— Nous ne pensons pas qu'il s'agisse d'un accident : nous considérons la mort de votre frère comme suspecte. Mlle Clarke ne souffre pas de blessures sévères, mais elle est en état de choc.

Suspecte ? Qu'est-ce que ça voulait dire ?

— Que lui est-il arrivé ? Où est Mark ? Où est Lulu ?

— Votre frère va être conduit à la morgue. Nous vous demanderons de venir l'identifier, mais pas tout de suite. Lulu a été prise en charge, elle est en sécurité, ne vous en faites pas pour elle.

Ils ne lui disaient pas tout. Un non-dit pesait dans la pièce. Cela lui donnait envie de leur hurler dessus pour les forcer à tout lui raconter.

Quand la policière reprit la parole, sa voix était douce, presque hésitante, comme si elle répugnait à se montrer trop franche.

— Il est très probable que Mlle Clarke passe la nuit à l'hôpital, mais les services sociaux voudront savoir si vous êtes en mesure de prendre en charge Lulu pour une période plus longue… une période encore indéterminée, à vrai dire. J'ai conscience que tout cela est un coup dur pour vous, mademoiselle North, mais Mlle Clarke est en état d'arrestation. Elle prétend avoir tué votre frère. Il est encore trop tôt pour que nous puissions confirmer la véracité de cette déclaration.

Malgré l'atmosphère étouffante, Cleo sentit son sang se glacer. Elle s'imagina avoir mal entendu, mais sut, au fond d'elle, que la policière disait vrai. Elle n'aurait jamais dû faire confiance à Evie. Elle avait eu des doutes à son sujet : pourquoi n'avait-elle pas convaincu

Mark de la mettre à la porte ? Pourquoi ne l'avait-elle pas chassée par ses propres moyens ?

Elle avait abandonné Mark.

Elle lui avait promis de prendre soin de lui quand il n'était encore qu'un petit garçon. Elle avait repoussé les racailles de son école et l'avait tenu à distance de tout ce qui aurait pu le blesser. Elle avait menti pour lui, pour sa sécurité. Et malgré tout, le pire était arrivé. Comment avait-elle pu rester aveugle à l'imminence du danger ? Comment avait-elle pu manquer si cruellement à ses devoirs de grande sœur ?

Elle posa le front sur ses genoux et se balança légèrement d'avant en arrière, secouée de sanglots incontrôlables. Ses pensées tourbillonnaient au point de lui donner le vertige. Soudain prise de nausée, elle saisit la tasse de thé entre ses doigts tremblants et sirota une gorgée du liquide chaud. L'étourdissement persistait, et la douleur d'avoir perdu Mark parvenait presque à étouffer le choc de cette deuxième révélation – il était mort de la main d'Evie. Cleo l'avait toujours soupçonnée d'avoir séduit son frère pour profiter de son argent. Pourtant, elle n'avait jamais vu en elle une meurtrière.

Désormais, seule Lulu avait encore de l'importance. Elle l'aimerait et la protégerait, en espérant que cet amour apaise un peu sa douleur.

— Où est-elle ? Où est Lulu ? Je dois l'avoir auprès de moi.

Elle ne prêta pas attention à l'air légèrement désapprobateur de la policière. La perte de Mark agissait sur son corps comme un immense étau qui l'empêchait de respirer. Evie l'avait tué, et Cleo ne le lui pardonnerait jamais, ne s'en remettrait jamais. Mais Evie lui avait également donné une raison de continuer à vivre. Elle lui avait donné Lulu.

22

Harriet avançait d'un pas déterminé, le claquement sec de ses talons se réverbérant dans le dédale des couloirs silencieux. Ce n'était pas la première fois qu'elle était convoquée à l'hôpital au milieu de la nuit, loin de là. Généralement, l'appel venait d'une femme, récemment passée à tabac par son partenaire, qui souhaitait se placer sous la protection du refuge. Aujourd'hui, c'était différent. Elle dressa la liste de toutes les questions qui se bousculaient dans son esprit, pour lesquelles elle ne possédait encore aucune réponse.

Evie avait été arrêtée pour avoir tué Mark North. C'était la seule information dont elle disposait pour le moment. Elle ignorait pourquoi et comment, mais elle devait rester ouverte à toutes les possibilités. Evie avait-elle eu un geste violent lors d'une dispute ? Était-ce un acte prémédité, et si oui, qu'est-ce qui pouvait l'avoir motivé ? L'argent ? Une vengeance ? Est-ce que Mark s'en était pris à elle et l'avait acculée jusqu'à ce qu'elle n'ait plus d'autre choix pour se défendre que de le tuer ?

Il était inutile de se perdre en conjectures. Pourtant, une pensée glaçante refusait de la quitter : elle aurait dû voir le coup venir. Les absences répétées d'Evie au refuge lui avaient déjà mis la puce à l'oreille, et elle avait résolu de lui poser quelques questions à ce sujet quand elle la croiserait, lors de son prochain service. Mais ce jour n'était jamais arrivé.

Evie avait toujours eu une façon particulière de discuter des manières d'endurer la violence avec les pensionnaires du refuge. Même si elle ne faisait que répéter les conseils qu'elle avait appris lors de sa formation, la sincérité qui vibrait dans sa voix avait un effet troublant. Celle-ci lui venait peut-être de son expérience personnelle, pourtant elle paraissait si calme, si stable. Subissait-elle alors des violences à la maison ? Et si oui, comment Harriet avait-elle pu ne pas s'en rendre compte, elle qui savait pertinemment que les victimes étaient souvent celles qui éveillaient le moins de soupçons ?

Non. Elle devait arrêter de se remettre ainsi en question. La vérité lui serait révélée bien assez tôt.

La nuit, les couloirs de l'hôpital semblaient s'étirer, vides de patients, de visiteurs et de personnel. Il n'y avait personne pour l'aider à s'orienter. Néanmoins, elle sut qu'elle était arrivée à bon port quand elle aperçut un agent de police assis devant la porte d'une chambre individuelle.

— Evie Clarke ? demanda-t-elle.

— Pas si j'en crois mon passeport, non, répondit le policier avec un large sourire.

— Je suis son avocate, Harriet James, répliqua-t-elle d'un ton outré. J'aimerais voir ma cliente.

Il sortit sa radio, légèrement embarrassé par ce trait d'humour douteux, pour demander la permission de la laisser entrer. Il vérifia également sa pièce d'identité, puis lui fit signe d'avancer d'un geste du menton.

Allongée dans un étroit lit d'hôpital, la silhouette d'Evie paraissait presque immatérielle. Son visage était intact, mais les bandages de gaze qui couvraient ses bras se tachaient déjà de rouge. Elle était livide, les yeux bouffis d'avoir pleuré.

Harriet s'assit sur la chaise réservée aux visiteurs.

— Evie, je suis heureuse que tu m'aies appelée. Je ne sais pas ce qui s'est passé, ou pourquoi, mais je ferai tout ce qui est en mon pouvoir pour t'aider.

Evie hocha lentement la tête.

— Je ne crois pas que tu sois en mesure de m'aider, dit-elle d'une voix morte. Toi ou quiconque, d'ailleurs. Mais merci d'être venue.

Dans pareilles circonstances, ce détachement vis-à-vis de la réalité était une réaction courante.

— Je dois savoir ce que tu as raconté à la police, mais garde à l'esprit que notre conversation est peut-être surveillée.

Elle lui désigna la porte restée ouverte, qui permettait au garde d'entendre chacun de leurs mots.

— Je n'ai rien dit, murmura Evie. Seulement que je l'avais tué. Ça ne servait à rien de le nier. Il n'y avait que nous et Lulu dans la maison, et Mark était mort. Ils ont effectué un tas de prélèvements ; ils m'ont prise en photo et ils ont retiré ce que je portais – pas grand-chose, vraiment.

— Je comprends pourquoi tu leur as dit que tu l'avais tué, mais s'il te plaît, ne leur parle plus en mon absence. Ils ne t'interrogeront pas tant que tu seras ici. On va faire les choses dans les règles.

— Il n'y a rien à ajouter. Je l'ai tué. La raison n'a pas d'importance, n'est-ce pas ?

Harriet jeta un coup d'œil dans le couloir avant de se pencher vers Evie.

— Ne dis plus ça. Tant que je n'ai pas toutes les informations en main et que nous n'avons pas considéré nos options, ne dis rien. La situation n'est pas nécessairement aussi désespérée que tu le crois. Tu devrais m'expliquer tout ce qui s'est passé ce soir, et me parler de ta relation avec Mark. Mais ça attendra que tu sois sortie d'ici.

Evie leva son bras bandé.

— Il me faisait mal, Harriet. Il avait un couteau. Il me tailladait. Je devais l'arrêter.

Elle n'en dit pas plus. Cela suffisait pour le moment. Les détails requéraient la confidentialité d'une salle d'interrogatoire. S'il s'agissait d'un acte de légitime défense et si elle parvenait à le prouver, Evie conserverait sa liberté. Elle mettrait tout en œuvre pour protéger cette femme des accusations qui pèseraient sur elle.

— T'avait-il déjà blessée comme ça ?

Evie baissa les yeux sur ses doigts entrelacés. Elle haussa les épaules.

— Tu travaillais au refuge, Evie, tu étais entourée de femmes qui ont vécu des choses similaires. Tu sais que tu aurais pu venir nous trouver n'importe quand. On aurait pris soin de toi et de Lulu. Pourquoi es-tu restée ?

Evie leva le menton, la douleur transparente sur son visage.

— Tu sais ce que c'est. Personne ne veut admettre qu'il se laisse taper dessus. J'avais honte et, comme une idiote, je m'étais persuadée que ça finirait par s'arrêter. Il allait bien la plupart du temps. Je sais qu'il était parfois confus, déchiré, et que la vie lui donnait du fil à retordre. Mais c'était un super papa, et Lulu l'adore.

Sa voix s'enraya.

— Elle l'adorait.

L'utilisation du passé eut raison de sa retenue. Ses yeux s'embuèrent de larmes, qu'elle essuya en se mordant la lèvre pour reprendre le contrôle d'elle-même.

Quel traumatisme ce doit être, songea Harriet, *de vivre avec un homme qui, d'un moment à l'autre, peut passer du père aimant à la brute sadique*.

— Je pensais tenir jusqu'à ce que Lulu ait grandi. J'étais sûre qu'il ne me toucherait plus alors, de peur qu'elle ne s'en rende compte. Quand j'ai essayé de partir, il a menacé de se suicider. Je ne voulais pas qu'il se tue – mais peut-être que ç'aurait été la meilleure solution, au bout du compte. Une autre fois, il m'a dit qu'il me retrouverait, où que j'aille, qu'il prendrait Lulu avec lui et qu'elle disparaîtrait de ma vie pour toujours. Avec tout son argent, ç'aurait été facile pour lui.

Harriet lui prit la main et la serra entre les siennes. Elle s'était attendue à ce qu'Evie ressente de la douleur, de la culpabilité ou même du soulagement, mais dans ses yeux, elle ne perçut que de la confusion.

— Je n'aurais pas dû le tuer, Harriet. J'aurais dû mettre un terme à cette folie avant qu'elle ne dégénère.

— Comment ça ?

Evie ferma les yeux et inspira profondément.

— Ça n'a pas d'importance. Je ne comprends pas moi-même ce que j'essaie de te dire, alors tu as peu de chances d'y parvenir.

— Toi et moi savons parfaitement que ce n'est pas facile de désamorcer les crises d'une personne violente. Tu ne dois pas endosser la responsabilité du mal qu'il te faisait.

Evie secoua la tête.

— Ça se passait toujours la nuit, à la veille de ses départs. C'était comme si quelque chose prenait le contrôle de lui. Je ne sais pas si c'est à cause de ce qui est arrivé à son épouse pendant l'une de ses absences.

Harriet n'avait jamais entendu parler de cette personne.

— Comment ça ?

— Elle s'est brisé la nuque en tombant dans l'escalier.

Une perle de sueur froide courut le long de sa colonne vertébrale.

— Où était Mark ?

Evie braqua sur elle un regard chargé d'une intensité indéchiffrable.

— Il avait quitté la maison depuis peu. Je sais ce que tu es en train de t'imaginer, mais les enquêteurs ont été consciencieux. Mia – son épouse – a eu une conversation téléphonique après le départ de Mark. Il n'a pas pu jouer un rôle dans sa mort.

— Avec qui parlait-elle ?

— Avec Cleo. La sœur de Mark.

23

Stephanie appuya brièvement sur la sonnette. Des policiers étaient déjà arrivés chez Cleo pour lui annoncer le décès de son frère, mais Gus tenait à ce qu'elle soit également interrogée sur le genre de relation que celui-ci avait entretenu avec sa compagne, Evie Clarke. Cette tâche avait incombé à Stephanie, en sa qualité récente de sergent par intérim au CID.

L'un des deux policiers sur place lui ouvrit la porte, et elle le suivit jusqu'au salon. Elle avait déjà eu affaire à Cleo North trois ans et demi plus tôt, lors de l'enquête sur la mort de sa belle-sœur. Elle eut pourtant l'impression de rencontrer quelqu'un de complètement différent. À l'époque, les cheveux de Cleo étaient plus longs et d'un blond doré, et la réaction qu'elle avait eue en apprenant la mort de Mia n'avait rien de comparable avec le spectacle qu'elle offrait désormais. Quand Stephanie entra dans la pièce, elle la découvrit recroquevillée sur le canapé, vêtue d'une simple robe de chambre en soie bleu vif, les yeux noircis par le choc et tout le reste de son visage, jusqu'à ses lèvres, dépourvu de couleurs.

— Mademoiselle North, je suis la sergent Stephanie King. Je vous présente mes sincères condoléances. Je suis désolée de vous déranger ainsi au milieu de la nuit.

Cleo ne parut pas la reconnaître, ce qui était sans doute préférable.

— Où est Lulu ?

Elle se tourna vers la porte, comme si elle s'attendait à ce que l'enfant soit amenée dans la pièce.

— Elle vous sera confiée dès que nous aurons eu une brève conversation, si vous n'y voyez pas d'inconvénient. Je voudrais d'abord être certaine que vous comprenez la procédure : Mlle Clarke vous a désignée pour vous occuper de sa fille, mais une réunion d'urgence doit se tenir avant cela, afin que les services sociaux s'assurent du bien-être de l'enfant.

Cleo hocha lentement la tête, mais les mots semblaient glisser sur elle.

— Pourriez-vous me parler de la relation que votre frère entretenait avec Mlle Clarke ?

À la mention de Mark, l'attention de Cleo parut se cristalliser de nouveau.

— Comment l'a-t-elle tué ? demanda-t-elle abruptement, comme si la question la rongeait depuis des heures.

Il aurait été vain de lui cacher la vérité, elle l'apprendrait tôt ou tard. Néanmoins, il paraissait cruel de lui révéler les détails les plus sordides avant qu'elle ait eu le temps de mieux accuser le choc des événements de la nuit.

— Nous n'aurons de certitude sur ce qui s'est réellement passé que lorsque nous connaîtrons le rapport du médecin légiste. Tout ce que je peux vous dire pour le moment, c'est que votre frère a perdu une grande quantité de sang, probablement à la suite d'une blessure au couteau.

Le teint blafard de Cleo pâlit encore davantage, devenant presque gris. Stephanie se hâta de détourner la conversation.

— J'aimerais que vous me parliez de votre frère. Quel genre d'homme était-il ?

Cleo ramassa ses genoux contre elle et y posa le menton avec un air hébété.

— Il était gentil, sensible et attentionné. Mais en matière de femmes, il avait des goûts de merde.

— J'en conclus que vous n'appréciez pas Evie Clarke ?

Elle leva brusquement la tête, incrédule.

— À votre avis ? Elle a tué mon frère. Bien sûr que je ne l'aime pas. Je la déteste, nom de Dieu !

Elle déploya un effort visible pour se calmer.

— C'était différent au début, admit-elle. J'ai d'abord cru qu'elle exercerait une bonne influence sur lui. Puis ça a changé, j'ai bien senti qu'elle cherchait à me mettre à l'écart et à me chasser de la vie de Mark.

Stephanie resta silencieuse, laissant à Cleo le temps de trouver ses mots.

— Mark et moi, on a toujours été proches. Et ça la rendait malade.

De nouveau, son esprit s'égarait loin du moment présent – vers une autre période de sa vie, ailleurs. Elle revint à elle.

— Pourquoi l'a-t-elle tué ? questionna-t-elle précipitamment. Pourquoi aurait-elle fait une chose pareille ?

— Nous l'ignorons encore. Nous ne pouvons pas l'interroger tant qu'elle est à l'hôpital, mais dès qu'elle en sortira, elle sera escortée au poste de police et la procédure sera lancée. Elle a déjà admis avoir tué votre frère. On peut donc présumer qu'elle sera inculpée et présentée au tribunal dans les meilleurs délais.

— Et elle sera emprisonnée ?

— Ce n'est pas à moi de le dire. J'imagine qu'on l'enverra en détention provisoire en attendant sa comparution. Ça dépendra des circonstances. Étant donné qu'elle a un enfant en bas âge, son avocate pourrait demander une liberté sous caution.

— Quoi ? C'est une meurtrière ! Ils ne vont quand même pas la laisser sortir ? Ils ne peuvent pas lui permettre d'arpenter les rues, et encore moins de s'occuper d'un bébé.

— Je suis désolée, mademoiselle North, mais il est trop tôt pour vous expliquer avec certitude quelles mesures seront prises dans le cadre de l'enquête.

Stephanie savait qu'elle devait calmer le jeu, mais certaines questions ne pouvaient pas rester en souffrance.

— Pouvez-vous imaginer une raison qui aurait pu pousser Mlle Clarke à vouloir tuer votre frère ? S'étaient-ils disputés récemment ? Leur relation vous paraissait-elle instable ?

Les deux policiers avaient gardé le silence depuis son arrivée et, quand l'un d'eux s'inclina en avant pour intervenir, Stephanie lui fit discrètement signe de se taire.

— Quelle que soit mon opinion sur Evie, Mark, lui, en était sincèrement amoureux. Chaque fois qu'il devait partir – uniquement pour des raisons professionnelles –, il lui laissait un souvenir de lui afin qu'elle ne l'oublie pas. Un petit cadeau, j'imagine. Enfin, c'est ce qu'il me disait. Et pourtant, elle trouvait toujours des moyens de le culpabiliser de s'en aller, en provoquant des accidents qui n'auraient pas eu lieu s'il avait été là. Elle savait pertinemment qu'il rechignait à la laisser seule à cause de ce qui est arrivé à sa femme, et elle s'en servait contre lui. C'est une manipulatrice. Mark s'était mis dans l'idée de l'épouser, l'imbécile, et pourtant j'ai bien essayé de l'en dissuader. Elle a refusé. Je n'ai jamais compris pourquoi, mais tant mieux. Le premier mariage de Mark n'avait déjà pas été heureux, je ne voulais pas qu'il commette une seconde erreur.

— Vous parlez de Mia ?

Les yeux de Cleo se plissèrent.

— Vous vous souvenez de ça.

— Malheureusement, oui.

Une expression indescriptible se dessina sur le visage de Cleo et, avant que Stephanie ait eu le temps de poser de nouvelles questions, elle abattit de nouveau ses pieds au sol et se courba en avant tandis que des larmes roulaient sur ses joues.

— Ça suffit, dit-elle d'une voix brisée. Tout ce que je veux, c'est que Lulu soit avec moi, à sa place, et qu'on me laisse tranquille.

Un léger frisson parcourut l'échine de Stephanie à ces mots. Comment Cleo réagirait-elle si Evie obtenait une remise en liberté sous caution ?

Elle se leva pour prendre congé, sachant qu'elle devrait trier le grain de l'ivraie dans la conversation qu'elles venaient d'avoir. Cleo était trop bouleversée pour lui apprendre quoi que ce soit de plus ce soir-là, mais Stephanie avait décelé dans certaines de ces déclarations des indices qui l'aideraient peut-être à comprendre ce qui s'était réellement passé au cours de la nuit.

24

Harriet était arrivée en avance au poste de police. Des agents escorteraient Evie dès qu'elle serait en état de quitter l'hôpital, et Harriet comptait bien obtenir un tête-à-tête avec sa cliente avant le début officiel de son interrogatoire. Cela lui permettrait de mieux comprendre comment les événements de la veille s'étaient réellement déroulés et, surtout, ce qui les avait provoqués.

Des pas lourds s'approchèrent dans le couloir, et elle se tourna vers la large silhouette de l'inspecteur Brodie.

— Harriet, dit-il en la saluant d'un signe de tête.

Harriet, contrairement à bon nombre des femmes qu'il devait côtoyer, était immunisée contre son charme. Il en avait conscience.

— Angus.

— La sergent Stephanie King a été rattachée au CID pour cette enquête. Elle est partie à l'hôpital en compagnie d'un autre agent pour récupérer Mlle Clarke. J'imagine que vous voudrez un entretien en solo avec votre cliente avant que la procédure commence, mais je vous préviens, étant donné ses aveux, ça risque d'être vite plié.

— Ne tirez pas de conclusion hâtive. J'ai remarqué ce qui pourrait tout à fait être des blessures de défense sur ses bras, alors avec un peu de chance, vous n'allez pas l'inculper et je la ferai sortir dès aujourd'hui.

Cette réponse lui arracha un sourire.

— Je ne vais pas débattre de ça avec vous pour le moment. On va l'interroger, puis j'adresserai une recommandation d'inculpation au Crown Prosecution Service. Et avant que vous me posiez la question : on s'opposera à toute demande de remise en liberté.

Il enfonça les mains dans les poches, comme par défi.

— Vous pouvez bien contester, vous n'avez aucune chance de l'emporter sur ce point. Elle a un bébé de onze mois !

— Harriet, elle l'a tué ! Elle ne le nie même pas. Elle pourrait écoper de la perpétuité, et si ce n'est pas une motivation suffisante pour tenter d'influencer les témoins ou de se faire la malle, je ne sais pas ce qu'il vous faut. Qui vous dit qu'elle ne va pas de nouveau s'en prendre à un pauvre type ? Vous vous sentez capable d'assumer ce genre de responsabilité ?

Harriet claqua la langue, peu impressionnée par ces grands airs. Il essayait de la déstabiliser, mais elle n'allait pas se démonter aussi facilement. Elle n'avait aucune raison de lui dévoiler son jeu pour le moment. Elle devait discuter avec Evie, et alors seulement elles décideraient ensemble d'un plan d'attaque.

— Je vais vous conduire à la salle d'interrogatoire, dit Brodie en ouvrant le bras pour lui montrer le chemin. Mais je vous préviens, on lance le chrono dès qu'elle est officiellement enregistrée en détention provisoire.

Harriet détestait les salles d'interrogatoire des postes de police, leurs tables mélaminées, leurs chaises inconfortables et leurs murs nus. Une odeur de transpiration et de peur y stagnait toujours, comme si, en l'absence de fenêtre, les haleines de centaines de criminels demeuraient prisonnières de cet espace fermé.

Décor mis à part, elle adorait son travail. Elle serait entièrement focalisée sur l'enquête et sur sa cliente dès l'arrivée de celle-ci, et le reste deviendrait alors une simple et anodine toile de fond. L'attente, plus que tout, lui était insupportable. Elle patientait depuis une demi-heure, tapant des ongles sur la table, essayant d'imaginer ce qui pouvait les avoir ainsi retardés, lorsque Evie pénétra enfin dans la pièce. Elle n'avait pas bonne mine.

— Evie, assieds-toi, dit Harriet en tirant une chaise. Est-ce qu'ils t'ont fait sortir trop tôt ? Tu es pâle comme un linge.

— J'ai eu la nausée en arrivant. Mais je vais mieux maintenant.

— Tu es sûre ? Tu veux un peu d'eau ?

— On vient de m'en donner, merci. Je crois que je commence tout juste à prendre conscience de ce que j'ai fait. C'est à cause des menottes. Je les trouvais déjà dégradantes quand je voyais des criminels à la télé, mais je n'étais pas préparée à ressentir une telle honte.

Sa réaction, quoique fréquente, étonna Harriet par son intensité. Sa cliente lui était toujours apparue comme une femme de sang-froid, même si son travail au refuge révélait une sensibilité indéniable, habituellement camouflée derrière un sourire. Plusieurs pensionnaires avaient vanté ses qualités d'écoute après lui avoir longuement parlé des blessures qu'elles avaient subies, mentales ou physiques, parfois pendant des heures. Désormais, c'était au tour d'Harriet de tendre l'oreille.

— Je dois comprendre ce qui s'est passé la nuit dernière, Evie. J'ai conscience que ce ne sera pas facile pour toi, mais tu dois tout me raconter dans les moindres détails. Ensuite, on pourra décider ensemble du meilleur plan d'action.

— Tu sais déjà tout ce qu'il y a à savoir. Je l'ai tué. J'ai encore du mal à y croire.

Evie porta les mains à ses joues, horrifiée.

— Je lui ai tranché la gorge avec un grand couteau, puis je me suis allongée et l'ai serré contre moi pendant qu'il agonisait.

Elle s'appuya sur la table et posa la tête sur ses bras repliés, les épaules secouées de sanglots.

— Pardonne-moi, Mark, gémit-elle. Tu ne méritais pas ça.

Harriet s'était entraînée à ne jamais réagir aux révélations de ses clientes. Néanmoins, la contradiction entre la mort violente de Mark North et l'intimité de ses derniers instants la laissait perplexe. Elle décida de recentrer la conversation sur des faits plus pragmatiques.

— Evie, je suis désolée de te bousculer alors que tu es au trente-sixième dessous, mais hier, j'ai remarqué des blessures sur tes bras et sur ta poitrine. Est-ce que Mark t'avait attaquée le premier ?

Evie se redressa en acquiesçant. Ses yeux rouges étaient devenus hagards, et Harriet devina qu'elle revivait la scène fatidique. Aurait-elle pu agir autrement ?

— Pensais-tu qu'il allait te tuer ?

Elle secoua la tête.

— Je ne sais pas ce que je pensais. J'étais terrorisée. C'était la première fois qu'il se servait d'une lame contre moi, j'ignorais jusqu'où il était capable d'aller.

— Tu m'as dit à l'hôpital que ses accès de violence suivaient une certaine logique. Qu'ils se produisaient toujours avant ses départs.

— C'est comme s'il apposait sa marque sur moi pour proclamer que je lui appartenais. Sa plus grande peur, c'était de me perdre.

Harriet n'avait jamais compris le raisonnement des hommes violents, et Mark North ne faisait pas exception à la règle. Mais la complexité de sa personnalité ne leur apporterait rien pendant les vingt-quatre prochaines heures, et tout ce qu'elle voulait pour le moment, c'était le meilleur dénouement possible pour sa cliente. Leur temps était précieux, aussi ramena-t-elle l'attention d'Evie sur les événements de la nuit.

— D'où venait le couteau ? Est-ce que Mark l'a apporté dans la chambre avec l'intention de te blesser ?

— Non. C'est moi qui l'ai pris dans la cuisine, pour qu'il ouvre un cadeau que je lui avais offert. Seulement, il s'en est complètement désintéressé dès qu'il a eu le couteau en main. Je le voyais dans son regard. Puis il s'est mis à me taillader.

Evie replongea dans le silence, frottant doucement les bandages qui couvraient ses bras.

Harriet avait besoin d'un moment de réflexion. La situation était plus confuse qu'elle ne l'avait cru. Mais Evie était une femme intelligente, qui adopterait le bon comportement devant un jury si elle devait être soumise à son jugement. Cette affaire était une chance pour Harriet et, elle l'espérait, pour les victimes de violences conjugales en général.

Angus Brodie s'impatientait sans doute déjà de ce délai. Elle l'imaginait sans mal en train d'arpenter le couloir de long en large. Il l'avait dit : le chrono était lancé. Son équipe devait déjà être prête, avec un plan d'attaque établi pour le déroulement de l'interrogatoire. Elle devait décider d'une stratégie de défense au plus vite, et pour cela, elle avait besoin de plus d'informations.

— Comment as-tu récupéré le couteau ? Est-ce que tu le lui as arraché des mains ?

Evie baissa la tête, honteuse.

— Il l'avait posé sur la table de chevet, répondit-elle dans un filet de voix.

— Il avait arrêté de te taillader ? Il ne te menaçait plus ?

— Il voulait me faire l'amour. Le sang de mes coupures l'avait excité. J'ai complètement disjoncté. Il s'est allongé sur moi et, tout d'un coup, j'ai perdu le contrôle de mes actes. J'étais terrorisée à l'idée de ce qu'il pourrait me faire subir ensuite. Je me revois en train de prendre le couteau, comme si j'étais à l'extérieur de mon corps, j'étais incapable de m'arrêter. Je n'avais aucune pensée réfléchie, vraiment.

La douleur associée à mes coupures m'a submergée. C'était trop, je ne pouvais pas en supporter plus.

Elle sanglota en silence, et Harriet sentit son cœur se serrer. Elle s'était doutée que les blessures d'Evie n'étaient pas dues à un acte de résistance. Aucune n'avait été suffisamment profonde pour nécessiter des points de suture. Brodie ne manquerait pas de le remarquer. Le fait que les lacérations fassent partie d'un jeu rituel pour Mark n'arrangeait rien. S'il s'était agi d'un cas indéniable de légitime défense, Evie aurait dû s'engager dans un affrontement physique, qu'elle aurait vraisemblablement perdu, dans le seul espoir de lui arracher le couteau, ce qui l'aurait sans doute obligée à agripper la lame à mains nues.

— Écoute-moi bien, dit-elle. C'est essentiel pour la façon dont on va procéder par la suite. On peut envisager plusieurs possibilités, mais elles dépendent de ce qu'on est en mesure de prouver ou non. Tu vas devoir expliquer ce qui s'est passé hier soir aux enquêteurs. Tu peux répondre « sans commentaire », mais ça ne jouera pas en ta faveur quand ta déposition sera lue devant un jury. Si on choisit de plaider la légitime défense et que la police estime qu'on peut la prouver, alors le CPS ne cherchera probablement pas à aller plus loin.

Sa cliente l'observait, confuse, avec un air d'incompréhension.

— Je sais que, de ton point de vue, c'était un geste de défense. Mais le CPS voudra s'assurer que tu n'avais absolument pas d'autre choix que d'utiliser la force à ce moment, et que celle-ci n'était pas excessive. Ils pourront argumenter que tu n'étais plus en danger, étant donné que Mark avait posé le couteau. Par conséquent, j'ai peur que plaider la légitime défense ne nous mène droit dans le mur. Ce pronostic se fonde uniquement sur ce que tu viens de me dire ; on n'aura aucune certitude avant de recevoir le rapport de la Scientifique.

Prenait-elle la bonne décision ? Si l'argument de la légitime défense ne tenait pas au tribunal, elles ne pourraient pas revenir en arrière.

— Je dois réfléchir à tout ça avec beaucoup de prudence. Mais comme Mark n'est clairement pas mort accidentellement, j'ai bien peur que la police ne choisisse de t'inculper pour meurtre.

Harriet avait demandé à ce qu'on apporte un peu d'eau à Evie. Celle-ci avait mieux réagi qu'elle ne l'avait escompté, mais peut-être était-ce simplement parce qu'elle n'avait pas encore pris la pleine mesure de la situation et avait besoin d'un peu plus de temps pour comprendre les implications de la menace qui planait sur elle. Seulement, le temps était un luxe qu'elles ne pouvaient pas se permettre.

— Il y a une autre solution, dit-elle d'une voix basse et pressante. On peut plaider la perte de contrôle. C'est une stratégie plus subtile, mais étant donné tout ce que tu m'as dit, je pense que c'est notre meilleure chance. C'est une défense partielle : si on peut prouver ce qu'on avance, tu ne seras plus coupable de meurtre, mais d'homicide, ce qui laisse plus de marge au juge pour définir la sentence.

Elle allait poursuivre par des explications plus détaillées lorsque Evie reprit la parole.

— Ce n'était pas prémédité, tu sais. Ça compte pour quelque chose, n'est-ce pas ?

Harriet manquait de mots réconfortants à lui offrir, mais elle s'efforça de se montrer rassurante.

— Bien sûr. Même si le fait que tu aies apporté le couteau dans la chambre risque de poser un problème épineux.

— Pourquoi ? demanda Evie. J'aurais pu mentir et prétendre que Mark l'avait pris avec lui, et ils n'auraient pas pu prouver le contraire. Mon honnêteté devrait jouer en ma faveur, non ?

— Ils auraient été tout à fait capables de le prouver : ils n'auraient eu qu'à prélever les empreintes sur le bloc de couteaux. La police scientifique a de nombreux outils à sa disposition, tu as donc bien fait de dire la vérité. S'ils s'étaient rendu compte que tu avais menti sur un point aussi crucial, ta défense aurait perdu toute sa crédibilité. Tu as tué Mark parce que tu avais sincèrement peur de représailles d'une violence extrême. C'est le plus important. La police va t'interroger, et les heures à venir seront particulièrement éprouvantes après tout ce que tu as enduré, mais tu dois garder ton sang-froid. Tu ne dois jamais insinuer que tu aurais agi pour te venger de ce qu'il t'a fait subir, c'est primordial. Ça contredirait complètement notre stratégie de défense, la perte de contrôle. Je serai là pour te guider : tu dois me faire confiance.

Evie hocha la tête d'un air incertain.

— Je ferai tout ce qui est en mon pouvoir pour que tu ne sois pas placée en détention provisoire. Je vais réclamer ta liberté sous caution pendant la durée de l'enquête. Ce sera compliqué, mais je ferai de mon mieux. Si j'y parviens, tu dois comprendre que les services sociaux s'opposeront sans doute à ce que tu sois la seule tutrice de ton enfant, de peur d'un nouvel accès de perte de contrôle.

Evie fut secouée d'un rire bref.

— Comme si je pouvais faire du mal à Lulu.

— Je sais. Je t'explique simplement ce qu'il en est.

— C'est sans importance, dit Evie en s'inclinant. Je ne veux pas de liberté sous caution.

— Quoi ? Mais pourquoi ?

— À cause de l'impact que ça aurait sur Lulu. Je ne serai pas en état de m'occuper d'elle correctement – à cause du stress provoqué par ce que j'ai fait et ce qui va suivre. Et puis, tu l'as dit toi-même, je devrai partager l'autorité parentale. Lulu a besoin d'amour et de stabilité. Elle sera mieux chez Cleo.

Elle s'interrompit, soudain hésitante. Pourtant, quand elle reprit la parole, sa voix avait retrouvé sa résolution.

— C'est ce que je veux.

— Tu fais confiance à Cleo ?

— En ce qui concerne mon enfant ? Bien sûr.

Elle marqua une pause.

— Pour tout le reste, pas le moins du monde.

25

Stephanie fixait l'écran relié à la caméra de la salle d'interrogatoire. Le teint pâle, Evie Clarke gardait le front baissé face aux enquêteurs, comme pour fuir leur regard. Assise à côté d'elle, le dos bien droit et la tête légèrement inclinée sur le côté dans une posture pleine d'assurance, son avocate semblait disposée à les laisser mener leur interrogatoire, toutefois prête à intervenir s'ils prenaient trop de libertés à son goût. Elle dégageait une impression d'efficacité redoutable. Stephanie avait entendu parler d'Harriet James par le passé, mais c'était la première fois qu'elle la voyait à l'œuvre.

L'enquêteur principal, Nick Grieves, présenta en préambule toutes les personnes impliquées, pour l'enregistrement, puis, une fois ces formalités réglées, l'interrogatoire commença.

L'immobilité d'Evie contrastait avec son émoi de la veille. Qu'avait-elle pensé, qu'avait-elle ressenti au cours de ces heures où elle avait sans doute été rattrapée par la réalité de son geste ?

Stephanie sentait la présence de Gus qui s'était assis à côté d'elle afin d'assister à la diffusion de l'entretien.

Il se tenait en dehors de son champ de vision, mais elle devinait la rigidité de son corps tendu vers l'écran. Il se concentrait sur chaque mot, chaque inflexion de la voix, tandis qu'elle souffrait en silence de se trouver seule avec lui dans un endroit confiné, si proche qu'elle pouvait sentir la chaleur de sa cuisse.

Elle était soulagée de ne pas devoir mener l'interrogatoire. Elle n'avait aucune envie de contraindre leur suspecte à révéler les détails les plus sanglants de la nuit. À écouter le récit que faisait cette femme de son quotidien auprès de Mark North, Stephanie éprouva un élan de profonde sympathie. Evie parlait bas et lentement, mais elle ne marquait aucune hésitation lorsqu'elle répondait aux questions des enquêteurs.

— Parlez-moi un peu du couteau. Comment est-il arrivé dans la chambre à coucher ?

Harriet sembla prête à intervenir – peut-être pour conseiller sa cliente –, mais celle-ci l'interrompit d'un geste discret. Harriet se ravisa, légèrement décontenancée.

— C'est moi qui l'ai apporté.

— D'après vos révélations précédentes, Mark North prenait plaisir à vous blesser. Sachant cela, quelle était votre intention en rapportant un couteau dans la chambre ?

Le regard d'Evie se voila. Elle semblait replonger au cœur des événements de la soirée.

— C'était idiot de ma part. Je m'en rends compte à présent. Je lui avais acheté un cadeau, un télescope, et il lui fallait quelque chose de tranchant pour ouvrir l'emballage. J'étais surexcitée. Mark paraissait différent, j'ai cru que cette diversion avait réussi à chambouler ses habitudes et que cette nuit ne ressemblerait pas à toutes les précédentes veilles de départ. Il n'avait jamais utilisé de lame contre moi avant ce soir-là, je n'avais pas envisagé qu'il puisse y avoir un risque. Mais quand je lui ai remis le couteau, l'expression de son visage a changé.

Elle secoua la tête, abasourdie par sa naïveté.

— Avez-vous, ne serait-ce qu'un instant, considéré le couteau comme une arme potentielle ?

— Pas au début, non. Pas avant de remarquer le regard qu'il posait sur moi. Après ça, il était déjà trop tard.

Elle s'affaissa sur sa chaise en entortillant une mèche autour de son doigt, qu'elle plaça ensuite derrière son oreille.

— Je pense que nous avons besoin de prendre une pause, intervint l'avocate d'un ton sévère.

— Non, c'est bon, Harriet. Je préfère qu'on en finisse.

L'enquêteur attendit tandis qu'Evie prenait une gorgée d'eau et fermait les paupières.

— Je ne parlais pas d'une arme dans les mains de Mark, dit-il, mais dans les vôtres.

Evie ouvrit de grands yeux et le dévisagea avec perplexité.

— Bien sûr que non.

— Elle cherche à nous embobiner, marmonna Gus en se penchant vers le téléviseur, les coudes posés sur les genoux. Je ne crois pas un mot de ce qu'elle raconte, Steph.

La policière demeura silencieuse. Elle ne pouvait s'empêcher de comparer l'attitude calme d'Evie aux vives effusions de Cleo, la veille. Sur l'écran, Nick poursuivait l'interrogatoire.

— Pourquoi avoir préparé une mise en scène si minutieuse ? En arrivant sur place, les enquêteurs ont découvert des bougies disposées dans toute la chambre. Une manœuvre de séduction, je présume ?

— Je vous l'ai déjà dit : je voulais casser ses habitudes. Mark aimait que la pièce soit plongée dans le noir, sans doute afin d'éviter de voir mon visage lorsqu'il me torturait. J'espérais que la lumière des bougies offrirait une distraction suffisante pour l'arrêter. Après tout, c'est plus compliqué de souffler une dizaine de bougies que d'appuyer sur un interrupteur. J'ai toujours eu la sensation qu'il me tourmentait dans l'obscurité totale afin de pouvoir s'imaginer avoir affaire à quelqu'un d'autre. Mia, peut-être.

Le cœur de Stephanie s'emballa. Elle ressentait un vague malaise chaque fois qu'elle se remémorait le décès de Mia. Celle-ci avait-elle été la première victime du comportement violent de son mari ?

— Pourquoi aurait-il imaginé un tel scénario ?

Gus poussa un grognement désapprobateur, mais Nick ne pouvait ni le voir ni l'entendre.

— Il était rongé par la culpabilité depuis sa mort. Je pense qu'il s'en estimait en partie responsable, comme s'il avait pu l'empêcher. Mais à ses yeux, elle en partageait la faute. Il lui en voulait peut-être de l'avoir abandonné, je ne sais pas. Je n'ai jamais compris son raisonnement – comment comprendre un homme qui agit de la sorte ?

— Allez, enchaîne, marmonna Gus.

Stephanie claqua la langue.

— Quoi ? dit-il en se tournant vers elle.

— Est-ce qu'on ne devrait pas essayer de savoir si on a affaire à un comportement récurrent ?

— Ce n'est pas Mark North qu'on est en train de questionner. Ni lui ni sa femme ne sont là pour nous dresser le portrait de leur relation conjugale. On doit se concentrer sur les circonstances de sa mort, pas spéculer sur des aspects de sa vie pour lesquels on ne possède de toute façon aucune preuve.

Il se détourna vers l'écran et elle l'imita, forcée de lui donner raison.

— Récapitulons, dit l'enquêteur. Pour changer l'ambiance, vous allumez des bougies, et comme par hasard les plombs sautent dans l'heure. Vous allez me dire que vous n'y êtes pour rien ?

Evie ne se laissa pas intimider.

— Bien sûr que non. Tant qu'il y avait de la lumière, j'étais en sécurité. Plus il faisait sombre, plus le danger augmentait pour moi. Peut-être que Mark a trafiqué l'interrupteur pour s'assurer que nous serions immédiatement plongés dans le noir. Les bougies constituaient mon seul salut. Du moins, c'est ce que je croyais.

— Que s'est-il passé exactement avec le couteau ?

Elle se redressa avec une pointe d'irritation qui perturba brièvement son apparence de calme.

— Je vous l'ai déjà dit. Je le lui ai donné pour qu'il ouvre son cadeau.

— Et ensuite ?

— Il a répondu que ça pouvait attendre. Il m'a demandé de me déshabiller et de me mettre au lit. J'ai pris peur, mais je pensais que tout n'était pas perdu. Quand il s'est étendu à côté de moi, j'ai essayé de le toucher pour le distraire. Mais il n'a pas su résister à la tentation du couteau. Pour la première fois, il semblait indifférent au fait qu'on ne soit pas tout à fait dans le noir.

Elle montra ses bandages en guise de preuve.

— Il m'a allongée sur le dos, puis il a bloqué mes poignets au-dessus de ma tête d'une main. Il a pris le couteau et il s'est mis à taillader mes bras et ma poitrine, pendant que je pleurais. Il répétait qu'il me laissait un petit souvenir, pour que je ne l'oublie pas. Puis il a posé le couteau sur la table de chevet et il a commencé à me faire l'amour. Les poils de son torse frottaient mes plaies. La douleur était insoutenable. J'ai dégagé un bras sur le côté, je hurlais. J'ai vu son regard à la lueur des bougies, empli de désir. Ma souffrance l'excitait. Ma main a touché le couteau. Je l'ai pris dans l'idée que j'allais le couper lui aussi et que ça le calmerait. Après ça, je ne sais plus. Je ne me souviens pas. Tout ce que je garde en mémoire, c'est la sensation cuisante de la sueur qui s'infiltrait dans mes plaies ouvertes. Quelque chose dans ma tête a claqué. Je ne voulais pas le tuer. Je voulais qu'il s'arrête, et j'ai perdu le contrôle de moi-même. C'était atroce. J'étais sûre qu'il ne cesserait jamais plus de me couper, maintenant qu'il y avait pris goût.

Tout le monde tomba d'accord pour faire une pause après cela et, cette fois-ci, Evie n'émit aucune objection.

Stephanie et Gus avaient quitté leur petite pièce afin de prendre un café bien mérité.

— J'ai assisté au fil des ans à une multitude d'enquêtes tragiques impliquant des violences conjugales, dit Gus en remuant le liquide noir dans son gobelet. Pourtant, il y a une question à laquelle je n'ai jamais obtenu de réponse claire : qu'est-ce qui pousse une femme à rester auprès d'un homme qui lui fait endurer ce genre de tortures ?

— Je ne sais pas, admit Stephanie. Les gens se blessent les uns les autres de mille façons différentes. Peut-être sommes-nous tous un peu masochistes.

— Voilà une suggestion bien cynique, même venant d'une flic, dit-il avec un petit rire.

Elle n'avait pas eu l'intention de lui lancer une pique, du moins pas consciemment.

Un silence tomba entre eux.

— Il y a quelque chose que je veux te dire depuis la nuit dernière, dit-il finalement. Depuis longtemps, en fait, mais vu que tu m'évites comme la peste… Alors je vais le dire maintenant, tant que tu ne peux pas prendre tes jambes à ton cou. Je me suis comporté comme un connard, et je suis désolé de t'avoir blessée.

— Tu ne m'as pas blessée. J'ai été déçue, c'est tout.

— Si tu veux, Stephanie, mais il faut que je puisse te présenter mes excuses. On doit bosser ensemble, après tout. On devrait clarifier tout malentendu entre nous.

Les joues de Stephanie s'empourprèrent. Il était hors de question qu'elle lui permette de s'approcher une seconde fois.

— Laisse tomber, lança-t-elle brusquement. On s'est dit tout ce qu'on avait à dire il y a des mois. Tu ferais mieux de te concentrer sur Evie Clarke et Mark North.

— Tu es têtue comme une mule, ma parole.

— Et tu es parfois un odieux connard, Angus Brodie. Mais j'ai la possibilité de rejoindre le CID, et je ne vais pas gâcher ma chance sous prétexte que j'ai eu le malheur d'être affectée dans ton équipe.

Il leva brièvement les yeux vers elle et acquiesça.

— Très bien. Je ne te compliquerai pas la vie. Tu es un atout pour nous, je ne veux que ta réussite.

— Quelle direction va prendre l'interrogatoire à présent ? s'enquit-elle après un silence inconfortable.

Cette tentative de détourner la conversation vers des sujets moins personnels arracha un ricanement à Gus.

— Ils vont s'acharner à lui demander pourquoi elle l'a tué, les autres façons dont elle aurait pu réagir. On doit examiner la situation sous tous les angles et déterminer s'il s'agissait d'une vengeance avant de l'inculper. Enfin, la décision à prendre est déjà claire, il n'y a pas vraiment de doute à avoir.

— Tu penses qu'il ne s'agissait pas d'un cas de légitime défense ?

— Bien sûr que non. On sait parfaitement qu'elle ne lui a pas arraché le couteau des mains. Et qu'on croie ou non aux horribles histoires qu'elle nous raconte sur son quotidien dans cette maison, ça ne change rien au fait qu'elle a attendu qu'il soit distrait pour agir – pendant qu'il lui faisait l'amour, rien que ça. Aux yeux de la loi, on a affaire à un meurtre, Steph.

26

— Tu t'en sors bien, Evie. Pour l'instant, ils se concentrent sur les événements de la nuit dernière, et c'est compréhensible, mais ils voudront bientôt plus de contexte. On devrait mettre cette pause à profit. Je dois savoir quand et comment tout a commencé. Si Mark t'a maltraitée depuis le début, les enquêteurs te demanderont pourquoi tu as accepté d'emménager chez lui.

Evie paraissait de nouveau absente, absorbée par l'enchaînement de circonstances qui l'avait menée jusque-là.

— Mark n'a jamais levé la main sur moi avant la naissance de Lulu. Il ne m'aurait pas touchée tant que j'étais enceinte, pourtant je n'ai pas été surprise la première fois. Ça couvait depuis un certain temps. À plusieurs reprises, je l'avais remarqué en train de me fixer avec un sourire étrange que je ne lui connaissais pas. J'avais mis ces bizarreries sur le compte de son travail, je pensais que son dernier projet en date l'obsédait, voilà tout.

Elle baissa la tête.

— Raconte-moi, l'encouragea Harriet.

— Nous étions dans la cuisine. Je venais de coucher Lulu et je m'apprêtais à faire du thé. Il faisait nuit dehors, je m'en souviens très bien. Tu n'es jamais entrée chez nous : notre séjour est bordé d'une grande baie vitrée qui s'ouvre sur la mer. C'était en hiver, l'un de ces soirs où on entend le fracas des vagues, mais où on ne voit rien d'autre que les rigoles de pluie sur les fenêtres. J'ai voulu allumer, mais il m'a arrêtée en disant qu'il aimait regarder dehors, les nuits comme ça. Avec la lumière, la vitre serait devenue un miroir, nous n'y aurions plus vu que nos reflets.

Elle s'interrompit et frotta de nouveau ses bras bandés. Harriet ne la pressa pas. Elle devinait que l'histoire qu'elle s'apprêtait à entendre serait douloureuse. Evie avait besoin de rassembler ses forces avant de la lui révéler.

— J'ai pris la bouilloire et je l'ai mise à chauffer. Mark était appuyé contre le plan de travail, il m'observait. J'ai déposé un sachet de thé dans chaque tasse, puis l'eau a commencé à frémir. J'ai voulu récupérer la bouilloire, mais Mark a dit qu'il s'en chargeait. Il m'a demandé de lui donner la main et j'ai obéi sans vraiment comprendre. Il l'a agrippée en la caressant du pouce, j'ai pensé qu'il allait m'attirer à lui pour m'embrasser, mais non. Il a tiré mon bras au-dessus de l'évier en me tenant fermement. De son autre main, il a saisi la bouilloire et a versé l'eau bouillante sur toute la longueur de mon avant-bras.

La liste de blessures qui suivit et la manière dont elles avaient été infligées ne choquèrent pas Harriet. Elle avait entendu des récits semblables, ou pires, à de nombreuses occasions. Pourtant, l'attitude d'Evie lui arracha un frisson. À sa façon de s'exprimer, on aurait dit qu'elle racontait les malheurs d'une autre, comme si créer une distance émotionnelle avec les événements pouvait suffire à l'en protéger.

— Je crois que c'est tout, conclut-elle, le regard vide. Je t'ai tout dit. Tu penses que c'est suffisant ?

— De mon point de vue, Evie, un seul de ces faits était déjà trop. On doit y retourner à présent, mais je te le répète, tu t'en sors bien. Vraiment.

Les deux femmes rejoignirent leurs chaises dans la salle d'interrogatoire. Stephanie profita de ce moment pour observer le visage de l'avocate. Celle-ci avait clairement l'habitude de dissimuler ses émotions, et malgré cela, son attitude envers sa cliente avait perceptiblement changé au cours de la pause : elle était devenue plus prévenante, et une pointe d'inquiétude sincère semblait s'être mêlée à sa sollicitude jusqu'alors toute professionnelle. Que s'étaient dit les deux femmes, durant ce court laps de temps ?

L'interrogatoire reprit dans le calme, et les enquêteurs se focalisèrent sur les débuts de la relation entre Mark et Evie.

— Le jour de notre première rencontre, c'était une épave. Il n'y a pas d'autre mot. Je crois qu'il ne s'intéressait pas du tout à son propre sort. Il consentait à fournir quelques efforts pour ne pas contrarier sa sœur, voilà tout. Quand lui et moi avons commencé à nous rapprocher, ça n'a pas plu à Cleo. Et le jour où elle a appris que j'étais enceinte… elle a été horrifiée.

— La grossesse était-elle volontaire ?

Stephanie se raidit, soudain très absorbée par son bloc-notes. Elle sentit le regard de Gus peser sur elle, mais résista à la tentation de le lui retourner.

— Oh non ! Je n'avais jamais imaginé que nous puissions avoir un enfant ensemble, et j'ai mis un moment avant de me faire à l'idée. C'était un accident, un imprévu, même si Cleo n'a jamais dû le croire.

— Comment Mark a-t-il réagi en apprenant la nouvelle ?

— Il a été sincèrement étonné, reconnut-elle avec un faible sourire. Il avait l'air surpris de se découvrir capable de me faire un bébé.

Son sourire s'évanouit.

— Au début, il n'y a pas cru. Il pensait que le bébé n'était pas de lui, ou que je m'étais débrouillée pour tomber enceinte. Il m'a même demandé si j'envisageais un avortement.

— Qu'avez-vous répondu ?

— Je lui ai dit que je n'avais pas besoin de lui ni d'aucun homme pour élever un enfant, et que c'était tant pis pour lui. Au bout du compte, il s'est fait à l'idée et il s'est excusé. Je l'avais pris de court, c'est tout. La perspective d'être père a commencé à l'emballer, et il m'a suppliée d'emménager avec lui.

— Et après ?

— Je trouvais cet engagement assez prématuré. Avant que je tombe enceinte, il ne m'avait jamais invitée à m'installer chez lui, seulement à rester quand ça l'arrangeait, ce que je refusais déjà à l'époque. Je ne voulais pas d'un homme qui serait avec moi à cause d'un vague problème de conscience. Il devait avoir envie que nous vivions ensemble, avec ou sans bébé.

Il lui a fallu six mois pour me convaincre que c'était ce qu'il souhaitait sincèrement.

Stephanie n'écoutait plus. Elle se remémorait l'incrédulité de Gus, le jour où elle lui avait annoncé qu'elle était enceinte. Même si la grossesse avait été accidentelle, c'était leur enfant, conçu dans l'amour. C'est ce qu'elle avait pensé, du moins. La réaction de Gus l'avait détrompée.

Des sanglots discrets la rappelèrent au moment présent. Sur l'écran, la silhouette d'Evie était pliée en avant, les épaules tremblantes.

— Je croyais avoir attendu suffisamment, dit-elle d'une voix étranglée, presque inintelligible. J'étais convaincue que, s'il y avait du mal en lui, j'aurais eu le temps de m'en apercevoir. Je savais que la mort de son épouse soulevait certaines questions et aussi qu'il se débattait avec des épisodes dépressifs, mais je l'aimais. Je pensais que notre vie serait parfaite. Pourquoi les femmes se trompent-elles si souvent ?

Elle essuya ses larmes de sa paume et, les yeux rouges, fit face à la caméra.

— J'ai été idiote. J'aurais dû me méfier.

27

Quand la journée toucha à sa fin, Evie avait perdu toute son énergie. Gus se réjouissait de la tournure des événements ; il était plus que jamais déterminé à inculper Evie Clarke pour meurtre. Stephanie n'était pas sûre de partager cette conviction. Après tout, l'avocate d'Evie affichait aussi une assurance inébranlable. Elle gardait le dos droit et le menton haut, restait silencieuse, ne se troublait jamais face aux questions des enquêteurs. Chaque fois qu'ils avaient fait allusion à la culpabilité de sa cliente, elle les avait rappelés à l'ordre. Si Stephanie s'attirait un jour des ennuis, elle serait soulagée de compter une femme de cet acabit dans son camp.

Cette femme était remarquable. On aurait eu tort de se fier à sa silhouette, si menue qu'elle paraissait prête à s'envoler au moindre courant d'air. En dépit de sa jeunesse relative, elle jouissait d'une réputation prestigieuse. Rien ne semblait l'ébranler. Son allure impeccable suggérait qu'on n'aurait jamais pu la surprendre dans une tenue plus négligée. Ses cheveux sombres étaient tirés en arrière et ses grands yeux marron brûlaient d'une détermination féroce, les pupilles dilatées par l'adrénaline. À côté d'elle, Evie paraissait à bout de force. L'éclairage de la salle d'interrogatoire donnait une teinte jaunâtre à ses mèches blondes, qui accentuait la blancheur de sa peau.

Stephanie ébouriffa ses cheveux. Elle effectuait son service de nuit lorsque l'appel au secours leur avait été transmis et, après avoir quitté Cleo aux premières heures du matin, elle s'était directement rendue à la salle des opérations. Après plus de vingt heures sur le pied de guerre, son carré ondulé s'était aplati. Elle ne portait pas non plus de maquillage. Elle ressemblait à un spectre, comparée à Harriet James, dont les cheveux étaient restés propres et bien sages, et le rouge à lèvres impeccable en dépit des longues heures passées dans la salle d'interrogatoire.

— Tu es très bien, Steph. Laisse tes cheveux tranquilles.

Gus s'était approché sans un bruit, ce qu'il réussissait sans mal lorsqu'il s'en donnait la peine, malgré son gabarit. Elle reconnut la lueur espiègle de son regard. Elle n'avait pas encore eu le temps de s'habituer à sa barbe. Quelle sensation produirait-elle contre sa peau, s'il l'embrassait ? Elle ferma les yeux, furieuse de cet accès de faiblesse.

— J'ai examiné les relevés téléphoniques, dit-elle. Des appels entrants pour la plupart ; la majorité proviennent d'une certaine Aminah Basra, d'autres, plus rares, de Cleo North. Elle a aussi appelé le refuge où elle travaille, à de rares occasions. Un numéro en particulier devrait t'intéresser. Apparemment, elle a contacté les Samaritains plus d'une fois.

Gus tira une chaise et s'installa de l'autre côté du bureau.

— Il ne nous reste plus qu'à obtenir une ordonnance judiciaire pour découvrir ce qu'elle leur a raconté. Avec un peu de chance, elle leur aura annoncé qu'elle prévoyait de le tuer.

— J'en doute sincèrement. De manière générale, ceux qui font appel aux Samaritains sont plus susceptibles d'attenter à leur propre vie qu'à celle de quelqu'un d'autre.

— Tu penses qu'on fait une erreur en l'inculpant pour meurtre ? demanda gravement Gus.

C'était une question délicate. Evie avait eu l'intelligence de ne pas revendiquer la légitime défense, qu'elle aurait eu du mal à prouver par ailleurs, mais cela ne signifiait pas pour autant qu'elle avait prémédité son acte.

— Je crois que tu as l'esprit fermé sur le sujet, et ça m'inquiète. Tu as décidé d'emblée qu'elle était coupable de meurtre. D'un côté, je ne peux pas m'empêcher de compatir à l'enfer qu'elle a enduré. De l'autre, il ne s'agissait pas d'un accident. J'ai cru comprendre qu'elle ne demanderait pas de liberté sous caution après l'inculpation. Et Lulu dans tout ça ? Tu ne trouves pas ça bizarre ? On aurait pu s'attendre à ce qu'Evie remue ciel et terre pour retourner auprès de sa fille.

Gus se pencha en arrière et étira ses longues jambes.

— Je suis d'accord. J'ai un mal fou à lire en elle, mais tout de même, je l'imagine mal se laisser immobiliser et taillader par Mark North. Elle paraît davantage du genre à lui envoyer un coup de genou dans les couilles. Enfin, je veux bien admettre que c'est rarement aussi simple que ça.

— Elle avait sans doute peur qu'il ne redouble d'efforts si elle se défendait. Je serais terrorisée, si je vivais avec un sadique.

— Je veux bien le croire. Je sais que beaucoup de femmes pensent que la seule solution, c'est d'encaisser avec le sourire. Les pauvres. Mais Evie est d'une autre trempe, je le sens. Il n'y a qu'à voir comment elle a empêché Harriet d'intervenir à plusieurs reprises au cours de l'interrogatoire. Tout ce que je dis, c'est qu'elle devrait être au fond du gouffre en ce moment, et pourtant elle garde la tête froide.

— C'est plus compliqué que ça. J'étais sur place, souviens-toi. Evie tenait Mark contre elle, dans ses bras, sans une once de malveillance envers lui.

Gus se gratta la nuque en soupirant. Un silence les enveloppa tandis qu'ils se perdaient dans leurs pensées.

— Au fait, qu'est-ce que tu as pensé de la sœur ? demanda-t-il pour changer de sujet.

— Elle n'apprécie pas Evie, c'est clair et net. Si tu veux mon avis, elle adulait tellement son frère qu'elle considérait qu'aucune femme n'était assez bien pour lui. Sa première épouse ne lui plaisait pas non plus. On va devoir rouvrir ce dossier. La défense ne s'en privera pas, en tout cas. J'aimerais m'en charger, si ça ne vous dérange pas, monsieur.

Gus regarda autour d'eux. Personne ne traînait dans les parages.

— Steph, tu t'imagines peut-être que me donner du « monsieur » est une bonne solution, mais la plupart de nos collègues ont assez de jugeote pour se rendre compte que tu dégoulines de sarcasme. Tu n'as qu'à faire comme d'habitude. Les gens comprendront qu'on se connaît suffisamment pour ne pas faire de manières, ils n'ont pas besoin d'être au courant de toute l'histoire pour autant.

Elle eut honte. Elle ne voulait pas qu'il mesure l'emprise qu'il avait sur elle.

— Désolée, Gus. Je promets de me tenir à carreau et de ne plus faire preuve d'insubordination.

Elle détourna le regard, sous prétexte de mettre de l'ordre parmi les papiers sur son bureau. Elle avait fini par se convaincre que, même si elle pensait encore à lui aux moments les plus inopportuns, Gus Brodie ne comptait plus pour elle. Tout allait bien quand elle n'était pas obligée de le voir. Mais à présent, elle ne supportait pas d'agir avec lui comme elle l'aurait fait avec n'importe quel officier supérieur. Cette distance était une véritable torture.

— À propos de la mort de Mia North, reprit-elle en retrouvant un ton professionnel, quelque chose me gêne, mais je n'arrive pas à déterminer quoi. J'étais la première sur place, tu sais.

— Je sais, Steph. Je n'ai pas oublié où nous étions quand tu m'en as parlé.

Elle était incapable de lui faire face. Elle ramassa son sac et le jeta sur son épaule.

— À demain matin, Gus.

Elle se dirigea vers l'escalier. Elle crut entendre un soupir exaspéré dans son dos, mais sans certitude.

28

Harriet attendit à peine que la porte d'entrée se soit fermée dans son dos avant de filer tout droit vers le réfrigérateur. Elle n'avait qu'une envie : se servir un verre de vin bien frais et profiter de la quiétude de son jardin pour mettre de l'ordre dans ses idées.

Evie avait répondu à toutes les questions des enquêteurs et, hormis un bref moment d'émoi lorsqu'ils avaient évoqué la vie dont elle avait toujours rêvé, elle avait conservé son calme du début jusqu'à la fin. La police avait requis un délai supplémentaire ; en attendant que celui-ci leur soit accordé, Evie avait rejoint sa cellule pour reprendre des forces, ce dont elle avait grand besoin.

Un verre de vin et une bouteille d'eau minérale en main, Harriet fit coulisser la porte de la terrasse. Une brise agréable avait chassé la moiteur de la journée. Elle s'assit sur un transat, dilua son vin, puis s'installa confortablement en observant la formation de gouttelettes de condensation sur son verre.

Elle s'inquiétait principalement du manque de preuves. Pour l'instant, seules les plaies découvertes sur la poitrine et les bras d'Evie attestaient que Mark s'était attaqué à elle. D'autres blessures les avaient précédées, mais Evie les avait jusqu'à présent présentées comme accidentelles pour apaiser l'inquiétude de son entourage. Une contradiction que la police ne manquerait pas de relever. Comment leur prouver le contraire, désormais ?

En vérité, la discrétion d'Evie n'avait rien de surprenant. Un sentiment de honte dissuadait souvent les victimes d'admettre qu'elles étaient maltraitées par leur partenaire. C'était toujours la même rengaine.

Des pensionnaires du refuge avaient déjà évoqué ce phénomène.

« C'est difficile d'avouer qu'on a manqué de discernement, avait dit l'une, qu'on a fait une erreur de jugement sur son compagnon. »

« Les gens ne comprennent pas comment tu as pu laisser la situation se dégrader à ce point, avait renchéri une autre. Ils s'imaginent que tu n'as qu'à prendre la porte. Ils ne se rendent pas compte que tu finis par être intimement convaincue que c'est toi la fautive, que ton mec n'a pas d'autre choix que de te taper dessus. Dans ces moments, tu perds toute ta confiance en toi. Puis il se montre gentil et attentionné, et tu te dis c'est bon, tout ira bien. »

Une femme sur quatre, tous horizons confondus, ainsi qu'un nombre croissant d'hommes sont victimes de violences à un moment ou un autre de leur vie. Cette statistique n'était jamais loin dans l'esprit d'Harriet. Elle aurait dû reconnaître les signes avant-coureurs chez Evie. Son travail consistait à protéger les femmes comme elle. Est-ce que son obsession à défendre la cause des femmes en général l'avait rendue aveugle aux besoins de celles qui appartenaient à son entourage direct ?

Elles s'étaient rencontrées pour la première fois dans un petit café. Evie avait postulé en tant que bénévole et Harriet lui avait expliqué le fonctionnement du refuge. La compassion d'Evie pour les souffrances des pensionnaires paraissait sincère, mais rien dans son comportement n'avait suggéré qu'elle vivait alors une expérience semblable. Elle évoquait ses amis avec une aisance qui sous-entendait qu'elle n'était pas isolée ni rétive au contact humain. Parce qu'elle était arrivée en taxi et avait offert de payer l'addition, Harriet n'avait pas envisagé que ses dépenses puissent être contrôlées. De plus, quand son téléphone avait sonné, elle avait proposé à son interlocuteur – sans doute son compagnon – de le rappeler plus tard, sans s'émouvoir de cette interruption. Elle avait même ri. Mais après tout, peut-être que ce n'était pas Mark à l'autre bout du fil.

Rien ne laissait présager un tel dénouement. Elle ne s'était pas alarmée, même lorsque Evie avait commencé à manquer à l'appel. Bien sûr, elle avait perçu une certaine tension dans sa voix quand elle avait téléphoné pour s'excuser de son absence, mais cela pouvait facilement être attribué à une dispute quelconque ou à une journée difficile avec Lulu. Harriet n'avait pas creusé la question, principalement parce que, jusqu'alors, elle n'avait pas soupçonné qu'Evie puisse être coincée dans une relation conflictuelle.

Avant la reprise de l'interrogatoire, elle l'avait questionnée à ce sujet.

« Ça n'avait pas encore commencé à l'époque, avait répondu Evie. Tout a basculé au moment où il a dû commencer à s'absenter pour des voyages de longue durée. J'ai toujours pensé que ça avait un rapport avec le décès de sa femme. Je t'ai bien dit ce qui passait avant chacun de ses départs. »

Interpellée par le souvenir de ces mots, Harriet se leva brusquement et entra rapidement dans la maison pour chercher un bloc-notes et un stylo. Avant toute chose, elle devrait enquêter sur la mort de Mia North. Si Mark était un sadique, Evie n'était probablement pas sa première victime. Il devait exister des preuves démontrant qu'il s'était attaqué à Mia, même s'il avait été reconnu innocent de sa mort. C'était une piste, la première parmi tant d'autres.

Elle inspira profondément pour relâcher la tension de ses muscles, s'efforçant de se débarrasser de l'image d'Evie, étendue sur un lit inconfortable, seule dans une cellule de prison.

La porte se referme avec un bruit sourd qui résonne jusqu'à l'intérieur de ma poitrine. Je ne devrais pas être là. Je devrais être chez moi, avec Lulu, en train de lui donner le bain ou de lui chanter une berceuse en attendant que son père vienne l'embrasser et lui souhaiter bonne nuit.

Je n'ai pas ma place entre ces quatre murs d'un vert pâle lustré, dans une cellule seulement meublée d'un banc en plastique bleu sombre qui sert de sommier à un matelas trop fin, et des toilettes partiellement exposées au judas de la porte. Je refuse de les utiliser tant que j'ai le choix. Le gardien m'a annoncé que je recevrai un repas, mais je n'ai pas faim. La seule idée de manger me noue le ventre.

Je me dirige vers le lit. A-t-il été lavé après le dernier occupant ? Je résiste à l'envie de m'agenouiller pour renifler le matelas et, à moitié rassurée par l'odeur flottante de désinfectant, je m'allonge avec précaution. Un peu d'air s'échappe et grince contre le plastique.

Face au mur nu, j'ai soudainement la sensation de ne pas être seule. Ceux qui m'ont précédée sont toujours là, près de moi, à hurler de rage, pleurer de terreur, ou simplement assis avec un air hébété, sans vraiment comprendre ce qui les a conduits dans cette pièce. Comme moi.

Ils font les cent pas, ils s'allongent à mes côtés, ils blottissent leur tête entre leurs bras repliés, acculés contre le mur, plongés dans le désespoir. Cette cellule a vu des milliers d'innocents et de coupables, de vrais criminels. C'est ce que je suis désormais aux yeux de la police.

Une meurtrière.

Je pense à Mark et aux circonstances de sa mort, et soudain je ne peux plus respirer. Je ne dois pas laisser mon esprit errer dans cette direction. Je ne dois pas commencer à douter – de chaque décision, chaque pas en avant. Ai-je réussi ? Avais-je réellement le choix ?

J'ai écouté les histoires des femmes que j'ai rencontrées au refuge, parce que je voulais m'enrichir de leurs expériences face à la violence. Au bout du compte, je savais déjà presque tout ce qu'il y avait à savoir. Il semblerait que les brutes sadiques ne débordent pas d'imagination.

Qui se souciera de ma présence ici ? Aminah, peut-être. C'est tout. Lulu est trop jeune pour comprendre, et Cleo espérera que mon séjour soit aussi épouvantable que possible. Mark n'est plus là. Personne d'autre ne s'inquiétera de ce que les questions incessantes des policiers et l'analyse méticuleuse de ces dernières vingt-quatre heures m'aient complètement vidée de forces.

Sauf Harriet. Je le savais déjà. Si quelqu'un peut m'aider, c'est elle. C'est ma seule alliée pour le moment. Malgré son soutien, l'interrogatoire d'aujourd'hui a été une épreuve, parce qu'il m'a forcée à remettre chacun de mes actes en question. Pourtant, quelque part, c'était facile. Après tout, je connaissais déjà les réponses, je n'ai pas eu besoin d'inventer quoi que ce soit. Demain sera pareil. Je dois me reposer si je ne veux pas m'écrouler sous la pression.

Je voudrais pouvoir m'excuser auprès de Mark, lui dire que je regrette. Mais je ne sais pas si c'est vrai.

29

Harriet avait eu du mal à trouver le sommeil et, lorsqu'elle y avait enfin succombé, celui-ci avait été troublé par le souvenir des femmes qu'elle avait défendues par le passé. Elle s'efforçait toujours de ne pas songer à elles, de chasser l'image de leurs visages inquiets. Pourtant, elle doutait de pouvoir un jour repousser Evie dans les tréfonds de son inconscient. Celle-ci ne ressemblait pas aux autres. Ses clientes se divisaient généralement en deux catégories : celles dont la rage fermentait lentement, à mesure des atrocités qu'elles enduraient, et celles dont les blessures psychologiques étaient telles qu'elles ne parvenaient plus à prononcer le moindre mot pour se défendre. Evie, par ses réponses et ses réactions, ne correspondait à aucun de ces profils. Malgré la fatigue qui lui piquait les paupières, Harriet était déterminée à donner le meilleur d'elle-même dans cette affaire. Evie le méritait.

De retour au poste de police, elle décela des traces d'épuisement semblables chez sa cliente. Ce n'était pas surprenant. Les yeux d'Evie étaient cernés de noir, mais son expression restait impassible. Harriet l'avait-elle suffisamment préparée à ce qui allait suivre ? Son inquiétude s'accrut lorsqu'elle remarqua l'excitation de l'enquêteur, Nick Grieves. Cela ne présageait rien de bon.

L'interrogatoire reprit sans attendre. Evie parvenait à conserver son calme, mais un sentiment d'impatience régnait dans la pièce, comme si tout le monde se tenait sur le qui-vive.

Enfin, quand il eut posé toutes les questions possibles, Grieves demanda à Evie de décrire une nouvelle fois la façon dont elle avait tué Mark North.

— Les détails n'ont pas changé depuis hier, répondit-elle. Mes doigts ont touché le manche du couteau, et quelque chose en moi a cédé. La douleur était si intense que j'étais incapable de réfléchir de manière rationnelle, mais je sentais que ce n'était qu'un début. Je n'avais jamais vu Mark dans un tel état de frénésie auparavant.

— Avec quelle main avez-vous saisi le couteau ?

Evie commençait à perdre patience, mais Harriet lui toucha doucement le coude, et elle parvint à prendre sur elle et se calmer.

— La main droite.

— Et ensuite, qu'avez-vous fait ?

— J'ai glissé le bras autour de ses épaules et je l'ai coupé au niveau du cou.

Nick Grieves ramassa une feuille de papier sur le bureau.

— Coupé, hein ? Nous avons reçu les rapports du médecin légiste et de la police scientifique : étant donné la hauteur de l'éclaboussure de sang au-dessus du lit, il est clair que vous lui avez tranché une carotide.

Nous avons la confirmation que cette entaille sur le côté droit de la gorge était l'unique plaie présente sur le corps. Cela semble corroborer la version selon laquelle vous avez pris le couteau de la main droite et passé le bras au-dessus lui pendant qu'il était allongé sur vous. C'est bien cela ?

— Oui, c'est exactement ce que j'ai dit.

— Sans surprise, nous avons trouvé vos empreintes digitales et celles de Mark North sur le couteau. Le rapport stipule que, même si la lame était bien aiguisée, la profondeur de la plaie indique que vous avez fait usage d'une force significative.

Le sous-entendu flotta dans la pièce.

— Votre geste n'était pas une simple façon de rendre à Mark North les coupures mineures qu'il vous avait infligées, pas vrai ? Vous aviez l'intention de le blesser gravement. Le médecin légiste nous a confirmé que la plaie s'étend de sous le menton jusqu'à la base de l'oreille. La carotide et la jugulaire ont été tranchées net.

Harriet conserva un visage neutre et résista à l'envie d'examiner le profil de sa cliente. Elle savait ce qui allait suivre.

— Vous ne niez pas avoir infligé cette plaie, n'est-ce pas, Evie ?

— Non.

— Ceci marque la conclusion de cet interrogatoire. Vous allez être raccompagnée à votre cellule.

À la question muette qui planait dans le regard d'Evie, à qui elle avait expliqué la procédure, Harriet confirma silencieusement : c'était fini.

Il ne restait plus qu'à attendre. Ce ne serait pas long.

On vient me chercher. Je suis escortée jusqu'à ma cellule. Bientôt, je serai inculpée. Je savais que j'en arriverais là, je l'ai toujours su, mais ça ne suffit pas à me tranquilliser. Je serre les dents à m'en faire mal. Encore et encore, je me répète que je n'avais pas d'autre choix.

Un policier entre. Je crois que c'est l'homme qui m'a arrêtée, mais je n'en suis pas sûre. Cette nuit-là, la chambre était plongée dans le noir. Ce n'est que lorsqu'il parle que je reconnais son accent avec certitude.

— Evie Clarke, dit-il. Vous êtes inculpée pour le meurtre de Mark North, le 17 août.

Ça y est. Je pensais être prête, pourtant je dois faire appel à toute ma volonté pour rester debout et étouffer un sanglot de détresse.

30

Quatre mois plus tard

Cleo ignorait en combien de temps elle parcourrait en voiture les trente miles du trajet, mais elle était déterminée à arriver en avance à la cour d'assises. Elle aurait voulu assister au début du procès, à la lecture des chefs d'accusation, à l'entrée des jurés en file indienne et à la honte d'Evie. Mais elle avait été convoquée en tant que témoin, et elle ne serait pas admise dans le public avant d'avoir été entendue. Néanmoins, elle voulait repérer les lieux et savoir comment rejoindre l'assistance dès la fin de son audition.

Aminah avait proposé de s'occuper de Lulu pendant la durée du procès et, malgré la tension qui s'était installée entre elles, Cleo n'aurait pas surmonté les mois précédents sans le soutien de son amie.

Quand elle y parvint, l'entrée du public était fermée, et gardée par un agent de sécurité affublé d'un gilet jaune réfléchissant et par des barrières probablement destinées à canaliser les files d'attente. Cleo s'étonna de leur présence. Elle n'avait pas anticipé que cette affaire puisse attirer un grand nombre de spectateurs.

— Vous rejoignez l'assistance, mademoiselle ? demanda le garde.

— Pas encore, non. Plus tard, j'espère, mais je dois d'abord témoigner. C'est bien ici que je dois venir pour assister au reste du procès ?

— C'est ça. Attendez un instant, je vous prie.

Il leva la main pour lui barrer le passage. À sa gauche, Cleo aperçut un fourgon blanc à l'angle d'une étroite allée qui menait vers une entrée discrète du palais de justice. Les vitres, placées au-dessus de sa ligne de vue, étaient teintées. Un rideau de fer se hissa lentement devant le véhicule, révélant une pente raide et enténébrée qui plongeait dans les entrailles de la Terre.

Un frisson la parcourut. Que pouvait-on ressentir à l'intérieur d'un tel fourgon, à l'abri des regards tandis que l'on s'enfonçait dans les sous-sols de ciment noir du bâtiment, pour être ensuite exposé à la tribune et publiquement accusé de meurtre ? Le choc et l'humiliation, sans doute, surtout pour les innocents.

— Tout va bien, mademoiselle ?

Elle ne réussit pas à répondre. Elle essaya de sourire, secoua la tête et se dirigea sans un mot vers l'entrée qu'il lui avait indiquée. Plus que jamais, elle avait conscience de l'horreur qui attendait Evie.

J'ai eu tout le loisir de me préparer à ce jour. Quatre mois de détention provisoire, dans une prison remplie de femmes. Apparemment, j'ai de la chance que ça n'ait pas duré plus longtemps. Beaucoup de mes codétenues peinaient à comprendre comment elles avaient pu en arriver là. À part moi, la plupart de celles qui ont tué leur partenaire ont déjà été condamnées à la perpétuité. Certaines ont enduré des années de violence avant de se venger. Mais le désir de représailles ne constitue pas une défense recevable aux yeux de la loi et, contrairement à moi, ces femmes n'étaient pas épaulées par une avocate capable de comprendre qu'une victime puisse craquer et commettre un geste fou dans le feu de l'action, et à qui le résultat du procès importe personnellement.

Le plus dur, c'est le sentiment d'avilissement. Surtout aujourd'hui. J'ai été transportée dans un fourgon carcéral jusqu'aux sous-sols du palais de justice, avant d'être conduite au banc des accusés. Celui-ci n'est pas ouvert, comme ceux que j'ai parfois vus à la télé, mais séparé de la salle d'audience par une vitre laminée, comme si je souffrais d'une maladie contagieuse ou que j'étais un animal féroce. C'est peut-être le cas.

La défense et l'accusation se tiennent devant moi, de dos, chacune constituée d'un nombre indécent de personnes pour ce qui, au moins pour moi, est une affaire banale. Nous faisons tous face au juge, un homme grave dont la bouche se tord vers le bas, comme s'il avait oublié comment sourire. De quoi a-t-il l'air sans sa perruque et sa robe écarlate ? D'un homme ordinaire, je suppose.

Les jurés se tiennent à ma gauche, répartis sur deux rangées de bancs. Le public et la presse sont à ma droite, mais je refuse de regarder dans cette direction. Je ne veux pas savoir qui est venu assister au spectacle, outre les nombreux journalistes contre lesquels Harriet m'a mise en garde. Personne ne s'est déplacé pour me soutenir, c'est sûr. Certains me détestent pour l'acte que j'ai commis, d'autres sont simplement curieux de voir une meurtrière de leurs propres yeux.

On m'a privée de ma dignité. Les mois que j'ai passés en prison m'ont laissé tout le loisir de ressasser les événements de cette nuit-là. J'en suis parfois venue à tout remettre en question, à me demander si j'aurais pu faire autrement. D'autres fois, j'ai éprouvé d'insoutenables remords.

Mais je ne peux pas rester dans cet état d'esprit. Ce serait se moquer de ce que j'ai vécu, de la douleur que j'ai endurée. Je dois avoir foi en moi, même si je suis seule contre tous.

31

Harriet se retourna sur son siège pour faire face à sa cliente tandis que celle-ci confirmait son nom à la cour, après avoir brièvement balayé la salle d'audience du regard. Le greffier entama la lecture des chefs d'accusation.

— Vous êtes accusée du meurtre de Mark North, le 17 août. Plaidez-vous coupable ou non coupable ?

— Non coupable.

Evie s'exprimait avec sang-froid. Elle regardait le juge droit dans les yeux, la tête haute, avec une assurance qui laissait penser qu'elle comprenait les raisons de sa présence ici, mais croyait pleinement en sa propre innocence.

Initialement, les agents du CPS avaient prévu une unique inculpation pour meurtre. Lorsque Harriet leur avait annoncé son intention de prouver la perte de contrôle de sa cliente, ils avaient ajouté une seconde accusation d'homicide à laquelle Evie était forcée de plaider coupable.

Cette décision n'avait pas plu à Angus Brodie, qui voulait voir Evie condamnée pour meurtre, mais l'accusation ne pouvait pas prendre le risque qu'elle soit reconnue non coupable et retrouve ainsi sa liberté. En procédant ainsi, grâce à l'aveu d'Evie, ils étaient sûrs d'obtenir une condamnation pour homicide, quelle que soit la décision du jury.

Le greffier lut le second chef d'accusation, pour homicide.

— Plaidez-vous coupable ou non coupable ?

— Coupable.

Evie baissa la tête avec un remords sincère. Elle se rassit, l'air tenaillée par la culpabilité, puis, semblant se ressaisir, concentra son attention sur la procureure, Devisha Ambo, qui allait entamer sa plaidoirie d'ouverture pour l'accusation.

Harriet se félicitait d'avoir choisi le candidat parfait pour la contrecarrer et représenter Evie : Boyd Simmonds. Ensemble, ils avaient analysé le compte rendu fait par Evie sur la nuit de la mort de Mark et les mois de torture qui l'avaient précédée, afin d'établir soigneusement la meilleure stratégie de défense.

« Notre priorité, avait-elle expliqué à Evie, c'est que les jurés te déclarent non coupable de meurtre. Je ne te cacherai pas que ce n'est jamais une tâche aisée dans des affaires comme la tienne. Mais on croit en toi, Boyd et moi, et on pense avoir une bonne chance d'y parvenir.

« Il nous faudra convaincre le jury que Mark avait commencé à t'infliger des sévices depuis longtemps déjà et que, si tu as perdu le contrôle de toi-même la nuit de sa mort, c'était à cause d'un risque sérieux de violence extrême et d'une peur panique de ce qu'il te réservait encore. Alors tu ne seras pas reconnue coupable de meurtre, mais d'homicide. »

Evie avait acquiescé, pendue à ses lèvres.

« La deuxième chose à garder en tête, c'est la sentence. Contrairement au meurtre, l'homicide n'aboutit pas obligatoirement à une condamnation à perpétuité, mais le juge peut tout de même l'appliquer s'il le veut. Nous devons donc établir une stratégie qui lui permettra de se montrer clément à ton égard. Il doit être convaincu que tu as utilisé le couteau uniquement parce qu'il était à disposition, pas que tu l'avais apporté dans la chambre dans l'idée de tuer Mark.

— Mais c'est vrai, avait protesté Evie.

— Je le sais, et le fait que tu aies immédiatement manifesté des remords joue en ta faveur. Tu as agi sur le coup d'une grave provocation, et Mark représentait pour toi une menace constante. Ce sont des points positifs. Il est important que tu comprennes tout ça, pour savoir à quoi t'attendre une fois devant la cour et suivre le déroulement de notre stratégie de défense. Est-ce que tu as des questions ? »

Evie avait réfléchi silencieusement à tout ce qui venait de lui être dit, les yeux plissés, et Harriet avait dû s'empêcher de sourire. Quel que soit le verdict, l'histoire d'Evie serait publiée dans la presse nationale et mettrait sur le devant de la scène sa bataille permanente contre les violences domestiques.

« Non, je pense que c'est bon, avait finalement répondu Evie. Je sais que ce ne sera pas évident de convaincre la cour que mon geste était impulsif, pourtant c'est la vérité, Harriet. J'espère que tu me crois. »

Harriet lui faisait entièrement confiance, mais le CPS était déterminé à prouver qu'elle était coupable de meurtre. Ils avaient transmis le résultat de leur enquête à la défense, et certains points donnaient le mauvais rôle à sa cliente. Elles avaient étudié tout cela ensemble, exhaustivement. Souvent, les prévenus perdaient leurs moyens lorsqu'ils réalisaient à quel point, devant le tribunal, ils étaient exposés. Mais une fois encore, Evie l'avait surprise en présentant une explication raisonnable à chaque problème soulevé par l'accusation.

Ses seules hésitations survenaient au moment de décrire la personnalité dichotomique de Mark North, tour à tour père aimant et brute sadique. Elle semblait avoir la faculté de distinguer Mark de ses actions. Elle évoquait sans sourciller les sévices qu'il lui avait infligés, mais se troublait lorsque la conversation s'orientait sur son caractère. Elle répugnait à dire du mal de lui. Les sentiments qu'elle pouvait avoir vis-à-vis du père de son enfant ne changeaient rien au fait qu'elle était une victime, et il incombait à Boyd et Harriet de le prouver.

Dans son fauteuil, Harriet se sentait gagnée par l'impatience fébrile qui la rongeait à chaque début de procès. Elle se tenait bien droite, affichant une assurance soigneusement maîtrisée, déterminée à faire entendre raison aux jurés. Ce procès serait la consécration des nombreuses années qu'elle avait consacrées à se battre pour ses convictions.

Après les discours d'ouverture de la défense et de l'accusation, qui n'avaient réservé aucune surprise, l'accusation fit appel à son premier témoin. Cleo North.

Cleo, les paumes moites et les jambes flageolantes, fut la première à se lever. C'était pour le mieux, au fond : elle en aurait bientôt fini. Elle appréhendait le face-à-face avec Evie. Celle-ci avait supplié qu'on lui amène sa fille à la prison mais Cleo n'avait pas cédé, refusant tour à tour au prétexte que le voyage était trop long ou qu'un tel environnement perturberait Lulu. Elle prêta serment en prenant soin d'ignorer le banc des accusés, concentrée sur la procureure, une Afro-Caribéenne grande et bien en chair dont le sourire trop large paraissait déplacé au vu des circonstances. Elle s'exprimait avec chaleur et aplomb, sans doute pour la mettre à l'aise. Ça ne marchait pas vraiment.

— Mademoiselle North, je sais que c'est difficile pour vous. Perdre un proche, un membre de sa famille, l'est toujours. Parlez-moi de votre frère, je vous prie. Quel genre d'homme était-il ?

Cleo comprenait que son rôle, lors de ce procès, était double. Elle devait expliquer la manière dont Mark et Evie s'étaient rencontrés et témoigner du caractère de son frère. Plus que tout, elle voulait que les jurés s'apitoient sur le sort de Mark et n'accordent aucune confiance à tout ce qu'Evie dirait quand son tour viendrait de témoigner.

— Il était doux et sensible. Comme beaucoup d'artistes, je suppose. Il se souciait énormément de ses proches, en particulier d'Evie et de Lulu, son bébé.

— Comment votre frère a-t-il fait la connaissance de l'accusée ?

Cleo ne s'était toujours pas pardonné le rôle qu'elle avait joué dans leur rencontre. Elle expliqua en bafouillant ce qui l'avait poussée à les présenter l'un à l'autre.

— C'était ma faute. Mark était déprimé depuis quelque temps, je pensais qu'accepter ce contrat serait bon pour son moral.

— Vous avez précisé que les photographies étaient une commande du père d'Evie Clarke. Avez-vous eu l'occasion de rencontrer, de parler ou d'entretenir la moindre correspondance avec ce monsieur ?

— Non, jamais. Selon Evie, il est mort juste avant la finalisation de la commande.

— Ce qui rendait tout paiement impossible, c'est cela ?

— Oui.

— L'argent de la succession ne permettait donc pas à Mlle Clarke d'honorer ses engagements ?

— Je lui ai posé la question, bien sûr, répondit Cleo, déstabilisée par l'insistance de la procureure sur ce point. Elle nous a expliqué que sa belle-mère avait été désignée comme unique bénéficiaire de l'héritage, et qu'elle-même ne toucherait pas un centime.

La procureure tendit le bras vers son assistant, qui lui remit un dossier.

— J'aimerais renvoyer la cour au document JC/9.

Elle attendit que les jurés aient les feuilles en main avant de continuer :

— Vous avez devant vous une copie du certificat de naissance de Mlle Clarke. Comme vous le remarquerez, la case du père est vierge. Mlle Clarke est née à Norfolk et a été confiée à la garde de sa grand-mère maternelle à un jeune âge. L'histoire qu'elle a racontée, selon laquelle elle résidait dans un appartement de

Londres avec son père, est montée de toutes pièces. Elle n'a jamais vécu à Londres, dans quelque quartier que ce soit, et tout laisse à penser que, à ce jour, elle ignore encore l'identité de son père et le lieu où il se trouve. En vérité, elle habitait à Leicester, dans un HLM.

Un silence consterné tomba lourdement sur l'assemblée. Le souffle coupé, tous les muscles tendus, Cleo se tourna vers Evie pour la première fois. Elle s'attendait à la découvrir rongée par le remords, mais son visage, derrière la vitre laminée, demeurait neutre.

Devisha Ambo laissa à la cour le temps de s'imprégner de cette révélation.

— Existe-t-il des raisons qui auraient pu motiver un tel mensonge ?

Cleo secoua la tête, abasourdie.

— Si elle avait voulu les photographies gratuitement, j'imagine. Mais avant de recevoir l'intégralité du paiement, nous ne lui aurions transmis que des images de basse qualité. C'est insensé.

— Quelle a été la réaction de votre frère lorsqu'il a appris qu'elle ne serait pas en mesure de le payer ?

— Il a été merveilleux. Je vous l'ai dit, c'était un homme bon. Il l'a autorisée à créer un blog pour lui permettre d'alléger sa conscience. C'est comme ça qu'elle s'est introduite dans sa vie.

— Donc, selon vous, il n'a jamais découvert la vérité ?

— Non. Il m'en aurait parlé.

— Que pouvez-vous nous dire de la relation entre Michelle Evelyn Clarke et votre frère, durant les mois qui ont précédé sa mort ?

Cleo se tourna de nouveau vers Evie, confuse. C'était la première fois qu'elle entendait ce prénom. Encore des secrets.

— Ça n'allait pas fort entre eux. Chaque fois qu'il rentrait de voyage et qu'il voulait la prendre dans ses bras, elle se dérobait. Ça le blessait énormément. Pourtant il a toujours fait preuve de bonté à son égard. Il m'avait même commandé un bijou personnalisé à son intention, en gage d'amour.

— Avez-vous remarqué un comportement récurrent dans leur couple ?

— Un comportement récurrent chez Evie, oui, c'est certain. Il suffisait que Mark s'en aille pour qu'elle devienne maladroite, elle se mettait soudain à accumuler les accidents. C'était comme si elle voulait le punir de l'avoir laissée seule. Elle essayait de le manipuler.

— Il avait quitté la maison avant chacun de ces accidents, n'est-ce pas ?

— Oui.

— Pourtant, Mlle Clarke affirme que c'est votre frère qui était à l'origine de ces blessures. Comment est-ce possible, s'il était systématiquement absent ?

— Je n'en ai aucune idée.

Elle avait répondu en fixant les jurés. Ils devaient la croire. S'ils étaient convaincus que Mark ne s'en était jamais pris à Evie, alors celle-ci n'aurait aucun moyen de justifier son geste.

— Elle voudrait le faire passer pour une brute, mais il n'a pas pu la blesser. C'est impossible.

— Vous pensez donc que Mlle Clarke ment ? À votre avis, qu'est-ce qui la pousse aujourd'hui à porter des accusations pareilles ?

— Bien sûr qu'elle ment. Elle a tout inventé, elle cherche juste un moyen d'excuser ce qu'elle lui a fait.

— Lors de votre première déposition, vous avez indiqué à la police que votre frère avait demandé Mlle Clarke en mariage à plusieurs reprises. C'est bien ça ?

— Oui. Je n'ai jamais compris pourquoi elle refusait. Il faisait tout pour la rendre heureuse.

— Selon vous, Mark North ignorait donc que, en vérité, Mlle Clarke est déjà mariée depuis plusieurs années ?

Cleo se figea. Le brouhaha de la salle d'audience se dilua en un bruit de fond inaudible tandis qu'elle scrutait le visage imperturbable de la femme qui avait tué son frère. Le regard d'Evie était résolu et, l'espace d'un instant, Cleo se sentit mal à l'aise, comme si elles avaient échangé leurs places.

— Espèce de salope, murmura-t-elle.

32

Cleo fut réprimandée par le juge, et le vacarme dans la salle d'audience finit par s'atténuer. Son cœur continua de battre la chamade jusqu'à la fin de sa déposition, mais elle comprit l'intention de la procureure : en montrant à la cour qu'Evie était une menteuse, elle fragilisait la crédibilité de son témoignage. Malgré sa surprise initiale, Cleo commençait à être gagnée par l'enthousiasme. Après ces révélations, le jury n'accorderait aucun crédit aux accusations qu'Evie porterait contre Mark.

Devisha Ambo annonça qu'elle n'avait plus de questions et l'avocat de la défense prit sa place. Un certain Boyd Simmonds. Cleo avait redouté cette transition. Elle s'attendait à devoir affronter une personne cinglante et hostile qui plaiderait la cause d'Evie, mais se détendit quelque peu en découvrant un homme à l'air affable qui, après s'être extirpé tant bien que mal de son siège, remontait à présent ses lunettes sur son nez.

— Comme l'a souligné ma collègue, mademoiselle North, nous avons bien conscience que tout ceci doit vous être très pénible. Je ferai donc de mon mieux pour aller à l'essentiel.

Il lui sourit avec amabilité, puis pencha légèrement la tête.

— Appréciez-vous Evie Clarke ? dit-il, comme s'il lui demandait l'heure.

La brutalité de la question la déstabilisa. Elle prit une profonde inspiration pour retrouver sa contenance.

— Non. J'ai essayé de me rapprocher d'elle, au début, mais nous n'avons jamais vraiment accroché. Maintenant, je la méprise. Je lui ai toujours trouvé des manières d'intrigante.

Elle jeta un regard assassin à Evie, qui ne sembla pas s'en émouvoir.

— Je sais désormais que j'avais raison.

— Appréciiez-vous la femme de votre frère, Mia North ?

— Je ne vois pas le rapport.

— Répondez à la question s'il vous plaît, mademoiselle North, dit le juge.

Cleo avait conscience que sa réponse ne ferait pas bon effet, mais la vérité, c'était qu'aucune de ces deux femmes n'avait mérité Mark. Elle ne savait pas comment l'expliquer.

— Je vais devoir dire non : je n'appréciais pas Mia. Mais c'était pour d'autres raisons.

— Comme ?

— Elle sous-estimait le talent de Mark. Quand il l'a épousée, il a perdu toute sa confiance en lui. Elle n'était pas bien pour lui. Je lui ai dit qu'il faisait erreur, mais il jurait être amoureux d'elle. Elle cherchait trop à le manipuler.

— Le manipuler, dites-vous.

Il consulta la feuille qu'il tenait à la main.

— Je cite votre commentaire sur Mlle Clarke : « Elle essayait de le manipuler. » Ce sont vos mots. Aviez-vous l'impression que tous ceux qui approchaient votre frère d'un peu trop près essayaient, par défaut, de le manipuler ?

Cleo ne savait pas comment se faire comprendre du jury. Elle disait la vérité, pourtant cet avocat placide aux manières doucereuses la faisait passer pour une idiote. Et il ne comptait sans doute pas en rester là.

— Vous avez déclaré à la cour que Mlle Clarke s'était introduite dans la vie de votre frère. Combien de temps s'est-il écoulé entre leur rencontre et le début de sa grossesse ?

— Je l'ignore. Quelques mois.

— Votre frère en était-il heureux ?

— Je crois qu'il a surtout été surpris. Il m'a dit qu'ils n'avaient jamais évoqué la possibilité de fonder une famille, et il pensait qu'ils avaient pris leurs précautions. Mais il aimait Lulu.

— J'en suis convaincu. Et vous, comment avez-vous réagi lorsque Mlle Clarke est tombée enceinte ?

Cleo se sentait de plus en plus mal à l'aise. La discussion ne se déroulait pas du tout comme elle l'avait imaginé.

— Je me suis demandé si elle l'avait piégé.

— Dans quel but ?

Cleo se pencha en avant et appuya les avant-bras à la barre des témoins, faisant de son mieux pour capter l'attention de l'ensemble de la cour.

— Mon frère était un homme très riche. Il était beau et gentil, en plus d'être un photographe hors pair et de posséder une superbe maison. N'importe quelle femme aurait rêvé de l'épouser. Plus que jamais, je suis convaincue que c'était ce qu'elle voulait : le piéger.

L'avocat consulta ses notes.

— Vous pensez qu'elle désirait le piéger, malgré la description que vous venez de faire de votre frère en homme dépressif et reclus.

Il s'arrêta pour soigner son effet, et Cleo se troubla de nouveau.

— Vous affirmez que sa priorité était de piéger votre frère, dit-il. Combien de temps s'est écoulé entre le moment où Mlle Clarke a découvert qu'elle était enceinte et celui où elle a emménagé chez lui ?

— Quelques mois.

La main de Boyd retomba le long de son corps.

— Quelques mois…, répéta-t-il lentement, en articulant exagérément. Deux, trois mois ?

— Cinq, admit Cleo à voix basse.

— En fait, si vous vérifiez les dates, vous découvrirez que c'était six. Selon vous, sa stratégie pour s'attirer les faveurs d'un homme dépressif consistait donc à refuser d'emménager avec lui jusqu'à être enceinte de six mois. Ce comportement vous semble-t-il typique d'une femme déterminée à gagner les faveurs d'un homme, mademoiselle North ?

De nouveau, il marqua une courte pause avant de reprendre. Ses piques en forme de remarques la déstabilisaient de plus en plus.

— Vous étiez très proche de votre frère, n'est-ce pas ?

Cleo hocha la tête, la gorge nouée par un bref éclair de douleur. La mort de Mark avait créé un vide dans sa vie.

— Absolument.

— Nous savons d'ores et déjà qu'Evie Clarke a quelque peu arrangé la vérité lorsqu'elle a évoqué son père…

— Non, c'est faux. Elle a menti.

Les mots étaient sortis avant qu'elle puisse les retenir.

— … et nous découvrirons en temps et en heure ce qui a motivé cette décision. Pour l'instant, nous sommes tous choqués d'imaginer que Mlle Clarke ait pu mentir à votre frère. Mais en fin de compte, cela reste une supposition, n'est-ce pas, mademoiselle North ?

— Comment ça ?

— Le fait que vous n'étiez pas dans la confidence ne prouve en rien que votre frère ignorait également la vérité, vous en conviendrez.

— Bien sûr qu'il l'ignorait, protesta-t-elle d'une voix rendue aiguë par l'inquiétude. J'en suis sûre et certaine. Il me l'aurait dit.

— Sur quoi nous fondons-nous pour déterminer que Mlle Clarke n'a jamais révélé la vérité de ses origines à votre frère ? Après tout, ils sont devenus amants et ont eu un bébé. Ne paraît-il pas raisonnable de supposer que Mlle Clarke ait fini par lui avouer cette petite entorse à la vérité commise aux prémices de leur relation, ainsi que le fait qu'elle était mariée ?

— Non. C'est impossible. Il m'en aurait parlé, je vous l'ai dit.

— Parce qu'il vous disait tout.

— Bien sûr, répondit-elle d'une voix étranglée. Nous étions très proches.

Boyd Simmonds hocha la tête en l'observant par-dessus ses lunettes. Il lui offrit un nouveau sourire aimable.

— À quel moment avez-vous appris que votre frère était en couple avec Evie Clarke ? demanda-t-il poliment.

— Je ne sais plus exactement. Ils m'ont invitée à dîner pour m'annoncer qu'ils avaient commencé à se voir.

L'avocat hocha lentement la tête.

— Tout au début de leur relation, donc.

— Oui. Elle travaillait un peu pour lui depuis quelque temps pour l'aider avec un blog, mais c'était purement platonique.

— Remémorons-nous quelques dates ensemble, si vous le voulez bien, mademoiselle North. Je crois comprendre que le premier dîner que vous avez partagé avec Mlle Clarke et votre frère en tant que couple était le 21 février. C'est bien cela ?

Elle haussa les épaules.

— Peut-être. Il faudrait que je vérifie.

— Et quand est née votre nièce Lulu ?

Cleo ferma les yeux. Elle savait où cette question la menait, et elle ne pouvait rien faire pour y échapper.

— En août, dit-elle silencieusement.

— Donc, ce frère qui censément vous disait tout avait en réalité déjà eu au moins un rapport sexuel avec Evie Clarke, environ trois mois avant de vous informer de leur relation. On peut supposer, de manière très raisonnable, qu'ils s'étaient vus en secret jusqu'au fameux dîner, mais vous l'avaient simplement caché. Parce que votre frère en avait décidé ainsi.

Cleo fixa cet homme en surpoids dont elle avait interprété l'air affable comme une promesse de bienveillance. Elle ne pouvait rien rétorquer. Il avait raison. Elle ne comprenait pas pourquoi ni comment, mais Mark l'avait tenue à l'écart. Ce n'était jamais arrivé auparavant.

— Vous ignoriez que Mlle Clarke est en vérité orpheline depuis l'enfance, et elle n'avait jamais mentionné son mariage devant vous. Mais cela signifie-t-il réellement que votre frère l'ignorait également, ou bien qu'il a simplement jugé une nouvelle fois que cela ne vous concernait pas ? À votre avis ?

Cleo n'avait pas de réponse. Le jury devait impérativement considérer Evie comme une menteuse, pour garder un esprit critique devant toutes les preuves qu'elle leur présenterait. Elle devait reprendre le contrôle de l'audition. Mais comment ?

— En fait, on peut tout à fait imaginer que votre frère ait été la seule personne à mentir – à vous avoir menti, plus précisément. Qu'en dites-vous ?

— C'est possible, mais je n'y crois pas un instant.

Pourquoi Mark lui aurait-il caché la vérité ? Elle fut soudain assaillie par l'image de Mia, morte, au bas de l'escalier, et la chassa aussitôt de son esprit.

Ne pense pas à ça, s'ordonna-t-elle.

Ce bref moment de désarroi n'avait pas échappé à l'avocat, qui en profita pour enchaîner :

— Vous dites que Mlle Clarke a pâti d'une série d'accidents en l'absence de votre frère. Pouvez-vous nous donner plus de détails ?

— Elle s'est ébouillanté le bras, une fois. Elle a essayé de minimiser, mais j'ai bien vu qu'il était couvert de cloques. Une autre fois, elle s'est coincé la main entre des poids dans la salle de gym.

— Quand ces accidents ont-ils eu lieu ?

— Après le départ de Mark en voyage d'affaires.

— Et comment connaissez-vous le moment exact, je vous prie ?

Elle baissa les yeux. Que répondre ? Elle n'avait jamais vu Evie entre les départs de son frère et les accidents. Elle savait que cela constituait une faiblesse dans son argumentation, mais le jury devait la croire sans l'ombre d'un doute.

— Evie me l'a dit elle-même. Quand elle m'a téléphoné pour me prévenir qu'elle s'était coincé la main, Mark était parti depuis un peu plus d'une heure. Pourquoi aurait-elle enduré une douleur pareille pendant si longtemps, si l'accident avait eu lieu avant le départ de Mark ? C'est absurde.

Elle regarda Evie, espérant que celle-ci se lève et proclame haut et fort que ce n'était que des mensonges, que Mark ne l'avait jamais touchée.

— Combien de femmes victimes de violences domestiques connaissez-vous, mademoiselle North ?

— Je n'en ai aucune idée, admit Cleo, prise au dépourvu. Zéro, pour autant que je sache.

— Précisément. Pourtant, comme vous le savez sans doute, les statistiques suggèrent que vous en côtoyez quelques-unes. Si vous ignorez qui, parmi vos relations distantes ou vos amis, est ou a été victime de violences domestiques, c'est principalement parce que ces personnes ne voulaient pas que cela se sache. Ne peut-on pas raisonnablement envisager qu'Evie Clarke souhaitait vous cacher que votre frère s'attaquait à elle chaque fois qu'il était sur le point de s'absenter ?

— Non !

Prise de panique, elle sentit sa gorge se nouer et des sanglots se former dans sa poitrine.

— Quand la femme de Mark est-elle morte ? demanda-t-il.

La question ne portait pas sur le mois ou sur l'année. Elle savait ce qu'il espérait accomplir en la posant, et elle devait l'en empêcher. Avait-il lu ses pensées ?

— C'était complètement différent.

Sa voix manquait d'assurance.

— Vous êtes celle qui a trouvé le corps, n'est-ce pas ? Elle a fait une chute mortelle tout de suite après le départ de Mark North en voyage d'affaires, c'est bien ça ?

— Oui, mais j'ai parlé à Mia après le départ de Mark ce jour-là. Elle allait bien. Nous avions prévu de déjeuner ensemble.

— Vous aviez prévu de déjeuner avec une personne que vous n'appréciiez pas ? J'imagine que nous n'avons pas d'autre choix que de vous croire sur parole, mademoiselle North. Mais lorsque Mlle Clarke a commencé à souffrir de blessures tout de suite après les départs de votre frère, ne vous est-il pas venu à l'idée, ne serait-ce qu'un instant, qu'elles n'étaient peut-être pas dues à de simples accidents ? Qu'elles pouvaient dater de quelques heures plus tôt, quand il était encore là ?

Elle hésita une seconde. C'était une seconde de trop. Boyd Simmonds reprit aussitôt la parole.

— Revenons aux blessures de Mlle Clarke. Vous prétendez qu'elle s'est « coincé la main entre des poids ». Ce sont vos mots. Ne s'agit-il pas d'un euphémisme ?

Il se tourna vers le jury.

— Je vous invite à consulter vos écrans. Vous avez devant vous une radiographie de la main de Mlle Clarke, après l'incident en question. Nul besoin de connaissances médicales pour constater que sa main n'était pas simplement « coincée ».

Un silence s'installa dans le prétoire tandis que les jurés examinaient leurs écrans. Cleo, elle, gardait le regard braqué sur l'avocat. Comment avait-elle pu manquer de jugement à ce point ? Ses allures débonnaires ne la trompaient plus. Désormais, elle le voyait comme un bulldog assoiffé de sang.

— Comment Evie Clarke a-t-elle expliqué cet incident ?

Le public tassé dans l'assistance écouta avec une fascination morbide Cleo relater la manière dont Evie avait accidentellement lâché la barre au moment même où son autre main se trouvait entre les poids.

— J'ai cru comprendre que vous étiez également adepte de fitness, mademoiselle North. L'explication qu'elle vous a donnée vous a-t-elle paru plausible ?

— En tout cas, ça ne pouvait pas avoir de rapport avec Mark, répliqua-t-elle aussitôt.

Elle devait absolument les empêcher d'adopter ce raisonnement.

— Il ne descendait jamais au sous-sol, dit-elle. Pas depuis la mort de sa femme.

— En effet.

L'avocat se tut, laissant à l'audience une chance de tirer ses propres conclusions.

Cleo ne renchérit pas, et l'avocat passa à autre chose.

— Comment Mlle Clarke s'est-elle ébouillantée ?

— Elle versait de l'eau chaude dans une tasse quand sa main a glissé. Elle a éternué, ou quelque chose comme ça.

De nouveau, Simmonds invita le jury à consulter les photographies projetées sur leurs écrans, fournies par l'hôpital.

— Mademoiselle North, sauriez-vous me dire si Mlle Clarke est droitière ou gauchère ?

— Droitière, je crois, répondit-elle après un court moment de réflexion. J'en suis presque sûre, oui.

— Et pourtant les brûlures sont sur son bras droit. Est-ce que les droitiers se saisissent souvent de récipients d'eau bouillante de la main gauche ? Ce ne serait pas impossible, bien sûr, mais improbable, je crois. De même, on pourrait s'attendre à ce qu'elle ait retiré son bras en toute hâte dès la première éclaboussure, plutôt que de verser l'eau bouillante sur toute la longueur de son avant-bras, du coude jusqu'au poignet.

Cleo baissa les yeux. Elle avait l'impression de se trouver sur le banc des accusés, et d'avoir été reconnue coupable.

33

Stephanie redoutait toujours le moment de comparaître devant un tribunal en tant que témoin, exercice auquel elle s'était déjà prêtée à de nombreuses reprises, mais sans jamais s'y habituer. Elle n'avait pas droit à l'erreur.

Gus s'était assis à côté d'elle dans la salle d'attente réservée aux témoins. Il lui prit la main avec douceur. Pour une fois, elle le laissa faire. Elle s'était accoutumée à ces contacts physiques occasionnels au cours des derniers mois ; elle savait qu'il cherchait à la rassurer. Bientôt, leur enquête toucherait à sa fin, et ils auraient le choix entre commencer un sérieux travail d'introspection sur ce qui avait foiré dans leur couple, ou reprendre leur chemin chacun de son côté sans rien mentionner. Pour le moment, sa priorité était d'élaborer un résumé succinct et précis des circonstances de la mort de Mark North.

L'huissier d'audience ouvrit la porte.

— Sergent Stephanie King ?

— C'est ton tour, dit Gus en pressant brièvement ses doigts. À tout à l'heure.

Stephanie s'avança dans le prétoire et prêta serment sans un regard pour Evie.

Devisha Ambo se leva et, avec un grand sourire rassurant, commença l'audition en douceur. Elle l'interrogea d'abord sur les faits : les détails de l'appel à l'aide, la façon dont elle et Jason avaient pénétré dans la maison, le rôle joué par l'agent de la société de surveillance. Stephanie répondit de son mieux, submergée par le souvenir du clair de lune, des bougies et des deux corps étendus sur les draps rougis.

— Quel a été votre premier ressenti en entrant dans la chambre ?

— Ce que j'ai remarqué en premier, c'était le sang. Il y en avait énormément. Sur les murs, sur le lit… J'ai tout de suite pensé à une projection artérielle. J'avais déjà vu ce genre d'éclaboussure caractéristique par le passé.

Un éclat blanc attira son attention vers le public, et elle constata avec regret que Cleo North n'avait pas quitté les lieux après son témoignage. Son visage était blême, ses yeux assombris par des cernes profonds. Elle n'aurait pas dû assister aux débats entre l'accusation et la défense, l'une cherchant à démontrer que son frère avait été sauvagement assassiné, l'autre qu'il n'était pas l'homme qu'elle avait cru connaître, mais un cruel tortionnaire.

Stephanie la chassa de son esprit pour se concentrer de nouveau sur sa déposition et décrire de son mieux les minutes qui avaient suivi leur arrivée dans la maison de Mark North.

La première partie de son témoignage se déroula sans heurt, mais son ventre se noua quand Boyd Simmonds s'avança vers elle à son tour.

— Sergent King, dit-il. Lorsque vous avez pénétré dans la chambre, sang mis à part, qu'avez-vous pensé des individus présents ?

— J'ai cru qu'ils étaient morts tous les deux. Ils ne bougeaient pas du tout.

— Et après ?

— J'ai entendu un bruit en provenance du lit. Je me suis rendu compte que l'un des deux était en vie et que je devais lui venir en aide.

— Comment étaient positionnés leurs corps, s'il vous plaît ?

Stephanie s'était préparée à cette question.

— C'est difficile à dire avec précision, étant donné qu'ils étaient emmêlés dans les draps. Ils se tenaient tous les deux du même côté du lit.

— Tout près l'un de l'autre, vous voulez dire ?

— Oui. C'est l'impression que j'ai eue.

— Quelle était l'attitude de Mlle Clarke ? Vous a-t-elle semblé en colère ? Hostile ?

— Ni l'un ni l'autre. Elle était secouée. Sous le choc.

— Vous êtes une policière chevronnée, sergent King. Vous étiez en mesure d'observer la scène, la condition de l'accusée et son évidente détresse, n'est-ce pas ?

— Oui.

— En vous fondant sur votre expérience, avez-vous supposé que l'accusée venait de perpétrer un meurtre soigneusement prémédité ?

Stephanie jeta un coup d'œil en direction d'Evie. Elle ne l'avait pas vue depuis son interrogatoire au poste de police. Ce jour-là, la femme qui se tenait devant eux était désemparée, ses cheveux tirés en arrière révélant le rouge de ses yeux et la pâleur extrême de son visage bouffi. Son apparence était plus soignée aujourd'hui, pourtant son tailleur bleu marine et son maquillage léger ne parvenaient pas tout à fait à masquer son teint cireux, caractéristique des personnes trop longtemps privées de plein air. Mais tout cela n'avait aucune importance. En la regardant, Stephanie ne voyait qu'une victime, rien de plus.

— Je n'ai fait aucune supposition, répondit-elle à Simmonds. Je n'avais aucun élément sur lequel me fonder. Ma seule préoccupation était de préserver l'intégrité de la scène de crime.

Harriet James, depuis le banc des avocats de la défense, la dévisageait. Troublée, Stephanie détourna le regard vers les étrangers entassés dans le public. Un homme était prostré dans un coin. Il fixait Evie avec dureté, le front plissé, la bouche tordue en un rictus sévère. Celle-ci ne sembla pas le remarquer.

Qui était-il ? Stephanie ne l'avait jamais vu auparavant. Il paraissait trop captivé pour n'être qu'un badaud attiré par des promesses de scandale.

L'homme ne quitta pas Evie des yeux durant toute l'audition. Les questions de Boyd ne l'intéressaient pas, pas plus que les réponses de Stephanie, qui avait du mal à ne pas se laisser distraire.

Enfin, elle fut autorisée à se retirer. Elle quitta le prétoire avec une sensation de soulagement. Comme il lui était de toute façon interdit de parler à Gus tant qu'il n'aurait pas été entendu à son tour, elle décida d'aller se mêler au public. L'attitude de l'homme avait attisé sa curiosité. Le trouverait-elle en train de fixer Evie avec la même intensité ?

Elle se hâta vers la porte de la salle et l'ouvrit silencieusement, à la recherche d'une place qui lui permettrait de l'épier.

Après l'avoir repéré à sa gauche, elle s'assit à côté d'un de ses collègues.

— C'est qui, celui-là ? demanda-t-elle en le désignant d'un geste du menton. Le roux.

— Aucune idée. Je ne l'ai jamais vu.

L'inconnu sortit une lettre de la poche de sa veste et, malgré la distance, Stephanie nota les plis du papier, usés, comme si cette feuille avait été lue et repliée à outrance. C'était une lettre manuscrite, rédigée à l'encre bleue. L'homme la scruta, puis, avec une lenteur délibérée, la déchira en minuscules morceaux qu'il laissa tomber à ses pieds.

Il contempla Evie une dernière fois puis se leva, se fraya un chemin parmi la foule et sortit de la salle d'audience.

34

Boyd avait accompli un excellent travail en fragilisant certains arguments de l'accusation. Harriet estimait tout à fait possible que, grâce à lui, le jury ne considère pas Evie comme une menteuse, même si l'argument apporté pour justifier l'invention d'un père de toutes pièces avait été retors.

« Je sais que je n'aurais pas dû faire ça, avait dit Evie. Mais je voulais absolument rencontrer Mark. J'avais vu ses photos dans la galerie. Tu y es déjà entrée, Harriet ? Elle est fabuleuse. Une de ses photos était accrochée dans la vitrine, je l'avais aperçue depuis l'autre côté de la rue. Elle mesure un mètre quatre-vingts de haut environ. Un portrait de femme, comme désincarnée, le corps entier plongé dans l'ombre, à l'exception du visage. En la voyant, j'ai eu la sensation qu'elle me fixait, qu'elle sondait mon âme. Je n'avais qu'une envie, qu'il me photographie à mon tour. Je voulais voir s'il saurait me rendre aussi fantastique que l'était l'image de cette femme. »

Ses yeux avaient irradié de passion. Harriet n'avait pas eu de mal à la croire.

« J'ignorais complètement comment j'allais le payer. J'ai amassé un peu d'argent grâce à des commandes de blogs et un petit boulot dans un bar. Je ne voulais pas qu'il apprenne la vérité. Mais c'était idiot de ma part. Ses photos étaient hors de prix, je n'aurais jamais pu me les offrir. Je lui ai tout avoué dès que nous sommes mis en couple, bien avant d'emménager chez lui. Il connaissait toute la vérité, et il m'a pardonné, mais il préférait ne pas en parler à Cleo. Elle et moi avions du mal à nous entendre, il ne voulait pas envenimer la situation. »

Grâce à la prestation de Boyd, il paraissait désormais crédible que Mark ait décidé de garder le secret d'Evie plutôt que de le partager avec sa sœur. Un bon point pour la défense. Mais il était trop tôt pour crier victoire : le pire restait à venir.

Nick Grieves fut appelé à la barre pour lire la retranscription de l'interrogatoire mené avant l'inculpation d'Evie. Il récita les mots de celle-ci : les réponses qu'elle leur avait données et la description des événements qui l'avaient conduite à tuer Mark North cette nuit-là.

Harriet lança un regard furtif à sa cliente. Evie se tenait immobile, le visage impassible.

Une enquêtrice de la Scientifique succéda à Grieves. L'accusation s'attarda longuement sur le sabotage des lumières, mais face à Boyd, la femme dut admettre que, en l'absence d'empreintes digitales, il était impossible d'en désigner le responsable. Ils avaient consciencieusement fouillé les historiques de navigation de tous les ordinateurs de la maison, sans trouver aucun lien suspect. Lors de sa déposition, Evie avait affirmé que Mark ne la violentait que dans l'obscurité. Boyd argumenta donc que, en toute logique, Mark avait dû intervertir les câbles afin de s'assurer le noir complet.

L'accusation s'intéressa ensuite aux plaies découvertes sur le corps d'Evie. Elles avaient été photographiées, et des prélèvements avaient été effectués à l'hôpital à la recherche de traces d'ADN. Les résultats avaient confirmé que le couple avait eu un rapport sexuel juste avant la mort de Mark North, et que l'ADN de celui-ci était présent dans les coupures.

Le médecin qui avait examiné Evie fut appelé à comparaître et présenté à la cour. Harriet s'inquiéta de son niveau d'agitation. Ses mains ne tenaient pas en place. Un coup d'œil à ses notes lui confirma qu'il était relativement nouveau dans le métier. Il n'y avait plus qu'à espérer qu'il était suffisamment compétent.

Devisha exposa des photographies du thorax et des bras meurtris d'Evie.

— Selon votre expérience, qualifieriez-vous les plaies que vous voyez à l'écran comme des plaies de défense ? demanda-t-elle avec un large sourire.

— Cela me paraît improbable étant donné leur tracé. Si l'accusée avait levé les bras pour protéger son visage ou sa tête, la plaie serait orientée différemment. Quand quelqu'un se protège d'une attaque à l'arme blanche, les blessures sont typiques : profondes et situées sur la face extérieure des bras, alors que celles-ci sont assez superficielles et situées sur la face intérieure, entre le poignet et la fosse cubitale – c'est-à-dire le pli du coude.

Dès le début, Harriet avait su que plaider la légitime défense serait une erreur. Elle était à présent soulagée de ne pas l'avoir recommandée à Evie.

— Et les plaies sur le thorax ?

— Elles sont également superficielles. Dans le cas d'attaques au couteau, on retrouve des blessures de différentes profondeurs, qui sont donc plus ou moins efficaces. Ici, elles ont une profondeur relativement égale, comme si elles étaient délibérées.

— Docteur Moore, puisque nous n'avons de toute évidence pas affaire à des plaies de défense, pourrait-il plutôt s'agir de plaies d'automutilation ?

— Ce n'est pas impossible. Ce serait extrêmement douloureux, bien sûr, mais on ne peut pas écarter cette hypothèse.

Devisha consulta ses notes.

— Le rapport de la police scientifique nous indique que le corps de M. North a été en contact avec les blessures. L'accusée a été découverte allongée à côté de la victime qu'elle tenait dans ses bras, la poitrine contre son dos et les bras autour de son torse. Cela aurait-il suffi au transfert de l'ADN de la victime dans les plaies de l'accusée ?

— Oui.

— De même que pour les poils de torse incrustés ?

— Nous savons qu'ils venaient d'avoir un rapport sexuel. Il pouvait très bien y avoir des poils sur les draps. Il est impossible de déterminer avec certitude comment ils ont pu se retrouver dans les blessures ouvertes de Mlle Clarke.

— En résumé, si je vous comprends bien, nous pouvons tout à fait concevoir que Mlle Clarke se soit mutilée elle-même et que l'ADN de Mark North soit présent dans ses blessures car elle pressait la poitrine contre son dos. Quant aux poils, ils peuvent provenir de la literie ?

— Oui, on peut parfaitement l'envisager.

Harriet s'interdit de regarder en direction d'Evie. Cela pourrait donner l'impression qu'elle doutait. Elle resta de marbre, le dos droit.

Devisha remercia le témoin et regagna sa place. Boyd se leva avec lenteur.

— Docteur Moore, commença-t-il, vous avez annoncé à la cour qu'il était impossible de déterminer comment les poils de torse de M. North étaient arrivés dans les plaies ouvertes de Mlle Clarke. Cela signifie, j'imagine, qu'il est tout aussi concevable que ce transfert ait eu lieu tandis qu'ils faisaient l'amour, comme Miss Clarke l'a affirmé.

Le regard du médecin fit des allers-retours entre Devisha et Boyd.

— Oui, sans doute.

— Vous n'ignorez pas que Mlle Clarke n'a jamais revendiqué la légitime défense. Elle n'a jamais accusé M. North d'avoir brandi un couteau avec l'intention de la tuer. La situation était plus complexe, et les témoins à venir prouveront que des précédents de violences existaient dans leur relation. Ces plaies que vous avez examinées pourraient-elles être la conséquence d'une forme de punition ? Ou peut-être du simple plaisir d'infliger de la douleur ?

Deux jurées grimacèrent légèrement à cette hypothèse.

Le médecin s'accorda un moment de réflexion avant de répondre :

— Deux scénarios auraient pu permettre à un agresseur d'atteindre Mlle Clarke sur la face intérieure des bras et sur le thorax. La première : si quelqu'un s'était positionné derrière elle et lui avait tenu les mains au-dessus de la tête, il aurait pu la couper en passant le bras sur le côté. La deuxième : en allongeant Mlle Clarke sur le dos et en maintenant, encore une fois, ses mains au-dessus de sa tête.

— Merci, docteur Moore. Je n'ai pas d'autres questions.

À la surprise d'Harriet, le médecin continua d'un air songeur :

— J'imagine qu'on pourrait dire la même chose de ses autres cicatrices, après tout.

Devisha leva brusquement la tête. Harriet se pencha en avant. Elle n'était pas au courant de cicatrices supplémentaires. Pourquoi Evie ne les avait-elle pas mentionnées ?

— Vous avez découvert des cicatrices antérieures sur le corps d'Evie Clarke ?

— Oui.

Le médecin sembla soudain reprendre conscience de la présence du juge, des jurés et d'Evie.

— Je n'aurais pas dû y faire allusion, excusez-moi. Je me rends compte à présent que c'était sans rapport avec l'enquête. Je ne faisais que penser à voix haute.

— Où avez-vous remarqué ces blessures ?

— Sur son abdomen. J'avais pour instruction de limiter mon rapport aux plaies récentes, je n'ai donc pas examiné le reste de son corps, mais je les ai aperçues quand j'ai traité les coupures sur sa poitrine.

Boyd devait impérativement mettre un terme à cette audition. D'après Evie, Mark ne l'avait jamais coupée auparavant. Ils l'avaient affirmé devant la cour, et c'était l'argument qui leur avait permis de justifier la candeur d'Evie lorsqu'elle avait apporté le couteau dans la chambre. Mais Harriet n'avait aucun moyen d'interrompre Boyd, qui lui tournait le dos. Elle ne pouvait même pas attirer son attention.

— Diriez-vous que ces cicatrices antérieures étaient le résultat de blessures similaires ?

— C'est possible, mais difficile à affirmer.

— Pourquoi donc ?

— La plupart étaient considérablement effacées. Elles étaient complètement guéries.

Harriet en eut le tournis. Qu'est-ce que c'était que ce cirque ? Elle aurait dû être au courant de tout ça, Evie aurait dû lui en parler. Elle savait ce qui les attendait : Devisha n'allait pas rater une chance pareille. Enfin, Boyd se rendit compte qu'il avançait en terrain inconnu et essaya de couper court.

— Merci, docteur. Cela nous aide beaucoup. Je n'ai pas d'autres questions.

Devisha bondit aussitôt hors de son siège en demandant à interroger le témoin une nouvelle fois.

— Docteur Moore, vous dites que ces cicatrices ont eu le temps de guérir. Quel âge leur donneriez-vous, environ ?

Quelle que soit la réponse, Harriet avait le pressentiment que l'accusation ne pourrait qu'en bénéficier.

— Je ne peux rien affirmer avec certitude. Les gens guérissent plus ou moins vite en fonction de nombreux facteurs. Après que la croûte est tombée, la peau reste assez longtemps marron ou rose. Je n'ai pas étudié de près ces cicatrices, mais étant donné l'âge et la forme physique de l'accusée, je pense qu'elles datent de quelques années.

— C'est-à-dire, deux ans ? Plus de deux ans ? insista Devisha avec un sourire grandissant.

— Deux au minimum, à vue de nez. Peut-être bien plus que cela. Elles pourraient même remonter à l'adolescence.

— Evie Clarke a rencontré Mark North il y a deux ans et demi. Elle a emménagé chez lui il y a dix-huit mois seulement. Vous êtes donc d'accord pour dire que, chronologiquement parlant, il est très peu probable que Mark North lui ait infligé ces blessures ?

Le médecin expira longuement.

— Étant donné cette trame chronologique, dit-il finalement, il aurait fallu qu'il la blesse le jour de leur rencontre, plus ou moins. Même ainsi, j'aurais tendance à penser que les cicatrices sont plus vieilles. Je devrais les examiner à nouveau pour en avoir la certitude.

— Et est-il possible que, à l'instar des coupures récentes que vous avez examinées, ces anciennes cicatrices soient le résultat d'automutilations ?

— Je préférerais procéder à un nouvel examen avant de me prononcer.

C'était sans importance. Le mal était fait. Encore une fois, Harriet résista à l'envie de fixer sa cliente. Elle garda son assurance face au reste de la cour, comme si rien de tout cela ne la prenait au dépourvu.

— Pourquoi est-ce que c'est la première fois que j'entends parler de ces cicatrices ?

Le juge avait annoncé une brève pause. Harriet en avait aussitôt profité pour discuter avec sa cliente.

— Je suis sérieuse, Evie. Tu dois tout me dire.

Elle faisait de son mieux pour contrôler sa frustration, mais le résultat du procès était en jeu. Les prouesses de Boyd ne suffiraient peut-être pas à innocenter Evie de l'accusation de meurtre.

— Je les avais oubliées, répondit Evie. Elles font partie de moi désormais, je ne les remarque même plus.

— C'était Mark ?

Le médecin avait laissé peu de place au doute, mais elle se devait néanmoins de poser la question.

— Ça ne sert à rien d'essayer de lui faire porter le chapeau, dit Evie. Le médecin m'examinerait une seconde fois et démentirait aussitôt. Donc non, ce n'était pas Mark. Ça s'est passé avant notre rencontre.

— Ton mari, Nigel ?

Certaines femmes étaient accros aux relations violentes. Leur estime de soi était si catastrophique qu'elles privilégiaient les partenaires qui les traitaient comme des moins-que-rien. Evie pourrait s'attirer la sympathie du jury en leur offrant son témoignage, mais pour cela, elle devait être prête à s'expliquer.

— Ce n'était pas Nigel. Il n'a jamais levé le petit doigt sur moi.

Nigel Clarke, l'époux d'Evie, semblait impossible à trouver. Evie parlait peu de lui, prétextant qu'il n'avait aucun rapport avec l'affaire. Ils s'étaient mariés au sortir de l'adolescence, et Nigel l'avait traitée avec égards. C'est tout ce qu'elle leur avait dit.

« C'est horrible, mais je l'ai quitté parce que je m'ennuyais, avait expliqué Evie. On n'allait nulle part, et j'avais l'impression que la vie me réservait davantage. Je n'en suis pas fière. »

Harriet était bien placée pour la comprendre. Elle n'avait jamais eu le temps d'avoir un homme dans sa vie, et à force de voir tout le mal dont certains étaient capables, elle n'avait jamais ressenti le besoin de prolonger la moindre relation après la première semaine.

L'accusation s'était efforcée de retrouver la piste de Nigel, mais Evie avait révélé à Harriet que celui-ci avait quitté le pays et qu'elle n'avait jamais plus été en contact avec lui depuis.

— Toujours est-il que tu devras t'expliquer devant les jurés si tu as d'anciennes blessures. Ils doivent connaître leur origine. L'accusation essaie déjà de les convaincre que tu t'es mutilée toi-même. Il est vital que nous puissions démontrer que Mark te maltraitait. Aucun doute ne doit subsister sur ce point. C'est ton unique défense. Seulement voilà, ces cicatrices sorties de nulle part ne jouent pas en ta faveur. Tu dois tout me dire, Evie. Je ne veux plus de surprise.

Evie la fixa en silence pendant de longues secondes puis, alors qu'Harriet s'apprêtait à insister une nouvelle fois, elle se leva, ôta sa veste et, lui tournant le dos, commença à déboutonner sa chemise.

— Le médecin n'a examiné que les plaies récentes sur mes bras et ma poitrine, dit-elle sans se retourner.

Je ne m'étais pas rendu compte qu'il verrait également les cicatrices sur mon ventre.

Elle se dénuda jusqu'à la taille. Harriet fixa les stries blanches sur son dos, le souffle coupé.

— Ça te suffit ? dit Evie en se couvrant. Ou bien penses-tu que j'aurais pu me faire ces cicatrices-là toute seule ?

Harriet attendit qu'Evie se soit rhabillée et assise, silencieuse.

— Que t'est-il arrivé ? murmura-t-elle enfin.

— Si le médecin veut m'examiner une nouvelle fois, il verra que ces marques n'ont pas été faites par un couteau, mais par un fouet en cuir.

— Mon Dieu, Evie. Qui t'a fait une chose pareille ?

— C'est sans importance. Ça n'a aucun rapport avec Mark, je n'ai pas l'intention d'en parler.

Harriet avait été témoin de toutes les formes possibles de violence, ou presque. Malheureusement, une femme fouettée n'était pas une chose exceptionnelle.

— Evie, ça peut nous aider. Je dois y réfléchir, mais on peut utiliser ça à notre avantage.

Evie se leva, appuya les mains sur la table qui les séparait et se pencha vers elle.

— Non ! Tu voudrais que je m'attire la pitié de la cour, me faire jouer le rôle de celle qui n'a pas été maltraitée une fois, mais deux. Ce procès ne concerne que Mark et moi. Le reste ne regarde personne d'autre, c'est clair ?

Malgré sa désapprobation, Harriet hocha lentement la tête.

— Après le témoignage du médecin, l'accusation va tout tenter pour retrouver ton mari, dit-elle. Qu'il soit ou non le coupable.

— Je leur souhaite bien du courage, répondit Evie avec un rictus qui éclaira sa mine sombre. Même moi, j'ignore où il peut bien être.

35

Je ne voulais pas montrer mon dos à Harriet, mais je n'avais pas le choix. Pourquoi ce médecin s'est-il senti obligé de mentionner les autres cicatrices ? On ne lui avait rien demandé, il n'avait pas à en parler.

Harriet s'est renfrognée quand j'ai refusé de lui donner des explications. Elle préférerait que je partage tout avec elle, jusqu'au moindre détail, mais tant que j'ai le choix, je ne raconterai pas cette histoire.

Le simple fait d'y penser me donne aussitôt envie de me rouler en boule. Je sens encore les liens de cuir enserrer mes poignets et mes chevilles pour étirer mon corps nu sur le lit, ma joue pressée contre l'oreiller. Harriet n'à vu que mon dos. Je lui ai épargné le reste.

Le souvenir de lui me donne la nausée. Sa voix rauque des excès de cigarettes et d'alcool ; son corps squelettique, sale et pestilentiel ; le frôlement de ses lèvres tandis qu'il me murmurait à l'oreille : « Tu te crois meilleure que tout le monde, hein ? »

J'avais détourné la tête pour échapper à son haleine fétide et aux postillons crachés entre ses dents pourries.

Je ne sais pas ce qui avait été le pire : le premier ou le dernier coup de fouet. Le premier avait été un choc. La douleur de ma peau qui se fendait m'avait transpercée comme un éclair. Je m'étais efforcée de bloquer les sensations de mon corps, comme j'en avais pris l'habitude chaque fois qu'il expérimentait de nouvelles manières de me faire du mal. Le fouet était sa dernière trouvaille. Quand la fine corde de nylon avait claqué sur les plaies ouvertes par le coup précédent, j'avais serré les dents contre l'oreiller pour retenir mes cris. Il voulait que j'implore sa pitié, mais je refusais de lui donner cette satisfaction.

C'est fini. Il est mort. Il ne peut plus me faire du mal. Personne ne peut plus m'atteindre.

36

Cleo avait la sensation d'avoir été passée à l'essoreuse, puis mise à sécher. La longue crispation de ses muscles laissait son corps endolori et complètement épuisé. Elle avait dû jouer des coudes pour se frayer un chemin parmi la horde de journalistes tassés à l'extérieur du palais de justice, qui criaient son nom pour réclamer une réaction ou un commentaire concernant les révélations sur Mark. Elle avait la migraine. Elle aurait voulu s'étendre dans un lit doux et frais, mais elle devait encore trouver quelques réserves d'énergie pour Lulu.

Elle prit l'autoroute, l'esprit vide, sans remarquer le trafic encombré, manquant presque la sortie vers le réseau de routes de campagne qui la ramenaient chez elle. Elle évita par miracle un cycliste qui se rabattait devant elle en faisant une embardée puis continua sa route sans prêter attention aux cris et aux gesticulations du type.

Enfin, elle se gara devant la maison d'Aminah. Elle resta dans la voiture pendant quelques minutes, prenant de grandes inspirations pour se calmer, jusqu'à ce que le visage d'un des enfants apparaisse à la fenêtre. Elle devait bouger. Avec effort, elle se força à sortir et à avancer lentement dans l'allée parsemée de jouets qui menait à la porte d'entrée.

Aminah lui ouvrit.

— Est-ce que ça va, Cleo ?

— Pas vraiment.

Cleo lutta contre les larmes qui montaient. Les horreurs déblatérées au tribunal l'avaient atteinte presque aussi durement que la nouvelle de la mort de Mark. Quand elle osa enfin regarder son amie en face, elle fut surprise de lui découvrir des cernes noirs et un air sincèrement soucieux.

— Écoute, ma chérie, j'aimerais te proposer d'entrer, mais c'est compliqué. Ça ne me pose aucun problème de garder Lulu, mais tu sais bien que nous ne sommes pas censées discuter de l'enquête.

L'inquiétude de Cleo s'évapora aussitôt, chassée par une bouffée de colère. Si Aminah était stressée, elle le devait peut-être à sa mauvaise conscience.

— Comment peux-tu comparaître devant la cour pour prendre la défense d'Evie ? Ça me dépasse complètement.

— On en a déjà parlé un million de fois, inutile de se disputer. Je me fais vraiment du souci pour toi, Cleo, je ne supporte pas l'idée de te blesser. Seulement, je ne pense pas que dire la vérité joue en faveur de l'accusation ou de la défense. Je ne ferai que répondre honnêtement aux questions qu'on me posera.

— C'est des conneries et tu le sais très bien. Mark n'aurait pas fait de mal à une mouche. Elle prétend qu'il s'en prenait à elle toutes lumières éteintes, alors qu'il avait peur du noir !

Aminah pinça les lèvres.

— Tu n'es pas censée me dire ce genre de choses, Cleo, bon sang ! Quand bien même, Mark n'était plus un petit garçon. J'ai du mal à imaginer un homme de trente-sept ans qui a encore peur du noir. Tu n'as jamais cessé de le considérer comme un enfant.

— Tu ne comprends pas.

Sa colère tomba. Personne ne pouvait comprendre tout ce qu'elle avait fait pour Mark.

— En tout cas, j'ai été contente de constater que tu aidais Lulu à se souvenir d'Evie.

Cleo se détourna sans un mot.

— Elle a beaucoup baragouiné aujourd'hui, mais je l'ai entendue dire maman plusieurs fois. Ou mama, plutôt. Bien joué, Cleo. Je suis fière de toi.

— Où est-elle ?

Il fallait qu'elle s'éloigne d'Aminah, qu'elle parte d'ici le plus vite possible.

— Elle est en train de jouer avec Anik. Zahid les surveille. Tu comptes retourner au tribunal demain ?

— Bien sûr. Mais je trouverai un arrangement pour Lulu. Je vois bien que c'est compliqué pour toi, et on ferait sans doute mieux d'éviter de se traîner mutuellement dans les pattes tant que le verdict n'a pas été rendu.

— Ne sois pas ridicule. On est toujours heureux d'accueillir Lulu dès que tu en as besoin. Elle est adorable, ça ne nous dérange pas.

Sa voix se fit plus douce quand elle ajouta :

— Cleo, nous sommes amies depuis longtemps, toi et moi. Peut-être que nous ne partageons pas le même avis sur tout ça, mais ça ne remet pas notre amitié en question, pas vrai ? Je ne dirai que la vérité, sans émettre de jugement. Tu comprends, n'est-ce pas ?

Cleo fut sauvée par l'apparition de Zahid, qui portait Lulu.

— Elle a dû t'entendre, Cleo.

Lui qui était d'ordinaire détendu et jovial ne souriait pas.

Cleo tendit les bras pour prendre l'enfant surexcitée.

— Mama, dit Lulu en se penchant vers elle.

Elle eut toutes les peines du monde à installer Lulu dans son siège auto. Malgré les regards pesants d'Aminah et de Zahid, elle n'avait pas cherché à s'expliquer. Cela ne les concernait pas. Elle avait récupéré Lulu sans prêter attention à l'expression choquée de son amie et avait tourné les talons pour rejoindre la voiture, enjambant un petit vélo couché dans le passage.

— Cleo, reviens, avait appelé Aminah. Parle-moi !

Cleo l'avait ignorée.

Aminah ne comprendrait pas sa décision, inutile de chercher à la lui expliquer. Qu'était-elle censée faire, après tout ? Lulu serait adolescente avant qu'Evie sorte de prison ; elle ne garderait aucun souvenir de sa mère. Elle se porterait mieux si elle pensait être la fille de Cleo. Tant pis s'il fallait pour ça quitter la ville et s'installer là où personne ne les connaissait. L'autorisation d'Evie serait obligatoire pour changer le nom de famille de Lulu, mais si elle refusait, Cleo était prête à se faire appeler Clarke. Ainsi, personne ne douterait que Lulu était sa fille. Evie avait insisté pour que Lulu porte son nom de famille à elle, jusqu'au jour où elle épouserait Mark. Si leur relation tournait court, elle voulait porter le même nom que son enfant. Si Evie se préoccupait tant du bien-être de sa fille, elle ne s'opposerait pas à ce que Lulu grandisse comme l'enfant d'une mère aimante plutôt que celle d'une meurtrière qui pourrissait en prison.

Ce serait un soulagement d'arriver à la maison. Le ciel s'était déjà assombri. Cette journée inhabituellement chaude pour un mois de décembre menaçait de tourner à l'orage.

Cleo avança la voiture dans l'allée, et ses phares éclairèrent brièvement la fenêtre de son salon.

La lumière se déplaça aussitôt sur la droite et la porte du garage, mais Cleo s'était déjà figée. Elle avait vu quelque chose. Ce n'était pas un mauvais tour que lui jouait son imagination.

À la seconde où elle avait tourné le volant, elle était certaine d'avoir aperçu la silhouette d'un homme, debout derrière la vitre.

37

La journée s'achevait enfin, un jour de moins avant que, peut-être, Stephanie retrouve son uniforme. Toutefois, elle ne s'inquiétait pas trop à ce sujet. Elle avait fait du bon boulot. Avec l'appui de Gus, elle avait toutes les chances d'obtenir un poste permanent au CID.

Bien sûr, Gus et elle n'auraient plus de raison de continuer à se voir après la fin du procès. Il lui avait régulièrement proposé de prendre un verre et de discuter, mais elle commençait à penser qu'elle ferait mieux de le rayer de sa vie une fois pour toutes et de passer à autre chose. Après tout, elle pouvait postuler dans d'autres corps de police, sans devoir pour autant déménager à l'autre bout du pays. C'était sans doute la meilleure solution.

Elle sortit du palais de justice. Il s'était mis à crachiner, et elle n'avait pas de parapluie. Elle baissa le menton et courut vers sa voiture garée plus loin. La pluie redoubla soudain, devenant si forte qu'elle n'eut pas d'autre choix que de se réfugier dans la brasserie la plus proche pour attendre la fin de l'averse. Elle ne voulait pas ruiner la robe en soie verte qu'elle avait achetée spécialement pour sa comparution au tribunal.

L'intérieur du bar était quasiment vide. Il était encore trop tôt pour la marée de travailleurs qui venaient fêter la fin de la journée autour d'un verre. Sans doute des gens que personne n'attendait chez eux le soir. Un peu comme elle, en fin de compte.

Elle relâcha la porte, qu'un nouvel arrivant poussa avant qu'elle ait pu se refermer complètement. Curieusement, Stephanie ne fut pas étonnée de voir Gus se hâter de se mettre à l'abri.

Il n'était pas resté longtemps à la barre des témoins. Les avocats avaient limité leurs questions aux circonstances de l'arrestation. Néanmoins, il s'était exprimé avec une assurance qui avait plu au jury. Stephanie avait ressenti une étrange fierté, comme si elle avait encore le droit de se vanter de lui.

— Je me disais bien que c'était toi, dit-il en lui emboîtant le pas.

— Tu me suis à la trace ? demanda-t-elle avec un petit sourire.

— C'est ça. Tu m'as percé à jour. Qu'est-ce que tu bois ?

Il lui prit le coude et, plutôt que de la laisser approcher du bar comme elle s'y apprêtait, la conduisit vers un coin tranquille au fond de la salle. Elle haussa les sourcils, mais il se contenta de sourire.

— Eh bien, puisque c'est toi qui offres, je prendrais bien un grand verre de malbec.

Gus partit passer commande, et elle s'installa en l'observant. Il avait toujours marché comme un Italien, avec une dégaine légère et une confiance en soi excessive, séquelle de l'adoration de sa mère. Son allure détendue mettait les gens à l'aise. Pour Stephanie, c'était l'inverse : elle était immédiatement sur ses gardes.

Il était en train de rire avec le barman. Il savait toujours comment se mettre tout le monde dans la poche. C'était son côté sympa. Pourtant, tous ceux qui l'avaient connu en colère y réfléchissaient à deux fois avant de risquer la moindre entourloupe. Son visage devenait un masque de marbre. Ses doux yeux marron, qui riaient avec bonne humeur à cet instant, s'assombrissaient jusqu'à une dureté terrifiante.

C'était le regard qu'il avait chaque fois qu'il observait Stephanie. Il voyait quelque chose en elle, mais elle ignorait quoi.

38

Cleo, pétrifiée, n'avait pas quitté sa voiture. Elle ne savait pas quoi faire. Il y avait quelqu'un chez elle, elle en était sûre et certaine. Elle avait vu la silhouette de l'homme à la fenêtre. Ou était-ce son imagination ?

L'espace d'une seconde folle, ridicule, elle avait cru reconnaître Mark. Le vif élan de plaisir qui l'avait submergée avant que la réalité la rattrape n'avait fait qu'aviver la douleur du deuil et la laissait soudain sans force.

Elle aurait voulu prévenir Aminah pour qu'elle envoie son mari l'aider, mais le visage choqué de son amie et l'expression horrifiée de Zahid quand Lulu l'avait appelée « mama » étaient encore trop frais dans sa mémoire.

Elle hésita à alerter la police. Après tout, elle n'avait vu la silhouette qu'une seconde. Si ce n'était que le reflet d'un arbre ou une ombre quelconque, elle passerait pour une idiote, ou pire, ils s'imagineraient qu'elle flanchait sous la pression du procès. Dans ce cas, ils seraient capables de lui retirer Lulu. Cette pensée lui était insupportable. Elle ne pouvait s'en remettre à personne. Désormais, elle ne devait plus compter que sur elle-même.

Elle détestait l'idée d'abandonner Lulu dans la voiture, même pour deux minutes, mais elle ne pouvait pas courir le risque de la prendre avec elle si un intrus se tapissait dans sa maison.

— Lulu, ma chérie, maman va te laisser seule une minute.

Elle se tourna dans la pénombre vers l'enfant qu'elle considérait désormais comme sa propre fille. Lulu s'était endormie, sanglée dans son siège auto, son petit crâne couvert de cheveux fins et foncés reposant contre l'appuie-tête. Tant mieux. Elle ne s'apercevrait pas qu'elle était seule.

Cleo ouvrit sa portière et sortit aussi silencieusement que possible. Elle activa le verrouillage centralisé de la voiture, longea le mur et, lentement, inséra la clef dans la serrure. Elle avait deux options : se glisser discrètement à l'intérieur en profitant de la pénombre pour vérifier si l'intrus se tenait toujours dans le salon, ou s'avancer avec assurance, allumer et se diriger tout droit vers la cuisine en laissant la porte d'entrée ouverte, comme si elle n'avait rien remarqué, pour lui permettre de s'enfuir.

Son cœur battait à tout rompre. Elle sentait le tambourinement résonner dans sa gorge, dans ses oreilles, se propager dans tout son corps.

Ces deux idées exigeaient un courage qui lui manquait. Qui que soit l'intrus, elle ne voulait pas voir son visage, qui ne manquerait pas de s'immiscer dans ses cauchemars.

Elle ouvrit sans un bruit. Si elle criait depuis le hall d'entrée, il viendrait peut-être à elle.

Elle fit un pas en avant, la porte grande ouverte dans son dos, prête à prendre ses jambes à son cou et à hurler à l'aide au moindre signe suspect.

— Je sais que vous êtes là, cria-t-elle. Je vous ai vu. Qui êtes-vous ? Qu'est-ce que vous faites chez moi ?

Dans un premier temps, seul le silence lui répondit. Puis elle entendit un bruit sourd dans le salon, comme si l'inconnu s'était cogné contre la table basse.

— Je vais retourner dans ma voiture et m'enfermer à l'intérieur. Vous pouvez partir. Prenez ce que vous voulez.

Elle faisait demi-tour quand l'homme l'appela doucement, chuchotant presque.

— Cleo.

Elle s'immobilisa, tétanisée. Elle reconnaissait cette voix. Elle l'aurait reconnue entre mille.

39

Stephanie n'aurait jamais imaginé finir la journée en buvant un verre en compagnie de Gus. Pour l'instant, il avait soigneusement évité tout faux pas en orientant la conversation sur le procès plutôt que sur des sujets plus personnels.

— La défense est loin d'avoir dit son dernier mot. J'ai eu l'occasion de voir Boyd Simmonds à l'œuvre : il endort la méfiance de tout le monde avec son air bonhomme, puis *BAM* ! Il leur coupe l'herbe sous le pied sans que personne ait rien vu venir. Cleo North en a déjà fait les frais, à ce que j'ai entendu dire. Enfin, qu'il soit rusé ou non, je te garantis qu'Evie Clarke va écoper de la perpétuité.

— Je comprends qu'on était obligés de l'inculper pour meurtre étant donné que ce n'était clairement pas de la légitime défense. Mais est-ce que ce serait vraiment la fin du monde si sa défense partielle tenait la route et qu'elle était condamnée pour homicide ? Je te trouve un peu dur, à vouloir à tout prix qu'il s'agisse d'un meurtre. Son mec la torturait depuis des mois, Gus. Ça ne m'étonne pas qu'elle ait fini par disjoncter.

Gus but une gorgée de bière et secoua lentement la tête.

— Steph, tu sais très bien ce que je pense de ceux qui battent leurs compagnes. Ce sont les dernières des enflures, et ils méritent seulement de pourrir derrière les barreaux, tous autant qu'ils sont. Ça me rend malade d'imaginer ce que certaines femmes endurent auprès de types pareils. Mais ce n'est pas la question. On ne cherche pas à déterminer s'il la battait ou non. On parle de l'état d'esprit d'Evie au moment où elle l'a tué. Elle a un je-ne-sais-quoi qui me fait penser qu'on ne connaît pas toute l'histoire. Elle est toujours maîtresse de ses émotions, je l'imagine mal en train de péter un câble. C'est une maligne, elle ne prendrait pas le risque d'une détention à perpétuité sur un coup de tête.

Stephanie soupira. Elle ne comprenait pas l'intransigeance de Gus. Ça ne lui ressemblait pas. Pourtant, dès qu'il était question d'Evie Clarke, il se montrait plus têtu qu'une mule.

— Tu la considères comme une femme intelligente et pleine de sang-froid. Personnellement, quand je la regarde, je vois quelqu'un qui a énormément souffert. Être malin n'a jamais empêché personne de finir dans une relation abusive. Ce n'est pas l'apanage des gens vulnérables et démunis.

Gus reposa son verre sur la table et s'appuya contre son dossier.

— Je le sais bien. Ce n'est pas ce que j'insinuais. Mais contrairement à ce que tout le monde a l'air de croire, ce n'est pas Mark North qu'on est en train de juger. À t'entendre, qu'il soit coupable prouverait l'innocence d'Evie. Mais ce n'est pas vrai. Et dans tous les cas, il n'est pas là pour se défendre. Ce qu'on cherche à déterminer, c'est si elle avait prémédité de le tuer – si on a affaire à un meurtre. Pense aux conséquences, si elle était innocentée. Tu t'imagines combien de victimes de violences conjugales seraient tentées d'assassiner leur mari en prétextant ensuite avoir perdu la tête ?

Il ne servait à rien de se disputer sur le sujet. Ils en avaient discuté de nombreuses fois déjà, et la conversation ne faisait que tourner en rond. Gus ne changerait pas d'avis.

— Elle a un truc, Steph. Une sorte de confiance en elle inébranlable, mais discrète. Ça ne correspond pas au profil de quelqu'un qui serait soudainement pris de folie.

Stephanie comprenait ce qu'il voulait dire. Seulement, ce n'était pas lui qui avait été appelé chez les North quatre ans plus tôt pour y découvrir le corps brisé de Mia. Le malaise qu'elle avait ressenti lorsque cette affaire avait été classée comme accident domestique ne l'avait pas quittée depuis. Il lui était resté en travers de la gorge et influençait désormais son jugement sur le procès en cours. Elle en avait conscience.

Les événements de cette journée étaient frais dans sa mémoire. Elle était restée sur place après la découverte du corps. Plusieurs heures plus tard, Mark avait surgi à la porte d'entrée en hurlant le nom de sa sœur.

« Cleo, qu'est-il arrivé à Mia ? Qu'est-ce qui se passe ? »

La police l'avait contacté pour le prévenir, et le corps de son épouse avait été enlevé avant son arrivée. Stephanie avait observé l'échange entre le frère et la sœur. Quelque chose l'avait dérangée. Elle ne savait pas quoi exactement. Cleo avait découvert le corps en bas de l'escalier menant au sous-sol. Stephanie l'avait trouvée agitée, plutôt que bouleversée.

« Je suis désolée, Mark, avait dit sa sœur en l'étreignant. J'ai vérifié son pouls. Je ne sais pas si c'était la chose à faire, mais je devais être sûre. »

Stephanie n'avait pas ressenti un tel besoin. Les yeux écarquillés et aveugles de Mia avaient suffi à lever tout éventuel doute. Cleo avait imploré Mark d'engager un avocat avant de répondre aux questions de la police. Plus tard, Stephanie les avait aperçus dans la chambre conjugale. Mark, la tête penchée, tremblant, Cleo faisant les cent pas et répétant qu'elle était là pour lui.

L'enquête de l'époque avait conclu à un accident domestique, mais Gus avait autorisé Stephanie à réexaminer le dossier dans le cadre du procès d'Evie. Si Mark s'en était véritablement pris à Evie, Mia avait peut-être été victime de violences similaires. Ils devaient être prêts à contrecarrer tous les arguments de la défense. Au bout du compte, Stephanie avait dû s'avouer vaincue. Cette piste ne les avait menés nulle part. Sa déception lui avait fait réaliser que, si elle avait tant espéré découvrir un historique de violences antérieures au décès de Mia North, c'était uniquement parce qu'elle avait envie de croire en l'innocence d'Evie.

Il était temps de ramener la conversation sur des sujets moins controversés.

— Je sais que tu n'étais pas sur place quand j'ai témoigné, dit-elle, mais un homme dans le public a attiré mon attention.

Il haussa un sourcil.

— Oh, pas comme ça, s'agaça-t-elle. Il n'arrêtait pas de fixer Evie. À croire qu'il aurait aimé lui ouvrir la boîte crânienne pour voir ce qu'il se tramait à l'intérieur. C'était intense. Je me suis faufilée dans l'assistance pour l'observer de plus près, mais je n'ai aucune idée de son identité. Il avait l'air secoué. Avant de partir, il a déchiré une feuille en morceaux et les a jetés par terre.

Elle sortit les fragments de sa poche et les posa sur la table.

— Tu les as ramassés ? C'est sympa pour la femme de ménage. Tu veux que je te dégotte une poubelle, peut-être ?

— Non. Je me demandais si on y trouverait quelque chose d'intéressant.

Elle ignora l'air outré de Gus.

— Quand quelqu'un a ce genre de comportement suspect, je veux en connaître la raison. Disons que j'aime bien fureter.

Malheureusement, la pluie avait mouillé l'intérieur des poches de sa veste. Elle aligna tant bien que mal les morceaux détrempés sur la table. Ils auraient du mal à les déchiffrer.

— L'encre a bavé, dit-elle quand Gus revint avec deux autres verres. Et je ne peux pas envoyer ça au labo, je ne sais pas du tout si c'est pertinent pour l'enquête. Mais si ce type connaissait Evie, alors on devrait peut-être l'ajouter à la liste des personnes à interroger.

Gus récupéra quelques fragments que Stephanie était parvenue à isoler. L'encre bleue n'y était plus qu'une succession de taches délavées.

— C'est une correspondance quelconque. Toujours est-il qu'on n'a aucune preuve que cet homme est mêlé à l'affaire. Je ne pense pas que tu devrais te prendre la tête avec ça.

Elle l'ignora, concentrée sur la reconstitution de son puzzle. La feuille avait été pliée avant d'être déchirée, plusieurs morceaux avaient donc des formes identiques, mais les lettres étaient devenues si floues que les mots étaient difficiles à remettre dans l'ordre.

— Regarde ça, Gus. Ça commence par « mon amour ». Je ne vois aucun nom à la suite. Dommage. Ici… on dirait que ça parle de la mort de quelqu'un ? Je lis « mort » et… rien d'autre. Tu ne trouves pas ça intéressant ?

Gus s'installa à côté d'elle pour lire par-dessus son épaule.

— Fais-moi voir.

Il inversa la position de deux morceaux.

— Tu as mélangé ces deux-là. Tiens, essaie comme ça.

Stephanie lut à haute voix :

— Ça dit « après ma mort ». Bizarre, non ?

À eux deux, ils parvinrent à déchiffrer quelques mots et phrases supplémentaires, mais l'ensemble continuait de leur échapper.

— De toute évidence, c'est la lettre d'adieu de quelqu'un qui se prépare à mourir, déclara Gus. Mais je ne vois pas en quoi ça nous concerne. La signature est sans rapport avec notre enquête : « mon amour éternel, S. » Désolé, Steph. J'admire ton travail de détective, mais j'ai l'impression que c'est une fausse piste.

Déçue, Stephanie rassembla le tas de papiers et le remit dans sa poche.

40

Cleo restait clouée sur place, paralysée par l'étonnement. Elle était aux aguets, à l'affût de cette voix qui avait tant compté pour elle. Est-ce que le stress de la journée avait finalement eu raison d'elle ? Est-ce qu'elle hallucinait ?

— Cleo. C'est moi.

Une silhouette masculine se dessina dans l'ombre du couloir et s'immobilisa avec une hésitation presque craintive.

— Je ne voulais pas te faire peur, murmura l'homme.

— Me faire peur ? répondit-elle d'une voix suraiguë. J'étais terrifiée ! Qu'est-ce que tu fais ici ?

Elle regarda par-dessus son épaule en direction de la voiture. Elle devrait récupérer Lulu, maintenant qu'elle savait qu'il n'y avait aucun risque.

— Je suis venu au tribunal aujourd'hui. J'étais assis dans le public, derrière toi. Je voulais vérifier que tu tenais le coup, mais j'ai plutôt eu la sensation que c'était l'inverse.

Elle s'adossa au mur de l'entrée avec un soupir, prête à faire demi-tour au premier geignement de Lulu.

— Joe, on avait décidé de ne plus se revoir. C'est gentil de ta part de t'inquiéter pour moi, mais ça ne m'aide pas vraiment.

— Je t'ai écrit. Stylo, papier. La totale.

Il souriait. Elle avait toujours préféré les correspondances manuscrites aux mails et aux textos, plus éphémères. Les lettres pouvaient être conservées avec soin et relues. Néanmoins, elle avait assez de discernement pour deviner les raisons qui poussaient Joe à choisir ce moyen de la contacter. Il voulait à tout prix éviter que son épouse ne retrouve des traces de leurs échanges sur son téléphone ou son ordinateur.

— J'ai reçu ta lettre. Elle m'a fait plaisir. Mais ce n'est pas vraiment comme si je pouvais te répondre.

Il exhala un profond soupir.

— Non, bien sûr. Est-ce qu'on peut quand même parler, maintenant que je suis là ? Je veux m'assurer que ça va. Je ne supporte pas de te voir souffrir ainsi.

Il ne se rendait pas compte. Les mots lui manquaient pour exprimer la sensation qui, en quatre mois, ne l'avait pas quittée. C'était comme si son corps était prisonnier d'un étau invisible dont la pression ne se relâchait jamais. Une seule personne lui permettait de garder la tête hors de l'eau.

— Tu sais que je suis responsable de Lulu à présent, n'est-ce pas ?

— Bien sûr. Ce n'est pas parce qu'on a arrêté de se voir que j'ignore ce qui se passe dans ta vie.

Elle éprouva un certain malaise. Est-ce qu'il l'espionnait ?

— Tu veux que j'aille la prendre dans la voiture ? proposa-t-il.

— Elle ne te connaît pas. Tu lui ferais peur. Écoute, va dans le salon, tire les rideaux et allume les lampes. Je vais la mettre au lit. Elle a joué toute la journée avec les enfants d'Aminah, elle est épuisée. Je te rejoins dans une minute.

Il se tendit, et elle devina qu'il s'efforçait de ne pas regarder sa montre. Cette manie de surveiller l'heure l'avait rendue folle durant les mois qu'ils avaient passés ensemble. C'était toujours la même question : devait-il rentrer chez lui, ou était-il encore suffisamment tôt pour qu'il puisse prétendre effectuer des heures supplémentaires au travail ?

Ce détail n'aurait pas dû la toucher. Elle se détourna de lui et se hâta en direction de la voiture. Une pluie violente s'était mise à tomber et, tandis qu'elle défaisait les sangles qui retenaient Lulu, des gouttes froides lui battirent le dos et s'infiltrèrent sous ses vêtements.

— Allez, ma chérie. On rentre vite se mettre à l'abri.

Lulu se réveilla et bougonna les deux mots qu'elle connaissait :

— Non, mama, non…

Cleo embrassa la peau douce de sa joue et la souleva en l'abritant au mieux. Elle courut se réfugier dans la maison, désormais éclairée, et gravit l'escalier sans ralentir. Lulu commençait déjà à se rendormir.

Cleo prit soin de la sécher intégralement, puis décida qu'elle ne risquait rien à la laisser dans son berceau quelques minutes. Elle attendrait le départ de Joe pour la déshabiller. Si rien n'avait changé chez lui, il ne resterait pas longtemps. Elle n'avait pas vraiment envie qu'il s'attarde, de toute façon. Lui aussi, elle l'avait perdu.

Elle redescendit lentement les marches de l'escalier. Qu'est-ce qu'elle allait lui dire ?

— Tu veux boire quelque chose ? proposa-t-elle en poussant la porte du salon.

C'était toujours une entrée en matière sûre.

Joe s'était assis sur le canapé, les mains jointes entre les genoux, perché à l'extrémité du coussin, comme s'il se tenait prêt à fuir à tout moment. Il n'avait jamais été grand, mais ce soir, elle le trouva plus petit et plus mince que dans son souvenir.

— Non. Mais ne te prive pas pour moi.

— Tu ne devrais pas rentrer ?

Elle regretta son ton amer. C'était gratuit de sa part.

Joe eut l'intelligence de ne pas répondre. Il attendit qu'elle revienne avec un grand gin-tonic. Elle en avait besoin, après la journée qu'elle venait de passer.

— Dis-moi comment ça va, voulut-il savoir. Sincèrement.

C'était impossible. Si elle commençait à parler de la douleur qu'elle ressentait depuis qu'elle avait perdu Mark, elle s'effondrerait. Elle refusait de prendre ce risque en présence de Joe. Elle ne saurait pas résister à la tentation de se laisser aller et de lui permettre de la consoler.

— Je m'en sors. Mais tu ne devrais pas être là. Comment es-tu entré ?

— J'ai encore une clef. Tu ne m'as jamais demandé de te la rendre.

Auparavant, Joe venait chez elle chaque fois qu'il pouvait s'absenter sans éveiller les soupçons de sa famille. Il l'appelait à la galerie, et elle plaquait tout pour courir le rejoindre. Leur liaison avait commencé quand la relation de Mark et d'Evie était devenue plus sérieuse, et que l'éloignement de son frère avait créé un vide dans le quotidien de Cleo.

Au début, les heures passées auprès de Joe n'avaient servi qu'à combler sa solitude. Pour lui, c'était une aventure. Il n'avait rien d'une tête brûlée, mais il avait été subjugué par Cleo dès le premier regard, un jour où il était entré dans la galerie à la recherche d'un bijou pour sa femme.

« Tu étais – tu es – tellement vivante, avait-il dit. J'étais fasciné par tes cheveux blancs coupés court, ta tenue flashy… Je t'ai trouvée différente, excitante, avec un petit côté dangereux. Tu représentais tous les risques que je n'avais jamais osé prendre dans ma vie. »

Cleo était devenue dépendante de lui. Elle le voyait comme un homme fiable – et ce malgré ses infidélités à sa femme, un aspect qu'il avait du mal à assumer.

Il avait proclamé plusieurs fois que son désir le plus cher était d'officialiser leur relation et de la rendre permanente. S'installer ensemble, peut-être fonder une famille. Mais pour cela, ils devraient quitter la ville.

« Ce serait injuste pour Siobhan si je restais dans les parages, avait-il dit. Alors que si on déménageait, pas trop loin, bien sûr, pour que je puisse voir les enfants le week-end, mais assez pour ne pas avoir l'air de la narguer…, ce serait un nouveau départ pour nous deux. »

Seul Mark était au courant de sa relation avec Joe. Il savait aussi qu'elle y avait mis fin parce qu'elle n'avait pas le cœur de voler le mari d'une autre femme, et elle avait été sincère en le lui expliquant. Mais ce n'était pas l'unique raison.

Cleo avait su, à l'instant où Joe le lui avait proposé, qu'elle serait incapable de s'éloigner de son frère et du bébé qui grandissait alors dans le ventre d'Evie et dormait à présent dans son berceau, à l'étage.

Elle avait également manqué de confiance en la solidité de leur couple. Ils avaient mutuellement satisfait un besoin temporaire. Elle voulait que quelqu'un se soucie d'elle, il voulait briser la monotonie de son quotidien. Elle doutait que ces sentiments tiennent lorsque l'un d'eux devrait sortir les poubelles sous la pluie ou serait cloué au lit avec la grippe.

Sous couvert de noblesse, elle avait mis fin à sa relation avec Joe avant que Siobhan ne découvre la vérité. Mais ce prétexte n'avait pas à lui seul motivé son prétendu sacrifice.

41

Le moment était critique. L'accusation avait fini son plaidoyer, et c'était désormais au tour de la défense de mener la danse. Après la police scientifique et le médecin, une série d'experts avaient présenté leurs rapports, qui n'avaient heureusement pas réservé de nouvelle surprise. Pour l'instant, les jurés croyaient sans doute à la culpabilité d'Evie. Il incombait à la défense, et en particulier à Boyd Simmonds, de les faire changer d'avis.

Les avocats n'avaient pas encore décidé s'il était dans leur intérêt de laisser Evie prendre la parole. C'était tentant, mais Harriet craignait que sa cliente ne donne une mauvaise impression au public. Sa réserve et son attitude distante pourraient jouer en sa défaveur, même si c'était pour elle une façon de se protéger des événements. Elle devait assumer le rôle de victime – à raison – et convaincre la cour qu'elle n'avait pas apporté le couteau dans la chambre avec l'intention de blesser Mark. Son acte n'avait pas été prémédité ni motivé par un désir de vengeance. Mais le moindre lapsus ou mot de travers pouvait saboter tous leurs efforts. La décision pouvait encore attendre. Après tout, ils avaient d'autres cartes en main.

Boyd Simmonds appela son premier témoin.

— Docteur Chaudhry, vous travaillez au service des urgences et vous vous y êtes occupé de Mlle Clarke, c'est bien cela ?

— Oui, c'est ça. Elle souffrait beaucoup.

— De quoi, exactement ?

— D'une lésion par écrasement à la main. Ses phalanges proximales étaient brisées sur trois doigts.

Le médecin leva la main et désigna les os en question, à la base des doigts, puis il attrapa l'extrémité de son majeur.

— Deux de ses phalanges distales étaient également abîmées, plus deux métacarpes. Par chance, les nerfs n'ont pas subi de séquelles.

— Pouvez-vous expliquer à la cour ce que constitue une « lésion par écrasement », exactement ?

— C'est un aplatissement des tissus par compression. Ils sont soumis à plusieurs forces simultanées, un peu comme si vous vous coinciez la main dans une ancienne essoreuse à rouleaux.

Le médecin, qui appréciait visiblement les démonstrations imagées, fit mine de tourner une manivelle en avançant son autre paume à plat.

— Cela peut engendrer tout un tas de séquelles, mais Mlle Clarke a pu se retirer rapidement, ce qui a sans doute épargné ses vaisseaux sanguins.

— Vous a-t-elle expliqué comment elle s'était blessée ?

— Oui. Elle m'a raconté qu'elle s'était coincé la main entre des poids, dans la salle de gym de sa maison.

Il présenta une reconstitution détaillée de l'accident, tel qu'Evie le lui avait relaté, en illustrant ses propos de nouveaux gestes compliqués.

— L'avez-vous crue ?

— Les blessures correspondaient à ce qu'elle me décrivait, oui.

— Avez-vous également cru sa justification de l'accident ? L'idée qu'elle tenait levée la barre qui retenait les poids, et que celle-ci lui a échappé.

Le médecin secoua la tête.

— C'est possible en théorie, mais ça m'étonnerait. Sur ce point, j'étais sceptique, pour être franc.

— Mis à part l'improbabilité d'un tel accident, aviez-vous des raisons de penser qu'elle vous mentait ?

— Oui. J'ai vérifié ses antécédents médicaux, et ce n'était pas la première fois qu'on la voyait aux urgences. Elle était déjà venue pour une brûlure grave à l'avant-bras droit, et avant cela pour une radiographie car il existait un soupçon de côtes fêlées, ce que la radio n'a pas confirmé. Son dossier indiquait également des orteils cassés, à la suite un coup donné dans une table basse apparemment. Des notes de son médecin traitant m'avaient également inquiété.

Boyd l'arrêta. Ces détails-là seraient racontés par le témoin suivant, une infirmière du centre médical dont le témoignage promettait d'être bien plus poignant.

— En lisant ces notes, avez-vous eu l'impression qu'il existait un lien entre ces blessures successives ?

— Vous comprendrez qu'on voit passer aux urgences beaucoup de personnes victimes de violences domestiques. Et pas seulement des femmes. Alors bien sûr, tous ces éléments m'ont alarmé.

Le médecin sourit gentiment à Evie, qui baissa la tête, honteuse.

— Avez-vous fait part de votre inquiétude à Mlle Clarke ?

Il acquiesça.

— Oui. Elle a nié en bloc, mais je n'étais pas convaincu.

Boyd remercia le témoin et regagna son siège. Dans le public, assise au premier rang, Cleo agrippait la barrière qui la séparait du prétoire. Ses cernes noirs tranchaient sur son teint de craie. Harriet ressentit pour elle un nouvel élan de compassion. Quelle épreuve terrible que de découvrir qu'un être cher avait commis de telles atrocités !

Devisha Ambo se leva à son tour.

— J'aimerais clarifier la situation, docteur Chaudhry. Lorsque Mlle Clarke s'est présentée aux urgences en affirmant que sa blessure à la main résultait d'un accident, est-il envisageable qu'elle ait dit la vérité ?

Le médecin pinça les lèvres. Il n'y avait qu'une réponse possible, même si elle ne lui plaisait pas.

— Oui.

— Et quand vous lui avez demandé si elle avait été victime de violences, elle vous a détrompé. C'est ce que vous avez affirmé, n'est-ce pas ?

Il paraissait mal à l'aise.

— Oui.

— Donc, selon vos propres mots, vous avez choisi d'ignorer les affirmations d'une patiente simplement parce que vous avez cru déceler une expression quelconque dans son regard et que vous avez eu affaire à des femmes maltraitées par le passé. En d'autres termes, vous avez émis une hypothèse. C'est bien cela ?

Harriet jeta un coup d'œil vers le public. Cleo s'était redressée en croisant les bras, les joues légèrement plus roses.

42

Les débats dans le prétoire se confondent en un bruit ambiant qui m'englobe sans m'atteindre. Mon esprit ressemble à une photo de Mark : tous les éléments périphériques sont plongés dans l'ombre, flous et indistincts tandis que le centre, d'une netteté exacerbée, baigne dans la lumière.

Au cœur de mes pensées, il y a ma fille, Lulu.

J'ai raté son premier anniversaire. Je m'efforce de ne pas songer à elle, de ne pas me languir de sa présence. Mais voilà quatre mois que je ne l'ai pas vue, et les jours à venir décideront de la durée de notre séparation.

J'ai supplié Cleo à de nombreuses reprises de l'amener en visite à la prison. Elle a toujours prétendu que ce serait trop pénible pour une enfant aussi jeune. Cleo ne veut pas me voir, bien sûr. J'ai tué son frère. Elle n'a aucune envie d'entendre ma version des faits. Si j'ai tué Mark à cause de la manière dont il me traitait, elle conclura que c'est moi qui l'ai poussé au vice. Quel que soit le verdict du jury, elle refusera de penser qu'il a eu tort. Pourtant, elle a déjà été témoin de ses accès de colère. Je le sais.

Les assistantes sociales pourraient sans doute l'obliger à m'amener Lulu, mais je connais déjà les excuses qu'elle leur présenterait. Ce sont toujours les mêmes : c'est trop loin, ça perturberait Lulu, elle est trop petite. Si je lui forçais la main, elle retournerait ma fille contre moi. On appelle ça de l'aliénation parentale, je crois. Elle pourrait facilement rendre l'expérience désagréable, il lui suffirait de fatiguer Lulu avant chaque rencontre afin qu'elle soit grincheuse et pleurnicharde au moment de me voir. Ainsi, Lulu ne tarderait pas à redouter les visites.

Si je sors d'ici quelques semaines, je finirai par récupérer ma fille. Dans le cas contraire, je ne veux pas qu'elle passe son enfance à me rendre visite en prison chaque week-end. Ce n'est pas un endroit pour elle. Et comment pourrais-je lui expliquer ma présence entre ces murs, quand ma place est à la maison, près d'elle ?

Que pourrais-je lui dire ? « Je suis là parce que j'ai tué ton papa » ?

Devrais-je ajouter : « Il a eu ce qu'il méritait », comme le personnage d'un mauvais film ?

Lulu apprendra la vérité un jour ou l'autre. Cette pensée me fend le cœur. J'aurais voulu lui épargner cela. Quel serait le pire à ses yeux : avoir un père sadique ou une mère meurtrière ? J'ai beau le souhaiter de tout mon cœur, je ne parviens pas à imaginer un avenir heureux pour ma fille.

D'instinct, je sais que Lulu ne s'épanouirait pas plus en grandissant auprès de sa tante. Cleo perçoit la réalité à travers un prisme de rancœur et de haine qui finirait inéluctablement par déteindre sur la vie de ma fille.

Quelles que soient les convictions de Cleo, j'ai du mal à accepter l'idée qu'elle ne se soit jamais doutée de rien durant les six mois précédant la mort de Mark. Comment aurait-elle pu ignorer ma nervosité avant chaque départ de Mark, mon attitude distante à ses retours, mes tressaillements quand il me touchait ? J'étais convaincue qu'elle aurait des soupçons.

J'ai fait tout ce qui était en mon pouvoir pour instiller dans son esprit l'idée que son frère me battait, sans le lui dire de but en blanc. Mais elle est aveugle. Peut-être aurais-je dû me montrer plus directe et prononcer ces mots à voix haute.

Elle a sûrement des doutes, à présent. Elle doit penser qu'il était un monstre. Il faut qu'elle y croie.

Elle a passé la journée dans l'assistance. Elle reste hors de mon champ de vision lorsque je regarde droit devant moi, mais je sais qu'elle est là. Je l'entends hoqueter de temps en temps, quand quelqu'un dénigre Mark. Personne dans le public ne prend autant à cœur ce qui est dit sur lui, ça doit donc être elle. Je l'imagine au premier rang. Elle préférerait sans doute qu'il n'y ait pas de vitre entre nous pour pouvoir me jeter une corde autour du cou et m'étrangler. Je pensais que cette cloison servait à protéger la cour des accusés dangereux, mais c'est peut-être l'inverse.

Cette séance est consacrée à tous les témoins qui attesteront les horreurs que j'ai subies. Je garderai la tête baissée durant cette parade. Après tout, aucune victime n'aime révéler au monde ce qu'elle n'a pas su empêcher. Je ne veux pas que quelqu'un croise mon regard et s'interroge sur ce qu'il pourrait y lire. Je ne veux pas contempler ceux qui se présenteront devant la cour pour parler de mes blessures.

Ils ignorent la moitié de l'histoire.

Rien de ce qui sera dit dans ce tribunal pour décrire mes tourments ne parviendra jamais à refléter ce que j'ai enduré, et la haine que j'éprouve à l'encontre de mon bourreau. Peut-être justice a-t-elle finalement été rendue. Peut-être puis-je laisser tout cela derrière moi et aller de l'avant.

Mais pour ça, Harriet et Boyd vont devoir créer un miracle auquel je ne crois pas. Je risque de rester en prison encore très longtemps.

43

Stephanie observait discrètement Gus tandis qu'il écoutait les témoignages en faveur d'Evie, la mâchoire crispée. Cette phase était toujours désagréable pour le responsable d'enquête, qui bravait alors l'inconnu. Si la défense sortait soudain de sa manche un as dont ils auraient ignoré l'existence, toute la stratégie soigneusement établie par l'accusation pouvait être mise à mal. Stephanie aurait voulu le toucher, lui offrir son soutien. Elle résista à la tentation.

La veille au soir, elle avait eu l'impression qu'ils étaient de nouveau un couple. Pourtant, quand ils eurent épuisé le sujet de l'enquête, elle s'était sentie mal à l'aise. Si elle s'était attardée davantage, la conversation aurait pris un tournant plus personnel et ils auraient dû affronter les vérités immuables de leur relation. Elle avait pris congé en s'excusant. À présent, à le regarder se pencher en avant pour mieux voir le témoin suivant arriver à la barre, elle se demandait si elle avait eu raison.

Une infirmière d'un cabinet médical fut présentée à la cour. Elle était grande, avec des cheveux frisés et un sourire jovial. Elle semblait à l'aise, malgré la situation.

— Madame Gifford, vous êtes infirmière au cabinet de Church Street, c'est bien cela ?

— Oui, en effet.

— Et vous avez vu Mlle Clarke en consultation pour un frottis de routine quelques mois après la naissance de sa fille ?

— Oui. Son bébé avait sept mois quand elle est venue me voir, si je me souviens bien.

— L'aviez-vous rencontrée avant ce jour ?

Mme Gifford sourit à Evie, mais celle-ci gardait la tête basse, comme elle l'avait fait la plus grande partie de la journée.

— Je l'ai vue à quelques occasions. Elle est venue une fois ou deux avec son bébé, et j'ai aussi changé les bandages de son bras brûlé. Ce n'était pas joli-joli. Elle était très courageuse.

— Oui, merci, madame Gifford. Nous sommes au courant de cela. Lorsqu'elle s'est présentée pour un frottis cervical, quelque chose dans son comportement vous a-t-il paru étrange ?

— Elle était un peu nerveuse. Mais bon, personne n'aime les frottis.

— Avez-vous remarqué quelque chose en particulier lors de l'examen ?

Mme Gifford se tourna de nouveau vers le banc des accusés et, cette fois, Evie leva les yeux avec un sourire crispé, comme pour s'excuser de la mettre dans une situation gênante.

— J'ai remarqué qu'elle était sacrément amochée, la pauvre. Elle avait de vilains bleus à l'intérieur des cuisses. Certains étaient d'un violet rougeâtre, donc très récents, et d'autres devaient dater de quelques jours.

— Avez-vous discuté de ces bleus avec Mlle Clarke ?

— Oui. Je voulais savoir comment elle s'était fait ça, parce que ça peut être symptomatique d'autres problèmes ou de maladies. Si elle n'avait pas eu d'explication, je lui aurais fait passer quelques tests et j'aurais demandé à un médecin de l'examiner.

Boyd Simmonds hocha la tête, comme s'il découvrait ce récit en même temps que le reste de la cour.

— Et avait-elle une explication ?

— Oui, mais elle ne disait pas la vérité. Je le sais parce qu'elle refusait de me regarder en face. Elle a raconté qu'elle était tombée de vélo.

— Qu'avez-vous pensé alors ?

— Je lui ai demandé si elle était tombée deux fois, parce qu'elle avait deux séries distinctes d'ecchymoses. Elle m'a répondu que le chemin qui mène à sa maison est couvert de gravier, et qu'on y glisse facilement. Mais il aurait fallu qu'elle fasse plusieurs roulades avec la selle entre les jambes pour que son histoire soit crédible.

— Quelle conclusion en avez-vous tiré ?

— Ça fait longtemps que je suis infirmière, monsieur. Selon moi, ces meurtrissures étaient le résultat d'un rapport sexuel assez violent.

— Merci, madame Gifford.

Boyd Simmonds rejoignit son siège, et Devisha Ambo prit sa place.

— Madame Gifford, avez-vous demandé à Mlle Clarke si elle avait été violée ?

Pour la première fois, l'infirmière parut légèrement embarrassée.

— Pas aussi directement, non. Je lui ai dit que si quelqu'un lui faisait du mal, elle pouvait m'en parler.

— L'a-t-elle fait ?

— Non. Elle a répété qu'elle était tombée de vélo. Deux fois !

Devisha lui offrit l'un de ses sourires les plus rayonnants.

— En vous fondant sur votre expérience d'infirmière, diriez-vous que certaines personnes, tous genres confondus, aiment les rapports sexuels violents ?

— Eh bien… oui, j'imagine. Chacun son truc.

Mme Gifford fut secouée d'un léger frisson.

— Et avez-vous des raisons de penser que Mlle Clarke n'appartient pas à cette catégorie de personnes ? Ou est-il possible que, en réalité, ces bleus soient effectivement le résultat d'un rapport violent, dans lequel elle aurait joué un rôle actif ?

— Je n'en sais rien, de toute évidence. En tout cas, elle n'était pas contente que je les voie.

— Merci, madame Gifford. Je n'ai pas d'autres questions.

Stephanie se tourna légèrement vers Gus.

— Alors ? demanda-t-elle.

— C'est trop tôt pour dire quoi que ce soit.

Il se leva pour sortir.

Il avait raison. Elle était incapable de déterminer de quel côté penchait la balance.

44

La défense appela Aminah à témoigner. Cleo avait redouté ce moment. Elle y croyait à peine. Leur amitié survivrait-elle à ce jour ? Elle n'imaginait pas sa vie sans Aminah. Si elle la perdait, elle n'aurait plus personne.

La veille, elle avait sérieusement envisagé de renouer avec Joe. Mais quoi qu'ils aient pu ressentir l'un pour l'autre par le passé, elle savait que leur couple n'avait pas d'avenir.

Cette pensée ne l'attristait plus. Son cœur était devenu insensible aux différentes formes de souffrance. Seule la mort de Mark continuait de peser sur elle, menaçant de la noyer dans un océan de désespoir dont elle ne parviendrait jamais à s'extraire. Perdre son frère avait été difficile. Mais le perdre ainsi, sous l'œil inquisiteur d'un public qui le traitait comme un monstre, c'était insupportable.

Et voilà que sa meilleure amie prêtait serment pour témoigner contre lui.

Dès que l'audition commença, Cleo ressentit un élan de rage envers l'avocat de la défense. De quel droit traînait-il inlassablement le nom de son frère dans la boue ?

— Madame Basra, j'aimerais revenir avec vous sur les événements survenus l'après-midi du 7 juillet, si vous me le permettez.

Cleo observa le visage de son amie habituellement si joyeuse. Aujourd'hui, celle-ci avait du mal à retenir ses larmes. Aminah lança un coup d'œil vers le public. Leurs regards se croisèrent, en même temps que Cleo sentait quelqu'un s'asseoir à côté d'elle et lui prendre la main. Aminah accueillit le nouveau venu avec un faible sourire. Cleo se tourna. C'était Zahid.

— Aminah ne voulait pas que tu restes seule, dit-il.

Il pressa ses doigts et, tenant fermement sa main entre ses deux paumes, fit face à sa femme.

Cleo ressentit une tendresse soudaine pour son amie. Malgré la façon dont ils s'étaient quittés la veille, elle pouvait compter sur le grand cœur d'Aminah et de Zahid pour la soutenir dans cette épreuve.

— Vous vous êtes rendue chez M. North afin d'y rencontrer Mlle Clarke, c'est bien cela ?

— Oui. Elle m'avait invitée à déjeuner, avant de décommander au dernier moment.

— Mais vous vous êtes tout de même déplacée.

— Je m'inquiétais pour elle. Elle m'a envoyé un message et j'ai essayé de l'appeler, mais elle n'a pas répondu.

— En quoi cela était-il alarmant ? Il arrive à tout le monde d'annuler un rendez-vous.

— Je me faisais déjà du souci pour elle avant ça. C'est moi qui l'ai accompagnée à l'hôpital le jour où on lui a retiré son plâtre. Je voulais m'assurer qu'elle s'était bien remise. Mark était parti la veille au soir, et je voulais qu'elle sache qu'elle pouvait compter sur moi en cas de besoin. Je suis sûre que sa main lui posait encore problème.

— Vous êtes donc allée chez elle. Et ensuite ?

— J'ai sonné à plusieurs reprises, mais elle ne m'a pas ouvert. J'ai appelé sur son téléphone fixe et sur son portable. Elle n'a pas décroché. À ce moment-là, je me faisais un sang d'encre. J'étais sur le point de contacter Cleo, la sœur de Mark, quand j'ai remarqué que la porte du garage était ouverte.

Cleo se redressa. C'était impossible. Ça ne tenait pas debout.

— Est-ce que le garage mène à l'intérieur de la maison ?

— Non, mais il permet d'accéder au jardin qui longe l'étage supérieur. J'y suis entrée. Evie se tenait à la fenêtre de la cuisine, avec un air hébété. Elle ne m'a pas remarquée tout de suite.

— Et après ?

— Elle a fini par m'apercevoir. Elle était surprise. Elle a aussitôt fermé les stores.

— Elle a fermé les stores alors que vous vous teniez devant elle ?

— Oui. Je pense qu'elle voulait me cacher son œil au beurre noir. Toute une partie de son visage était enflée et violacée. Ça avait l'air très douloureux.

— Est-ce qu'elle vous a laissée entrer ensuite ?

— Non. J'ai essayé de la contacter les jours suivants. J'ai appelé, je lui ai envoyé des messages, je suis passée à l'improviste… Elle a fini par me répondre.

— Lui avez-vous demandé ce qui était arrivé à son œil ?

Le sourire troublé d'Aminah en disait long.

— Bien sûr. Elle m'a dit que Lulu lui avait donné un coup de pied pendant qu'elle lui changeait sa couche, et qu'elle s'était simplement isolée quelques jours pour ne pas être vue.

— Qu'avez-vous pensé de cette explication ?

— Écoutez, j'ai quatre gosses. J'ai changé un nombre incalculable de couches. Et de toute évidence, j'ai reçu des coups de pied dans la figure. Mais Lulu est un adorable bout de chou, et même mes petites terreurs n'auraient jamais pu me laisser un coquard pareil. Bien sûr qu'elle baratinait.

Cleo n'écoutait plus. Elle ne prêta pas attention à la procureure qui se levait pour poser quelques questions à son tour. Elle libéra sa main de l'emprise de Zahid et s'inclina, le regard baissé, pour réfléchir. Puis elle se redressa brusquement, à la recherche des policiers. Il y en avait une assise dans le fond. La sergent King.

Aminah fut invitée à se retirer. Cleo bondit sur ses pieds en bousculant Zahid. Elle ignora ses appels et quitta le premier rang du public pour rejoindre la policière. Quelque chose clochait. Ce n'était pas cohérent.

Stephanie avait remarqué l'agitation de Cleo. Elle la vit balayer la foule du regard, puis se lever et avancer dans sa direction. Cleo s'arrêta devant le dernier rang et se pencha au-dessus de deux spectateurs pour demander à Stephanie, le souffle court :

— Je peux vous parler ?

Stephanie passa devant le couple en s'excusant. Le juge s'apprêtait à annoncer une pause : elle ne manquerait rien d'important. Elle toucha légèrement le bras de Cleo en signe de sympathie.

— Allons dehors.

Personne ne sortirait gagnant de ce procès. Toutes les parties y perdraient, y compris Cleo.

Des pancartes dispersées dans l'assistance interdisaient au public de commenter l'affaire en cours. Malgré la fraîcheur de l'air, Stephanie guida Cleo hors du palais de justice et elles s'installèrent sur un banc baigné par la lumière pâle du soleil.

— Que puis-je pour vous, mademoiselle North ?

— Il y a quelque chose qui cloche dans le témoignage d'Aminah.

— Vous pensez qu'elle ment ?

Cleo secoua aussitôt la tête.

— Non. Aminah ne ferait jamais cela. Ce n'est pas ce que je veux dire. Je parle du garage.

Stephanie ne comprenait pas. Elle esquissa un geste pour l'encourager à continuer.

— Pourquoi la porte du garage était-elle ouverte ? précisa Cleo.

Stephanie haussa les épaules.

— Je n'en sais rien. En quoi est-ce important ?

— Écoutez, Mark a pris un taxi pour se rendre à l'aéroport ce matin-là. J'en suis sûre et certaine. Il n'avait aucune raison d'ouvrir la porte du garage. Je parie que la voiture était encore là. Vous n'avez qu'à demander à Aminah !

— Je suis désolée, mademoiselle North, mais je ne vous suis pas. Il va falloir m'expliquer où vous voulez en venir.

— Ils fermaient toujours la porte du garage à clef. C'est la seule façon de pénétrer dans la propriété sans passer par la maison, le seul point faible dans leur système de sécurité. La porte aurait dû être verrouillée. Si Aminah a pu entrer par là, ça signifie qu'Evie avait ouvert cette porte au préalable. Mais pourquoi aurait-elle fait une chose pareille, si ce n'est pour être vue, prétendument par mégarde ?

Stephanie haussa les épaules.

— Peut-être que Mlle Clarke était sortie un peu plus tôt dans la journée ?

— Non, non. Ce n'est pas ça. Vous avez entendu Aminah : Evie a bien dit qu'elle restait chez elle à cause de son œil. Elle n'avait aucune raison d'ouvrir la porte du garage.

Cleo lui saisit le bras pour la convaincre de l'urgence de la situation. Stephanie aurait voulu l'aider, mais elle doutait que l'accusation puisse tirer quelque chose d'une information pareille.

— Et je suis venue après ça, enchaîna Cleo. La porte du garage était fermée, je n'ai pas pu entrer. Ils se souciaient tellement de la sécurité de leur maison qu'ils avaient fait changer les serrures. Même mon ancienne clef ne marchait plus ! Ça n'a aucun sens.

Stephanie s'exprima avec douceur dans l'espoir de la calmer :

— Evie a dû se souvenir que la porte était ouverte lorsqu'elle a vu Mme Basra entrer, et elle l'aura fermée avant votre arrivée. On peut imaginer de nombreuses raisons qui expliqueraient qu'elle ait eu besoin de sortir par là dans la matinée. Je ne pense pas que cette information puisse nous être véritablement utile.

— Est-ce que je pourrais vous demander un service, s'il vous plaît ?

La frustration lui faisait visiblement perdre patience. Néanmoins, elle attendit que Stephanie réponde.

— Bien sûr, mais je ne suis pas sûre de pouvoir vous aider.

— Pourriez-vous convaincre la procureure de demander à Evie pourquoi la porte du garage était ouverte ? supplia-t-elle.

Stephanie lui adressa un sourire compatissant. Cleo se détourna avec dégoût.

— Je passerai le message. Vous pouvez compter sur moi. Mais nous n'avons aucune garantie que la défense appellera Mlle Clarke à témoigner.

Cleo fit volte-face, choquée.

— Quoi ? Vous êtes en train de me dire qu'Evie n'aura peut-être pas de comptes à rendre sur ce qu'elle a fait ? Elle ne devra pas s'expliquer devant le jury ?

Stephanie était touchée par la détresse de Cleo, mais elle ne voulait pas lui donner de faux espoirs.

— Nous avons questionné Mlle Clarke au moment de son arrestation et transmis la retranscription de cet interrogatoire à la cour. La défense n'a pas de raison d'appeler Mlle Clarke à la barre des témoins, si ce n'est pour apporter des précisions qui convaincraient le jury de sa sincérité, j'en ai bien peur.

— Et la procureure, alors ? répliqua Cleo d'une voix plus aiguë. Elle ne peut pas la convoquer ?

Stephanie lui toucha le bras.

— Je sais à quel point la situation est pénible pour vous, mademoiselle North. Mais seuls ses avocats peuvent demander à Mlle Clarke de témoigner, et uniquement s'ils pensent en bénéficier. Pour le moment, je dirais que ce n'est pas le cas.

Cleo bondit sur ses pieds.

— On doit l'obliger à parler ! Il faut que le jury voie clair dans son jeu. Ils doivent comprendre que mon frère n'était pas le monstre qu'elle décrit.

Elle tourna les talons et rejoignit le palais de justice à grands pas.

45

Boyd s'apprêtait à appeler leur dernier témoin à la barre, et Harriet craignait encore de ne pas en avoir assez fait. Le jury devait être désormais convaincu que Mark avait torturé Evie, mais ça ne constituait qu'une partie de leur plaidoyer. Comment prouver, sans laisser de place au doute, que le geste de sa cliente n'avait pas été prémédité, mais instinctif ? Certains éléments jouaient en leur faveur, et Boyd les utiliserait dans son réquisitoire, mais obtenir gain de cause ne suffisait pas. Ils devaient maximiser les preuves de violences conjugales pour inciter le juge à se montrer clément lors du prononcé de la sentence.

L'accusation insisterait sur le fait que c'était Evie qui avait apporté le couteau dans la chambre. Pour l'instant, cela ne leur avait pas servi à grand-chose, hormis à enfoncer des portes ouvertes. Devisha Ambo n'avait plus personne à convoquer, mais si Boyd et Harriet décidaient d'appeler Evie à la barre, elle pourrait profiter de l'occasion. Ils devaient correctement évaluer ce risque, tout en gardant à l'esprit que l'impact du témoignage d'Evie consoliderait sans doute l'opinion que la cour se faisait d'elle.

Elle devait arrêter de tergiverser. Il avait encore tout le week-end pour prendre une décision, et la femme frêle qui se tenait désormais à la barre leur mâcherait peut-être une partie du travail. Deborah May déclinait son identité en inspectant la salle, comme si elle peinait à comprendre les raisons de sa présence dans un tel lieu.

— Madame May, commença Boyd, dans quelles circonstances avez-vous fait la connaissance de Mlle Clarke ?

La femme regarda furtivement vers le banc des accusés, puis se détourna.

— Je travaille pour les Samaritains. J'ai eu de nombreuses conversations téléphoniques avec elle.

— Tout ce qui est dit aux Samaritains est confidentiel, comme nous le savons tous. Pouvez-vous expliquer à la cour les raisons de votre présence aujourd'hui ?

— Nous pouvons divulguer des informations dans deux cas de figure uniquement : si la personne concernée donne son accord, ou lorsque nous recevons une ordonnance du tribunal. Dans ce cas précis, Mlle Clarke nous a donné la permission de témoigner, l'ordonnance était donc inutile.

— Que pouvez-vous nous dire à propos des appels téléphoniques de Mlle Clarke ?

— Je fais du bénévolat une fois par semaine, généralement le mardi. Mlle Clarke nous a contactés la première fois pendant l'un de mes services. Elle me connaissait sous le nom de Debbie. La semaine suivante, elle a rappelé en demandant à me parler personnellement.

Elle parlait à toute vitesse, manifestement pressée d'en avoir fini. Boyd consulta longuement les documents qu'il tenait à la main pour lui permettre de retrouver sa contenance, et elle prit une grande inspiration qu'elle relâcha lentement à travers ses dents serrées.

— Arrive-t-il fréquemment qu'une personne souhaite parler à quelqu'un en particulier ?

— Ce n'est pas quelque chose que nous encourageons. Si la personne qui nous appelle devient dépendante d'un bénévole et que celui-ci n'est pas disponible dans un moment de crise, les conséquences peuvent être désastreuses. Mais Evie avait retenu mon emploi du temps, et elle essayait d'appeler quand j'étais là.

— Vous étiez donc l'unique personne à prendre ses appels ?

— Je n'étais pas toujours disponible, malheureusement. Il arrivait que je sois déjà en ligne avec quelqu'un d'autre, et dans ce cas, un de mes collègues l'encourageait à se confier à lui. Mais elle refusait systématiquement. Elle préférait réessayer plus tard.

— Combien de conversations téléphoniques avez-vous eues avec Mlle Clarke au total, madame May ?

— Six.

— Et que pouvez-vous nous dire sur la nature de ces conversations ?

Debbie May jeta un coup d'œil contrarié à Evie, comme si elle répugnait à partager ses secrets.

— Elle était en grande détresse. Elle vivait avec un homme régulièrement pris d'accès de violence et ne comprenait pas ce qui les provoquait. Il l'attaquait toujours de manière si soudaine et si intense qu'elle s'effondrait aussitôt.

Boyd se tourna vers Evie, immédiatement imité par les membres du jury. Il secoua la tête avec un air compatissant.

— Savez-vous si elle lui a demandé des explications à ce sujet ?

— Je crois qu'elle a essayé. Mais il prétendait ne pas se souvenir de ces épisodes. Il se montrait toujours surpris et horrifié par ces nouveaux « accidents ».

Sa bouche se tordit, révélant clairement ce qu'elle pensait de ces proclamations d'innocence.

— Dans quel état d'esprit se trouvait Mlle Clarke lors de ces appels ?

— C'était étrange. Au début, elle était déroutée, comme si les événements la dépassaient complètement. Selon elle, ces accès soudains de violence éclataient chaque fois que son conjoint devait s'absenter. À force, elle redoutait ses départs autant qu'elle était soulagée par ses absences, si vous voyez ce que je veux dire. Nous ne sommes pas habilités à donner des conseils, mais j'aurais voulu lui dire de boucler ses valises et de mettre les voiles sans plus tarder.

Boyd hocha la tête, de nouveau concentré sur ses papiers. Harriet savait qu'il attendait de voir si Mme May continuerait à parler de sa propre initiative.

— Personne ne devrait endurer ce genre de traitement, dit-elle finalement, comme pour combler le silence.

Harriet réprima un sourire.

— Savez-vous si elle songeait à le quitter ? demanda Boyd.

— Elle a évoqué l'idée au troisième appel, je crois. Elle était en larmes et j'entendais les pleurs de son bébé dans la même pièce. Apparemment, il venait de partir. Elle n'a pas voulu me dire ce qu'il lui avait fait, seulement qu'elle avait mal. Elle voulait s'en aller, mais elle n'avait nulle part où aller et pas d'argent à elle. Je lui ai recommandé des refuges qui seraient en mesure de la prendre en charge.

Elle les connaissait déjà, songea Harriet avec irritation. Selon ses dires, Evie s'était sentie trop honteuse pour leur demander de l'aide. Elle avait craint la réaction des pensionnaires, qui la pensaient solide comme un roc.

— Mais elle n'a pas voulu s'y rendre ?

— Non. Il proférait toutes sortes de menaces pour la faire rester. Il prétendait qu'il se tuerait si elle partait, ou qu'il la tuerait, elle. Une fois, il a même déclaré qu'il enlèverait l'enfant et quitterait le pays.

— Savait-elle ce qui provoquait ces réactions exacerbées chaque fois qu'il devait s'absenter pour un voyage d'affaires ?

— Elle soupçonnait que cela avait un rapport avec la mort de sa femme. Après quelques recherches, elle a découvert les névroses d'abandon. C'est un trouble qui peut provoquer des crises de panique lorsque le malade est séparé d'un proche, peut-être par peur de ce qui pourrait leur arriver pendant la séparation. Mais je ne suis pas experte.

Harriet se redressa. C'était la première fois qu'elle entendait parler de cette idée. Si Mark avait souffert d'une maladie psychologique, cela pourrait jouer en leur faveur, à condition de pouvoir le prouver. Evie n'avait pas mentionné ses doutes, mais le traumatisme empêchait souvent les femmes battues de retenir les détails. Heureusement, le week-end leur laisserait le temps de réunir les renseignements nécessaires pour mieux comprendre cette nouvelle piste.

Devisha Ambo se leva.

— Madame May, au cours de vos conversations, Mlle Clarke a-t-elle évoqué l'idée de représailles envers M. North ?

— Non, pas du tout. Elle ne trouvait pas de solution pour qu'il cesse de s'en prendre à elle, c'est tout.

— Elle essayait donc d'imaginer un plan pour l'arrêter ?

Mme May la foudroya du regard.

— Ce n'est pas ce que j'ai dit.

— Selon vous, elle avait déjà essayé de lui parler. Quelle autre solution lui restait-il, hormis imaginer un plan ?

Mme May parut gênée, mais Devisha ne lui laissa pas le temps de répondre.

— A-t-elle suggéré, à n'importe quel moment que ce soit, qu'elle souhaitait se venger de ce qui lui avait fait ? Peut-être a-t-elle dit « il aura ce qu'il mérite », ou quelque chose de cet acabit ?

Mme May ouvrit de grands yeux.

— Jamais, et je ne le lui aurais pas reproché dans le cas contraire. Franchement, ses réactions me dépassaient. Elle était extrêmement bienveillante à son égard.

Elle essayait de se montrer juste, en cherchant ce qui, dans ses propres actes, pouvait provoquer de telles crises. Je lui ai répété qu'elle n'était en aucun cas responsable de son comportement à lui. Il n'avait pas d'excuse. Aucune.

Devisha consulta ses notes, et Harriet répondit au coup d'œil nerveux de Mme May par un signe rassurant.

— Vous avez fourni à Mlle Clarke une liste de refuges, c'est bien cela ?

— Je n'essayais pas de la pousser à prendre une décision. Je voulais simplement qu'elle agisse en toute connaissance de cause.

— Bien sûr. Personne ne vous accuse d'avoir mal agi. Mlle Clarke a-t-elle mentionné durant vos conversations qu'elle travaillait déjà en tant que bénévole dans l'un de ces refuges ?

Mme May fronça les sourcils.

— Eh bien, non. Je ne me souviens pas qu'elle ait évoqué quoi que ce soit de la sorte.

— N'est-il pas étrange que Mlle Clarke ait appelé les Samaritains alors qu'elle travaillait déjà dans un refuge pour femmes battues, où elle était entourée de personnes qualifiées pour lui venir en aide ?

Les commissures des lèvres de Debbie May s'étirèrent, et son visage s'éclaira.

— Pas du tout. Les gens confient plus volontiers leurs problèmes sous le couvert de l'anonymat. À force d'être rabaissées par leur partenaire, les victimes de violences ressentent souvent une honte illégitime face à leur situation. La simple idée de s'attirer la pitié de leurs proches leur est insupportable.

Harriet se détendit aussitôt, soulagée.

Bien dit, Debbie.

La procureure aurait pu marquer un point avec cette question, mais elle avait raté son coup.

46

Cleo parvint juste à temps aux toilettes des dames. Elle n'avait rien avalé de la journée, hormis un café en arrivant au tribunal. Elle avait perdu l'appétit depuis le début du procès, et le dernier témoignage l'avait touchée plus cruellement encore que les précédents. Elle ne concevait pas qu'Evie ait pu appeler les Samaritains pendant des mois. Jusque-là, elle avait trouvé des explications logiques à toutes les accusations mensongères portées contre Mark. Mais elle ne supportait pas l'idée qu'il ait été traumatisé par chacun de ses départs. C'était elle, chaque fois, qui l'avait convaincu de partir.

Était-elle responsable de ce désastre ? Tout ce qui avait été dit à propos de son frère serait donc vrai ? S'était-il réellement attaqué à Evie ? Non. Non ! Elle refusait d'y croire. Elle chassa le doute angoissant qui avait commencé à se former dans son esprit. Elle ne rendrait jamais les armes. Elle prouverait l'innocence de Mark.

Elle s'écroula au sol, adossée à la porte de la cabine, déchirée par des sanglots incontrôlables. Elle se recroquevilla sur elle-même et, les mains jointes derrière la tête, pressa son visage contre ses genoux relevés pour étouffer le bruit de ses pleurs.

— Cleo ?

Au début, elle crut à une hallucination. Mais la voix persista, plus fort :

— Cleo, c'est Aminah. Sors de là, ma chérie. Laisse-moi m'occuper de toi.

— Va-t'en, Aminah. Je ne peux pas te regarder en face après ce que tu viens de faire. Comment as-tu pu prétendre devant la cour que Mark frappait Evie ? Tu le connaissais depuis des années.

Aminah soupira profondément.

— Je n'ai rien dit de tel, Cleo. Evie avait un coquard qu'elle a essayé de me cacher, voilà tout. Je n'ai pas affirmé que Mark était le coupable.

— C'était inutile, pas vrai ? Qui d'autre que lui ? Pourquoi tu ne pouvais pas te contenter de dire qu'Evie avait probablement reçu un coup de pied de la part de Lulu, hein ? Tout le monde n'a pas ton talent pour changer une couche.

— Cleo, arrête. J'ai dit la vérité. Je n'ai rien inventé. Même toi, tu dois te rendre compte qu'Evie n'aurait pas cherché à se tenir à l'écart si son œil au beurre noir s'expliquait par un accident aussi anodin. Elle m'aurait laissée entrer et nous en aurions ri ensemble. Je sais que c'est horrible pour toi, ma chérie. J'imagine à quel point ça doit être insupportable d'écouter tout ça, je ne sais pas pourquoi tu te forces à l'endurer. Allez, sors de là, que je te prenne dans mes bras.

Cleo ne voulait pas se lever. Elle se sentait en sécurité, confinée dans cet espace minuscule, protégée par l'étreinte de ses bras et de ses jambes. Mais elle ne pourrait pas rester toute la nuit, et elle ignorait à quelle heure le palais de justice fermait ses portes au public.

— Je ne partirai pas d'ici sans toi, déclara Aminah.

La connaissant, ce n'était pas une menace en l'air. Péniblement, Cleo commença à se lever. Elle prit appui sur un de ses pieds et dut soudain se rattraper à la cuvette des toilettes. La pièce tournait. Elle ferma les paupières, à bout de souffle.

— Qu'est-ce qui se passe là-dedans ? Cleo ? Tout va bien ?

Elle retrouva progressivement son équilibre et se risqua à ouvrir les yeux. Les murs s'étaient de nouveau immobilisés.

— Ça va. J'ai eu un petit vertige, rien de plus.

— Bon Dieu, à quand remonte ton dernier repas ?

Cleo poussa la porte. Aminah fouillait dans son sac.

— Tiens, prends ça, dit-elle en lui mettant un paquet entamé de pépites de chocolat dans la main.

Cleo en versa plusieurs dans sa bouche ouverte.

— Merde. Maintenant, je sais que tu n'es plus que l'ombre de toi-même.

Son amie lui prit le poignet et l'attira contre elle.

— Viens. On va t'asseoir, tu vas boire une tasse de thé ou ce que tu veux, puis je vais te raccompagner chez toi. Je reviendrai chercher ta voiture avec Zahid plus tard. Tu n'es pas en état de conduire.

Cleo laissa retomber sa tête contre l'épaule douillette de son amie.

— Tout ça, c'est un coup monté, tu sais, dit-elle.

Dans le silence qui s'ensuivit, Cleo s'écarta légèrement en se tordant le cou et adressa un regard féroce à Aminah.

— La porte du garage n'aurait pas dû être ouverte lorsque tu es venue voir Evie. J'en ai parlé à la police, je ne sais pas s'ils en tireront quelque chose.

Aminah se mordit la lèvre, les sourcils froncés. De toute évidence, elle ne comprenait pas non plus les enjeux d'un tel détail. Cleo s'efforça de paraître calme et lucide. Elle voulait lui faire entendre raison.

— Il n'y a pas que ça, Aminah. Rien ne colle. Mark serait incapable de commettre de telles atrocités, c'est inconcevable. Le témoignage à propos de l'interrupteur était complètement insensé. Il n'aurait pas souhaité se retrouver dans le noir. Il détestait ça.

— Oh, allez, Cleo. On en a déjà parlé. Je crois que tu exagères.

— Non.

Elle se dégagea et alla s'appuyer contre un lavabo.

— Il a toujours dit que, lorsqu'il ne pouvait pas voir ce qui l'entourait, il avait l'impression d'être seul au monde. Il trouvait ça insupportable. Alors affirmer qu'il cherchait l'obscurité complète pour s'en prendre à Evie, c'est des conneries.

Elle devait absolument la convaincre. Elle avait besoin que quelqu'un la croie, qu'il y ait au moins une personne qui ne considère pas Mark comme un monstre.

— Aminah, je t'en prie. Je dis la vérité. Quand maman est partie, Mark s'est senti plus seul que jamais. C'était encore pire à l'école. Tout ça parce qu'il était un peu différent. Le seul endroit où il se sentait à l'abri, c'était à la maison, en compagnie de ceux qui l'aimaient. Enfin, moi, surtout. Il ne supportait même pas les voyages scolaires, ni de dormir chez un ami.

— Ça recoupe le témoignage de la Samaritaine. Est-ce qu'une névrose d'abandon ou une maladie de ce type n'aurait pas compliqué tous ses voyages loin de chez lui ? J'imagine que la mort de Mia n'a pas dû l'aider, s'il craignait déjà qu'il n'arrive malheur à ses proches dès qu'il tournait le dos.

Cleo ne voulait pas penser à Mia.

— C'est bien le genre d'Evie d'aller dénicher une maladie derrière laquelle se planquer. En admettant que ce soit vrai, tu imagines sincèrement Mark faire toutes ces horreurs ? Hein ? Tu y arrives vraiment ?

Aminah croisa les bras et inspira profondément.

— Franchement ? Je n'imagine pas que qui que ce soit puisse accomplir la moitié des horreurs qu'on voit dans le monde. Mais la vérité, Cleo, c'est qu'on ne connaît jamais vraiment quelqu'un, même si on a l'impression d'en être très proche.

Le cœur de Cleo se serra. Aminah avait raison, mais elle ne pouvait pas l'admettre. Elle et Mark avaient partagé un secret dont ils n'avaient jamais osé parler à voix haute. Et maintenant, il était trop tard.

47

L'inquiétude d'Harriet et de Boyd se lit sur leurs visages. Ils ont fait un excellent travail. Boyd a complètement détruit certains témoins, surtout Cleo, mais notre numéro d'équilibriste entre conjectures et preuves indiscutables ne suffira peut-être pas à nous gagner les faveurs du jury.

Je n'ai aucun contrôle sur la suite des événements. Je croyais m'être résignée à mon sort, mais penser à Lulu m'a affaiblie. Je ne dois rien laisser paraître. Je joins les mains sur mes cuisses, là où personne ne peut voir mes ongles s'enfoncer dans la chair de mes paumes.

— Qu'est-ce que vous attendez de moi ?

Je m'exprime avec calme. Il faut que je reste concentrée.

— Notre meilleure chance de convaincre le jury de ton innocence, c'est de t'appeler à la barre. On l'a toujours su, dit Harriet. Mais si on fait ça, tu devras leur expliquer pourquoi tu as dit à Mark que ton père paierait les photographies. Ça n'a rien à voir avec sa mort, mais c'est un élément qui permettra de démontrer ton honnêteté et ta fiabilité de manière générale. Si tu as menti à ce sujet, tu es susceptible d'avoir menti sur d'autres choses. Tu comprends le raisonnement.

J'acquiesce. Je connais déjà les réponses et les excuses que je présenterai.

— Nous devrons les convaincre une bonne fois pour toutes qu'une peur panique t'a fait perdre le contrôle de toi-même. J'estime que nous avons suffisamment prouvé les cruels sévices de Mark, mais le jury ne doit jamais penser que tu as agi par désir de vengeance, ou que ton geste était prémédité. C'est absolument crucial.

— Je dois témoigner, alors, c'est décidé ?

Je connais déjà la réponse.

Malgré sa brusquerie, je sais qu'Harriet se soucie de moi. Je suis une sorte de cliente vedette à ses yeux. Gagner ce procès donnerait un poids significatif à sa lutte pour les femmes battues, trop délaissées à son goût.

— On aurait préféré se contenter de la retranscription de l'interrogatoire de police plutôt que de t'exposer aux questions de l'accusation, mais on n'a pas le choix. Il faut que le jury te fasse confiance et que le juge croie en ta bonne foi. Parce que, au bout du compte, quel que soit le verdict du jury, c'est lui qui décidera de la sentence. Tu dois gagner leur cœur et leur raison, Evie. Tu es la seule à pouvoir le faire.

Le couteau posera problème, bien sûr. Je l'ai toujours su.

— Devisha Ambo insistera sans doute sur le fait que tu aurais théoriquement pu entailler toi-même tes bras et ta poitrine. Toi et moi savons que tu as d'autres cicatrices que tu n'aurais pas pu t'infliger seule, mais le jury l'ignore encore. La cour doit les voir, et elle doit entendre ton témoignage. C'est aussi pour cette raison que nous voulons t'appeler à la barre.

— Comment ça ?

L'espace d'un instant, je crains qu'elle ne me demande de me dénuder devant la cour.

— On va leur montrer une photo de ton dos. Je suis désolée, mais tu vas devoir expliquer d'où proviennent ces cicatrices. Tu ne me l'as toujours pas dit, mais tu devras le faire avant de témoigner. Boyd et moi ne pouvons pas te défendre si nous ignorons la vérité, Evie. Tu dois me parler.

Me voilà donc contrainte d'exhumer des souvenirs depuis longtemps enfouis. Je ne dois pas leur permettre de m'affaiblir. Il faut que je reste forte, pour être sûre de ne commettre aucune erreur.

— Très bien. Prends une photo, et Boyd peut me questionner sur les cicatrices. Vous n'avez qu'à m'interroger sur chacune, au point où on en est. Je peux vous les lister.

Harriet se penche vers moi.

— Mark est hors de cause, n'est-ce pas ?

— Oui. C'est arrivé bien avant lui. Et ça n'a aucun rapport avec mon mari non plus.

Je voudrais ne pas avoir à raconter cette histoire, encore moins plus d'une fois, mais il le faut bien. Ils souhaitent connaître les détails à l'avance, afin de me poser les bonnes questions lorsque je prendrai la parole devant la cour.

C'est la première fois que je me confie à ce sujet. Mark avait vu mes marques, bien sûr, de même que Nigel. Mais je ne leur ai jamais avoué la vérité. Tout raconter, c'est risquer de fragiliser les barrières érigées en moi, celles qui retiennent tout le reste. Si je commence, je ne pourrai peut-être plus m'arrêter de parler.

Je n'ai pas le choix. Ma peau se couvre de sueur et je me mets à bégayer, mais je me confie. Je leur dis tout, dans les moindres détails. Les yeux d'Harriet s'agrandissent de plus en plus.

48

C'était décidé : Stephanie allait consacrer le week-end à se faire plaisir. Elle accumulait du stress, à force de travailler avec Gus sans tomber d'accord avec lui sur le degré de culpabilité d'Evie.

Elle allait dédier deux journées entières à passer du bon temps et se changer les idées. Elle n'avait jamais l'occasion de cuisiner alors qu'elle adorait ça. Ce soir, elle s'était concocté son plat d'hiver favori, un chili chaud et épicé, et elle allait profiter de ce que la viande mijotait encore pour prendre un long bain parfumé à la lueur des bougies. Elle ne penserait même pas à Gus. Pas une seconde.

La baignoire se remplissait, et elle venait de verser une généreuse quantité d'huile dans l'eau lorsqu'elle fut dérangée par la sonnerie de l'entrée.

— Eh merde !

Elle était tentée d'ignorer l'importun, mais dans sa profession, c'était un pari risqué. Elle attrapa le peignoir suspendu au crochet de la porte, ferma le robinet et descendit au rez-de-chaussée.

De larges épaules se dessinaient à travers le verre givré de la porte d'entrée. Qu'est-ce qu'il fichait là ? Ça ne pouvait pas être lié à l'enquête, quand même ? Ils avaient pourtant tous admis avoir besoin d'un week-end au calme.

Elle lui ouvrit sans prendre la peine de cacher son agacement.

— Gus, dit-elle en guise de salutations.

Il la dépassa aussitôt en reniflant l'air.

— Qu'est-ce qui sent bon comme ça ?

— Euh, je ne crois pas t'avoir invité à entrer. Je suis occupée, là. Qu'est-ce que tu veux ?

— Une part de ce qui est en train de cuire, c'est clair.

— Eh bien, tu n'en auras pas, alors fiche le camp.

— Allez, Steph. On doit parler, et pas de boulot. Tu le sais, tu évites sans cesse de te retrouver en tête à tête avec moi. Même quand on est coincés dans un bar, tu mets les voiles dès que la conversation devient un tant soit peu personnelle. De toute évidence, tu préfères encore être trempée jusqu'aux os plutôt que de discuter avec moi.

Il ajouta sur un ton adouci :

— Je pense que nous aurions dû avoir cette conversation il y a déjà longtemps. Qu'est-ce que tu en dis ?

Stephanie croisa les bras sans s'écarter de la porte.

— Vas-y alors.

— Viens t'asseoir. Ou va prendre ton bain et je regarderai la télé en attendant que tu aies fini. Écoute… on s'est plutôt bien entendus ces dernières semaines, non ? Je suis prêt à entendre tout ce que tu voudras me balancer, mais là j'ai l'impression d'être coincé avec toi dans un séchoir en marche, chacun de son côté.

Stephanie sentit sa détermination faiblir. Gus avait peut-être raison. Peut-être se montrait-elle trop têtue.

Il s'avança à l'intérieur et se laissa tomber sur le canapé, à l'endroit qui avait jadis été sa place habituelle. Une réaction étrange se produisit dans la poitrine de Stephanie – elle avait du mal à respirer. Elle s'assit en équilibre au bord du coussin.

— Détends-toi, Stephie. Tu veux que je nous ouvre une bouteille ?

Elle faillit frissonner. Il l'appelait rarement ainsi, mais c'était toujours avec affection.

— Non. Tu ne peux pas débarquer ici comme si c'était encore ta résidence secondaire. Dis ce que tu as à dire, et va-t'en.

Il essaya, sans grand succès, de réprimer un sourire.

— Tu es déterminée à nous compliquer la vie, hein ? Très bien. Avant toute chose…

Il inspira profondément et la regarda droit dans les yeux.

— Je suis sincèrement désolé d'avoir manqué d'enthousiasme quand tu m'as annoncé que tu étais enceinte de notre bébé. J'ai été pris au dépourvu. Je ne savais pas si j'étais prêt pour devenir parent, et j'avais l'impression que toi non plus.

Il leva la main pour l'empêcher de l'interrompre.

— Je me rends compte aujourd'hui que j'avais tort. Si j'avais eu plus de temps pour me faire à l'idée, j'aurais été ravi. Mais tu ne m'as pas attendu. Tu as pris la situation en main. J'admire ton endurance, ta force et ta détermination ; ça fait partie des qualités que j'aime le plus chez toi. Mais tu prends des décisions hâtives. Certains d'entre nous ont besoin d'un peu plus de temps.

Stephanie était trop abasourdie pour répondre. Gus n'avait rien compris à ce qui s'était passé.

— Pourquoi m'avoir mis au rancart, Steph ? demanda-t-il avec douceur. On aurait dû en parler et prendre une décision ensemble, quelle qu'elle soit. Ça a dû être un enfer pour toi de faire ce que tu as fait sans personne pour te soutenir.

— Qu'est-ce que j'ai fait, Gus ? murmura-t-elle.

— Je ne te reproche pas d'avoir avorté – le choix t'appartenait. Mais pourquoi m'avoir tenu à l'écart ?

Stephanie restait immobile, oscillant entre l'envie de rire et celle de pleurer.

— Pour un flic, tu peux être franchement lent à la détente, dit-elle finalement.

— Comment ça ? Je t'aimais. Je t'aime encore, nom de Dieu. Mais tu t'entêtes tellement à tout faire à ta manière que tu ne laisses aucune place à l'opinion de qui que ce soit. Je me serais fait à l'idée – je l'aurais acceptée de bon cœur. Je t'aurais épaulée tout au long de la procédure.

— Tu te serais *fait à l'idée* ? Je n'y crois pas. C'est un bébé dont on parle. Pas de ta voiture rutilante que j'aurais échangée contre un vieux tacot sans te prévenir.

— Tu sais très bien que je ne disais pas ça de façon négative. Arrête d'être aussi impossible. Tu refusais de m'adresser la parole à cette période, et le jour où je réussis à te coincer parce que, de toute évidence, tu n'es plus enceinte, tu me dis simplement qu'il n'y a plus de problème et que je ne dois pas m'en faire. Mais je m'inquiétais. Je m'inquiétais pour toi.

— Tu m'as engueulée, Gus. À t'entendre, je m'étais débrouillée toute seule pour créer une nouvelle vie à l'intérieur de mon corps, ou bien j'essayais de te piéger.

— Je suis désolé. Je l'ai pensé des milliers de fois et je te l'ai dit aussi souvent que possible – quand tu m'écoutais. J'étais bouffé par le stress à cause d'une enquête infernale. J'ai mal réagi.

Sa colère s'évapora, la laissant vulnérable. Elle n'avait pas la force de continuer.

— Je n'ai pas avorté, dit-elle d'une voix chevrotante. Notre bébé – un garçon, si tu tiens à le savoir – a choisi de quitter mon corps alors que j'étais à seize semaines de grossesse. Un mois après ton départ. J'étais déjà enceinte de trois mois quand je te l'ai annoncé. Je savais que l'enquête te pesait et j'avais peur de ta réaction.

Gus ouvrit la bouche. Une succession d'émotions passa dans son regard. Culpabilité. Tristesse. Choc. Stephanie se rendit compte que, dans sa douleur, elle n'avait pas pris les sentiments de Gus en considération. La seule manière pour elle de supporter la perte de son amant et de son tout petit garçon avait été d'étouffer impitoyablement tout son amour pour Gus.

— Steph, viens là.

Il tendit les mains vers elle. Elle glissa de son fauteuil pour s'agenouiller sur le tapis, et, tandis qu'il l'enveloppait de ses bras et la serrait contre lui, elle laissa les larmes rouler sur ses joues et se transformer en sanglots. Il la hissa sur ses cuisses et elle enfouit le visage dans le creux chaud de son épaule.

49

Harriet avait consacré le week-end à travailler. Elle ne tenait pas en place. Evie avait fini par leur expliquer l'origine de ses cicatrices, et son histoire avait de quoi fendre le cœur des avocats les plus chevronnés.

Harriet avait déjà recueilli des témoignages similaires par le passé, pourtant le ton glaçant de sa cliente l'avait profondément secouée. De toute évidence, les vieilles blessures sur son corps continuaient de la faire souffrir.

Mais elle ne serait pas reconnue coupable de meurtre. Le jury et le juge comprendraient les raisons qui lui avaient fait perdre le contrôle d'elle-même, et ils se montreraient cléments. Harriet s'en assurerait : elle en avait le devoir moral.

Elle rejoignit sa place dans le prétoire, soulagée que l'attente du week-end prenne fin, mais encore tracassée par les doutes qui l'assaillaient à chaque clôture de procès. En avait-elle fait assez ? Avait-elle accompli les objectifs qu'elle s'était fixés ? Avait-elle donné le meilleur d'elle-même pour cette affaire ? Ses efforts ne paraissaient jamais suffisants et, aujourd'hui, ces incertitudes la tourmentaient plus que jamais.

Depuis le début, l'une de leurs principales difficultés avait été de prouver les sévices récurrents – presque rituels – de Mark. Si la cour n'y croyait pas, la question de savoir ce qui avait poussé Evie à le tuer ne se poserait même pas et leur défense tomberait à l'eau.

Ils avaient eu du mal à expliquer pourquoi Mark passait à l'acte uniquement avant ses départs en voyage d'affaires – cela paraissait incohérent et irrationnel. En revanche, si une névrose d'abandon était à l'origine de son comportement, les témoignages de sa brutalité gagneraient davantage de poids.

Devisha Ambo rappellerait sans doute aux jurés que leur rôle ne consistait pas à juger Mark, que les allégations portées contre lui n'étaient soutenues par aucune preuve irréfutable, et qu'il était tout aussi probable qu'Evie se soit mutilée elle-même. Mais s'ils estimaient qu'une névrose avait pu affecter la stabilité mentale de Mark, ils seraient plus enclins à croire Evie par la suite. La bataille serait gagnée d'avance – du moins en partie.

Boyd se leva péniblement. Il avait fait appeler un dernier témoin avant la comparution d'Evie, et le présenta aux membres de la cour. L'homme qui se tenait à la barre, manifestement agité, repoussa ses lunettes sur l'arête de son nez et braqua son sourire sur tous les occupants de la salle d'audience.

— Docteur Perkins, que pouvez-vous me dire sur la névrose d'abandon ?

— Oh, beaucoup de choses, répondit aussitôt le psychologue. Pour faire simple, les personnes atteintes de ce trouble ressentent une angoisse et une peur panique quand elles sont séparées de leur figure d'attachement principale – généralement un conjoint. Ils craignent ce qui pourrait arriver en leur absence.

— C'est un phénomène courant ?

Le médecin sourit avec un enthousiasme renouvelé.

— Plus qu'on ne pourrait le croire, oui. Entre six et sept pour cent de la population adulte en souffrirait à différents degrés.

Il hochait la tête, comme si c'était une bonne nouvelle.

— Pouvez-vous nous décrire la façon dont cette maladie se manifeste ?

— Bien sûr. Certains éprouvent une profonde détresse dès qu'ils se séparent de la personne ou de l'endroit auquel ils sont attachés. D'autres supportent mal la solitude, ce qui est souvent très pesant pour leurs proches qui ne peuvent pas les laisser seuls le temps d'une sortie. Le simple fait de dormir dans des lits différents pose parfois des difficultés.

— L'un de ces symptômes pourrait-il expliquer le fait que Mark North ait régulièrement attaqué l'accusée avant chacune de ses absences prolongées ?

— Non. Pas si c'était l'unique problème, non. Je ne pense pas.

Boyd se figea. De toute évidence, il avait espéré une réponse différente.

— Vous dites « pas si c'était l'unique problème ». Suggérez-vous que des troubles supplémentaires puissent s'ajouter à celui-là ?

— Eh bien, c'est possible, mais difficile à déterminer sans avoir rencontré le patient. Il est vrai que l'angoisse de séparation chez l'adulte va souvent de pair avec d'autres troubles psychiatriques, des phobies ou des TOC… ou même des troubles de l'humeur. C'est très probable.

Boyd se détendit quelque peu.

— Et ces troubles de l'humeur peuvent-ils engendrer des actes violents ?

— Si une personne souffrait à la fois d'angoisse de séparation et de trouble explosif intermittent, peut-être. Ça s'est vu par le passé. Dans ce cas, on peut supposer que le stress de la séparation déclenche des accès de colère.

— Pouvez-vous nous en dire plus sur ce trouble explosif intermittent ? Même si cette appellation nous en dit déjà beaucoup.

— En gros, c'est une incapacité à maîtriser ses impulsions agressives. Les crises peuvent être dues à une tension particulière, ou parfois à un sentiment d'excitation. Le patient passe à l'attaque, ce qui lui procure un soulagement immédiat, et tout finit aussi vite que ça a commencé.

— Éprouve-t-il des remords lorsqu'il a retrouvé son calme ?

— Ça dépend des gens. Certains regrettent sincèrement leurs gestes, d'autres sont gênés et font comme s'il ne s'était rien passé.

Boyd acquiesça, jaugeant la réaction du jury d'un bref coup d'œil.

— Et selon les recherches, quel genre de vie peut espérer le conjoint d'une personne souffrant de l'un de ces troubles, ou pire, des deux ?

Le docteur Perkins secoua la tête d'un air dépité.

— Oh, là, ça ne serait pas une partie de plaisir. Pour un adulte, l'angoisse de séparation complique énormément les relations de couple. Une dépendance extrême s'instaure qui est généralement dure à gérer. Si on ajoute à ça un trouble explosif intermittent, alors les proches du patient devraient être en permanence sur leurs gardes, éviter tout faux pas qui risquerait de déstabiliser le malade.

— Selon votre expertise, cette tension continuelle pourrait-elle, par moments, devenir insupportable pour le conjoint du malade ?

— Absolument. Il se trouverait parfois complètement démuni.

— Merci, docteur Perkins. Je n'ai pas d'autres questions.

Devisha Ambo bondit sur ses pieds.

— Docteur Perkins, à quel âge ces deux troubles se manifestent-ils le plus souvent ?

— L'angoisse de la séparation est reconnue chez l'adulte depuis une vingtaine d'années seulement, mais généralement, on en repère des signes précurseurs dans l'enfance. De même pour le trouble explosif intermittent, qui survient vers la fin de l'enfance ou à l'adolescence. Mais ce n'est pas une règle absolue.

— Un proche du malade pourrait donc remarquer ces signes ? Disons, sa sœur.

— Ça dépend de leur degré de proximité et de la régularité à laquelle ils se voient. S'ils ont peu d'écart d'âge, oui, elle s'en serait aperçue en grandissant.

— Comment expliquer alors qu'elle décrive son frère comme quelqu'un de « sensible » et de « doux » ?

Le psychologue secoua la tête.

— C'était son frère. Il est mort. Il paraît naturel qu'elle cherche à se souvenir de lui sous son meilleur jour. Nous faisons tous ça, pas vrai ? Sans compter qu'elle n'a peut-être jamais eu à subir ses crises d'angoisse, si elle n'était pas sa figure d'attachement principale.

Harriet aurait voulu donner un coup de poing en l'air. C'était une réponse parfaite.

Mais Devisha n'avait pas dit son dernier mot.

— Avez-vous déjà examiné Mark North en tant que patient ?

— Non.

— Tous vos commentaires restent donc purement théoriques.

Le médecin fronça les sourcils.

— J'ai été convoqué pour parler de ces troubles et de la manière dont ils pouvaient se manifester. Pas pour diagnostiquer quelqu'un que je n'ai jamais vu. Je ne suis pas en position d'affirmer qu'il souffrait de l'une de ces maladies ou des deux. Tout ce que je peux faire, c'est expliquer en quoi elles consistent.

— En d'autres mots, votre témoignage n'a aucun rapport avec Mark North.

— En effet.

La procureure avisa le jury, avant de se tourner de nouveau vers le psychologue.

— En conclusion, rien ne prouve que Mark North souffrait de ces troubles. Cette supposition s'appuie uniquement sur les déclarations d'une Samaritaine à qui Evie Clarke – la femme aujourd'hui accusée de meurtre – a communiqué ses doutes, fondés sur une simple recherche Internet. C'est bien ça ?

— J'ai bien peur de ne pas vous être d'un grand secours sur ce point. Je ne connais rien des détails de l'affaire. Je suis seulement un consultant expert en psychologie.

— Merci, docteur Perkins. Vous nous avez beaucoup aidés.

Merde, pensa Harriet. Ils n'avaient pas besoin de ça. Avec un peu de chance, le jury ferait abstraction de cette partie du témoignage de Perkins. Elle ne pouvait pas se permettre de perdre ce procès.

Son ventre se noua. Il ne leur restait plus qu'Evie. Sa prestation serait décisive.

50

Cleo n'était pas sûre d'avoir la force d'endurer le témoignage d'Evie. Ce serait un tissu de mensonges. Selon la sergent King, la procureure ne lui demanderait même pas pourquoi la porte du garage était ouverte lors de la visite d'Aminah. L'accusation avait trouvé la question superflue, ou bien elle s'attendait à ce qu'Evie leur fournisse une explication plausible. Si ce détail n'avait pas d'importance à leurs yeux, pour Cleo, il apportait une lueur d'espoir.

Elle n'attendait plus que le verdict. Même si le jury la décevait cruellement en déclarant Evie innocente du meurtre, le bon sens du juge viendrait réparer cette injustice. Evie l'avait privée d'un frère merveilleux, elle avait privé sa fille d'un père aimant. Elle ne méritait rien d'autre que de croupir derrière les barreaux. Alors Cleo s'assurerait que Lulu, en grandissant, comprenne la situation et sache que son père avait été un homme fantastique.

Aminah lui avait proposé sa compagnie pour les dernières phases du procès, mais elle avait refusé.

Elle préférait être seule. Elle n'aurait pas supporté le moindre élan de sympathie de son amie envers Evie.

Celle-ci était en train de prêter serment. Cleo étudia avec dégoût sa jupe bleu sombre qui épousait ses hanches fines, sans trop les mouler, et son ample chemisier de soie blanc qui laissait deviner la courbe de ses seins. Elle portait un maquillage subtil et ses cheveux clairs étaient tirés en un petit chignon serré. Une apparence de femme soignée et équilibrée qui n'offusquerait personne. La vipère.

— Mademoiselle Clarke, commença l'avocat de la défense, la cour a entendu de nombreux témoignages concernant vos blessures récentes – si horrifiantes qu'elles vous ont fait perdre le contrôle de vous-même, ce qui a engendré la mort de Mark North. L'accusation suggère que vous avez pu vous les infliger vous-même, et de même pour des cicatrices plus anciennes remarquées par le docteur Moore. Pourriez-vous expliquer à la cour l'origine de ces anciennes blessures ?

Cette ouverture prit Cleo par surprise.

Evie déglutit, inspira profondément et répondit sans avoir relâché son souffle :

— C'était mon oncle.

Cleo faillit éclater de rire. Evie rejetait toujours la responsabilité de ce qui lui arrivait sur quelqu'un d'autre. Elle ne bernerait pas la cour si facilement.

— En réalité, le docteur Moore n'a noté qu'une partie de ces cicatrices. D'autres s'étendent également sur votre dos, n'est-ce pas ?

— Mon oncle a laissé de nombreuses marques sur mon corps, dit-elle d'une voix feutrée, presque inaudible.

L'avocat invita la cour à consulter les photographies affichées sur leurs écrans, qu'il leur permit d'étudier à leur aise. Cleo était trop loin pour discerner les détails, mais elle voyait l'inquiétude des jurés, dont certains regardaient furtivement Evie sous leurs sourcils froncés, comme s'ils craignaient d'offenser sa pudeur.

— De quelle manière votre oncle vous a-t-il infligé de tels stigmates ? demanda finalement l'avocat.

— Celles qui ont été photographiées et celles que le docteur Moore a remarquées sur mon thorax, mon ventre et ma poitrine sont les empreintes de coups de fouet – un bullwhip.

La femme assise à gauche de Cleo eut un hoquet horrifié.

— La cour doit savoir qu'un bullwhip est un fouet à queue unique, traditionnellement utilisé pour le bétail. Sa partie principale, la longe, se compose généralement de fines lanières de cuir tressées. Une lanière épaisse est attachée à son extrémité, reliée à un craker, c'est-à-dire une petite cordelette en nylon. La taille de ces fouets varie de quatre-vingt-dix centimètres à six mètres.

L'avocat confia des feuilles à l'huissier, qui se chargea de les distribuer.

— À notre demande, un médecin a examiné Mlle Clarke ce week-end. Je vous transmets son rapport, dans lequel il confirme que les cicatrices présentes sur le corps de Mlle Clarke peuvent correspondre à l'arme décrite. Ce médecin est disponible pour un contre-interrogatoire, si la cour l'estime nécessaire.

Il permit au jury de consulter les documents avant de reprendre :

— Il est évident que l'accusée n'aurait pas pu s'infliger seule les cicatrices que vous découvrez aujourd'hui. Il n'y a donc aucune raison de penser l'inverse des blessures plus récentes, comme ma collègue l'avait insinué.

Il s'arrêta, laissant la cour assimiler cette déclaration.

— Mademoiselle Clarke, je crois comprendre que ces blessures ne sont pas les seules que votre oncle vous ait infligées. Pouvez-vous nous parler des autres, je vous prie ?

— Il m'a brisé le cubitus gauche, puis la clavicule. Des côtes, deux fois, et des os du pied.

Elle s'exprimait avec détachement, comme si elle évoquait les malheurs d'une étrangère plutôt que les siens. Cleo fixait cette femme qu'elle avait cru connaître. Disait-elle la vérité ? Elle ne pouvait pas mentir – pas sur d'anciennes fractures, en tout cas. Une radiographie suffirait à révéler la supercherie.

— Pouvez-vous nous expliquer les circonstances de ces incidents, mademoiselle Clarke ?

— J'ai été placée en famille d'accueil à l'âge de neuf ans. Ma mère était alcoolique, elle a perdu ma garde et elle est morte l'année suivante. Les services sociaux se sont tournés vers ma grand-mère maternelle. Ma mère avait coupé les ponts avec elle peu de temps après ma naissance, mais les services sociaux lui ont tout de même demandé de me prendre en charge. Le statut de famille d'accueil lui garantissait une entrée d'argent. C'est la seule raison qui l'a poussée à accepter de s'occuper de moi. Elle n'avait rien d'une grand-mère attentionnée. Je devais être rentable – au minimum. Mon oncle était son fils cadet, le demi-frère de ma mère.

— Il vivait avec vous ?

— Pas au début. Il était marié, mais il est revenu s'installer chez ma grand-mère quand sa femme l'a mis à la porte en menaçant de porter plainte contre lui.

— Les châtiments corporels ont-ils commencé dès son arrivée ?

Evie haussa les épaules.

— D'une certaine façon. Au début, c'était des petits gestes de cruauté. Un pied tendu qui me faisait tomber. Il y a pris goût. Il me poussait, me giflait, prenait un grand plaisir à me faire trébucher. Ce genre de choses. Mais plus les années passaient, plus il semblait en colère.

— Pourquoi cela, à votre avis ?

— Il en voulait à la vie. Il ne plaisait pas aux femmes – je crois qu'il ne plaisait à personne, à cause de son air constamment hargneux. Il était tellement belliqueux qu'il gardait rarement un emploi plus d'une semaine ou deux, alors il a fini par laisser tomber et s'est mis au vol à l'étalage.

— Et quand a-t-il commencé à vous battre ?

Evie ferma les yeux, comme si elle ne supportait pas d'affronter la douleur qu'elle s'apprêtait à décrire. Cleo la vit mordre sa lèvre inférieure.

— J'avais à peu près treize ans. Il m'a ordonné de me dénuder jusqu'à la taille, puis il m'a fouettée.

L'avocat lui accorda un répit. Un silence tendu emplissait la salle d'audience, comme si toutes les personnes présentes craignaient de le briser.

— Les sévices étaient-ils également sexuels ? demanda-t-il avec douceur.

— Seulement dans son imagination, répondit-elle à voix basse. Ça le soulageait de me battre ou de trouver différents moyens de me torturer, en quelque sorte.

Il l'observa par-dessus ses lunettes.

— Je suis désolé de vous faire revivre des moments si pénibles, mademoiselle Clarke. Mais les cicatrices ayant été mentionnées, nous nous devions de démentir le sous-entendu qui vous accusait d'automutilation. Il était important de rétablir la vérité.

Evie inclina la tête avec indulgence.

— Quelle était la réaction de votre grand-mère face à ces violences ?

— Elle faisait comme si de rien n'était. Une fois, une seule, elle m'a dit que si je parlais de tout ça à quelqu'un, elle me traînerait au bord de la falaise, me suspendrait par les cheveux au-dessus du vide et me laisserait tomber. Je l'ai crue. Elle ne m'avait accueillie que par appât du gain et elle profitait des vols de mon oncle, elle n'avait donc aucune raison de le chasser. Je ne suis allée que deux fois à l'hôpital, lorsque mon bras puis ma clavicule ont été cassés. Pour mes côtes et mon pied, j'ai dû attendre que les os guérissent par eux-mêmes. Ces deux fois-là, elle m'a emmenée dans des hôpitaux différents, où elle a donné le nom d'autres enfants de mon école pour ne pas laisser de traces écrites de notre passage.

— Une dernière question, si vous le permettez. Quand êtes-vous parvenue à échapper à la tyrannie de votre grand-mère et de votre oncle ?

— J'ai fait de nombreuses tentatives de fugue, mais je m'y prenais mal, je manquais d'argent. En fin de compte, je me suis confiée à une amie qui m'a donné cinquante livres tirées de ses économies pour que je puisse m'enfuir. Je suis partie peu avant mon quinzième anniversaire.

L'avocat demanda une suspension d'audience, prétextant qu'Evie avait besoin d'une pause avant de répondre à davantage de questions. Une vague de soulagement se propagea dans la salle. Cette séance ne jouait pas en faveur de l'accusation. L'espace d'un instant, Cleo avait ressenti une empathie paradoxale pour Evie. Son enfance était encore pire que celle, pourtant pleine de malheurs, qu'elle et Mark avaient vécue. Et si elle-même était prise d'un tel élan de pitié, qu'allait penser le jury ? Ils devraient pourtant passer outre leur compassion pour Evie. Rien de ce qu'elle venait de dire n'était pertinent pour leur décision. Elle avait tué Mark. Le reste était sans importance.

Cleo se leva brusquement. Elle ne pouvait pas s'empêcher de regretter que la grand-mère d'Evie n'ait pas mis sa menace à exécution en la poussant du haut d'une falaise.

51

La pause fut de courte durée. Evie retrouva sa place à la barre, pleine de dignité malgré sa pâleur. Elle dégageait une assurance tranquille, comme si elle était convaincue de sa propre innocence. On ne pouvait jamais savoir ce qu'elle avait dans la tête. Plus Harriet passait du temps avec sa cliente, mieux elle mesurait combien celle-ci était réservée.

Boyd se leva.

— Mademoiselle Clarke, je suis désolé de devoir poursuivre ces questions, mais il nous reste quelques points à éclaircir. Pouvez-vous expliquer à la cour ce qui vous a poussée à déclarer à Mark North que votre père financerait les photos que vous lui aviez commandées ?

Evie baissa la tête.

— Ça me fait honte, aujourd'hui. J'en ai parlé à Mark et il s'est montré compréhensif. Il m'a pardonné.

Un léger sifflement émana du public, du côté où Cleo était assise.

— Je visitais la région. Je me promenais en ville lorsque j'ai vu une photographie magnifique dans la vitrine de sa galerie. Mark était un photographe exceptionnel, il savait comment faire ressortir la beauté des gens. Toute ma vie, j'ai été traitée comme le vilain petit canard. Je me demandais si le talent de Marcus North me permettrait de me voir sous un autre jour.

Elle tourna un regard implorant vers le jury, les lèvres pincées.

— C'était mon oncle, dit-elle avec dureté. Il me répétait toujours que je n'étais qu'un laideron, une petite merde, et que personne ne voudrait jamais de moi. J'ai eu besoin de me prouver que je n'étais pas si hideuse que ça. C'est compliqué d'expliquer ce que l'on ressent quand on est constamment rabaissé ainsi.

Elle se redressa en secouant légèrement la tête.

— Je n'aurais jamais pu payer les prix que Mark demandait, mais je pensais que je pourrais l'appâter avec un carnet d'adresses bien rempli, que ça suffirait peut-être à le persuader. C'est pour ça que j'ai inventé cette histoire à propos de mon père.

— Était-ce l'unique raison ?

— Non. Je voulais aussi profiter de cette expérience pour apprendre de lui. C'était une façon très culottée de recevoir des leçons gratuites, en somme. J'adore la photo, mais je ne suis pas très douée. J'avais espéré qu'il me prendrait comme assistante, si je me montrais suffisamment utile et de bonne compagnie.

— Et vous lui avez fait part de tout cela ?

— Pas dès le début, non. Quand il est devenu évident que je n'aurais pas les moyens de le payer, j'ai décidé de prétendre que mon père était mort, de m'excuser et de disparaître. Seulement, je l'appréciais beaucoup et j'avais l'impression que c'était réciproque. Je suis restée, et j'ai tâché autant que possible de rembourser ma dette. Puis il a commencé à s'intéresser à moi en tant que personne – en tant que compagne. Alors, j'ai su qu'il fallait tout lui avouer. Il a compris. Mark avait ses mauvais côtés, mais quand on en faisait abstraction, il pouvait faire preuve de gentillesse.

Harriet entendit un nouveau sifflement.

— Sale petite menteuse, chuchota Cleo.

Le juge était trop loin pour discerner ces mots ou leur origine précise, mais il jeta un regard désapprobateur vers le public. Cleo finirait par être mise à la porte, si elle ne prenait pas garde.

Boyd continua en demandant des clarifications sur la première déposition d'Evie. Il avait bien travaillé. Devisha, elle, ne se montrerait pas aussi prévenante.

La procureure se leva d'un bond, puis s'immobilisa, le regard braqué sur Evie. Ce stratagème, trop bref pour être relevé par le juge, visait à la décontenancer.

— Je ne vous poserai qu'une poignée de questions, mademoiselle Clarke. Cleo North a informé la cour que son frère détestait se rendre à l'étage inférieur de la maison, le sous-sol où se trouve la salle de gymnastique et où sa femme est décédée. Selon elle, il refusait d'y mettre les pieds. Pourtant, vous accusez M. North de vous avoir brisé la main dans cette même salle de gymnastique. Comment expliquez-vous cette contradiction ?

Harriet observa Evie, inquiète. Mais elle n'avait pas de souci à se faire. Loin d'être prise au dépourvu, sa cliente semblait contrôler la situation.

— C'est arrivé avant l'un de ses départs en voyage. Je savais qu'il chercherait à me faire du mal, alors je me suis cachée au sous-sol en pensant qu'il n'oserait pas m'y suivre. Cleo a dit vrai, il ne s'y rendait jamais ou presque. J'ai cru que j'étais à l'abri, je me suis détendue. J'ai commis l'erreur de m'assoupir en attendant qu'il s'en aille. Quand je me suis réveillée, il se tenait debout devant moi, habillé, prêt à partir.

La cour entière était pendue à ses lèvres. Cela ne servait pas les intérêts de la procureure, qui chercherait par tous les moyens à désamorcer la situation.

— Merci, mademoiselle Clarke. J'imagine que vous allez prétendre qu'il vous a blessée à ce moment-là.

Elle arrangea ses papiers, prête à changer de sujet.

— Son visage était baigné de larmes. Il m'a dit : « Pas ici, Evie. Pas encore. » Je ne sais pas ce qu'il entendait par là.

Evie leva la main et la fixa.

— Il m'a attrapée pour me forcer à me mettre à genoux et, en même temps, il a tiré la barre qui tenait les poids. Il a jeté ma main entre eux, et il a tout lâché.

Ses mots, presque chuchotés, flottaient dans la salle silencieuse.

— S'il était violent, comme vous le dites, pourquoi avoir apporté un couteau dans votre chambre la veille de son départ, soit l'un des soirs où il était le plus susceptible de s'en prendre à vous ?

— Je lui avais offert un cadeau ! J'ai cru que j'avais réussi à changer cette dynamique. J'avais éclairé la pièce avec des bougies afin qu'il ne puisse pas profiter de l'obscurité pour m'attaquer. Il avait l'air tellement content, j'étais ravie. Et dans ma hâte, j'ai saisi un couteau à la place des ciseaux que je n'aurais pas trouvés facilement dans le noir. Toute la maison était privée de courant, pas uniquement la chambre.

— Mademoiselle Clarke, j'affirme que le cadeau n'était pour vous qu'un prétexte pour apporter le couteau dans la chambre. Vous aviez prévu de tuer Mark North dès le début. Vous n'avez jamais eu l'intention d'apporter des ciseaux. Peut-être même avez-vous saboté le système électrique pour que M. North ne voie pas l'arme que vous teniez.

Evie ne mordit pas à l'hameçon.

— Je serais bien incapable de faire sauter des plombs et, s'il y a une chose que je ne désirais pas, c'était l'obscurité. Pourquoi aurais-je allumé des bougies, sinon ? J'imagine que Mark a trafiqué le système parce qu'il me réservait quelque chose de spécial. Il prévoyait sans doute déjà de me blesser, et il voulait s'assurer qu'il ferait noir.

Un cri retentit dans le public. Cleo se redressa, furieuse.

— C'est faux ! Il détestait l'obscurité !

Avant que le juge ait pu la faire évacuer, Cleo bouscula les personnes assises près d'elle et courut hors de la salle d'audience.

La procureure ignora cette interruption.

— Mademoiselle Clarke, vous nous avez fourni des preuves de vos blessures les plus récentes en voulant nous faire croire que Mark North vous les avait infligées. Mais votre parole est notre seule garantie, n'est-ce pas ?

Evie soutint le regard de Devisha.

— En effet.

— De même que nous n'avons que votre parole pour comprendre pourquoi vous avez apporté un couteau dans la chambre. Or nous savons déjà que vous n'en êtes pas à votre premier mensonge.

Evie braqua sur la procureure un regard glacé qui fit craindre à Harriet qu'elle ne perde son calme.

— Si j'avais menti, j'aurais prétendu que Mark avait apporté le couteau lui-même. Mais j'ai dit la vérité.

Cela ne suffit pas à décourager Devisha.

— Même si vous aviez pu prouver que Mark North vous blessait, ce qui n'est pas le cas, j'affirme que vous aviez décidé à l'avance que vous en aviez assez, et que vous avez résolu de vous venger pour ce qu'il vous faisait subir. Vous avez soigneusement planifié une attaque contre lui dans une chambre plongée dans le noir, à l'aide d'un couteau que vous aviez emporté dans ce but précis.

Le visage d'Evie se métamorphosa. Deux taches écarlates colorèrent ses joues pâles, et ses yeux scintillèrent de fureur. Harriet voulut lui faire signe de se contrôler, mais Evie fixait Devisha Ambo.

— Me venger ? Vous croyez vraiment que tuer quelqu'un est une manière de se venger de lui ?

La procureure parut décontenancée, mais Evie n'avait pas fini.

— Si j'avais poignardé Mark dans l'idée de me venger, sa souffrance n'aurait pas été aussi brève. Ce n'est pas ça, la vengeance. La vengeance, c'est s'assurer que la personne qui vous a fait du mal le paie par une très lente agonie. Si j'avais voulu me venger, il ne serait pas mort. Il serait accablé par la même douleur qui me ronge depuis des années.

52

La vengeance. Un mot puissant qui recelait de nombreux péchés. Stephanie songea à ses implications. Était-ce par désir de vengeance qu'elle avait refusé d'avoir la moindre conversation avec Gus sur leur relation ? Sa volonté de protéger son cœur brisé était-elle en fait une façon de lui rendre la monnaie de sa pièce ?

Depuis quelques jours, elle n'arrivait plus à se concentrer. Les événements du samedi soir continuaient de la perturber. Elle s'en voulait d'avoir cédé à ses émotions.

Elle avait laissé libre cours à sa douleur. Après ça, Gus était resté. Elle avait adoré l'avoir pour le dîner, le voir assis face à elle, à la place qu'il avait si souvent occupée par le passé. Il s'était servi une généreuse part de chili, ravi. Stephanie, encore sous le coup de ses émotions, n'en avait pas autant profité. Le deuil ravivé de l'enfant qu'elle avait perdu et le plaisir de retrouver Gus lui avaient noué le ventre. Gus avait réagi avec horreur à l'annonce de sa grossesse – du moins l'avait-elle cru. À présent, il prétendait s'être senti simplement surpris et confus. À l'époque, elle avait été en colère, et dévastée par leur séparation. Puis elle avait perdu son bébé. Plus que tout au monde, elle aurait souhaité avoir Gus à ses côtés pour partager sa douleur. Elle avait eu besoin qu'il la serre dans ses bras tandis qu'elle pleurait la mort de leur enfant. Mais elle avait dû endurer cette douleur seule.

Elle ne lui avait pas parlé de tout cela. Mais il la connaissait par cœur.

« Steph, avait-il dit, je regrette sincèrement de ne pas avoir été là pour toi. Tu ne méritais pas ça. Si j'avais su – je pensais que tu me méprisais –, j'aurais fait tout mon possible pour t'épauler dans cette épreuve. Ne pourrait-on pas se pardonner nos erreurs et se pardonner l'un l'autre ? »

Il avait raison. Elle le savait. Mais sa rancœur s'accumulait depuis si longtemps qu'elle n'était pas sûre d'avoir la force d'y renoncer. Quand il avait demandé la permission de rester, elle avait refusé.

Elle l'avait regretté avant même d'avoir fermé la porte derrière lui. Elle aurait au moins pu profiter d'une nuit avec lui. Mais elle était trop vulnérable, trop effrayée à l'idée de l'aimer et de le perdre. Ils ne devaient pas donner une deuxième chance à leur couple, quelles que soient les circonstances.

Elle l'avait mis à la porte de sa maison – de sa vie – et il s'était retourné vers elle, réticent à se laisser évincer.

« Je t'aime, Stephanie. Tu es une femme capricieuse à la volonté de fer, et ça fait partie de ce que j'admire le plus chez toi. J'ai commis une erreur. Si j'avais pu, je me serais réjoui de l'arrivée de notre enfant.

— Alors c'est ma faute, c'est ça ? avait-elle répliqué en dissimulant sa douleur sous une grimace de mépris.

— Voilà, tu recommences. »

Il avait tendu la main pour la poser sur sa nuque. Elle avait cru qu'il allait l'attirer à lui pour la prendre dans ses bras, mais il s'était ravisé.

« Les gens se blessent quand ils sont en couple. Parfois, nos réactions ne sont pas celles que souhaiterait ou attendrait un partenaire. Ça ne devrait pas signifier que tout est fini entre nous pour autant. »

La logique avait toujours été son point fort. Stephanie se montrait plus impulsive : ses émotions la poussaient à prendre des décisions sur lesquelles elle refusait de revenir. À présent, elle contre-attaquait – elle lui faisait mal, comme lui l'avait fait.

Elle chassa les paroles de Gus de son esprit afin de se concentrer sur les derniers moments du procès. À cause de sa distraction, elle avait raté la moitié du réquisitoire de Devisha Ambo, qui se tenait debout devant le jury.

— Mlle Clarke prétend que le défunt la torturait de manière systématique. Ses blessures sont indéniables, mais pensez-vous sincèrement que Mark North en soit l'auteur ? L'accusée n'avait averti personne de sa situation, en dehors des Samaritains. Pourquoi ? Parce qu'elle a tout inventé. Elle n'a appelé la police qu'au moment de l'acte final, lorsqu'elle a tué son compagnon. Aucun témoignage, hormis le sien, n'atteste que Mark North la blessait. Nous avons également entendu parler de deux maladies, dont la victime aurait pu souffrir et qui expliqueraient ses supposés éclats. Le fait est qu'aucun professionnel n'a établi de diagnostic dans ce sens du vivant de M. North, et qu'aucun autre témoignage n'appuie cette hypothèse. Mlle Clarke nous a présenté une histoire convaincante à propos de son oncle, et nous disposons de preuves de blessures, mais aucune qui nous indique comment elles sont survenues.

La procureure jeta au jury un regard féroce.

— Nous savons, en revanche, que Mlle Clarke a apporté le couteau dans la chambre. Elle l'a avoué. Ce geste vous paraît-il typique d'une femme maltraitée qui craindrait naturellement qu'une telle arme puisse être utilisée contre elle ? Je ne pense pas. Les blessures sur ses bras étaient superficielles, sa vie n'était aucunement en danger. Au vu des circonstances, a-t-elle emporté le couteau avec l'intention de se venger de ses souffrances passées ? Elle a planifié tout cela dans les moindres détails. J'accuse Mlle Clarke d'avoir soigneusement prémédité le meurtre de Mark North.

Stephanie observa le jury. Ils devaient prendre une décision difficile. Elle les étudia tour à tour en essayant de deviner leurs pensées. Elle était arrivée en retard ce matin-là et avait dû se contenter d'une place au fond. Gus était aux premiers rangs. Penché en avant, les épaules voûtées, il restait concentré sur la procureure qui poursuivait son réquisitoire.

Stephanie se détourna de lui. Un ou deux membres du jury hochaient la tête et rédigeaient des notes. Aucun ne montrait de signe favorable ou défavorable, ne croisait les bras ou ne semblait avoir arrêté sa décision. Tous écoutaient avec attention.

Si Devisha pouvait les convaincre qu'Evie avait apporté le couteau dans la chambre avec l'intention de tuer Mark North, ils la reconnaîtraient coupable de meurtre. Evie ne verrait pas sa fille grandir. Stephanie sentit un nouvel élan de compassion pour cette femme qui avait passé son enfance auprès d'une alcoolique, son adolescence auprès d'une mégère qui autorisait son fils à la torturer, tout ça pour finir avec un homme qui la meurtrissait de façon rituelle.

53

J'attends que Boyd Simmonds entame son discours de clôture, les jambes flageolantes. J'ai toujours su que ce moment arriverait, j'ai eu le temps de m'y préparer. Pourtant, lorsque je regarde le jury, mes doutes reviennent à la charge. Ai-je agi conformément à ce qu'ils attendaient de moi ? À quoi ressemble une femme qui a tué son compagnon dans un moment de pure folie ? Devrais-je prendre un air contrit ? Triste ? Terrifié ? Il est déjà surprenant que je ressente quelque chose, mais je serais idiote de crier victoire trop tôt. Le risque que je sois déclarée coupable de meurtre est réel. Je pensais l'avoir accepté.

Avec sa férocité habituelle, Harriet s'est efforcée de me convaincre que tout irait bien. Selon elle, deux femmes sont assassinées chaque semaine par un compagnon ou un ex. Le jury estimera sans doute que j'aurais fini par grossir ce chiffre si je n'avais pas agi. Elle compte sur mon adolescence tourmentée – et les cicatrices qui l'attestent – pour expliquer ma perte de contrôle si précoce dans ma relation avec Mark.

Boyd commence. Sa voix, étrangement modulée, monte à chaque fin de phrase. Cela m'hypnotise. Les mots, eux, glissent sur moi.

— Une femme se tient aujourd'hui devant vous, qui a subi de graves violences dès son plus jeune âge, dont elle est sortie meurtrie, mais plus forte, et déterminée à ne pas se laisser tourmenter par un autre homme. Et pourtant, elle a essayé d'endurer ce calvaire une seconde fois. Evie Clarke vous l'a dit elle-même : Mark North n'avait pas que des défauts. Comme beaucoup de femmes avant elle, elle s'est accrochée aux bons côtés de son compagnon en espérant que ses accès de colère irrationnelle finiraient par passer. Il désirait clairement s'assurer qu'elle resterait dans la maison familiale pendant ses absences, et ne jouirait pas de la liberté de sortir sans lui – ni de le fuir. Qu'est-ce qui l'inquiétait tant ? Qu'elle trouve une vie meilleure ailleurs ? Nous ne connaîtrons jamais les raisons qui ont pu le pousser à torturer ainsi la femme qu'il prétendait aimer, la mère de son enfant.

Boyd pose ses notes sur son pupitre, comme s'il n'en avait plus besoin. C'est peut-être vrai. Il s'exprime avec passion.

— Evie Clarke n'a jamais eu l'intention de tuer Mark North, malgré – et nous ne pouvons pas l'ignorer – l'inquiétude que pouvait susciter chez elle la mort de Mia North. Mort que le juge d'instruction a déclarée comme accidentelle faute de preuves contraires, lors de l'enquête criminelle. Portez une grande attention à ces mots : « faute de preuves contraires ». Que Mark North ait été ou non impliqué dans le décès de sa femme n'est pas la question qui nous occupe aujourd'hui.

L'important, c'est qu'Evie Clarke n'avait aucune certitude à ce sujet non plus. Savoir qu'il avait pu jouer un rôle la troublait, et elle était terrifiée à l'idée que les attaques brutales qu'elle subissait connaissent une nouvelle escalade. Elle a pénétré dans la chambre avec un espoir tout à fait raisonnable, celui que son cadeau suffirait à enrayer cette dynamique néfaste. Elle a compris son erreur quand Mark North s'est mis à la taillader. Paralysée par la peur de ce qui l'attendait, la peur de ce qu'il avait planifié pour la suite, elle a atteint le stade où sa terreur a pris le dessus.

Mon avocat avance ses arguments de manière limpide. Nous avons discuté maintes fois de la manière dont il clôturerait son discours, et Harriet m'a assuré à de nombreuses reprises qu'il avait un talent sans égal. Je dois la croire et lui faire confiance. Je sais que cette victoire est aussi importante pour elle que pour moi.

— Le corps d'Evie Clarke est marqué d'anciennes blessures – certaines infligées par son oncle, d'autres par M. North. Imaginez, si vous le pouvez, ce que peut ressentir une personne qui croit avoir échappé à une vie de violences et retombe – sans en être responsable – dans un calvaire similaire. Vous estimez sûrement être des personnes rationnelles, mais ne pensez-vous pas pouvoir perdre le contrôle de vos actes, l'espace d'un bref instant ? Vous avez entendu la déposition de Mlle Clarke. Imaginez la peau de vos bras et de votre poitrine lardée de petites incisions, et le frottement des poils de votre amant contre ces plaies tandis qu'il bouge au-dessus de vous, qu'il vous fait l'amour, excité, peut-être exalté, par la douleur qu'il vous a infligée. Le couteau est toujours dans la pièce.

Votre compagnon vous a promis un petit cadeau afin que vous ne l'oubliiez pas, mais tout ce que vous voyez, c'est votre sang en train de s'écouler des blessures qu'il vous a causées et de dégouliner le long de vos bras, sur votre torse.

Boyd boit une gorgée d'eau. Je voudrais observer le jury, mais je ne peux pas. Que verraient-ils s'ils croisaient mon regard ? Une coupable, ou une femme qui n'avait pas d'autre choix que de tuer son conjoint ? Je l'ignore. Je me contente de fixer Boyd ou le mur du fond. Je ne veux pas baisser la tête. Ce serait un signe de honte, et je n'ai aucune raison d'être honteuse. Je ne le suis pas, mais mes sentiments ne sont pas non plus ceux auxquels je m'étais attendue.

— Evie Clarke n'a jamais nié avoir tué Mark North. Elle a appelé la police à l'aide, puis elle est restée au lit avec M. North, en le tenant contre elle tandis qu'il vivait ses derniers instants. Elle sanglotait, elle était bouleversée d'avoir perdu ainsi le contrôle d'elle-même. Ses remords étaient sincères. Seuls les pleurs de son enfant l'ont ramenée à la réalité – un enfant qui aurait bientôt été en âge de comprendre ce que son père faisait subir à sa mère. Et aussitôt, elle a avoué son crime à la police.

Je n'écoute plus. Je dois ériger une barrière mentale entre nous et m'imaginer ailleurs au risque de leur crier que Mark n'était pas un homme mauvais, ou une bêtise de ce genre. Confus, oui, tenaillé par ses démons, mais pas mauvais. Je ne peux pas dire une chose pareille. Je ne dois pas.

Alors je m'imagine en train de jouer sur la plage en compagnie de Lulu, en hiver, quand tout est désert et que le sable est vierge de toute trace, hormis les nôtres. J'ignore si ce jour arrivera, ou dans combien de temps. Une fois, une seule, me suffirait.

Harriet m'a avertie que, après ma remise en liberté – à la fin de ce procès ou de ma peine –, je devrai faire mes preuves avant de récupérer la garde de ma fille. Les services sociaux voudront s'assurer que je suis une bonne mère. Quiconque me verrait avec Lulu ne pourrait pas douter de l'amour que je lui voue. J'ai besoin qu'elle le sache, elle aussi, qu'elle le sente, qu'elle s'en souvienne.

Cleo est revenue se faufiler dans l'assistance après sa sortie fracassante. Elle me fusille du regard. Sans doute voudrait-elle cribler mon cœur de fléchettes empoisonnées. Elle prie pour que j'écope d'une peine à perpétuité, cela lui permettrait de garder Lulu pour elle.

Est-ce que le tuer en valait la peine ? Ai-je pris la bonne décision ?

Soudain, un souvenir me submerge. La mer qui se fracasse sur les rochers, le cri d'une mouette au ras de l'eau. Le hurlement terrifié d'un enfant.

Et je connais la réponse.

Oui. Ça en valait la peine.

54

Harriet mobilisait toutes les ondes positives qu'elle pouvait. Elle priait, les muscles bandés, pour que le jury ait entendu raison. Il fallait absolument qu'Evie obtienne gain de cause. Ce procès était d'un intérêt capital pour les droits des femmes. Le monde devait enfin prendre conscience que n'importe qui pouvait s'effondrer lorsque la pression devenait insupportable. Elle n'aurait jamais défendu un meurtrier de sang-froid, mais même une personne tout à fait ordinaire et sensée pouvait passer à l'attaque quand son endurance finissait par céder devant trop de peur, de douleur et d'angoisse accumulées.

Le procès était fini. Le juge avait conclu en rappelant au jury qu'il incombait à l'accusation de prouver la culpabilité d'Evie, et non à la défense de prouver son innocence. Il fallait se fier au système et à la capacité du jury à comprendre le traumatisme vécu par sa cliente.

Le juge avait récapitulé les faits de façon équilibrée, sans laisser transparaître sa propre opinion. Il était revenu sur les deux chefs d'accusation retenus contre

Evie, le premier pour meurtre, le deuxième pour homicide involontaire. Il avait rappelé aux jurés :

« Vous devez déterminer si, oui ou non, Michelle Evelyn Clarke est coupable de meurtre. Mlle Clarke a plaidé coupable pour le deuxième chef d'accusation, et le fait qu'elle ait tué Mark North ne fait pas de doute. Elle ne s'en est jamais cachée. »

Tandis que sa voix grave résonnait dans la salle d'audience, personne n'avait bougé. Aucun froissement de vêtements ou toux discrète ne l'avaient interrompu. Tout le monde avait écouté attentivement.

« Nous savons également qu'elle a été victime de blessures douloureuses, quoique rien n'ait prouvé que le défunt en soit l'auteur. Votre rôle de jurés consiste à déterminer ce qui a poussé l'accusée à tuer son compagnon. Était-ce un acte prémédité ? Dans le cas contraire, a-t-elle décidé de le tuer dans le feu de l'action pour se venger de la douleur qu'il lui aurait prétendument infligée ? Ou bien a-t-elle perdu le contrôle d'elle-même par peur de blessures plus sérieuses ? »

Le juge avait encore fait quelques brèves remarques, puis les jurés s'étaient retirés. Harriet savait qu'il n'était jamais judicieux de douter d'un jury. Le verdict serait prononcé des heures, peut-être des jours plus tard. L'attente serait dure.

Elle alla rejoindre Evie dans une cellule du palais de justice. Le claquement de ses talons résonnait sur le sol en béton du couloir, et elle avançait la tête haute. Evie ne devait pas percevoir de signe d'inquiétude. Elle avait besoin d'être rassurée, et Harriet comptait bien remplir son rôle.

Elle poussa la porte. Evie, debout, lui tournait le dos, les bras repliés autour de sa taille, le visage levé vers les hautes fenêtres d'où l'on pouvait voir le ciel nuageux. Harriet s'efforça de prendre un ton enthousiaste.

— Ça s'est bien passé, tu ne trouves pas ?

— C'est sans importance. Je purgerai ma peine, s'il le faut.

Il semblait que sa voix, basse et modulée, exprimait de la résignation.

— Allons, restons positifs. Le juge était obligé de dire qu'il n'existe aucune preuve formelle que Mark t'ait blessée. Mais le jury a écouté les témoignages, ils n'auront aucun doute. Il faut leur faire confiance.

Evie pivota. Une partie de son visage restait dans l'ombre. Son œil visible brillait d'un éclat qu'Harriet interpréta comme de la détermination. Elle ne trouva aucun signe de la faiblesse qu'elle avait imaginée.

— Tu ne comprends pas, Harriet. Bien sûr que non. Même si je suis condamnée à perpétuité, j'ai fait ce que j'avais à faire – la seule chose que je pouvais faire. J'accepterai ma punition, quelle qu'elle soit.

Harriet ne comprenait pas le cheminement de cette pensée et n'était pas sûre de vouloir y parvenir.

— C'est admirable que tu voies les choses ainsi, dit-elle, malgré sa confusion.

— Ce n'est pas admirable. J'ai tué un homme. Je ne crois pas que j'avais le choix, mais beaucoup penseront sans doute le contraire, dont douze sont peut-être là-bas, à débattre.

Harriet frissonna.

Elle aurait voulu pouvoir offrir davantage de réconfort, mais Evie avait les yeux clos, de nouveau fermée sur elle-même. Il n'y aurait plus rien à tirer d'elle avant la délibération du jury.

55

Cleo avait la nausée. Elle n'arrivait pas à y croire. Le moment était venu. Douze hommes allaient pénétrer dans le prétoire et rendre leur verdict sur la femme qui avait tué Mark. N'importe qui avec un peu de bon sens verrait clair dans tous ses mensonges.

L'ombre d'un doute s'immisça dans son esprit. Elle s'était efforcée de s'en protéger depuis le début du procès, mais à un moment, un seul, elle s'était interrogée sur la relation entre Mark et Evie. C'était après que la main d'Evie avait été écrasée. Quelque chose l'avait gênée dans sa manière de raconter l'incident – une impression d'incohérence. Pendant quelques secondes, elle avait ressenti un malaise au creux du ventre, comme si elle chutait d'une grande hauteur. Elle s'était débarrassée de cette impression désagréable aussitôt et avait pensé qu'Evie se comportait étrangement parce qu'elle était gênée de sa bêtise.

Elle chassa une autre pensée de son esprit, le souvenir d'un jour qui précédait sa première rencontre avec Evie. Elle ne voulait pas perdre foi en son frère. Elle devait croire en lui, comme elle l'avait toujours fait.

C'était un homme bon et gentil. Oui, il se montrait parfois un peu obsessionnel et manquait de confiance en lui, et la peur pouvait le rendre impulsif. Mais c'était à cause de leur enfance.

Elle se remémora l'homme qu'elle connaissait. Celui qui lui avait commandé un bijou magnifique pour la mère de sa fille, dont la main blessée l'avait tant inquiété. Cet homme ne ressemblait en rien à la personne décrite par la défense.

Qui le jury déciderait-il de croire ? Evie, ou la vérité ?

Le prétoire se remplissait de nouveau. Evie et les jurés regagnèrent leurs bancs respectifs, et la cour se dressa sur ses pieds à l'entrée du juge.

Cleo se détourna. La situation était insupportable. Elle appuya les coudes sur ses genoux et enfouit le visage dans ses mains.

Le président du jury se leva, serrant dans son poing le papier sur lequel il avait retranscrit le verdict.

— Êtes-vous parvenus à une décision unanime ?

— Oui, Votre Honneur.

— En ce qui concerne le premier chef d'accusation, pour meurtre, déclarez-vous l'accusée coupable ou non coupable ?

Cleo retenait son souffle.

— Pitié, pitié, implora-t-elle à voix basse.

On me fait signe de me lever. Le jury a pris sa décision. Je me désintéresse du verdict, tout comme j'ai appris à me désintéresser des remords engendrés par mon crime. Quelle sera ma réaction, quand tout sera fini ? J'ai si longtemps été animée d'une unique conviction, à la poursuite d'un but qui enveloppait tous les aspects de mon existence. Comment comblerai-je le vide que créera son accomplissement ? Peut-être ferai-je mon deuil – de Mark, de Lulu, de ma vie. Mais il ne restera rien à quoi me raccrocher, ou vers quoi aller.

Le président du jury me regarde. Il déplie lentement sa feuille et se tourne vers le juge.

La salle entière semble retenir son souffle. Je baisse les yeux, pour ne pas voir son visage lorsqu'il annoncera mon sort.

— Non coupable.

Je demeure immobile. Je ne réagis pas. Un bruit monte du public, une lamentation de détresse. Ce doit être Cleo. Je ne la regarde pas. J'entends une agitation. Elle s'est sans doute encore ruée hors de la salle en bousculant les autres spectateurs pour ne pas assister à la suite.

Je devrais être soulagée, mais je ne ressens rien. Pas même le sentiment de satisfaction que j'avais espéré.

Peut-être n'en ai-je pas tout à fait fini, après tout.

Harriet fut submergée d'une vague de plaisir. Elle adressa un grand sourire ravi à Evie, qui demeurait impassible. Boyd se tourna vers elle, les sourcils levés comme s'il n'avait jamais douté de ce résultat – même s'ils savaient tous les deux que ce n'était pas complètement vrai.

Le jury avait fait le bon choix. Les maris violents se mettraient-ils à trembler en lisant le compte rendu de ce procès dans le journal ou en regardant les différentes étapes au bulletin télévisé ? Cela devrait les faire réfléchir à deux fois avant de se livrer à des brutalités. Cette victoire, elle devait l'admettre, était également personnelle. Elle espérait qu'Evie ressentait plus de joie que son air sombre le laissait penser.

Au bout du compte, le futur de sa cliente dépendrait de la sentence. Le juge pouvait encore condamner Evie à perpétuité pour homicide s'il estimait que le jury avait commis une erreur. Le résultat serait le même. Il ne leur restait plus qu'à espérer qu'il prenne en compte les circonstances atténuantes que Boyd s'était efforcé de démontrer.

Il était inutile de spéculer davantage, alors, pour le moment, Harriet allait profiter de son sentiment d'allégresse. Justice avait été rendue.

C'était la fin pour Stephanie. Pas seulement du procès, mais de son séjour au CID. Elle allait retrouver son uniforme et faire ses adieux à Gus, même si elle aurait préféré attendre un autre jour. La lecture du verdict l'avait rendu furieux, et sa frustration empirerait encore s'il jugeait la peine carcérale trop légère.

Il n'avait pas bronché lorsque le président du jury avait déclaré Evie innocente de meurtre. Il avait patienté sur son siège, jusqu'à ce que la salle se vide.

— Ils ont pris la mauvaise décision, Steph. Je sais que tu n'es pas d'accord, mais je suis sûr de moi sur ce coup.

L'irritation avait laissé place au découragement. Stephanie ignorait quoi répondre. Pour Gus, seul un cas flagrant de légitime défense pouvait justifier qu'une personne attente à la vie d'une d'autre. Et même dans ce cas, il voudrait savoir si une blessure n'aurait pas suffi. Cette philosophie était la conséquence de son éducation presbytérienne. Sa bouche dessinait une fine ligne qui révélait sa frustration.

— Qu'est-ce qu'on aurait pu faire de plus ? demanda-t-il. Cette affaire présentait tous les signes d'une attaque préméditée.

Elle ne voulait pas consacrer leurs derniers moments ensemble à se disputer, mais il se montrait ridicule.

— Oh, allez, Gus. On en a parlé plein de fois, et tu es toujours obsédé par l'idée qu'elle est coupable. Cet homme lui a fait subir des horreurs innommables.

Sa voix menaçait de monter dans les aigus, elle s'efforça d'en reprendre le contrôle. Gus était bien trop sûr de lui, et têtu comme une mule.

— Mark n'était ni un ivrogne ni un junkie. Il faut être un psychopathe pour tenir la main de sa compagne au-dessus de l'évier et verser de l'eau bouillante sur son bras. Si tu m'avais fait un coup pareil, je t'aurais mis une raclée dont tu te serais souvenu.

Cette remarque lui arracha l'ombre d'un sourire.

— Comme si je ne le savais pas. Quand bien même, je doute que tu aurais apporté un putain de couteau dans la chambre ! Ce n'est pas ça. On n'a toujours aucune preuve tangible que Mark la battait réellement. Ça me reste en travers de la gorge. J'ai l'impression que quelque chose cloche, mais je n'arrive pas à mettre le doigt dessus. Sinon j'en aurais parlé à l'accusation, crois-moi. Ça me frustre de ne pas en avoir été capable.

Il se leva, les mains dans les poches de son pantalon, et se tourna vers la salle d'audience vide. Stephanie se redressa à son tour.

— Je vais y aller, Gus. Nous ne sommes pas d'accord, et quoi que tu puisses en dire, on doit mettre un terme aux violences domestiques, d'une façon ou d'une autre. Mais je n'ai pas envie de me disputer. Pas aujourd'hui.

Il lui fit face.

— Je sais que tu me prends pour un dinosaure, mais c'est faux. Plus d'un million de femmes ont porté plainte pour violences domestiques l'année dernière, et on ne fait jamais assez pour les aider. Si Mark North a réellement commis les atrocités dont l'accuse Evie, alors c'est un monstre qui aurait dû atterrir en taule. Je sais qu'on doit mettre un terme à tout ça, mais pas en tuant le moindre connard qui brandit le poing. On ne peut pas laisser les gens croire que le meurtre est une solution acceptable pour gérer ses problèmes.

— J'ai dit que je n'avais pas envie de me disputer, mais tu y tiens, hein ? Voilà tout ce que j'ai à dire sur le sujet : tu as peur que le verdict du jury n'encourage d'autres femmes à penser qu'elles seraient dans leur bon droit en contre-attaquant. Je te réponds que le verdict inverse aurait indiqué à ces victimes – femmes et hommes – qu'elles ne méritent rien de mieux que d'endurer leur calvaire. Je comprends ton point de vue, mais tu vas trop loin.

— D'accord, je veux bien admettre qu'il existe deux points de vue, dit-il en lui touchant l'épaule. Même si, personnellement, je préférerais ne plus avoir affaire à des scènes comme la mort de Mark North. Mais on mélange deux trucs. Je ne veux pas me lancer dans un débat sur les mérites et les défauts de l'autodéfense. Ce n'est pas la question. Je parle de ce qu'il s'est réellement passé. Je ne peux pas m'empêcher de penser que je suis en train de rater un indice capital, juste sous mon nez. Ne fais pas attention à moi, Steph.

Elle s'efforça de sourire et recula d'un pas. La main de Gus retomba le long de son flanc.

— Eh bien, ça ne sera plus trop compliqué, maintenant, pas vrai ? Écoute, je ferais mieux d'y aller. J'ai quelques jours de congé avant de reprendre l'uniforme, merci pour tout. C'était sympa de travailler ensemble.

Elle se dirigea vers la porte.

— C'est fini, alors ? cria Gus dans son dos. Tu n'as rien d'autre à me dire ?

Stephanie retint sa respiration.

— Qu'est-ce que je devrais dire ?

— « Viens dîner à la maison samedi, Gus, ça me ferait plaisir de te voir. » C'est plutôt pas mal comme entrée en matière rationnelle, non ?

Stephanie continua son chemin en levant la main. Elle ne voulait pas qu'il voie son visage.

— Au revoir, Gus, dit-elle avant de quitter la salle d'audience.

TROISIÈME PARTIE

Chaque incision, chaque fracture, chaque moment de douleur attisait son désir de vengeance. Plus l'attaque était brutale, plus sa haine s'enracinait telle une gangrène dans les profondeurs de son corps.

56

— Viens là, mon petit cœur.

Cleo prit Lulu dans ses bras, la souleva de son tapis de jeu et lui embrassa tendrement la joue. Le nœud dans sa gorge l'étouffait un peu plus chaque minute.

— Il y a une dame qui veut me parler et voir à quel point tu es une gentille petite fille.

Evie avait été condamnée à deux ans de prison avec sursis : elle était désormais libre. Elle n'était pourtant pas venue réclamer Lulu dès sa sortie, contrairement à ce que Cleo avait imaginé. Pendant des jours, Cleo avait redouté le moment fatidique où l'on frapperait à sa porte, et elle avait la sensation qu'Evie lui faisait délibérément subir cette torture.

Finalement, les services sociaux lui avaient expliqué que la situation était un peu plus compliquée que cela. Evie demeurait coupable d'homicide, et ils devaient s'assurer qu'elle ne risquait pas de perdre de nouveau le contrôle d'elle-même et d'attaquer sa fille. Jusqu'à présent, le résultat de leurs évaluations avait été très positif. Cleo devait accepter le fait que Lulu serait bientôt rendue à sa mère. Elle avait envisagé d'inventer des histoires pour décrédibiliser Evie, mais elle ne pouvait pas se la mettre à dos ni éveiller la méfiance des assistantes sociales. Elle allait devoir se faire violence et feindre d'apporter son soutien à cette transition.

Elle ne voulait pas risquer de perdre Lulu complètement, pas après les mois qu'elles avaient passés ensemble. Il fallait qu'Evie la voie comme une tante attentionnée qui prendrait soin de son enfant en son absence, par exemple quand elle irait travailler. Sans nul doute, cet arrangement conviendrait à tout le monde.

Les services sociaux l'avaient déjà contactée par le passé. Ils avaient été satisfaits de constater que Lulu paraissait à l'aise dans sa nouvelle maison, mais s'étaient montrés surpris de l'entendre l'appeler « mama ».

« Oh, elle a fait ça toute seule, avait déclaré Cleo avec un grand sourire. Elle est bien trop petite pour comprendre pourquoi sa mère n'est pas là, et je ne voyais pas le mal, étant donné que j'aurais pu m'occuper d'elle jusqu'à ses quinze ans, voire plus.

— Peut-être aurait-il été plus sage de la décourager », avait répondu l'assistante sociale.

Celle-ci n'avait pas eu besoin d'exprimer de reproche clair pour que Cleo devine ses pensées.

« Oui, vous avez sans doute raison. Je lui montre des photos d'Evie en lui disant "C'est maman !" pour l'encourager à répéter le mot. Mais ce n'est qu'un bébé, elle n'y comprend pas grand-chose. »

La femme l'avait regardée en silence et Cleo s'était sentie percée à jour.

Maintenant, c'était le jour J. Evie allait revoir Lulu pour la première fois. Et, s'opposant à la suggestion des assistantes sociales, elle avait refusé d'arranger une rencontre en terrain neutre, sans la présence de Cleo.

« Cleo a été le pilier de ma fille pendant des mois. Lulu risque de ne pas me reconnaître, et je ne veux pas qu'elle soit perdue ou contrariée pour notre première rencontre. Je ne l'ai pas vue depuis si longtemps – elle n'avait pas encore fêté son premier anniversaire quand nous avons été séparées. Alors, à moins que vous ne pensiez que ça pose problème, je préférerais que Cleo soit présente », avait expliqué Evie.

Cleo avait été abasourdie. Peut-être Evie se rendrait-elle compte que Lulu était heureuse et déciderait-elle de la lui laisser, au moins pour un temps. Mais cet espoir était futile, elle en avait conscience.

Elle quitta la salle de jeux qu'elle avait aménagée au cours des terribles semaines qui avaient suivi la mort de Mark, pendant lesquelles elle n'avait eu d'autre choix que de s'éreinter à longueur de journée afin de tomber d'épuisement chaque soir. Cela avait été pour elle le seul moyen de s'endormir – en théorie, du moins. En pratique, ses difficultés à trouver le sommeil avaient persisté, empirées par son refus de prendre des somnifères au cas où Lulu se mettrait à pleurer au cours de la nuit. Elle avait perdu du poids, son corps n'avait plus le tonus qu'elle avait entretenu pendant des années, et sa jolie peau, autrefois blanche et lisse, s'était marbrée de taches grisâtres. Néanmoins, elle avait soigné son apparence pour ce rendez-vous. Personne n'avait besoin de s'apercevoir de son désarroi. Elle porta Lulu jusqu'au salon et adressa un sourire jovial à l'assistante sociale assise sur le canapé.

— Bonjour, Lulu, dit celle-ci.

Cleo avait déjà oublié le nom que la femme lui avait indiqué un peu plus tôt. Lulu enfouit son visage contre l'épaule de Cleo en souriant.

— Est-ce que Lulu sait qui vient la voir aujourd'hui ?

Cleo secoua la tête.

— J'ai pensé que ça la perturberait.

L'assistante sociale la transperça du regard.

— Cleo, vous comprenez que l'évaluation d'Evie a été très positive, n'est-ce pas ? Il n'y a aucune raison pour que Lulu ne retourne pas auprès d'elle – aujourd'hui même, si elle le souhaite.

— Mais ce serait injuste pour Lulu, répondit Cleo d'une voix tremblante.

— Evie est sa mère. À moins que Lulu ne se montre craintive en sa compagnie, nous n'avons aucune raison de penser qu'elle ne peut pas retourner vivre avec elle.

— Mais ça fait six mois qu'elle est à moi. C'est presque autant que le temps qu'elle a passé chez Evie.

Cleo eut aussitôt conscience de s'être montrée trop possessive. L'expression de la femme le disait clairement. Celle-ci laissa un silence s'installer avant de reprendre la parole.

— Ma collègue Suzanne est partie chercher Evie.

Cleo se rappela soudain son prénom. C'était Paula.

— Est-ce que ce face-à-face va vous poser problème, Cleo ?

Oui, mais elle ne pouvait pas l'admettre.

— Bien sûr que non. Pourquoi cela poserait-il problème ?

Paula soupira.

— Parce qu'elle a tué votre frère et voudra sans aucun doute récupérer sa fille. Je constate que vous vous êtes énormément attachée à Lulu.

Cleo se rembrunit.

— Cela me paraîtrait assez injuste d'accueillir un enfant et de ne pas s'y attacher, vous ne pensez pas ?

Paula la sondait du regard. Cleo n'aimait pas l'idée qu'elle puisse lire en elle.

— Voudriez-vous un café ? proposa-t-elle.

— Attendons plutôt l'arrivée d'Evie. Vous pourriez aller préparer quelque chose dans la cuisine lorsqu'elle sera là, cela nous donnera l'occasion d'observer la réaction de Lulu.

Cleo fut parcourue de tremblements infimes. Lulu paniquerait en la voyant quitter la pièce… n'est-ce pas ? Elle était tenue à l'écart de tout le monde depuis des mois, n'avait vu que la famille d'Aminah ou, très rarement, un autre baby-sitter. Mais Cleo était à court de temps. La sonnette retentit. Elle regarda Paula sans savoir quoi faire.

— Est-ce que vous comptez ouvrir ? demanda Paula. Vous n'avez qu'à laisser Lulu avec moi. C'est la première fois que vous revoyez Evie. S'il y a de la tension entre vous, mieux vaut que l'enfant n'assiste pas à cela, vous ne pensez pas ?

Cleo se leva. Ses jambes flageolaient, prêtes à se dérober sous son poids. Elle devait être forte. Elle embrassa Lulu sur le sommet du crâne et la confia à Paula. Elle attendit, en vain, un geignement de protestation, puis se résigna à gagner le couloir. Les silhouettes de deux femmes se dessinaient à travers la vitre givrée. Elle percevait à peine le son de leurs voix.

Elle entendit un rire léger.

Evie. Bien sûr que cette rencontre ne les affectait pas de la même manière. Cleo inspira profondément et ouvrit la porte.

Elle faillit ne pas reconnaître la femme qui se tenait sur son seuil.

Ses cheveux étaient coupés court. Pas aussi radicalement que ceux de Cleo ces dernières années, mais ses mèches bouclées tombaient maintenant juste en dessous de ses oreilles dans un désordre élégant. Elle en avait aussi changé la couleur, optant non pas pour le même platine que Cleo, mais pour un blond pâle, froid et cendré. Elle était différente. Plus légère, plus heureuse. Contrairement à Cleo, qui s'était habillée comme pour un entretien professionnel, elle portait un jean bleu sombre et un t-shirt trop grand pour elle.

Evie la regarda droit dans les yeux et lui sourit.

— Salut, Cleo. Ça me fait plaisir de te voir.

L'assistante sociale la fixa en attendant sa réponse. Seule Cleo pouvait voir le regard brûlant qu'Evie dardait sur elle.

57

L'expression d'Evie avait été troublante. Elle ne montrait aucun signe de nervosité ou de culpabilité, ni même de gêne à l'idée d'un face-à-face avec la sœur de sa victime. Au contraire, Cleo ne l'avait jamais connue aussi détendue. Elle les guida jusqu'au salon, où les assistantes sociales semblèrent remarquer son désarroi.

Elle résista à l'envie instinctive d'aller reprendre Lulu à Paula.

Evie ne se précipita pas non plus. Elle s'assit et entama la conversation avec ses voisines d'une voix douce.

— Pourquoi as-tu changé de coupe ? lança abruptement Cleo, incapable de se retenir. Lulu ne va pas te reconnaître. Je ne comprends pas ce que tu as dans la tête.

Evie sourit avec mélancolie sous les regards bienveillants des assistantes sociales.

— Elle ne me reconnaîtrait pas de toute façon, pas vrai ? Notre séparation remonte à six mois ou presque. Quand je l'ai quittée, elle avait onze mois. Depuis, elle a déjà commencé à se tenir debout et à marcher un petit peu. Je ne pense pas que mon visage l'aiderait à se souvenir de moi. Il lui faudrait autre chose.

Lulu observait Evie et se mit à gesticuler dans les bras de Paula.

— Je peux la poser par terre ? demanda celle-ci.

Cleo faillit répondre, avant de réaliser que la question ne lui avait pas été adressée.

— Bien sûr, dit Evie.

Cleo ne la comprenait pas. Pourquoi ne se ruait-elle pas sur son bébé ? Sur le tapis, Lulu ne quittait pas sa mère des yeux. Celle-ci lui sourit, mais n'esquissa aucun geste dans sa direction.

Cleo aurait voulu se lever, créer un mouvement afin de briser la tension croissante. Mais, étrangement, cet échange de regards entre mère et fille l'hypnotisait.

— Coucou, Lolula, dit doucement Evie.

Cleo retint un tressaillement. Evie n'avait jamais prononcé ce nom durant les semaines que Cleo avait passées chez eux. Était-ce un surnom secret entre elle et son bébé ? Un large sourire éclaira le petit visage de Lulu, et elle s'avança vers Evie en titubant.

Personne ne bougea, attendant la suite des événements. Lulu tendit les bras vers sa mère, puis posa les paumes sur ses genoux pour s'aider à tenir debout. Du bout du doigt, Evie caressa la main potelée de sa fille.

— Comment ça va, ma puce ? chuchota-t-elle.

Lulu se trémoussa jusqu'à ce qu'Evie se baisse et la prenne dans ses bras. Elles souriaient toutes les deux. Une vague de soulagement sembla déferler dans le salon.

— Eh bien, dit Cleo d'une voix trop forte, brisant la sérénité de la scène. Vous boirez bien un petit café ?

Elle fuit la pièce sans attendre de réponse, certaine qu'elle se mettrait à pleurer si elle devait assister à une seconde de plus de ce spectacle. Elle aurait dû être heureuse pour Lulu. Mais ce n'était pas le cas. L'enfant de Mark allait être rendue à sa meurtrière. Comment pouvait-on autoriser une telle ignominie ?

Elle devait agir. Evie avait obtenu une peine avec sursis. Si elle enfreignait de nouveau la loi, elle serait aussitôt envoyée en prison. Cleo devait trouver un moyen, n'importe lequel, pour qu'elle s'en aille et les laisse en paix.

Elle plaça la bouilloire sous le robinet, si distraite qu'elle ne vit pas que l'eau débordait.

— Merde, marmonna-t-elle en versant l'excédent dans l'évier.

Elle posa la bouilloire sur son support et attendit, les bras croisés.

Soudain, une présence derrière la fit se retourner. Elle ne s'était pas aperçue qu'on l'avait suivie.

— Nom de Dieu, Evie ! D'où tu sors ?

— J'ai remarqué que tu étais chamboulée, alors j'ai confié Lulu à Suzanne et Paula pour m'assurer que tout allait bien.

Evie ferma la porte derrière elle.

— Ça va comme sur des roulettes, ironisa Cleo.

— Tu sais ce que Lulu a dit quand elle t'a vue quitter la pièce ?

Cleo rit.

— Non, mais elle n'a que trois mots de vocabulaire, alors ça ne devait pas être grand-chose.

— Elle s'est tournée vers la porte et elle a dit « mama ». Elle parlait de toi, n'est-ce pas ?

— Oh, ne commence pas. J'ai déjà eu cette conversation avec les assistantes sociales.

Voyant Evie s'appuyer à la porte pour en bloquer l'accès, Cleo eut un élan de peur. Peu importait le verdict du jury : elle était coincée en compagnie d'une meurtrière.

— Écoute, je ne savais pas que tu serais libérée. Il ne m'était pas venu à l'idée que le juge puisse être assez stupide pour t'épargner une longue peine de prison. Mais je me suis trompée. Je voulais offrir une enfance aussi normale que possible à Lulu, voilà tout. C'est notre but à toutes les deux, non ?

Evie secoua la tête.

— Normale ? Avec toi en guise de maman ?

Cleo aurait voulu hurler, mais les femmes assises dans son salon l'entendraient, et cela ne servirait à rien.

— Qu'est-ce qui va se passer à présent, Evie ?

— Je vais emmener Lulu.

Les mains de Cleo se mirent à trembler.

— Ses affaires ne sont pas prêtes.

Evie secoua la tête.

— C'est sans importance. J'ai acheté tout ce qu'il faut.

— Quand est-ce que je pourrais la voir, alors ? On peut trouver un arrangement pour des visites ?

Evie pouffa.

— Je ne crois pas, non.

Une porte s'ouvrit au fond du couloir. Suzanne ou Paula venait sans doute s'assurer qu'il n'y avait pas de problème.

— S'il te plaît, Evie. Je pourrais passer demain pour la voir et lui apporter ses jouets préférés, qu'est-ce que tu en penses ?

— Non.

— Alors quand ?

Evie libéra le passage tandis que les talons de l'assistante sociale claquaient sur le parquet du couloir.

— Tout va bien là-dedans ? appela Suzanne.

Sa voix faillit couvrir la réponse d'Evie. Mais pas tout à fait.

— Jamais, chuchota celle-ci d'un ton féroce. Et inutile de discuter. À moins que tu ne veuilles que je leur raconte ce qui est arrivé à Mia.

Elle se tourna vers la porte, tout sourire, pour accueillir Suzanne.

58

Cleo se tenait à distance de la fenêtre. Elle ne voulait pas qu'Evie la surprenne en train d'épier leur départ, ou remarque les larmes qu'elle ne pouvait pas empêcher de couler sur ses joues.

Evie avait rejoint le salon comme si de rien n'était et, lorsque les assistantes sociales lui avaient proposé de se mettre en route, elle avait décliné sous le prétexte de ne pas brusquer Lulu.

Cette attente avait été une véritable torture pour Cleo, qui aurait préféré les voir partir sur-le-champ. Ç'avait été un soulagement lorsque, enfin, elles s'étaient levées.

— Merci du fond du cœur, lui dit Evie en tenant fermement son enfant contre elle, pour tout ce que tu as fait pour Lulu. Je n'aurais pas pu t'en demander autant. Je n'oublierai jamais que tu as pris soin d'elle comme de ta propre fille.

Les deux assistantes sociales ne virent pas le visage d'Evie lorsqu'elle prononça ces mots. Elles ne la virent pas non plus pencher Lulu vers l'avant, puis la détourner au dernier moment, comme pour ajuster sa position sur sa hanche, afin que le baiser de Cleo atterrisse sur le sommet de son crâne. Cleo était la seule témoin de la lueur cruelle qui brillait au fond de ses yeux.

C'était comme si Evie avait enfoncé une main dans les profondeurs de sa poitrine pour en extraire son cœur lentement. Ce n'était pas une douleur courte et intense, mais une interminable agonie. Evie lui avait volé Mark, et à présent elle lui volait Lulu. Elle resterait seule, avec un trop-plein d'amour qui grossissait au fil des heures et personne à qui le donner.

Tandis que la voiture qui emportait Lulu disparaissait au tournant de son allée, Cleo prit une décision. Elle allait se rendre à la galerie, s'y enfermer et descendre les volets afin de ne pas être dérangée par les clients. Elle devait se changer les idées pour ne plus penser à tout ce qu'elle avait perdu.

En poussant la porte, elle sentit la résistance d'une montagne de courrier. Elle n'était pas venue depuis des semaines. Tous les espoirs qu'elle avait nourris pour cette galerie au moment de son ouverture s'étaient envolés, ne laissant derrière eux qu'un endroit vide et austère. Elle ne lèverait plus jamais le nez d'un de ses travaux d'orfèvrerie, interrompue par l'entrée fracassante de Mark qui s'enthousiasmerait sur ses sublimes photographies les plus récentes. Si seulement il avait été là, si seulement ils avaient pu, une dernière fois, parcourir ensemble la galerie pour trouver le meilleur endroit où exposer ses œuvres, le meilleur éclairage.

Ses yeux brûlaient. Elle devait se distraire pour ne plus penser à la perte de Lulu et au commentaire d'Evie. Que savait-elle de la mort de Mia ? Que pouvait-elle savoir ? Cleo n'avait jamais parlé à quiconque des événements de cette journée, pas même à Mark. Alors comment Evie pourrait-elle être au courant de quoi que ce soit ?

Elle se revit, juste à l'endroit où elle se tenait à présent, le matin de la mort de Mia.

Elle avait appelé Mark sur son portable.

« Mark, c'est Cleo. Je voulais m'assurer que tu étais fin prêt pour ton voyage. Je peux t'être utile à quelque chose pendant ton absence ?

— Non, c'est bon. »

Il avait répondu d'un ton sec, frustré.

« Qu'est-ce qu'il y a ? Tu pars pour une commande plutôt simple, non ?

— Oui, oui, ce ne sont que des portraits d'une sale gamine au caractère de cochon. Je n'aurai qu'à m'efforcer de lui donner un air angélique, ou du moins intéressant. Je m'en sortirai.

— Alors qu'est-ce qui t'énerve ? »

Il avait poussé un long soupir exaspéré.

« C'est Mia. Elle me rabâche que je ne devrais pas y aller et que je perds mon temps, ce genre de conneries. Elle me rend dingue. Tu sais comment elle est. Elle pense que je devrais vivre à ses crochets. Et c'est tentant, parfois, mais je n'aime pas la sensation d'être un homme entretenu. Déjà que je déteste m'absenter, j'ai suffisamment les nerfs en pelote comme ça sans qu'elle ait besoin de me faire passer pour un abruti.

— Elle fait ça ? »

Cleo avait remarqué la condescendance de Mia auparavant, mais peut-être que cela empirait quand le couple se trouvait en tête à tête. Le récit de Mark avait frôlé le ridicule.

« Elle paie pour tout. Chaque fois que je veux dépenser de l'argent, je dois lui demander la permission. J'ai horreur de ça, mais elle, elle adore. Elle appelle mes photographies mes "petites images". Je te jure que si j'entends un autre reproche avant mon départ, je ne réponds de rien. »

Il avait de nouveau soupiré.

« Écoute, oublie ce que j'ai dit. Le taxi arrive d'ici une vingtaine de minutes. On se voit à mon retour. »

Il avait raccroché sans un au revoir. Cleo avait fait les cent pas, perturbée par cette conversation désagréable, puis elle avait pris une décision. Elle allait parler à Mia et lui faire comprendre qu'elle rendait Mark malheureux.

Elle avait ramassé son jeu de clefs et avait quitté la galerie en trombe, avec tant de hâte qu'elle avait failli oublier de verrouiller derrière elle. Étant donné son humeur massacrante, elle avait résolu de ne pas utiliser la voiture, espérant que la marche apaiserait sa colère, du moins en partie. Elle avait pris un raccourci en coupant à travers une plaine et un petit bois, avant de gravir le sentier de la falaise.

Elle n'avait croisé personne. Le vent froid de février l'avait incitée à parcourir au petit trot le sentier puis l'allée qui conduisait au long mur blanc de la maison.

Elle avait espéré que son indignation s'apaiserait un peu durant ce trajet, en vain. Elle avait donné de grands coups contre la porte. Mia n'avait pas répondu. L'entrée du garage était fermée, comme d'habitude, l'empêchant de passer par l'arrière. Mark devait être parti depuis quelques minutes à peine, ce dont elle s'était félicitée. Il n'aurait probablement pas apprécié cette intervention.

Elle avait fouillé son trousseau de clefs. Mia devait bien se douter de l'identité de sa visiteuse, mais elle avait décidé de jouer les difficiles – surtout si elle savait que Mark lui avait parlé quelques instants plus tôt.

Cleo avait examiné la clef un long moment. Pénétrer dans la maison revenait à violer leur vie privée. Mia serait furieuse. Après tout, elle ne manquait jamais de rappeler qu'elle était propriétaire de la maison, et Mark un simple locataire. Elle ignorait sans doute que sa belle-sœur possédait un double. Mais Cleo avait-elle le choix ?

Elle s'était décidée. Mark était en chemin pour l'aéroport, abattu par les moqueries de sa femme. Elle allait régler ce problème pour lui. C'est ce qu'elle avait toujours fait, après tout.

Sa résolution prise, elle avait enfoncé la clef dans la serrure et l'avait tournée.

59

Stephanie avait repris l'uniforme et, à son grand déplaisir, les patrouilles en compagnie de Jason. Le stagiaire, qui n'avait visiblement pas progressé pendant son absence, s'était mis en tête de l'interroger sur tous les aspects de son travail au sein du CID.

— Est-ce qu'on peut parler d'autre chose, Jason ? J'ai apprécié l'expérience, c'était une enquête géniale, même si elle était particulièrement retorse. Mais c'est fini à présent, et vu la journée pourrie qui s'annonce, je préférerais ne pas m'étendre sur les joies de la vie d'un enquêteur. Compris ?

Elle avait conscience de lui faire payer sa mauvaise humeur. Il retroussa les lèvres en une grimace déplaisante, mais accepta de se taire quelques minutes.

Stephanie ne savait plus à quel saint se vouer. Elle adorait son poste actuel, mais les mois précédents lui avaient confirmé que sa vraie place était au CID. Seulement, c'était impossible, à moins qu'elle ne se résigne à déménager ou à travailler avec Gus. Il persistait à vouloir lui parler, mais depuis qu'elle n'était plus obligée de le voir tous les jours, elle en profitait pour prendre de la distance et réfléchir. Quelle douleur était préférable : le sentiment de perte auquel elle s'était habituée, ou le risque d'avoir de nouveau le cœur brisé s'ils se séparaient une seconde fois ? Elle n'avait pas encore de réponse, mais il lui manquait. Il avait beau la trouver têtue et exaspérante, Stephanie voulait avoir pleinement confiance en lui et en elle-même avant d'accorder une seconde chance à leur relation.

Une vision l'arracha à ses pensées. Un homme roux, petit et sec, se hâtait sur le trottoir, le col remonté pour se protéger du brouillard humide. Il lui était familier, mais elle avait oublié dans quelles circonstances elle aurait pu l'avoir rencontré. Lorsqu'il entra dans un café, elle se souvint brusquement. Elle se gara sur le bas-côté.

— Je vais nous prendre un café. Un *latte*, comme d'habitude ?

Jason parut surpris qu'elle se charge de la commission au lieu de l'y envoyer, mais elle sortit avant qu'il ait pu répondre. Elle claqua la portière derrière elle et traversa la rue au pas de course.

On ne distinguait pas la silhouette de l'homme à travers la vitrine embuée, mais aussitôt entrée, elle le repéra devant le bar, en train de passer commande à un serveur renfrogné.

— Je serai là-bas, dit-il en désignant la table la plus reculée.

— Si vous attendez ici, votre boisson sera prête dans quelques minutes. Vous pourrez l'emporter vous-même.

L'homme haussa les sourcils, plaqua une poignée de petite monnaie sur le ramasse-pièces et partit s'asseoir.

Le serveur marmonna quelque chose qui ressemblait vaguement à « branleur » avant de se tourner vers Stephanie d'un air maussade.

— Oui ?

— Un *latte* et un double espresso à emporter. Je vais discuter un peu avec votre client.

Le serveur parut sur le point de s'opposer à ce qu'elle s'installe sans consommer sur place, mais l'uniforme le fit se raviser. À côté de lui, une jeune barista posa un cappuccino sur le comptoir.

— Apportez-lui son café, tant qu'à faire, dit le serveur.

Avec un service pareil, Stephanie ne risquait pas de remettre les pieds dans cet établissement de sitôt. Elle prit la tasse, traversa la salle et déposa le café devant l'homme. Il grommela des remerciements sans lever les yeux de son journal.

— Je peux me joindre à vous ?

Cette question eut le mérite de le faire réagir. Il laissa son regard errer sur les tables et les chaises vides qui les entouraient, avant de reporter son attention sur Stephanie. Il ne paraissait pas surpris qu'un agent de police cherche soudain sa compagnie.

— Faites comme bon vous semble, dit-il en retournant à sa lecture.

— J'aimerais vous parler deux minutes.

Avec un soupir, il replia son journal et le posa devant lui.

— C'est à quel sujet ?

— Je vous ai aperçu il y a quelques semaines au tribunal. Vous étiez dans le public lors du procès d'Evie Clarke.

— Et alors ?

— Je me demandais en quoi cette affaire vous concernait. Vous connaissiez Evie ?

— Je suis un simple fouineur, d'accord ? J'ai vu qu'il y avait de la lumière, je suis entré. Je m'intéresse aux gens dans l'absolu, voilà tout.

Stephanie sortit une main de sa poche et la tendit vers lui.

— Sergent Stephanie King, dit-elle.

— Ravi de vous rencontrer, répondit-il.

Il leva une main criblée de taches de rousseur pour serrer la sienne, mais n'ajouta rien.

— Et vous êtes ?

— Suis-je légalement tenu de vous donner cette information ? À ce que je sache, je n'ai enfreint aucune loi et je n'ai été témoin d'aucun crime. Alors je ne vois pas en quoi mon nom peut avoir la moindre importance à vos yeux.

— Je suis une simple fouineuse, dit-elle en reprenant ses mots.

Il leva sa tasse et prit une longue gorgée.

— Eh bien, je m'en vais. C'était un plaisir, sergent.

Tandis qu'il se redressait, Stephanie se souvint des lambeaux de papier.

— Au procès, vous avez déchiré une lettre en petits morceaux.

Cela éveilla brusquement son intérêt. Il se figea, le regard braqué sur elle.

— J'ai ces morceaux en ma possession. Je les ai ramassés.

Elle omit de mentionner que la pluie les avait trempés au point de les rendre illisibles.

À sa grande surprise, l'homme se pencha sur elle.

— Écoutez, ça ne veut rien dire, d'accord ? dit-il d'une voix basse et pressante. Elle avait sans doute ses raisons. Alors, oubliez ça.

Puis, avant qu'elle ait pu l'interroger, il tourna les talons et sortit en toute hâte.

60

Stephanie resta obnubilée par le visage de l'homme jusqu'à la fin de son service. Elle avait délibérément mentionné la lettre pour le faire réagir, mais elle n'avait pas anticipé l'accès de panique qui avait soudain pris le pas sur son sarcasme. De toute évidence, il n'aimait pas l'idée qu'elle ait pu lire sa correspondance. Plus que jamais, elle regretta de ne pas avoir consacré davantage de temps à sécher les bouts de papier pour reconstituer le puzzle. Elle avait abandonné cette piste et n'avait plus de raison valable d'y fourrer le nez. L'affaire était classée. Cela dit, se plier aux règles n'avait jamais été son point fort.

À vrai dire, elle n'arrêtait pas de songer à Evie Clarke. Aux dernières nouvelles, celle-ci louait désormais un cottage face aux remparts, que les vagues engloutissaient encore parfois. Stephanie se demanda si quelqu'un avait prévenu Evie des risques que sa petite fille pouvait courir dans un tel endroit. Elle pensait souvent à Lulu, et à l'impact que la séparation d'avec sa mère, durant la période de détention, avait pu avoir sur elle. Qu'est-ce qui avait pu pousser Evie à préférer la prison à une remise en liberté sous caution ? Elle s'était privée d'un temps précieux avec son enfant. Mais cela ne la regardait pas, et il aurait été déplacé de sa part de lui rendre visite pour l'avertir des dangers de la mer. Elle devait l'oublier.

Le reste de la journée se déroula sans surprise. Elle initia Jason aux joies de l'arrogance affichée par les adolescents voleurs à l'étalage, dont même lui fut choqué, mais son esprit était ailleurs. Elle n'avait qu'une hâte : rentrer chez elle et retrouver les morceaux de la lettre déchirée de l'homme. Elle avait envoyé sa veste trempée par l'averse au pressing et n'était pas sûre d'avoir, comme à son habitude, pris soin d'en vider les poches dans la petite coupe posée sur sa coiffeuse.

Elle fonça chez elle dès la fin de son service et, après avoir gravi l'escalier menant à sa chambre, se précipita vers le petit meuble et lâcha un soupir soulagé. Les morceaux de papier étaient toujours là. Si elle avait été maniaque, ils auraient depuis longtemps été jetés et la coupe dépoussiérée, mais ce n'était pas le cas et ils n'avaient pas bougé.

Elle trouva une pince à épiler dans la tasse pleine de bric-à-brac posée à côté de la coupe et redescendit s'installer à la table de la cuisine. Le papier, à présent sec et friable, se révélait plus facile à manipuler qu'à l'état de boule indistincte et détrempée.

Elle s'efforça de séparer les morceaux les uns des autres, avec délicatesse et précaution, les coinçant avec la pince et les humidifiant légèrement avec un mouchoir pour les empêcher de se déchirer.

L'encre semblait encore plus diluée qu'avant. Des craquelures étaient apparues et elle ne voyait pas du tout comment assembler les morceaux. Gus aurait sans doute été en mesure de l'aider, mais il pensait déjà qu'elle faisait fausse route, et elle ne voulait pas lui donner une raison de se moquer d'elle.

Elle était sur le point d'abandonner lorsqu'elle remarqua deux fragments qui lui parurent mal placés. Elle les intervertit et distingua un mot qui commençait sur l'un et finissait sur l'autre. Sur le premier, elle lisait simplement la lettre « L », suivie d'une tache, et sur le second les lettres « ester ». Est-ce qu'il pouvait s'agir de la ville de Leicester ? Elle croyait se souvenir qu'Evie en était originaire.

Elle se redressa et massa sa nuque raide. Elle tourna la tête plusieurs fois, ses vertèbres craquant d'une manière légèrement alarmante, et décida qu'il était temps de se lever et de bouger un peu. Elle alla allumer la bouilloire. Pourquoi s'entêtait-elle ainsi alors que c'était peine perdue ?

Elle versa l'eau chaude sur un sachet de thé et remua distraitement sa boisson en regardant les ridules s'obscurcir à la surface. Elle devrait jeter ces fragments de lettre dans le poêle à bois et oublier leur existence. Mais elle savait que leur mystère continuerait de la titiller.

Elle alla se rasseoir avec son thé noir. Tout ce qu'elle avait appris, c'était que la lettre concernait peut-être Leicester. Et cela ne l'avançait pas du tout.

61

Les jours s'enchaînaient, traînants, pour former un ensemble confus. Le matin, Cleo peinait à trouver la force de quitter son lit. La nuit, elle restait allongée, les yeux grands ouverts, trop agitée malgré tous ses efforts pour demeurer immobile, se détendre et laisser son corps s'enfoncer dans le matelas, désespérant de sentir ses membres raides succomber enfin à l'épuisement. Une seule pensée lui permettait de garder la tête hors de l'eau : Lulu lui serait un jour rendue. Evie finirait forcément par faire un faux pas, et alors tout le monde verrait son vrai visage, celui d'un monstre. À défaut de rester en bonne santé, il fallait rester en vie pour profiter pleinement de ce jour.

La menace d'Evie continuait de planer au-dessus d'elle. Il lui fallait découvrir ce qu'elle savait, ou croyait savoir à propos de Mia. Elle ne pouvait pas prendre le risque que la police rouvre l'enquête sur cette mort. Les événements dataient de quatre ans – quatre ans à se demander si elle avait fait ce qu'il fallait.

Elle en avait rêvé toutes les nuits pendant des mois, et seule une activité sportive intense lui avait garanti de dormir d'une traite, sans se réveiller en hurlant.

Ce matin-là, après avoir passé quelques minutes dans la maison de Mark et Mia, elle avait dévalé le sentier de la falaise et couru jusqu'à la galerie, où elle s'était claquemurée, laissant la pancarte en vitrine du côté « fermé » pour décourager les clients. Ce n'était pas sa course sur le chemin sablonneux et inégal qui lui avait coupé le souffle, non – c'était de la peur pure.

Mia était morte.

Cleo n'avait pas hésité. Elle avait tout de suite su quoi faire. Heureusement, elle n'avait pas emporté son portable, la police ne pourrait donc pas retrouver trace de sa présence sur les lieux. Elle avait composé un numéro qu'elle connaissait par cœur.

« Vous êtes bien au domicile de Mia et Mark North, nous ne sommes pas là pour le moment. Laissez un message et nous vous rappellerons. »

Elle avait laissé passer plusieurs minutes silencieuses puis elle avait raccroché. Il lui restait plus qu'à effacer le message vide sur le répondeur de la maison. Les relevés téléphoniques indiqueraient son appel et la police croirait que Mia et elle avaient discuté ensemble peu après le départ de Mark. Il serait lavé de tout soupçon.

Elle allait retourner sur place pour découvrir officiellement le corps brisé de Mia gisant aux bas des marches du sous-sol. Son ADN était sans doute présent sur la scène et elle devrait donc toucher Mia, au prétexte de vérifier si elle était encore en vie. Même si elle la savait déjà morte.

Elle avait composé un autre numéro.

« Aminah, coucou », avait-elle dit avec toute la nonchalance dont elle était capable.

Heureusement, le hurlement d'un nouveau-né avait couvert les tremblements de sa voix.

« Désolée, Cleo, j'ai un peu de mal à t'entendre. Qu'est-ce que je peux faire pour toi ?

— Je viens de parler avec Mia. On a l'intention de profiter de l'absence de Mark pour déjeuner en ville ensemble à midi. Ça m'a semblé une idée sympa. Enfin, ça a eu l'air de lui plaire, en tout cas. Tu veux te joindre à nous ?

— Bon sang, on voit bien que tu n'as jamais eu de bébé ! Il n'a que deux semaines. Donc à moins que tu ne tiennes à le voir accroché à mon sein gauche pendant tout le repas, parce que, crois-moi, il déteste qu'on le pose plus de cinq minutes consécutives, je vais devoir décliner ta gentille invitation. »

C'était la réponse que Cleo attendait.

« D'accord, une autre fois alors. »

Aminah ricana.

« Et en quel honneur déjeunez-vous ensemble, d'ailleurs ? Tu ne la supportes pas.

— Bien sûr que si. C'est la femme de Mark. Je sais que je me plains parfois, mais c'est normal, non ? Tu te plains sans arrêt de Zahid !

— Oui, mais c'est mon mari, j'ai le droit. »

Un cri plus fort l'avait interrompue.

« Je dois te laisser, mais dis-lui bonjour de ma part. Je l'aime bien. Elle me fait marrer avec ses airs de princesse perdue au milieu des bouseux. »

Aminah avait ri une nouvelle fois avant qu'elles raccrochent. Cleo savait que son amie se souviendrait de cette conversation.

Elle avait appelé Mark.

« Salut ! Tu es à l'aéroport ?

— Oui, on monte à bord dans cinq minutes. Pourquoi ?

— Je me demandais si tu t'étais réconcilié avec Mia avant de partir. Tu devrais peut-être lui passer un coup de fil avant de décoller. »

Il y avait eu un silence sur la ligne. Elle aurait aimé lire ses pensées.

« Tu as peut-être raison, avait-il dit doucement. C'est sans doute une bonne idée. »

Il avait raccroché. Rattrapée par la réalité de la situation, Cleo avait posé la tête sur son établi et fondu en larmes. Elle avait rapidement repris le contrôle d'elle-même, cependant. Mark l'avait rappelée peu de temps après.

« Cleo, elle ne répond pas. Je lui ai laissé un message, j'essaierai encore après l'atterrissage. J'aurai peut-être besoin que tu passes à la maison. Ça ne te dérange pas ?

— Bien sûr que non. Tu veux que j'y aille maintenant ?

— Non, il ne vaut mieux pas. Laisse-lui une heure, le temps de mon vol. »

Sa voix tremblait. Il avait marqué une pause.

« Je suis un idiot, Cleo. Je suis pathétique.

— Ce n'est pas vrai, Mark. Tu es merveilleux et je t'aime. Tu sais que je ferais n'importe quoi pour toi, n'est-ce pas ?

— Je le sais, et parfois je t'en demande trop. Écoute, je dois y aller. Je te tiens au courant. »

Cleo avait passé l'heure suivante clouée à son siège. Puis, inévitablement, Mark l'avait rappelée afin qu'elle se rende chez lui et vérifie que tout allait bien.

« Elle n'était pas en forme ce matin. Je ne te demanderais pas de faire le déplacement dans d'autres circonstances, mais elle me paraissait un peu pâle quand je suis parti.

— Bien sûr, avait-elle répondu avec un sourire dans la voix. Et quand je la verrai, je lui dirai que tu te faisais du souci pour elle. Ne t'inquiète pas. »

Par miracle, elle était parvenue à s'empêcher de pleurer ou de trahir ce qu'elle savait déjà. Elle était sortie de la galerie dans un état de transe et avait pris sa voiture, saluant au passage quelques connaissances dans la grande rue encombrée.

Arrivée devant la maison, elle était restée figée sur le seuil pendant une dizaine de minutes avant de trouver la force de passer la porte et d'accomplir son devoir.

Elle s'était d'abord occupée du répondeur. Celui-ci signalait deux messages : le sien et celui de Mark. Elle aurait souhaité l'écouter, mais elle devait le laisser intact. Elle avait effacé le premier message uniquement.

Retourner sur le palier supérieur de l'escalier du sous-sol lui avait demandé tout son courage. De là, elle surplombait le corps de Mia, dont les yeux semblaient l'accuser. Elle ne voulait pas descendre plus. Elle avait déjà vérifié le pouls de sa belle-sœur, mais juste au cas où quelque chose aurait changé – un indice quelconque qui trahirait son passage précédent – elle s'était forcée à répéter les mêmes mouvements, ravalant sa nausée tandis qu'elle touchait le poignet de Mia, désormais froid.

C'était à cet instant qu'elle avait remarqué la montre, son cadran éclaté et les aiguilles figées sur une heure qui ne devait jamais être vue. À l'aide d'un mouchoir, Cleo avait modifié l'heure, avançant la montre jusqu'à cinq minutes après leur supposée conversation.

Puis elle s'était détournée, était remontée à l'étage et avait sorti son téléphone de son sac pour appeler la police.

62

Le souvenir de la mort de Mia avait affaibli Cleo. Qu'est-ce qu'Evie pouvait bien savoir à ce sujet ? Mark lui-même avait ignoré que Cleo s'était rendue deux fois chez lui, il était impossible qu'Evie ait pu être au courant. Cleo devait parler à quelqu'un. Pas des événements tels qu'ils s'étaient réellement déroulés, mais des menaces d'Evie.

Elle attrapa son manteau et sortit dans les rues battues par le vent et la pluie. Il faisait si froid que la météo avait annoncé d'abondantes chutes de neige dans d'autres parties du pays. Le Sud, en particulier le littoral, serait épargné. Elle entendait la mer se déchaîner au loin et se demanda si les vagues submergeraient les remparts de la côte et atteindraient le cottage d'Evie. Est-ce que Lulu était en sécurité ? Elle espérait qu'Evie aurait la présence d'esprit de ne pas sortir se promener par un temps pareil.

Elle décida de ne pas utiliser sa voiture. À pied, le trajet jusque chez Aminah ne prenait que quinze minutes, et elle avait besoin de se dégourdir les jambes.

La tempête parviendrait peut-être à disperser la brume épaisse qui enveloppait ses pensées.

Elle baissa la tête pour affronter le vent, apaisée par le martèlement des lourdes gouttes de pluie sur son visage et sur son crâne. On était au milieu de la journée, pourtant la maison d'Aminah était aussi éclairée qu'un arbre de Noël. L'intérieur chaleureux et accueillant qu'on apercevait contrastait avec l'extérieur sombre et grisâtre.

Elle franchit au pas de course les derniers mètres qui la séparaient de la porte, sautant pour éviter une flaque dans l'allée, et appuya sur la sonnette. Elle entendit Aminah crier à l'un de ses enfants de surveiller le bébé. Cela la surprit. Anik était le plus jeune, et il n'était plus un nourrisson. Elle n'avait pas pensé à l'éventuelle présence des enfants et se rendait compte trop tard que les vacances scolaires avaient dû commencer.

Avec un peu de chance, Aminah pourrait malgré tout lui consacrer une petite heure. Cleo esquissa un sourire plein d'espoir tandis que la porte s'ouvrait.

L'expression étonnée, puis gênée de son amie la prit de court.

— Oh, Cleo. Je ne m'attendais pas à te voir.

Cela la déstabilisa. Elle n'avait jamais eu besoin de prévenir avant de passer chez les Basra.

— Est-ce que je peux entrer ? demanda-t-elle d'une voix suppliante qu'elle détesta aussitôt.

— Oh, merde, Cleo. Je suis désolée, mais c'est impossible.

La pluie dégoulinant le long du toit gouttait dans la flaque derrière elle et éclaboussait l'arrière de ses mollets. L'eau s'infiltrait dans son jean déjà mouillé. Elle aurait dû dire quelque chose, mais la réponse d'Aminah l'avait tant surprise et tant blessée qu'elle restait coite.

— Écoute, c'est atroce, je ne voulais pas te mettre dans une position pareille. Lulu est ici.

Cleo se sentit transportée.

— Je peux la voir ? Je t'en supplie, Aminah, elle me manque tellement.

Le visage de son amie, généralement enjoué, trahissait son épuisement.

— Je suis vraiment désolée, répéta-t-elle d'un ton empli de pitié. Mon Dieu, c'est horrible. Evie a déposé Lulu ce matin, les vagues ont pénétré chez elle. Elle voulait tout balayer au fur et à mesure jusqu'à ce que la marée redescende.

— Je ne comprends pas. Ça n'explique pas pourquoi je ne pourrais pas entrer.

Elle connaissait la réponse. Elle refusait juste de croire qu'Aminah puisse prendre le parti d'Evie.

— Elle ne veut pas que Lulu te voie. Cleo, je pense qu'elle veut simplement éviter des confusions, et que Lulu sache qui est sa maman.

Les joues de Cleo s'empourprèrent, et elle serra les poings dans ses poches. Comment Evie osait-elle lui faire un coup pareil, après tout ce qu'elle avait fait pour sa fille ?

— Je me rends bien compte de ce que tu ressens, mais ce n'est pas à moi que revient ce genre de décision. J'aide une amie, rien de plus.

— Mais c'est moi, ton amie, répliqua-t-elle d'un ton pathétique.

Evie lui retirait les seules personnes qui comptaient à ses yeux, les unes après les autres.

— Bien sûr que tu es mon amie. Mais Evie l'est également. Cette année n'a pas été facile pour elle, je m'efforce simplement de la soutenir.

Cleo aurait voulu l'agripper et la secouer pour lui faire entendre raison. Sa gorge se serra.

— Elle a tué mon frère ! siffla-t-elle.

— Je sais, ma chérie, et je réalise à quel point ça t'a dévastée. On comprend tous, et je comprends que cela t'ait rendue trop possessive vis-à-vis de Lulu. Mais il la torturait, Cleo. Je sais que ce doit être difficile à accepter, mais j'ai suffisamment de recul pour voir les deux côtés. Écoute, je ne peux pas te laisser entrer pour le moment, mais je t'appellerai dès que Lulu sera partie et on prendra un ou deux verres de vin ensemble quand les enfants seront couchés. Qu'est-ce que tu en dis ?

Cleo se fichait de la profonde compassion de son amie. Elle ne voulait pas de sa pitié. Elle voulait qu'Aminah prenne conscience des épreuves qu'elle-même avait endurées et qu'elle se range de son côté – qu'elle la défende, elle et son droit de garder un contact avec Lulu. Mais c'était un espoir vain. Cleo fit un pas en arrière, reculant dans la flaque, trop bouleversée pour prêter attention à l'eau qui entrait dans sa chaussure.

— Laisse tomber. Je vois bien que tu as choisi ton camp. Oublie ça.

Elle se détourna et rebroussa chemin, la tête haute. Elle ne supplierait pas, mais ça ne changerait pas la vérité : Evie lui avait pris Mark, puis Lulu, et à présent Aminah. Il ne lui restait plus personne.

63

Stephanie pouvait enfin profiter d'un jour de repos, si bien qu'à dix heures du matin, elle traînaillait encore dans son peignoir. Elle avait mal dormi et, malgré sa ferme intention de s'octroyer une grasse matinée, elle avait été incapable de tenir en place une fois réveillée. Elle s'était couchée à une heure tardive la veille, après avoir renoncé à reconstituer la lettre à laquelle elle avait pourtant consacré l'intégralité de sa soirée. Elle s'était juré de ne plus y toucher, mais c'était plus fort qu'elle. Elle ne cessait de repenser au comportement étrange de l'inconnu du tribunal, y cherchant un indice qu'elle aurait manqué.

Il s'intéressait de près à Evie. La lettre mentionnait Leicester. De toute évidence, elle avait été écrite pour un être cher, puisqu'elle commençait par « mon amour ». Elle supposait qu'il s'agissait de l'homme roux. Le mystérieux expéditeur, qui annonçait apparemment qu'il serait mort quand la missive arriverait à destination, avait simplement signé « S ».

— Bon. C'est parti.

Gus lui conseillerait sans doute de ne plus perdre son temps s'il découvrait ce qu'elle manigançait, mais avec un peu de chance, il serait terré dans son bureau et n'apprendrait pas qu'elle avait appelé l'équipe chargée d'enquêter sur le passé d'Evie.

— Azi, c'est Stephanie. Est-ce que je pourrais te demander un tuyau, ni vu ni connu ?

Elle avait délibérément choisi Azi, un jeune Nigérian dont elle avait gagné les bonnes grâces le jour où elle était venue en aide à sa mère malade, l'une de ses voisines. Elle parcourait la pièce de long en large, le téléphone en main.

— Bien sûr. Dis-moi tout.

— Tu faisais partie de l'équipe qui a enquêté sur la vie d'Evie Clarke à Leicester, pas vrai ? Qu'est-ce que tu peux me dire sur elle qui n'a pas déjà été évoqué au procès ?

— Désolé, mais pas grand-chose. On a cherché son mari, Nigel Clarke, mais tous les voisins nous ont dit qu'il avait quitté le pays. Et ils n'avaient aucune idée de sa destination.

— Evie n'est pas partie avec lui ?

— Apparemment, elle était supposée le rejoindre au bout de quelques mois, après s'être occupée de leur appartement et débarrassée de leurs dernières affaires, ce genre de formalités. Mais elle ne l'a jamais fait.

— Est-ce que tout a été jeté, ou il restait encore quelque chose ?

— Rien du tout. Ils étaient en location. Elle a donné son préavis et a organisé un énorme vide-grenier. Elle a vendu tout ce qui n'était pas cloué au sol, en gros.

Stephanie s'accorda un moment de réflexion.

— Est-ce que tu as rencontré certains de leurs amis, ou des membres de la famille, n'importe qui dont ils auraient été proches ?

Azi éclata de rire.

— Tout le contraire. L'intégralité du voisinage les qualifiait de couple très réservé. Un euphémisme pour « antisociaux », si tu veux mon avis. Ils ont appris que le mari quittait le pays quand il est venu leur demander de garder un œil sur sa femme. Apparemment, il s'inquiétait de la laisser seule, mais il ne pouvait pas retarder son départ. J'imagine qu'il avait des obligations professionnelles.

— D'accord, merci, ça valait le coup d'essayer. Une dernière chose, si tu veux bien. Tu n'as rencontré personne dont le nom commencerait par S, par hasard ? demanda-t-elle sans trop y croire.

— Pas que je sache. Enfin, sauf Shelley elle-même, ça va de soi.

Stephanie se figea.

— Qu'est-ce que tu viens de dire ?

— Evie. Tu sais que son premier prénom est Michelle, n'est-ce pas ? Eh bien, son mari – Nigel – avait l'habitude de l'appeler Shelley.

Mon Dieu, songea Stephanie. *Bien sûr*.

— Merci, Azi. Si tu pouvais garder tout ça pour toi jusqu'à ce que j'aie eu le temps de vérifier deux ou trois trucs, je te devrai une fière chandelle.

Elle tira une chaise sur laquelle elle s'écroula. Si ses soupçons étaient fondés, alors tous ses efforts avaient été récompensés.

Shelley, *alias* Evie, avait écrit à quelqu'un qu'elle appelait « mon amour ». Pouvait-il s'agir de Nigel ?

Cela expliquerait les regards qu'il lui avait lancés lors du procès. Il avait sans doute été stupéfait de la retrouver dans de telles circonstances. C'est pour cette raison qu'il avait déchiré la lettre.

Parce qu'il avait cru que son épouse était décédée.

Plus tard, tandis qu'elle prenait une douche à la hâte, Stephanie fut frappée par une nouvelle hypothèse. Était-il possible que la véritable Evie Clarke soit morte, et que la femme présente au tribunal ait trouvé le moyen d'usurper son identité ? Mais dans ce cas, l'homme se serait manifesté – s'il était bel et bien Nigel Clarke, comme elle le supposait.

Nigel avait dû entendre parler du procès et penser à un homonyme. Au lieu de quoi il avait découvert la femme qui l'avait abandonné, assise sur le banc des accusés. Il avait dû se sentir cruellement trahi. Ce comportement ne rimait à rien. Si elle voulait se débarrasser de lui, pourquoi ne pas être partie, tout simplement ?

Son instinct lui disait que Nigel était le seul qui lui permettrait de démêler cet imbroglio.

Elle observa le vent et la pluie au-dehors, hésitant sur la marche à suivre. Finalement, elle résista à la tentation de partager ses récentes découvertes avec Gus. Elle préférait attendre d'avoir remis la main sur Nigel, en espérant qu'il n'avait pas déjà pris la poudre d'escampette. Gus n'avait jamais fait confiance à Evie, et les nouveaux indices mis au jour par Stephanie ne jouaient certainement pas en sa faveur, mais ils pouvaient encore être expliqués. Elle ne voulait pas faire part de ses doutes en ayant si peu d'informations tangibles sur lesquelles se reposer.

La première étape consisterait à retrouver Clarke – mais comment ? En supposant qu'il soit resté dans les parages, la ville était un complexe touristique, autrement dit criblée d'hôtels. Il pouvait séjourner dans n'importe lequel d'entre eux. Il ne semblait pas plus riche qu'un autre, à en croire leur enquête, mais elle avait remarqué une élégance discrète dans ses vêtements quand elle l'avait rencontré au café.

Elle résolut de contacter les hôtels de prix intermédiaires et les meilleures chambres d'hôtes pour commencer. Le travail promettait d'être fastidieux, mais elle n'avait aucune raison valable d'appeler ses collègues en renfort. Le procès était fini. Evie était libre. Gus lui ordonnerait sans doute de laisser tomber, et elle serait obligée d'obéir. Elle alluma son ordinateur et édita l'annuaire des hôtels locaux.

La liste s'étendait sur plusieurs pages. Cela lui prendrait des heures si elle ne trouvait pas le moyen de réduire son champ de recherches. Il ne lui restait plus qu'à parier sur le fait que Clarke ait choisi un établissement où il pourrait profiter d'un dîner chaud tous les soirs. Sa liste ainsi tronquée, elle commença à passer des appels. Le septième fut le bon. Elle l'avait déniché ! Ou du moins, elle avait découvert où il logeait. La réceptionniste l'informa qu'il était sorti, mais qu'il avait réservé une table de leur minuscule restaurant pour sept heures et comptait quitter l'hôtel le lendemain matin. Stephanie lui laissa ses coordonnées et lui demanda de ne pas avertir M. Clarke de son appel.

L'idée d'affronter une tempête nocturne ne l'enthousiasmait pas, mais c'était peut-être son unique chance de le revoir. Elle rongea son frein jusqu'à l'heure où elle serait certaine que Nigel serait bien installé dans un des fauteuils du restaurant et se précipita vers sa voiture.

Elle se gara face à un petit hôtel propret, puis s'élança sous la pluie. Arrivée à l'abri d'un hall minuscule à l'atmosphère chaleureuse, elle s'essuya de son mieux et présenta son badge à la réceptionniste.

— J'ai appelé plus tôt dans la journée, je suis à la recherche de Nigel Clarke. Il est au restaurant ?

La femme confirma et proposa de lui indiquer l'homme qu'elle cherchait, mais Stephanie déclina l'offre. Elle n'aurait pas de difficulté à le reconnaître.

La salle à manger, occupée par de rares clients, était moins accueillante que le hall d'entrée. Ses tables en bois sombre verni dénuées de nappes et son éclairage trop agressif lui donnaient un aspect utilitaire. Nigel Clarke était assis au fond de la pièce, face à la porte, vêtu d'un pull-over noir décontracté. Il consultait son iPad, portant distraitement ses pâtes à sa bouche du bout de sa fourchette. Elle s'avança vers lui et il leva la tête, visiblement déconcerté par sa présence, et surpris qu'elle soit venue spécialement pour le voir. Il essuya ses lèvres au coin de sa serviette et repoussa son plat, prêt à se lever et partir.

— Ne bougez pas, monsieur Clarke, dit-elle. À votre air, je présume que vous vous souvenez de moi. Inutile de vous inquiéter, je ne suis pas là pour vous créer des ennuis. J'aimerais simplement vérifier quelques points auprès de vous pour comprendre ce qu'il s'est véritablement passé. Vous permettez que je me joigne à vous ?

Malgré son manque évident d'enthousiasme, il sembla comprendre qu'il n'avait pas réellement le choix.

— Je ne suis pas de service ce soir, alors je vais prendre un peu de vin. Je peux vous en offrir un verre ?

— Un rouge, s'il vous plaît, acquiesça-t-il à voix basse. N'importe lequel, je ne suis pas très exigeant. Qu'est-ce que vous me voulez ? Je n'ai rien fait de mal.

— Je le sais. Et je suis également au courant qu'Evie – Michelle, ou Shelley, quel que soit le nom que vous lui donniez – vous avait annoncé sa mort. De quoi retourne-t-il exactement, monsieur Clarke ?

Le regard vide, il avait l'air de ne pas savoir quoi répondre – ou même penser. Il secoua la tête.

— Et si vous me laissiez tranquille ? Il n'y a rien. Rien qui vous concerne, en tout cas.

Sa voix était hachée, chargée d'émotions.

— Evie est-elle au courant de votre présence ici ?

— Non ! Elle serait furieuse.

Elle observa le visage fin de l'homme, ses traits vulpins, et comprit les raisons de sa colère. Son épouse, qu'il avait crue morte, avait vécu avec un autre, avec qui elle avait eu un bébé.

— Écoutez, Nigel – vous permettez que je vous appelle Nigel ?

Il haussa les épaules, les yeux baissés sur son assiette à moitié vide.

— Je ne suis pas là pour vous attirer des ennuis. Je souhaite simplement comprendre ce qui a pu pousser Evie à se faire passer pour morte.

Il s'affaissa.

— Elle ne voulait plus de moi, évidemment. Je n'avais plus d'utilité pour elle. C'est ce qu'on dit dans ce genre de circonstances, n'est-ce pas ?

Il sourit faiblement, d'un air abattu.

— Je ne peux pas lui reprocher de m'avoir jeté. Je ne suis pas un très bon parti. Shelley – c'est comme ça que je l'appelais… Elle embellissait d'année en année. C'était son but : devenir une beauté à faire chavirer les cœurs. Personnellement, je l'ai toujours trouvée sublime.

— Comment l'avez-vous rencontrée ?

— Elle dormait dans la rue depuis la mort de sa grand-mère, elle était encore adolescente. Tous les matins, je la voyais sur le seuil d'une boutique, sur le chemin de l'usine. J'ai fini par lui offrir un café, et c'est comme ça que notre histoire a commencé. Elle voulait être quelqu'un de différent. C'est ce qu'elle m'a dit. Je ne comprenais pas trop à quoi ça rimait, mais je l'ai demandée en mariage en lui promettant de l'aider à réaliser ses rêves. Peut-être que, pour elle, je n'étais qu'un moyen d'aboutir à une fin.

Stephanie éprouvait de la compassion pour cet homme. Son agressivité et son impolitesse s'étaient volatilisées, ne restait que le désespoir.

— Mon cousin m'a envoyé un article qu'il avait découpé dans le journal : le procès d'Evie Clarke. J'ai voulu me rendre sur place pour voir s'il s'agissait réellement de ma Shelley. J'étais convaincu que quelqu'un tentait d'usurper son identité. J'avais quitté le pays depuis plusieurs années, mais je devais en avoir le cœur net, alors je suis rentré.

Stephanie resta silencieuse. Elle imaginait le choc qu'il avait pu ressentir en la voyant au tribunal.

— Dites-moi tout, Nigel. À propos de la lettre et de ce que vous croyiez à ce moment-là.

Il l'observa un moment, puis soupira.

— Elle était censée me suivre. J'ai toujours rêvé de voyager, et Shelley m'assurait qu'elle le désirait aussi. J'ai réussi à obtenir un emploi outre-mer, mais elle a voulu rester pour régler ce qui devait l'être. Elle m'a dit qu'elle me rejoindrait une fois que tout serait en ordre. Elle avait constamment une bonne excuse pour retarder son départ. Je commençais à me dire qu'elle gagnait du temps, quand j'ai reçu sa lettre.

— Je n'ai pas pu la lire en intégralité. Vous pouvez me répéter ce qu'elle disait ?

— Quoi, mot pour mot ? Parce que je ne la connais pas par cœur.

— Non, les grandes lignes suffiront. Je veux savoir quelle explication elle a pu vous donner.

Il poussa un lent et profond soupir.

— Elle m'a écrit quand elle a découvert qu'elle était malade. Elle a confié la lettre à quelqu'un avec l'instruction de la poster après sa mort. Elle me remerciait d'avoir été un mari aimant et merveilleux, d'avoir changé sa vie. Elle me disait qu'elle s'était occupée de tout et que je n'avais pas besoin de revenir. Ses cendres étaient déjà répandues selon ses souhaits, et ses biens avaient été légués au centre de soins palliatifs où elle avait vécu ses derniers jours.

— Où se trouvait-elle à ce moment ?

— À Londres, j'imagine. C'est ce qu'indiquait le tampon de la poste. Dans ce courrier, elle m'annonçait que sa grand-mère était morte de la même maladie. Elle avait compris que ses jours étaient comptés dès qu'elle avait su de quel cancer il s'agissait. C'est pour ça qu'elle ne m'a pas demandé de rentrer.

— Savez-vous de quelle grand-mère elle parlait ?

— La seule qu'elle connaissait – la mère de sa mère. Elle vivait chez elle depuis ses neuf ans. Elles étaient très proches. Sa mort l'avait complètement dévastée, c'est comme ça qu'elle s'était retrouvée à la rue.

Stephanie hésitait à lui révéler la vérité : la grand-mère d'Evie était toujours en vie, n'avait *a priori* jamais souffert du moindre cancer et, d'après ce que le procès leur avait appris, c'était une vieille sorcière. Nigel n'était sans doute pas revenu après le premier jour du procès. Il n'avait pas entendu le récit d'Evie sur son adolescence.

— Au cours du procès, différents témoignages ont évoqué les cicatrices sur le corps de votre femme. Est-ce que vous avez assisté à ces débats ?

— Non. Une journée m'a amplement suffi. Je ne savais pas quoi penser de tout ça, j'ai préféré partir.

— Quelle explication vous avait-elle donnée pour ses blessures ?

Les yeux de Nigel Clarke s'embuèrent.

— C'est l'histoire la plus terrible que j'aie jamais entendue. Un gang de truands l'a enlevée quand elle avait treize ans – ils voulaient se venger de son oncle, qui s'était publiquement dressé contre eux. Ils l'ont passée à tabac. Ils lui ont cassé plusieurs os, puis ils l'ont jetée sur le trottoir, en face de chez elle.

Stephanie hocha la tête avec un air compatissant.

— Est-ce que la police est parvenue à arrêter les coupables ?

— Non. La famille a décidé de ne pas porter plainte. Shelley refusait que tout le monde apprenne qu'elle avait été battue et violée. Ils avaient peur de nouvelles représailles. Ils se sont retrouvés coincés au milieu d'une guerre entre gangs, son oncle avait simplement essayé de faire ce qui était juste. Ils ont déménagé pour fuir tout ça, peu après.

Stephanie était plus encline à croire la version des faits racontée au tribunal que celle-ci. Mais comment en être sûre ?

— Pourquoi a-t-elle inventé toute cette histoire pour vous convaincre de sa mort ? Pourquoi ne s'est-elle pas contentée de rompre avec vous ?

Nigel ouvrit de grands yeux.

— Oh, je la comprends parfaitement. Elle ne voulait pas me blesser.

Il dut s'apercevoir de la confusion de Stephanie, car il continua :

— Si elle m'avait simplement quitté, j'aurais su que je n'étais pas à la hauteur de ses espérances. Elle me connaît bien, elle savait que ça m'aurait anéanti. Je l'aurais suivie partout en la suppliant de me donner une autre chance, de me dire ce que je devais changer pour qu'elle revienne vers moi. Ce genre de choses. Bien sûr, j'ai été dévasté quand j'ai cru qu'elle était morte. Mais grâce à sa lettre, je suis resté convaincu qu'elle m'avait aimé jusqu'au bout.

Stephanie accepta la logique étrange de cet argument, même si elle soupçonnait plutôt qu'Evie n'avait pas voulu que son mari sache où la trouver. En cas de rupture, il aurait sûrement cherché à se tenir au courant de la nouvelle vie de son ex-femme.

Nigel soupira et s'enfonça dans son siège, visiblement épuisé par leur conversation.

— J'ai refusé de croire que c'était véritablement elle que l'on jugeait pour meurtre, jusqu'à mon arrivée au tribunal. Elle m'a paru tellement maigre. Elle ne ressemblait plus à la charmante femme pulpeuse que j'ai épousée. Quand j'ai découvert qu'elle m'avait menti, j'étais hors de moi. J'ai décidé de rentrer chez moi, en Nouvelle-Zélande. Puis j'ai appris ce qu'il s'était passé, ce que ce connard lui avait fait subir. J'étais horrifié. Je me suis dit qu'elle aurait peut-être besoin de moi, alors quand j'ai su qu'elle était sortie de prison, je suis revenu. Je pensais rester dans les parages, près de l'endroit où elle a grandi, je me doutais qu'elle viendrait s'installer par ici. Mais je n'ai pas trouvé le courage de l'affronter. J'attendais le bon moment. Une fois ma colère passée, j'ai été simplement terrifié à l'idée qu'elle ne soit pas heureuse de me revoir. Alors j'ai changé d'avis. Je vais repartir.

Stephanie avait à peine prêté attention à la conclusion de Nigel. Elle se pencha vers lui, par-dessus la table.

— Comment ça, « l'endroit où elle a grandi » ?

Elle faisait de son mieux pour garder une voix neutre. Elle ne voulait pas que Clarke comprenne qu'il venait de lui donner une nouvelle information.

— Sa mère a accouché à Norfold, avant de fuguer et de s'installer ici. Shelley a passé son enfance avec sa mère et son frère. Cette ville l'a toujours obsédée. Elle se faisait livrer le journal local à Leicester à l'époque où nous y habitions, et elle le lisait de la première à la dernière page. Je n'ai jamais compris pourquoi. Certains articles la mettaient hors d'elle, surtout ceux qui concernaient des lieux ou des personnes qu'elle avait connus étant petite. Quand je lui demandais ce qui la mettait dans un état pareil, elle me répondait simplement que je ne pourrais pas comprendre.

Stephanie avait du mal à croire qu'Evie ait pu vivre ici et que cette information n'ait jamais été mentionnée. Mais les enquêteurs n'avaient pas eu de raison de fouiller aussi loin dans son passé.

Nigel Clarke posa le menton dans sa paume.

— J'ai récupéré le journal dans la poubelle une ou deux fois pour voir ce qui l'avait contrariée. Elle avait piqué une crise à cause d'un article sur un homme qui avait épousé une riche Américaine. Il s'agissait probablement de Mark North. À l'époque, je ne m'en étais pas vraiment préoccupé. Ce nom ne m'évoquait rien, après tout. Je ne lui ai pas posé de questions non plus, parce que je savais qu'elle se fâcherait. Elle avait un caractère bien trempé.

Il sourit tendrement à ce souvenir.

Stephanie sentait son cœur s'emballer un peu plus à chaque phrase. Pourquoi Evie s'était-elle abonnée au journal local alors qu'elle vivait à Leicester ? En quoi le mariage de Mark et Mia aurait-il pu provoquer sa colère ?

— Nous savons déjà que sa mère est morte, mais vous avez mentionné un frère. Vous savez ce qu'il est devenu ?

Nigel Clarke acquiesça.

— Je crois que c'est à cause de lui que cet endroit l'obsède autant. Il s'appelait Dean.

— Où est-il à présent ?

— Il a été victime d'un accident quand il avait neuf ans environ. Il est mort d'une manière tragique et, malheureusement, elle était aux premières loges.

64

Cleo avait cédé à la tentation d'un somnifère la veille, puis d'un second car le premier ne faisait pas effet. Elle avait simplement voulu sombrer dans l'inconscience. Elle se réveilla lentement tandis que quelqu'un tambourinait à la porte d'entrée. Encore hébétée, elle enfouit la tête sous son oreiller en attendant que l'intrus se retire.

Elle n'eut pas cette chance. Le visiteur semblait déterminer à obtenir une réponse. Une voix qu'elle ne connaissait pas hurla son nom. Si cela continuait, tout le voisinage se lèverait pour assister au spectacle. Elle était devenue une sorte de paria depuis la mort de Mark, comme si elle portait la responsabilité du comportement agressif de son frère. C'était peut-être vrai. Elle l'avait peut-être protégé trop longtemps des dures réalités de ce monde.

— Je sais que vous êtes là, Cleo North. Je ne compte pas m'en aller.

C'était la voix d'une femme.

Cleo s'approcha de la fenêtre, mais la responsable du chahut était dissimulée par l'auvent qui abritait la porte d'entrée. Elle allait devoir descendre et ouvrir à cette inconnue sortie de nulle part. Elle n'avait pas la moindre idée de ce qu'elle lui voulait.

Elle s'enveloppa dans un peignoir et lissa ses cheveux du plat de la main. Heureusement, ils étaient suffisamment courts pour ne pas nécessiter beaucoup de soins. Quant à son visage, c'était une autre histoire. Elle passa devant un miroir, qui lui renvoya l'image de cernes noirs et d'une peau autrefois diaphane et désormais marbrée. Tant pis. Elle ne participait pas à un défilé, et l'intruse qui tenait tant à la voir devrait s'accommoder de son allure épouvantable.

Elle longea le couloir et ouvrit la porte au moment où la femme levait le poing pour y frapper une nouvelle fois. Son visage lui était vaguement familier. Elle était grande et svelte, avec des cheveux auburn coupés court. Elle aurait été très attirante, sans le pincement crispé de ses lèvres et la lueur sauvage de son regard. Cleo ne l'avait jamais rencontrée, elle en était certaine, mais peut-être l'avait-elle vue en photo, ou aperçue parmi la foule de curieux qui avaient assisté au procès.

— Qu'est-ce que vous voulez ? demanda-t-elle sans se soucier de prendre un ton aimable.

Elle ne ressentait pas le besoin de se montrer polie envers quelqu'un qui venait s'acharner sur sa porte au milieu de la nuit.

La femme la dévisagea avec une légère perplexité.

— J'entre, annonça-t-elle finalement en avançant d'un pas.

Cleo était sur le point de lui fermer la porte au nez lorsqu'elle remarqua une deuxième silhouette, jusqu'alors dissimulée dans l'ombre.

C'était Joe. Cleo se rappela soudain où elle avait vu le visage de cette femme. Un jour, durant la brève période où elle s'imaginait avoir un avenir avec Joe, elle avait attendu qu'il soit parti travailler et elle était venue se garer devant chez lui. Elle voulait apercevoir son épouse – celle dont elle s'apprêtait à détruire la vie.

C'était Siobhan. Et une seule raison pouvait expliquer sa présence.

Cleo recula pour lui laisser le passage. Joe lui jeta un regard anxieux, avant de suivre son épouse qui s'était engouffrée comme une furie dans le couloir. Celle-ci gagna le salon et, debout au milieu de la pièce, observa Cleo avec un dégoût évident. Ses pensées se devinaient clairement sur ses traits : qu'est-ce que son mari avait bien pu trouver à une telle épave ?

Mais Cleo n'avait pas été une épave – du moins, pas à l'époque.

— Prenez un siège, si vous voulez, dit-elle. Je vais enfiler un vêtement.

— Ne vous gênez pas pour moi, répliqua Siobhan d'un ton misérable. Quant à Joe, je suis sûre qu'il vous a déjà vue dans des tenues plus frivoles.

Cleo l'ignora, le cœur serré, et monta l'escalier en tâchant d'ignorer les chuchotements furieux éructés dans son dos. Elle aurait aimé que Joe la suive et lui explique la situation, mais évidemment, il n'en fit rien.

Elle fit un crochet par la salle de bains afin de se brosser les dents, puis enfila un jean et une chemise écarlate, et appliqua une noisette de crème hydratante sur son visage. Elle se serait sentie plus confiante avec un maquillage complet, mais elle pressentait que Siobhan viendrait la chercher par la peau du cou si elle tardait davantage. Elle n'échapperait pas si facilement à son courroux.

Elle revint au salon. Siobhan n'avait pas bougé d'un pouce, mais Joe s'était prostré sur l'accoudoir du canapé, la tête baissée. En le voyant ainsi, elle fut frappée de le trouver petit et insignifiant. Elle n'avait jamais eu l'intention de détruire sa famille, mais il paraissait toujours heureux de suivre le sens du vent et de faire ce qu'on lui disait. Sans parler de son apparition en plein procès, pour lui proposer de reprendre leur affaire où ils l'avaient laissée. Pour elle, cette histoire était désormais révolue.

Cleo n'eut pas le temps d'ouvrir la bouche. Siobhan passa aussitôt à l'attaque.

— Je veux savoir pourquoi vous avez couché avec mon mari, depuis combien de temps ça dure, et quand vous comptez vous arrêter.

Cleo inspira profondément. Elle comprenait la douleur de cette femme, et elle répugnait à compliquer davantage la situation. Mais pour cela, elle devait savoir ce que Siobhan avait découvert, et comment.

— Pourquoi ne pas poser la question à Joe, Siobhan ?

— Oh, alors vous connaissez mon nom ! Parfait ! Le rat qui me sert de mari aura au moins pris la peine de vous donner cette information à mon sujet.

Cleo tint sa langue, détournant les yeux pour ne pas avoir à affronter la douleur de Siobhan.

— Visiblement, tout le monde sait que mon époux se tape la sœur du mari psychopathe. J'étais la seule à ne pas être au courant.

Cleo se redressa brusquement pour la fusiller du regard.

— Il n'était pas psychopathe.

Ce mensonge était la seule chose qu'elle refusait d'accepter, de la part de quiconque. Le fait que Mark et Evie n'aient pas été mariés importait peu.

Siobhan ricana avec mépris. *C'est étrange*, songea Cleo, *de voir à quel point la souffrance enlaidit les personnes les plus attirantes*. Sa propre peine parut plus légère en comparaison du désespoir de Siobhan, et elle eut honte d'elle et de Joe. Elle avait été certaine que l'affaire ne s'ébruiterait jamais. Personne n'avait été au courant de leur liaison, hormis Mark, qui n'en aurait jamais parlé à personne.

— J'ignore comment j'ai pu mettre autant de temps à découvrir votre petit jeu, continua Siobhan avec un dégoût palpable. Selon la rumeur, votre amourette bat son plein et Joe s'apprête à me quitter. Vous avez réussi à le convaincre de déroger à ses principes.

Elle parut soudain sur le point de s'effondrer et alla s'asseoir sur une chaise.

— Ce n'est pas vrai, murmura Cleo. Joe n'ira nulle part. Pas avec moi, en tout cas.

Siobhan ne semblait pas l'entendre.

— Je n'y croyais pas, au début, continua-t-elle. Une femme parlait de vous au parc. Vous êtes une véritable célébrité, ces temps-ci. Elle connaissait un tas de choses à votre sujet, et elle avait l'air de vous détester autant que moi.

— Vous connaissez son nom ?

— C'est important ?

— Oui. Pour moi, en tout cas.

— Non, j'ignore de qui il s'agit. Elle avait les cheveux sombres, longs jusqu'aux épaules, du rouge à lèvres et un imperméable noir. Mais je m'en fiche complètement. J'ai cru qu'il s'agissait de rumeurs absurdes, mais j'ai commencé à surveiller Joe, et j'ai lu le mail.

Cleo jeta un regard confus à Joe, mais il ne leva pas la tête. Il n'avait pas dit un mot pour défendre ou soutenir l'une d'entre elles. Qu'avait-elle pu trouver à cet homme ?

— Quel mail ?

— Celui que vous avez envoyé hier soir. Inutile de faire la mijaurée, ce n'est pas le genre de déclaration qu'on oublie après l'avoir écrite, croyez-moi.

— Je n'ai pas écrit de mail à Joe. Ni hier soir ni jamais avant ça.

Ils avaient toujours communiqué grâce à des téléphones à carte prépayée. Joe cachait le sien dans sa voiture.

Siobhan sortit de sa poche une feuille de papier froissée et lut d'une voix étranglée :

— « C'est le moment, Joe. J'ai besoin de toi plus que jamais. Mon monde est en train de s'écrouler autour de moi, il ne me reste plus personne. Je t'en prie, reviens vers moi. »

Cleo fixa son amant. Elle attendait une explication, mais il se contenta de hausser les épaules. Il n'en savait pas plus qu'elle.

— Siobhan, je vous promets que ce mail ne vient pas de moi.

Siobhan bondit de son siège et s'approcha d'elle, brandissant le papier sous son nez.

— Vous allez aussi me dire que ce n'est pas votre adresse, j'imagine ?

Le message venait de cleo.north.1979. C'était une adresse Hotmail.

— Je n'ai pas de compte Hotmail. N'importe qui aurait pu la créer.

— Bien sûr. Et cette personne connaissait votre date de naissance, c'est ça ?

Cleo se sentait de plus en plus perdue. 1979 n'était pas son année de naissance, mais celle de Mark. Puis soudain, elle comprit. Une seule personne pouvait utiliser la date de naissance de Mark en guise de signature. Evie. Mais pourquoi ? Qu'est-ce qui aurait pu la pousser à faire une chose pareille ? N'avait-elle pas causé suffisamment de tort comme ça ?

— Soyez franche, Cleo. Est-ce que vous voulez de mon mari, oui ou non ? Parce que si c'est le cas, je vous préviens que j'ai bien l'intention de me battre. Pas que je pense qu'il en vaille la peine, mais malheureusement ses enfants ne seraient pas du même avis. Alors ? Que décidez-vous ?

Cleo ressentait uniquement de la honte et une profonde tristesse. La veille, elle avait envisagé de reprendre contact avec Joe. Elle n'en avait pas réellement eu envie, mais il ne lui restait personne d'autre.

Elle se pencha vers l'épouse de son amant en la regardant dans les yeux.

— Je suis sincèrement désolée pour le mal que je vous ai fait, Siobhan. Je n'ai pas envoyé cet email, et je soupçonne que quelqu'un cherche à m'attirer des ennuis, mais ce n'est pas la question. J'ai mal agi. Tout ce que je peux faire désormais, c'est m'excuser. Et vous assurer, de manière catégorique, que je ne veux pas de Joe. Il est tout à vous.

65

L'heure finale approche. Je suis heureuse de profiter de cette journée en compagnie de ma jolie Lulu – ma Lolula. C'est ainsi que je l'appelle quand nous sommes seules. Elle est si adorable, si délicate. Je l'ai amenée à la plage, déserte à cette période de l'année, comme je m'y attendais. Seule l'empreinte de nos pas se dessine sur le sable immaculé. Je les montre à Lulu. Elle s'approche du bord de l'eau, puis s'éloigne en courant tandis que les vaguelettes inondent les creux laissés par ses bottes en caoutchouc. Elle rit joyeusement.

Le temps a été terrible tout au long de la semaine, et la mer bien trop agitée pour y emmener une enfant. Aujourd'hui, c'est différent. C'est comme si la tempête avait tout lavé sur son passage. J'ai besoin de passer cette journée avec elle avant que tout change. La présence de Lulu est la seule chose qui parvienne encore à m'apaiser, à chasser ce perpétuel sentiment d'inéluctabilité. Je pensais avoir assouvi mon désir de vengeance, mais la colère continue de perturber mes nuits, et la haine de hanter mes jours.

Je me remémore tout ce que j'ai vécu pour en arriver là. Pendant des années, je m'étais demandé ce que je ressentirais en retrouvant ces rues, ce rivage. Pourtant, je n'étais pas revenue. Pas jusqu'au mariage de Mark et Mia. Même après ce jour, je ne m'aventurais jamais en ville sans me camoufler sous une perruque sombre et un maquillage outrancier. J'ai croisé Cleo quelques fois. Je savais qu'elle ne me reconnaîtrait pas lorsque je reviendrais sous une nouvelle apparence, avec une silhouette fine et des cheveux blonds.

De même que personne n'aurait pu reconnaître en moi l'enfant que j'avais été, grossie par la malbouffe, avec une tignasse terne tombant misérablement sur mes épaules, vêtue d'habits dépareillés volés à Emmaüs. Cet anonymat m'a permis de me fondre dans la masse, d'écouter les rumeurs et de découvrir ce que je voulais savoir sur Mark : la façon dont il avait rencontré Mia, les restaurants où il aimait manger, à quoi avait ressemblé son quotidien de célibataire.

Lulu mérite une vie meilleure que celle que j'ai vécue, mais je suis incapable de la lui offrir. J'ignore ce que les gens pensent de moi, si je suis devenue populaire ou haïe – j'imagine que cela dépend des points de vue. Mais je ne peux pas laisser Lulu apprendre la vérité si je veux qu'elle grandisse sans répéter mes erreurs. Si je fais partie de sa vie, elle finira inévitablement par tout savoir. Elle sera mieux sans moi.

J'étais si sûre de moi, si convaincue que je faisais ce qu'il fallait, que je n'avais pas d'autre choix. Mon corps était rongé par un feu que seuls des actes pouvaient éteindre.

Mais ce n'est pas encore terminé. Je n'en ai pas terminé.

Pour l'instant, je veux profiter de ces derniers moments avec ma fille. Je veux me sentir dans la peau d'une mère ordinaire, un banal jour d'hiver. Même si c'est faux. Mon âme est peuplée de monstres qui luttent pour s'évader et tout détruire, balayant les obstacles comme la mer efface l'empreinte de nos pas sur le sable.

Je dois protéger ma petite fille, m'assurer que Lolula soit hors de danger. Et pour cela, il n'y a qu'une solution.

66

Stephanie sentait une agitation fébrile la gagner. Elle n'avait qu'une hâte : répéter à Gus ce qu'elle avait découvert. Ces nouvelles révélations changeaient la donne. Rien n'était comme ils l'avaient imaginé, mais enfin, elle comprenait tout.

Elle devait le trouver. Elle avait consacré la matinée à approfondir ses recherches sur la base des quelques informations glanées auprès de Nigel Clarke, et elle avait sauté dans sa voiture pour apporter personnellement ces preuves au quartier général du CID.

Plusieurs agents levèrent le nez de leur écran à son entrée dans la salle commune et lui sourirent.

— Salut, Steph. Tu t'es décidée à rejoindre nos rangs, en fin de compte ?

Elle secoua la tête.

— Non, je suis venue voir le chef. Il est là ?

Tout le monde retourna à son ordinateur. Aussi simple que soit la question, personne ne semblait pressé d'y répondre. Finalement, un des hommes avec qui elle avait collaboré étroitement durant l'enquête s'approcha.

— Tu veux boire un truc ? proposa-t-il en la guidant vers la machine à café.

Elle eut l'impression qu'il cherchait à gagner du temps.

— Que se passe-t-il ? demanda-t-elle.

La gêne de son collègue disait bien que, en dépit de leurs efforts pour rester discret, la liaison entre elle et Gus n'était un secret pour personne.

— Ce n'est sans doute pas à moi de t'en parler, mais l'inspecteur Brodie est à Leeds aujourd'hui.

— À Leeds ? Qu'est-ce qu'il fiche là-bas ? Il est en déplacement pour une enquête ?

— Nous ne sommes pas censés être au courant, mais les secrets se gardent très mal par ici. Apparemment, il serait allé passer un entretien d'embauche.

Stephanie eut l'impression de recevoir un coup de poing dans le ventre. Il s'en allait. Elle ne douta pas un seul instant qu'il obtiendrait le poste : il avait toujours été destiné à un district plus dynamique, et elle s'était souvent demandé ce qui le retenait dans celui-ci.

Elle s'efforça de cacher son bouleversement sous un air intéressé.

— Tu sais quand il reviendra ?

— En fin de journée, j'imagine. Il est parti hier.

Elle envisagea de partager ses découvertes, mais se ravisa. L'explication prendrait trop de temps, et seul Gus pouvait comprendre immédiatement les implications de ce qu'elle avait à révéler.

— Quand tu verras Gus, dis-lui que je suis partie voir Cleo North. Je dois avoir une conversation avec elle.

Elle tourna les talons sans attendre de réponse et sortit de la pièce en courant.

67

— Aminah, c'est Cleo.

— Oui, vous êtes bien chez Aminah Basra.

D'abord perplexe, Cleo comprit au bruit de mouvement qu'elle entendait à l'autre bout de la ligne que son amie se déplaçait pour éviter que quiconque ne sache qui l'appelait.

Elle attendit.

— Je suis si contente que tu m'appelles, Cleo, chuchota Aminah. On s'inquiétait pour toi. Je ne voulais pas que tu t'imagines que je prenais le parti d'Evie contre toi. J'essayais simplement de me montrer juste envers tout le monde, surtout Lulu. S'il te plaît, j'aimerais qu'on se voie pour discuter de tout ça. S'il te plaît, Cleo. Tu me manques.

Sa gorge se noua. Aminah avait bon cœur, elle ne blesserait jamais quelqu'un intentionnellement.

— Pourquoi tu chuchotes ?

— Oh, Seigneur. Evie est de nouveau chez moi. Je la trouve un peu bizarre, pour être franche. Elle a dit à Lulu des trucs comme : « Tu seras fabuleuse », ou

« Ce sera mieux comme ça », et que tout se passerait bien. Je ne comprends pas ce qui la préoccupe autant.

— Est-ce que Lulu va bien ? s'inquiéta aussitôt Cleo, craignant pour l'enfant qui lui manquait tant.

— Elle a l'air. Enfin, je préfère qu'Evie ne sache pas que je parle avec toi, mais je veux te voir. Et je me doute que tu n'appelles pas pour rien, vu notre dernière conversation. Que se passe-t-il ?

— Tu te souviens quand tu m'as demandé si j'avais quelqu'un, il y a quelques mois, et que je t'ai répondu non ?

— Oui, bien sûr. Et je savais pertinemment que tu mentais, mais c'est ton droit. Pourquoi, il y a un problème ?

— Il était marié.

— Bien sûr qu'il était marié. Tu m'en aurais parlé, sinon. Mais j'avais l'impression que votre histoire était finie. Il a refait une apparition ?

Cleo aurait ri si la situation n'avait pas été aussi grave.

— Non, mais sa femme est venue toquer à ma porte au milieu de la nuit. Personne n'a jamais rien su de ma relation avec Joe quand nous étions ensemble, hormis Mark. Et maintenant, sa femme me dit qu'elle entend des rumeurs circuler à mon sujet. Elle a même reçu un mail de quelqu'un qui a usurpé mon identité. Aminah, je sais que tu considères Evie comme une amie et que ce n'est pas une position facile pour toi. Mais tu es la seule à qui je peux me confier, et je ne vois personne d'autre capable de faire une chose pareille.

Aminah resta silencieuse. Cleo avait peut-être dépassé les bornes.

— Écoute, oublie ce que j'ai dit. Excuse-moi. Joe s'est sans doute vanté auprès de l'un de ses potes, ou un truc dans ce goût-là. Ça expliquerait les rumeurs, mais pas le mail. Mes pistes sont un peu désespérées.

— Je n'en suis pas si sûre, ma belle, dit Aminah, plus bas encore. Toute cette histoire me paraît très calculée. Je sais qu'elle préfère éviter les confusions en empêchant Lulu de te voir, mais elle a autorisé sa fille à se rapprocher de toi, tout ça pour te l'arracher ensuite. Tu sais que Lulu te réclame, parfois.

Les larmes lui montèrent aux yeux. Elle n'eut pas le temps de répondre, cependant, car Aminah reprenait en changeant de ton :

— OK, ça m'a fait plaisir de te parler.

Elle paraissait sur le point de raccrocher, quand une nouvelle voix se fit entendre derrière elle.

— Désolée, Cleo. J'ai oublié de te dire qu'Evie était là. Elle voudrait te toucher deux mots, si ça ne te dérange pas.

Les cachotteries d'Aminah n'avaient pas dupé Evie. Cleo ne savait pas comment réagir. Mais ce n'était pas comme si elle avait réellement le choix.

— Cleo, dit Evie d'un ton assez amical. J'aimerais discuter de Lulu avec toi – et de l'avenir. J'allais retourner à la maison pour récupérer quelques affaires. Tu peux me retrouver là-bas dans… disons, trente minutes ?

Evie était-elle en train de céder ? Allait-elle de nouveau l'autoriser à voir Lulu ?

Cleo n'hésita pas un seul instant.

— J'y serai.

Stephanie quitta le CID et se dirigea vers sa voiture. Elle voulait questionner Cleo sur ses récentes découvertes et obtenir sa version des faits. Mais pour cela, elle devait d'abord reprendre ses esprits. Gus allait partir. Elle se sentait idiote de réagir ainsi. C'était elle qui avait refusé de le voir, après tout. Mais le fait que la décision vienne de lui produisait un effet différent.

— Arrête ça, tu es pathétique, murmura-t-elle pour elle-même.

Elle flanqua un coup sur le volant, alluma le moteur et s'engagea sur la route. Ça ne servait à rien de tergiverser. Elle devait agir.

Elle mit un quart d'heure pour arriver en ville, puis devant la maison de Cleo. À sa grande déception, il n'y avait pas de voiture garée dans l'allée. Elle alla frapper à la porte au cas où, mais ne fut pas surprise de ne pas recevoir de réponse.

— Merde, marmonna-t-elle, à court d'idées.

Selon toute logique, elle devrait laisser tomber et attendre d'avoir pu parler à Gus, mais cette solution lui paraissait décevante. Elle aurait voulu lui révéler l'énigme dans son intégralité. Et pour cela, elle avait besoin de discuter avec Cleo.

Elle enfonça les mains dans les poches, abattue, et retourna vers sa voiture. Elle était à mi-chemin lorsqu'un klaxon retentit. Elle tourna la tête vers un minivan rempli d'enfants. La vitre côté passager se baissa, et Aminah Basra, qu'elle avait vue au procès, se pencha par-dessus l'enfant installé à l'avant. Ses mots étaient couverts par la radio et les enfants qui chantaient « Firework » à tue-tête. Lulu était installée à l'arrière, riant des pitreries de ses congénères.

— Un peu de silence, tout le monde !

Aminah coupa la musique, sans se soucier des vives protestations des plus petits. Elle sortit de sa voiture.

— Désolée, dit-elle. Vous cherchez Cleo ? Vous êtes agent de police, n'est-ce pas ?

— C'est ça. Vous la cherchiez aussi ?

Aminah grimaça.

— Merde. Elle est déjà partie ? J'espérais la rattraper, mais j'ai mis une éternité à préparer tout ce petit monde.

Stephanie pressa le pas vers sa voiture.

— Alors vous savez où elle se trouve ?

— Je crois. Evie lui a demandé de la rejoindre chez elle et je suis venue pour dissuader Cleo. Il y a quelque chose qui cloche. Je ne saurais pas dire quoi, mais j'ai l'impression qu'Evie n'avait pas toute sa tête. Elle avait une expression intense que je ne lui connaissais pas. Elle m'a annoncé qu'elle m'avait désignée comme la responsable légale de Lulu, au cas où il lui arriverait malheur. Elle voulait s'assurer que ça ne me posait pas de problème.

Aminah se mordillait la lèvre inférieure, les mains serrées.

— Quand vous dites qu'elles ont rendez-vous chez Evie, vous parlez de la maison de Mark ?

— Oui. Je ne sais plus quoi faire. J'étais sûre de pouvoir l'attraper au vol.

Elle secoua la tête.

— J'irais bien jusque là-bas, mais je doute que ce soit une bonne idée d'emmener toute la tribu assister aux retrouvailles entre Evie et Cleo.

Elle désigna les enfants d'un geste de la main. Plusieurs d'entre eux mimaient bruyamment un combat à l'arrière du véhicule.

— Je m'en charge, répondit Stephanie. Ramenez-les à la maison, je vais me rendre sur place pour m'assurer que tout va bien.

Aminah hésita un instant.

— Si vous êtes sûre de vous…

Elle hocha la tête et regarda Aminah remonter dans son minivan avec l'air toujours inquiet.

Elle fit un signe d'au revoir aux enfants surexcités, avec un sourire forcé qui retomba dès que le véhicule eut disparu au coin de la rue. Elle grimpa dans sa voiture. Elle avait un mauvais pressentiment.

Aussitôt, elle appela Gus pour lui laisser un message. Elle devait lui expliquer ce qu'il s'était passé, ce qu'elle soupçonnait, et il comprendrait plus vite que n'importe qui d'autre.

Elle finissait son résumé lorsque le rendez-vous de Gus lui revint à l'esprit. Il y avait autre chose qu'elle devait lui dire.

— Je suis au courant pour Leeds. Gus, j'aimerais te souhaiter bonne chance, mais…

Elle s'arrêta.

— Et puis merde. Je n'ai pas envie que tu t'en ailles.

Elle raccrocha et démarra la voiture.

68

Cleo se gara devant la double porte ménagée dans le long mur blanc de ce qui avait autrefois été la maison de Mark. Elle n'était pas entièrement sûre d'avoir le courage de revenir sur ces lieux, d'entrer en sachant qu'il n'y serait pas, mais il fallait tout tenter pour persuader Evie de la laisser revoir Lulu.

Elle appuya sur la sonnette et patienta. Personne ne vint. Elle recommença, puis actionna le heurtoir.

Aucune fenêtre ne lui permettait de jeter un coup d'œil à l'intérieur. Elle fit demi-tour vers sa voiture, frustrée, et remarqua que le garage était ouvert. Evie devait s'attendre à ce qu'elle passe par là.

Elle dépassa la voiture de Mark, abandonnée et couverte d'une fine pellicule de poussière, puis poussa la porte du fond. Evie restait invisible. Elle pouvait être à l'intérieur, ou bien de l'autre côté de la haie de hêtres, au bout du jardin, sur le promontoire de terre battue qui surplombait abruptement la mer. Mark avait eu l'intention de clôturer cette extrémité avant que Lulu soit en âge de marcher. Cleo s'avança lentement vers la haie en espérant qu'Evie aurait eu le bon sens de ne pas amener Lulu dans un tel endroit, et scruta les alentours.

Une femme vêtue d'un imperméable noir se tenait face au précipice, ses cheveux sombres flottant sur ses épaules. Elle ne semblait pas avoir remarqué son arrivée. Cleo l'appela, mais le vent étouffa sa voix. Elle s'approcha.

— Pardon ! Qui êtes-vous ? Je cherche Evie Clarke.

L'inconnue se tourna lentement, et Cleo fut saisie. Elle avait les joues creuses et les yeux rougis, une chevelure sombre, mais Cleo la reconnut. Ce n'était plus la belle femme pleine d'assurance qui lui avait enlevé Lulu le mois précédent. Elle aurait pu la croiser dans la rue sans lui prêter attention. Pourtant, cette version d'Evie lui était familière, elle éveillait un souvenir dans sa mémoire.

Elle avança lentement, avec un malaise grandissant. Evie se tenait trop près du vide, sur le sol boueux, et Cleo sentit son appréhension initiale se changer en inquiétude.

— Écarte-toi du bord. Tu es trop près, c'est dangereux.

Evie la fixait, silencieuse et immobile, avec une expression tourmentée que Cleo ne comprenait pas.

— Tu voulais me voir, cria-t-elle pour couvrir le fracas des vagues en contrebas.

Elle fit encore quelques pas pour entendre la réponse, en prenant soin de rester à distance du vide.

— Ça n'a servi à rien, dit Evie en haussant les épaules. J'ai longtemps été obsédée par un but précis. Je pensais que je pourrais étouffer la douleur, mais ça n'a pas marché. Ça ne m'a pas soulagée.

Deux plis profonds se creusèrent entre ses sourcils. Ses propres mots semblaient la laisser perplexe.

Cleo n'y comprenait rien.

— Et toi ? Quel est ton rôle dans tout ça ? Que ressens-tu quand tu penses à ce que tu as fait ?

— Ce que j'ai fait ? s'écria Cleo. Moi ? J'ai pris soin de ta fille, je l'ai aimée comme si c'était la mienne, et maintenant, tu m'interdis même de la voir !

Elle aurait préféré qu'Evie ne sache pas à quel point elle l'avait blessée, mais sa voix s'étranglait malgré elle. Cette femme lui avait tout pris.

— Ah, ma belle Lulu. Nous devrons parler d'elle, mais pas tout de suite. La pauvre chérie, avec une mère comme moi et une tante comme toi, toutes les deux rongées et aveuglées par la haine. Oh oui, je connais tes sentiments à mon égard, Cleo. Tu peux le dire à voix haute, si tu veux, le crier au monde entier.

Elle ouvrit les bras et rejeta la tête en arrière.

— Je te hais, Evie ! hurla-t-elle. Je te hais !

L'amertume brûlait la gorge de Cleo comme de l'acide. C'était vrai, elle la détestait. Mais c'était peut-être sa seule chance de revoir Lulu, alors elle secoua la tête et baissa les yeux.

Elle n'entendit pas qu'Evie approchait et vit soudainement apparaître le bout de ses bottes noires dans la boue, à quelques centimètres de ses pieds.

— Est-ce que tu n'aimerais pas me jeter du bord de ce précipice ? Personne n'en saurait rien.

Elle redressa brusquement la tête et se détourna pour échapper au souffle chaud d'Evie sur sa joue.

— Je ne vais pas te pousser. Pourquoi je ferais une chose pareille ?

— Tu l'as pourtant bien fait à Mia, non ?

Elle sursauta, mais se garda de répondre. Evie avait prétendu connaître la vérité à propos de la mort de Mia, mais c'était impossible. Elle ne pouvait pas savoir ce qui s'était réellement passé.

— Je ne l'ai pas poussée. Tu te trompes.

Evie secoua la tête.

— Allez, Cleo. On est entre nous. Tu peux bien l'admettre.

Cleo s'efforça de rester calme. Son cœur battait la chamade. Quelles informations pensait-elle détenir, au juste ?

Evie se pencha sur son oreille au point de l'effleurer, comme pour partager un secret.

— Laisse-moi éclairer ta lanterne, si tu veux bien, dit-elle. Tu vois, tu as fait une erreur de timing. Le déroulement des événements n'était pas logique. Et je ne suis pas la seule à être arrivée à cette conclusion.

Une bourrasque froide se glissa entre elles, arrachant un frisson à Cleo. Elle avait peur de répondre. Evie continua sans lui en laisser le temps :

— Un jour, j'ai forcé Mark à me suivre à la salle de gym. Il a craqué. Il s'est effondré, tant cela lui était insupportable. Et il m'a tout avoué. Ton crime. À quel point cela le rongeait.

— Comment ça, il t'a tout avoué ?

Elle pouvait voir le pouls d'Evie battre dans sa gorge. Qu'avait dit Mark ? Il savait qu'elle n'avait pas poussé Mia, alors qu'avait-il réellement raconté ? Avait-il avoué sa culpabilité ? Evie essayait-elle de la manipuler ?

— Il m'a dit que tu l'avais poussée, répéta Evie.

Elle observait le visage de Cleo pour jauger sa réaction.

— C'est impossible. Je n'ai pas poussé Mia. Vraiment, je ne l'ai pas fait.

Le rire impitoyable d'Evie fendit l'air. Elle s'approcha de nouveau du bord de la falaise. Le soulagement de Cleo fut de courte durée.

— Mark a su ce que tu avais fait. Mia était descendue à la salle de gym avant qu'il parte pour l'aéroport, il attendait son taxi à l'étage supérieur. Si elle était véritablement tombée, ç'aurait été à ce moment-là. Mais l'heure qu'indiquait sa montre cassée ne collait pas. Selon Mark, elle aurait dû avoir fini sa séance à cette heure et enchaîné sur la piscine. Ils se ressemblaient assez de ce point de vue, tu sais, à toujours suivre un planning précis.

Cleo avait la gorge nouée. Pourquoi Mark aurait-il dit une chose pareille ?

— Selon lui, si elle était remontée avant de se baigner, c'était forcément parce qu'elle avait entendu quelqu'un à l'étage. Et une seule autre personne que lui possédait une clef. Toi, Cleo – toi qui insistais tant pour garder un double des clefs de la maison de ton frère. Qu'est-ce que ça fait de savoir qu'il est mort en étant convaincu que tu étais une meurtrière ?

Cleo baissa la tête. Elle ne voulait pas voir le triomphe qui luisait sans doute dans le regard d'Evie.

— Je ne l'ai pas tuée. Elle était morte quand je suis arrivée, murmura-t-elle.

Elle disait la vérité. Le corps de Mia gisait au bas des marches et ses yeux aveugles avaient semblé la fixer. Cleo avait été tétanisée, mais le souvenir de Mark lui avouant leur dispute l'avait persuadée de falsifier l'échange téléphonique, puis d'appeler son frère pour le convaincre de laisser un message à sa femme. Ce n'était que plus tard, lorsqu'elle était revenue, qu'elle avait remarqué avec horreur la montre cassée indiquant l'heure à laquelle Mark était sur le point de quitter la maison. Elle avait dû décaler les aiguilles pour protéger l'alibi de son frère. Elle ne voulait pas qu'il soit accusé de meurtre.

Evie enfonça les mains dans les poches de son imperméable et leva le visage vers le ciel.

— Ces petits jeux m'épuisent, Cleo. Je suis fatiguée de ces batailles. Personne n'en sort jamais vainqueur, en fin de compte, même si j'ai longtemps cru le contraire.

Elle s'exprimait de nouveau par énigmes. De quels jeux parlait-elle ?

— Je sais que tu n'as pas tué Mia. Mark, lui, était convaincu de ta culpabilité. Il s'en sentait responsable. Il savait pertinemment que tu n'aurais jamais proposé à Mia de déjeuner avec elle, alors pourquoi aurais-tu pris la peine d'inventer une telle histoire ? C'était trop gros – le timing, ton coup de fil et ta suggestion d'appeler Mia pour s'excuser. Tu cachais forcément quelque chose. Et s'il n'avait pas tué Mia, alors ça ne pouvait être que toi.

Sa voix s'étrangla.

— Mon Dieu, le pauvre homme. Je l'ai laissé le croire, même si je savais que c'était faux.

— Comment le savais-tu ?

Evie ne semblait pas l'avoir entendue. Elle fixait l'horizon, absorbée par un souvenir qui paraissait douloureux.

— Quand je l'ai forcé à descendre au sous-sol, tu sais ce qu'il m'a avoué ? Que ce n'était pas le corps de Mia qu'il voyait lorsqu'il se tenait au bas de l'escalier ! Non, il te voyait, toi, en train de la pousser. Ça le dévorait, et tu n'en avais pas la moindre idée. Et moi, je l'ai laissé souffrir.

Cleo entendit à peine cette dernière phrase. Evie murmurait, comme si elle se parlait à elle-même. Disait-elle la vérité ? Si Mark l'avait crue coupable du meurtre de Mia…

— Eh oui, Cleo. Même si la police a conclu à un accident, Mark était convaincu que tu avais tué son épouse. Et toi, pendant tout ce temps, tu t'imaginais que c'était lui qui l'avait poussée. C'est vrai, n'est-ce pas ? Et tu l'as couvert.

Evie parlait lentement, en détachant bien les syllabes. Cleo la fixa. Elle avait cru Mark coupable de la mort de Mia, et pourtant les déclarations d'Evie à propos des tendances violentes de son frère lui avaient paru inacceptables.

— Tu sais, Cleo, je pensais que tu me témoignerais au moins un peu de compassion en me voyant blessée – ne serait-ce qu'une fois. J'attendais un signe que tu comprenais ce que j'endurais. Mais il n'est jamais venu. Qui sait, les choses auraient peut-être été différentes si j'avais pensé que tu te souciais sincèrement de moi. Pourquoi refusais-tu de croire qu'il s'en prenait à moi, alors que tu pensais qu'il avait tué son épouse ?

— C'était différent. Complètement différent. Mark ne l'aurait jamais tuée intentionnellement. Il aurait pu la bousculer ou la chahuter un peu, mais c'est bien tout. Il paraissait si confus quand je lui ai parlé. Rien à voir avec la cruauté délibérée que tu décrivais. Ce serait arrivé par erreur – un moment de folie.

Elle savait ce que pensait Evie. Un moment de folie : c'était l'argument utilisé pour expliquer qu'elle avait tué Mark. Son expression était indéchiffrable. Son regard était empreint de tant de tristesse et de résignation que Cleo ressentit le besoin impérieux de partir en courant. De s'enfuir. Pourtant, ses pieds demeuraient cloués au sol.

— Toi qui te pensais si proche de ton frère, tu ne l'as jamais vraiment compris, n'est-ce pas ?

Evie secoua lentement la tête.

— Si Mark était confus ce jour-là, c'est parce qu'il s'était montré ignoble envers Mia, sans raison valable. Et il a dû passer le reste de sa vie sans pouvoir s'excuser auprès d'elle, car tu l'avais tuée. Ça le bouffait. Il t'aimait, l'imbécile, et il ne pouvait pas se résoudre à te questionner sur les événements de ce fameux jour. Si tu avais avoué le meurtre, il aurait dû te rayer de sa vie, et cette idée lui était insupportable.

Cleo ignorait quoi répondre, ou que penser. Elle recula instinctivement d'un pas lorsque Evie s'avança, la tête rejetée en arrière.

— Tu as raison au moins sur un point, dit celle-ci d'une voix douce. Mark était incapable de se montrer délibérément cruel.

À sa grande surprise, les yeux d'Evie s'emplirent de larmes. Peut-être était-ce à cause du vent.

— Qu'est-ce que ça veut dire ? Evie ! Explique-moi ce que tu veux dire par là !

Evie la regardait sans bouger, comme si elle attendait que Cleo tire ses propres conclusions. Puis elle retourna près du précipice. Cleo n'en croyait pas ses oreilles – elle refusait de comprendre.

— Toutes ces choses dont tu l'accusais ? cria-t-elle, et sa voix se brisa. C'étaient des mensonges ? Depuis le début ?

Cet affrontement avec la meurtrière de son frère la mettait au supplice.

— Je savais bien qu'il ne t'aurait jamais fait de mal ! Je savais que tu étais une salope mythomane ! Mais pourquoi ? Et comment as-tu été blessée, si ce n'était pas par lui ? Est-ce que c'était quelqu'un d'autre, ou c'est ton imprudence qui a causé tous ces accidents stupides ?

Elle parlait de plus en plus vite et de plus en plus fort, terrifiée de voir avancer vers elle cette femme au visage pâle et étiré qui ressemblait si peu à celle qu'elle avait cru connaître. Elle voulut reculer mais la haie dans son dos bloqua sa retraite.

Evie s'immobilisa.

— Non, Cleo. Ce n'était pas des accidents. Mais il est vrai que Mark n'a jamais levé le petit doigt sur moi.

Ses yeux creusés semblaient sans vie.

— Je me suis fait ça toute seule.

— Comment ? Pourquoi faire une chose pareille ? Comment peut-on s'infliger tant de douleur ?

Evie offrit son visage au vent, et sa perruque brune se déploya comme un halo noir autour de sa tête. Elle répondit sans la regarder, d'une voix plate et dénuée d'émotions, les épaules affaissées sous le poids d'un fardeau trop lourd.

— Voilà des années que la douleur n'a plus d'impact sur moi. J'ai dit la vérité au tribunal, au sujet de mon oncle. C'était une brute vicieuse. Mais il m'a appris que la douleur n'avait qu'un temps. Le pire, en fin de compte, c'est son souvenir. Le corps cesse vite d'avoir mal, mais l'esprit se remémore le calvaire, encore et encore. Alors oui, j'ai de l'expérience en matière de souffrance.

— Pourquoi tu as menti ? Pourquoi tu as tué Mark ?

— Tu n'as toujours pas compris ?

Elle secoua lentement la tête, avec un air désapprobateur.

— Pour me venger, Cleo.

— Te venger de quoi, puisqu'il ne t'avait rien fait ?

Son visage s'adoucit.

— Mark n'aurait jamais levé la main sur moi. C'est pour ça que j'ai eu tant de mal à accepter ce que je lui ai fait. Après tant d'années à tout planifier, je pensais que le tuer me soulagerait. Mais non. Je suis toujours emplie de haine, elle n'a pas cessé de brûler en moi. Elle fait partie de moi à présent, je ne pourrai pas m'en débarrasser.

Cleo résista à l'envie de se jeter sur Evie et de la pousser dans le vide, la voir heurter la roche et être engloutie par les profondeurs cruelles de la marée.

— Voilà des années que je préparais mon coup, continua Evie, que je faisais tout pour devenir le type de femme dont Mark North pourrait tomber amoureux. J'ai fait tout ça pour pouvoir enfin me venger.

— Tu as dit au procès que ce n'était pas une vengeance. Evie, tu perds la tête.

Cleo s'approcha, comme si ses pieds se mouvaient par leur propre volonté.

Le regard d'Evie était aussi dur que le granite, et sa bouche pincée formait une fine estafilade sur son visage pâle.

— Je ne cherchais pas à me venger de Mark, Cleo. Tu as toujours été la seule concernée.

69

— Merde, merde, merde ! cria Stephanie.

Devant elle s'étendait une longue file de voitures à l'arrêt. Elle avait complètement oublié les barrages routiers, si bien qu'elle était désormais coincée dans les bouchons. Elle regretta de ne pas conduire son véhicule de service, dont elle aurait pu activer les sirènes. Dans sa voiture personnelle, elle était condamnée à patienter au même titre que les autres conducteurs, dont beaucoup s'acharnaient sur leur klaxon – comme si ça servait à quelque chose.

Son instinct lui disait que le face-à-face entre Cleo et Evie était inquiétant. Elle avait un mauvais pressentiment. Sa conversation avec Nigel Clarke l'avait convaincue que le frère d'Evie constituait la clef de l'enquête, et elle avait découvert dans les archives les circonstances horribles de sa mort. Elle avait également rencontré de bon matin une assistante sociale à la retraite, qui lui avait fait part des derniers détails manquant au rapport.

« C'était une affaire compliquée, avait-elle dit. Dean – le garçon qui est décédé – avait une famille absolument désastreuse. Sa mère était alcoolique, ce qu'il avait réussi à cacher à tout le monde. C'était lui qui prenait soin de sa mère et de sa sœur, pour l'essentiel. On a découvert plus tard qu'il volait dans les magasins pour les nourrir, parce que la mère buvait aussitôt tout ce qu'ils recevaient d'aides sociales. »

Elle avait secoué la tête avec dépit, encore touchée par cette histoire, peut-être également attristée de savoir que ce cas n'était pas exceptionnel.

« À la mort du petit, on a réalisé à quel point la mère était malade. La sœur a dû être placée. Elle a été recueillie par sa grand-mère, moyennant des compensations financières, malheureusement. La pauvre gamine venait de perdre son frère, alors que c'était le seul à qui elle faisait confiance. Sa mère est morte peu de temps après, à cause de l'alcool, bien sûr. Dean était un petit voyou, je ne vous le cache pas. Il s'attirait toujours des ennuis. Mais bon, ce gosse portait le poids du monde sur ses épaules. »

Stephanie savait que ce n'était que la moitié de l'histoire. Elle devait rejoindre la maison sur la falaise au plus vite. Si son pressentiment était juste, cette rencontre allait mal finir.

70

Cleo fond en larmes. Elle perd le contrôle d'elle-même et proteste sauvagement, entre deux sanglots, mais je n'en ai pas encore fini.

— Tu devras passer le reste de ta vie seule, sans celui que tu aimais le plus au monde, ton frère. Et tous, à part toi, se souviendront de lui comme d'une ordure. Je n'ai pas besoin de te demander quel effet ça fait, Cleo. Je le sais déjà.

Elle ne semble pas comprendre les implications de ce que je viens de lui annoncer. Elle ne comprend pas que, comme elle, j'ai perdu mon frère – et que je l'en ai toujours tenue pour responsable. Depuis la mort de Dean, le temps n'a fait qu'attiser ma haine envers Cleo. Je devais la faire souffrir, autant que j'avais souffert. Je devais la condamner à perdre son frère bien-aimé, à endurer le martyre de le voir damné aux yeux du monde.

Tuer Mark n'a pas été aussi facile que je l'avais espéré. Il ne méritait pas de mourir. C'était un homme bon, je crois qu'il m'aimait. Je sais qu'il aimait notre fille. Mais c'était l'unique moyen. Mon esprit se raccrochait à cette solution comme à un radeau au milieu d'une tempête qui détruisait tout sur son passage. Seule Lulu a percé mon armure. À présent, je dois la protéger. Je ne permettrai pas qu'elle subisse les conséquences de cette maladie qui m'a si longtemps guidée et qui continue de me dévorer de l'intérieur.

J'ignorais comment y mettre un terme – comment m'arrêter. Alors, je me suis déguisée et suis allée faire des recherches sur l'ordinateur de la bibliothèque municipale pour apprendre à saboter un réseau électrique, puis j'ai soigneusement préparé la scène. Cleo a raison : Mark n'aimait pas le noir. Mais je n'aurais pas pu passer à l'acte si son beau visage et son regard confiant étaient apparus en pleine lumière. Je le vois chaque fois que je m'endors, son image me hante. Le froid et l'obscurité des longues nuits d'hiver me sont devenus insupportables.

Quelle expérience amère que de faire l'amour avec lui en sachant que ce serait la dernière fois. Il s'était montré si aimant, si soulagé que je cherche de nouveau à le séduire, après des mois passés à le tenir à distance. Mais le couteau était déjà là, posé sur la table de chevet. C'était ma chance. Le moment auquel j'avais consacré ma vie, dont je rêvais depuis des années, auquel je m'accrochais à chaque claquement de fouet, à chaque os brisé. Pourtant, tuer Mark m'a atteinte plus cruellement encore que tout ce que j'ai pu endurer par le passé – par la faute de mon oncle, ou par la mienne.

J'ai dû téléphoner à la police pour que mon plan fonctionne. Je les ai appelés à l'aide, puis j'ai utilisé le couteau pour me mutiler. À ce moment, c'était comme si Mark lui-même tranchait ma chair, comme si chaque entaille posait la même et seule question. « Pourquoi, Evie ? Pourquoi ? »

J'ai attiré son corps nu contre le mien pour que les poils de son torse s'incrustent dans mes plaies et prouvent que nous avions fait l'amour après qu'il m'avait blessée. J'ai attendu, allongée à côté de lui, le serrant contre mon cœur en sanglotant et en implorant son pardon.

Cleo ne connaîtra jamais les détails de cette nuit. Personne ne les apprendra. Elle continue de bredouiller, de manière inintelligible.

— Qui… sais pas… frère ?

Je sais ce qu'elle essaie de dire.

— Tu te souviens de Dean Young, Cleo ? Ce garçon que tu as persuadé d'escalader les remparts de la côte au beau milieu d'une tempête. Je t'ai vue. Tu te souviens de moi, à présent ?

Je ne quitte pas son visage des yeux. Est-ce qu'elle a enfin compris ?

— Tu te rappelles la petite Shelley Young ? J'étais terrée à l'angle d'une ruelle, de l'autre côté de la route, trop effrayée pour sortir. Tu lui hurlais dessus. Tu le traitais de lâche. Puis tu t'es ruée sur lui et tu l'as poussé dans le vide, au moment où une énorme vague allait le submerger. J'entends encore son cri – je l'entends tous les jours. Tu l'as tué, et tu en es sortie blanche comme neige. Puis tu as proclamé qu'il n'était qu'un petit voyou, un animal qui torturait Mark.

— Non !

Une violente bourrasque porte la voix claire et angoissée de Cleo jusqu'à moi.

— C'était une brute ! Un sale gosse qui faisait vivre un enfer à Mark. Mais je ne l'ai pas tué. Dean est le seul responsable – pas moi. Pas Mark. Je les ai trouvés tous les deux sur la promenade, et ton frère essayait de pousser Mark sur les remparts, en chantonnant « Une poule sur un mur ». La mer était déchaînée. Il n'y avait personne pour nous aider. Alors j'ai dit à Dean qu'il n'avait qu'à monter lui-même, s'il était si courageux. Il m'a ri au nez, mais il l'a fait. Il se pavanait, et je l'ai encouragé.

Je suis hantée par le souvenir de mon frère. Je sais qu'il avait des défauts, mais il s'efforçait de garder notre misérable famille à flot. Je n'étais qu'une petite fille, et il était la seule personne de mon entourage à qui je pouvais faire confiance. Cleo me l'a enlevé.

— Pourquoi l'as-tu poussé ? Ce n'était qu'un gosse, dis-je avec calme.

Il n'est plus temps de crier.

— Je ne l'ai pas poussé ! Je lui ai crié de descendre et j'ai couru vers lui pour le rattraper quand la grande vague est arrivée. Il a trébuché en arrière. J'ai essayé d'attraper ses jambes, mais c'était trop tard.

Je ne peux pas me retenir plus longtemps. Je vois la vérité dans son regard. Je hurle.

— Tu mens ! J'ai tout vu ! J'ai vu ton visage quand tu t'es retournée, tu n'as même pas jeté un œil par-dessus les remparts. Tu lui as tourné le dos, et tu as souri. Tout ce que j'ai mis en œuvre pour te faire souffrir n'a pas suffi, tu ne pourras jamais compenser le mal que j'ai enduré à cause de toi – les tortures que j'ai subies, la vie que j'ai dû mener.

Je la regarde, et mes dernières réserves d'énergie m'abandonnent. J'avais cru que tuer Mark mettrait un terme à mon agonie – j'espérais que ça résoudrait tout, définitivement. Mais la douleur est toujours là, elle continue de me brûler. Cleo n'a pas assez souffert. Ou peut-être que c'est le contraire – peut-être que c'est à mon tour de payer pour mes crimes. Je ne sais plus. Il est temps d'en finir.

71

Cleo n'arrivait plus à suivre le fil des événements. C'était trop. Evie avait tué Mark. De sang-froid. Les mensonges qu'elle avait racontés au jury, les explications sur ses blessures… Elle avait tout fabriqué. La cour l'avait crue. Aux yeux du public, Mark était devenu un monstre.

Même Cleo, pourtant persuadée que son frère était incapable d'actes aussi malfaisants, avait eu de brefs moments d'incertitude. Cette pensée la rendait malade. Si seulement elle pouvait lui parler une dernière fois, implorer son pardon, s'excuser d'avoir douté, ne serait-ce qu'une seconde, de la bonté de son cœur.

Evie ne lui prêtait plus attention. Elle piétinait le sol boueux, concentrée sur ses pieds, à quelques centimètres du vide. À quoi rimait ce manège ?

— J'ai connu un réconfort dans ma vie, tu sais. Ma douce, ma jolie Lulu. Pourtant je dois l'abandonner – à cause de toi. Elle sera la première d'entre nous à mener une vie normale, libérée des fautes du passé.

Cleo fit un pas en avant. En dépit du vent glacial chargé d'humidité, la sueur collait son pull à la peau de son dos. Elle haïssait Evie du plus profond de son être, mais l'évocation de Lulu avait capté son attention. Si Evie renonçait à elle, alors peut-être…

— Écarte-toi de la falaise, Evie. J'ignore ce que tu as dans la tête, mais tu vas finir par glisser sur la boue si tu ne fais pas attention. Reviens vers moi, nous pourrons discuter de Lulu.

— Je ne veux pas discuter de ma fille avec toi. Tu n'es pas responsable d'elle et tu ne le seras jamais.

La brève lueur d'espoir qu'avait entrevue Cleo s'éteignit aussitôt.

— J'aime Lulu, s'écria-t-elle. J'aimais Mark. Tu n'es pas apte à être mère, Evie. Tu es tordue. J'ignore ce que tu attends de moi, ce que tu voudrais que je dise ou que je fasse, mais ne crois pas que tu vas t'en tirer à si bon compte.

Les commissures de la bouche d'Evie s'étirèrent. Ce n'était pas un sourire, cependant. Son corps entier semblait affaissé, vidé de toute force. Elle n'était qu'une coquille vide. Seuls ses yeux avaient gardé un éclat féroce. Cleo sut qu'elle préparait quelque chose de terrible.

— Je comprends ce qui a pu te donner cette idée, mais détrompe-toi. L'une de nous va mourir ici, aujourd'hui. L'autre sera condamnée à la prison à perpétuité. Entre la mort et la captivité, dis-moi, qu'est-ce que tu préfères ?

Elle éclata d'un simulacre de rire, un son glaçant que le vent emporta.

— Mais de quoi tu parles, nom de Dieu ?

— La mort serait une fin trop douce pour toi, déclara Evie. Tu mérites seulement de pourrir dans une cellule pour le reste de ta vie. Ça te laisserait le temps de te repentir de tes actes. Ou peut-être que tu devrais mourir, je n'arrive pas à me décider.

Quelque chose semblait s'être brisé en elle. Elle se jeta sur Cleo avec un soudain sursaut d'énergie. Cleo s'écarta, mais elle fut trop lente. Evie lui agrippa les poignets et les serra de toutes ses forces.

— Lâche-moi, espèce de cinglée ! Merde ! Qu'est-ce qui te prend ?

Evie la relâcha et la griffa férocement au visage, avant de bondir en arrière. Son visage blême avait retrouvé son impassibilité.

— Ceci devrait suffire à prouver que je me suis débattue avant que tu me pousses vers la mort.

— Mais je ne vais pas te pousser ! J'adorerais te voir sauter, mais même toi, tu n'es pas assez folle pour faire une chose pareille.

— Oh, vraiment ?

Evie prit le temps de considérer cette affirmation. Finalement, elle secoua lentement la tête.

— Je n'aurais aucune difficulté à me jeter dans le vide et à mourir. Ça ne me fait pas peur, tu sais. Je ne suis pas digne de Lulu, et toi non plus. Nous avons trop de sang sur les mains. Je dois renoncer à elle. Elle vivra dans une famille qui la protégera de tout ce malheur. De nous deux. Et toi, tu ne la verras plus jamais, car si je saute, tu deviens ma meurtrière. Aminah sait que nous nous sommes donné rendez-vous ici, et j'ai laissé des traces de notre combat. J'ai tué ton frère. Alors bien sûr que tu seras coupable, sinon comment expliquer ma mort ?

— Tu es mauvaise. Complètement malade, dit Cleo en se remettant à pleurer. Pourquoi m'avoir confié Lulu aussi longtemps si tu me détestes à ce point ?

Evie cessa de piétiner.

— Je voulais que tu te rapproches de Lulu, dit-elle enfin d'un ton plat, pour souffrir d'autant plus au moment où tu la perdrais.

Chaque mot pénétrait Cleo comme une lame. Sa tête bourdonnait, et elle ouvrit la bouche pour laisser échapper le hurlement qui montait en elle.

C'est presque terminé. Le dénouement n'est pas aussi satisfaisant que je l'avais espéré. Dommage. Je ne peux pas encore me permettre de perdre le contrôle. Pas tant que je n'ai pas obtenu ce que je cherche. Pas tant que Cleo ne m'aura pas avoué la vérité.

— Je veux que tu dépérisses lentement, Cleo, et c'est ce qui se passera si tu me tues. Tu en paieras le prix toute ta vie. La mienne ne me sert plus à rien depuis que j'ai compris que je ferai du mal à Lulu si je reste auprès d'elle. Mais que tu sois reconnue coupable, condamnée à la perpétuité… cela donnerait un sens à ma mort. Il y a des fibres de mes vêtements sur toi, tu as des griffures sur la joue et des bleus aux poignets, sans compter les traces de lutte sur le sol. J'ai laissé une autre série de preuves – c'est un peu ma spécialité, tu as dû t'en rendre compte. Tout le monde croira à ta culpabilité. Après tout, j'ai tué ton frère et je t'ai empêchée de voir Lulu. J'ai désigné Aminah comme sa responsable légale, si je venais à mourir. De toute façon, ce n'est pas comme si tu pouvais la récupérer depuis ta cellule de prison, pas vrai ?

— Tout ça est tellement vieux, sanglote Cleo. Je t'en prie, Evie. Arrête.

— Pas tant que je n'aurais pas entendu la vérité.

Elle s'effondre. Elle sait que rien ne pourra me détourner de ces mots que j'attends depuis si longtemps.

— D'accord, c'est vrai, je l'ai poussé, crie-t-elle. Mais je n'en avais pas l'intention. Je me suis jeté sur lui pour le *sauver*, quand il s'est mis à hurler sur Mark, à le traiter de petit pleurnichard et à le menacer en lui disant qu'il ne perdait rien pour attendre. Tout est arrivé si vite. Dean était un monstre.

Je m'attendais à éprouver du soulagement en entendant son aveu. Pourtant, je ne ressens rien. J'ai toujours su la vérité, alors peut-être que sa confession ne fait pas vraiment de différence, au bout du compte. Devrais-je lui parler de ces années que j'ai consacrées à préparer ma vengeance ? De tout ce que j'ai accompli pour transformer mon apparence et passer de l'adolescente replète et couverte d'acné à la femme distinguée et élégante ? Tout l'argent que j'ai dépensé dans ce but, celui que Nigel gagnait durement et qu'il me donnait de si bon cœur ? Tous ces petits talents que j'ai acquis dans le simple but de me rapprocher de Mark North et de le séduire – afin de le tuer ensuite ?

Je suis étonnée qu'elle n'ait pas parlé de ma perruque. Vu la manière dont elle m'a dévisagée en arrivant, je pense qu'elle l'a reconnue. Se souvient-elle de la femme brune toujours trop maquillée qui avait passé quelques mois dans le voisinage, lorsque je me renseignais sur la vie de Mark et Mia afin de peaufiner les derniers détails de mon plan ? Je l'espère.

Je m'écarte du vide, et Cleo recule d'un pas.

— Allez, dis-je avec un ton de défi. Viens me chercher. Tu en meurs d'envie, n'est-ce pas ? Je sais que tu es douée pour provoquer des chutes mortelles, je t'ai vue à l'œuvre. C'est un talent que nous partageons.

Cleo me fixe d'un air ahuri. C'en est trop pour elle. Je ne suis pas sûre qu'elle m'ait comprise, mais je n'ai pas la force de me montrer plus explicite.

Je parle de Mia, bien sûr. Elle était un obstacle entre Mark et moi alors que j'avais enfin tout préparé. J'ai dû me débarrasser d'elle. J'ai passé plusieurs semaines à épier la maison dans l'espoir qu'une occasion se présente. Le moment venu, j'ai saisi ma chance. J'ai attendu que le taxi de Mark disparaisse, puis j'ai sonné à l'Interphone. J'ai expliqué à Mia que je travaillais pour la société de maintenance de la piscine, et que je venais ajouter des produits d'entretien avec un jour d'avance. Elle était trop paresseuse pour s'en occuper elle-même. Elle m'a ouvert, puis elle est montée à ma rencontre. Je m'étais munie d'un couteau, mais je n'en ai pas eu besoin.

« Après vous », ai-je dit en lui cédant le passage.

Elle m'a dépassée avec désinvolture. Je connaissais la technique, bien sûr. Dieu sait que mon oncle l'a suffisamment testée sur moi. D'un geste rapide, j'ai glissé mon pied entre ses chevilles. Je me souviens de son expression de surprise, fugace, avant qu'elle tombe la tête la première dans l'escalier et que son corps heurte le carrelage gris béton. L'impact lui a brisé le cou. C'était plus facile que je ne l'avais escompté. Après ça, il m'a suffi de délacer l'une de ses tennis.

Mais je ne raconterai pas tout cela à Cleo.

Le vent devient de plus en plus mordant en haut de la falaise. Enfin, je vois apparaître une lueur de compréhension dans les yeux de Cleo.

— Mia ?

L'émotion rend sa voix rauque. Je hoche la tête, sourcils haussés.

— J'étais là, dans la salle de sport, quand tu as débarqué dans la maison, prête à te battre. J'ai entendu ce que tu as dit en découvrant le corps de Mia. « Mon Dieu, Mark, qu'as-tu fait ? » Étrange que tu en sois immédiatement venue à cette conclusion. As-tu pensé que vous aviez le meurtre dans le sang ?

Elle approche de sa limite. Si je continue de la bousculer, elle s'effondrera. Ça ne va pas.

— Je te l'ai dit, l'une de nous deux va mourir aujourd'hui. Tu as décidé laquelle ce serait ?

Les pieds de Cleo restaient cloués au sol tandis qu'Evie se rapprochait d'elle. Depuis plusieurs jours, elle pensait ne plus avoir de raison de vivre, mais maintenant, devant la menace, elle ne voulait pas mourir. Elle devait vivre, et innocenter son frère aux yeux du monde.

— Allez, répéta Evie. Viens vers moi. Je sais ce que tu veux.

C'était vrai. Elle voulait qu'Evie meure. Elle n'avait qu'une envie : se jeter sur la meurtrière de son frère, la traîner jusqu'au précipice et la pousser dans le vide. Qu'avait-elle à perdre, maintenant que Mark et Lulu avaient disparu de sa vie ? Et même si elle devait croupir en prison jusqu'à sa mort, le monde serait enfin débarrassé de la malfaisance d'Evie Clarke.

Le cœur affolé, elle fit un pas en avant.

Saute, Evie. Saute, implora-t-elle silencieusement.

Un autre pas.

C'est la fin.

J'y vois clair à présent : c'est toi ou moi. L'une de nous est condamnée à mourir.

Avec un rugissement, elle s'élança vers Evie.

72

Après une demi-heure d'embouteillages, Stephanie put enfin gagner la route qui menait au sommet de la falaise. Ses pneus crissaient, projetant des gerbes de graviers tandis que le long mur blanc de la maison où elle avait découvert le corps ensanglanté de Mark apparaissait devant elle.

La voiture de Cleo était garée devant la porte d'entrée. Stephanie savait tout, à présent. Cleo avait assisté à la mort du frère d'Evie. Le rapport prétendait qu'elle avait essayé de le sauver. Evie y avait-elle cru, ou Gus avait-il eu raison de voir dans la mort de Mark davantage que le simple dénouement d'une relation violente ?

Elle freina brusquement, faisant chasser ses roues arrière. Elle n'y prêta pas attention. Peut-être les deux femmes s'étaient-elles donné rendez-vous sans avoir d'arrière-pensée, mais elle ne pouvait pas ignorer l'inquiétude manifeste d'Aminah Basra, ni son propre instinct.

Elle courut vers la porte. Est-ce que quelqu'un viendrait lui ouvrir si elle frappait ? Elle remarqua que le garage était ouvert et se souvint du jour où Cleo, bouleversée, lui avait expliqué qu'on pouvait entrer par là.

Elle traversa le garage au pas de course, puis s'arrêta. Peut-être que tout allait bien. Elle ne pouvait pas faire irruption ainsi – elle devait garder son calme.

Elle inspira profondément et franchit la porte ouverte qui donnait sur le jardin.

Personne en vue. Elle jeta un œil par la première fenêtre, mais ne repéra aucun signe de vie, ni dans la cuisine ni dans le séjour. C'était comme si la belle demeure avait suivi son propriétaire dans la mort.

Un rire aigu lui parvint, mêlé au fracas des vagues et aux cris des mouettes qui volaient en cercle au-dessus de la maison. Elle se détendit. Si elles riaient, alors tout allait bien. Elle avait paniqué inutilement.

Elle traversa la pelouse sans un bruit, contournant la haie de hêtres qui masquait le bord de la falaise.

Une femme se tenait près du vide, seule, le visage baissé vers la houle en contrebas. Un rayon de soleil fit scintiller ses cheveux et elle leva les bras, la tête renversée en arrière, comme pour remercier le ciel.

Épilogue

Le garçon est debout sur les remparts. Il fanfaronne, fait mine de maintenir son équilibre même si la muraille est large et plate. Il ne remarque pas le danger qui se précipite sur lui. Ne reste rien, ensuite, que le faible écho de son hurlement.

Dans l'attente de ma visiteuse, et sachant d'avance ce qu'elle me dira, je contemple ma nouvelle demeure. Quatre murs à la surface brillante m'entourent et donnent l'illusion étouffante de se rapprocher. La peinture laquée est sans doute plus facile à nettoyer, mais elle reflète trop durement l'éclairage blafard.

J'aurai bientôt tout le loisir de me perdre dans mes pensées et de méditer sur mes actes. Je devrais éprouver du remords, mais ce n'est pas le cas.

J'ai déclaré aux policiers qu'il s'agissait d'un accident. Je l'ai répété, de nombreuses fois, mais j'ai peu d'espoir de les avoir convaincus.

Ils m'ont inculpée pour meurtre, et je doute de pouvoir leur prouver le contraire. Ce n'est toutefois pas le moment de m'inquiéter de mon sort. Des bruits de pas s'approchent de ma cellule et la porte s'ouvre, révélant le visage grave de la gardienne.

— Vous avez de la visite.

Elle hoche la tête pour me signifier que je dois la suivre. Les policiers m'ont tous dans le collimateur, ils me voient comme une meurtrière. Je me fiche pas mal de ce qu'ils pensent.

Elle me guide jusqu'à une autre pièce, celle réservée aux rencontres privées entre les prisonniers et leurs avocats. J'ai à peine le temps de m'asseoir que la porte s'ouvre à la volée. Harriet entre à grands pas, avec un visage de marbre. Je n'arrive pas à deviner ce qu'elle pense de tout ça. Mais je ne tarde pas à le découvrir.

— Je ne vais pas te demander comment ça va, crache-t-elle. Sincèrement, je n'en ai rien à foutre.

Son expression figée est une stratégie : elle s'efforce de ne pas laisser éclater sa colère.

Je ne réponds pas. Je doute qu'elle me défende, étant donné qu'elle me voit comme une ennemie. Mais c'est la meilleure, et je n'ai rien à perdre. Je dois essayer.

— Je suis venue parce que tu m'as réclamée. Sache cependant que je n'ai pas la moindre intention de te représenter. Tu as commis un acte monstrueux. Tu as tué une femme innocente.

J'affronte son regard, déterminée à ne pas flancher devant sa puissante colère.

— Elle n'était pas innocente. Elle a assassiné mon frère.

— Tu as tort. Mais je ne gaspillerai pas ma salive à essayer de t'en convaincre.

L'espace d'un instant, j'envisage de lui raconter l'aveu au sommet de la falaise. Mais à quoi bon ? Elle ne me croirait pas. Elle ne s'est même pas donné la peine de s'asseoir. De toute évidence, elle n'a pas l'intention de rester plus longtemps que le strict nécessaire.

Elle se penche en avant, serre le dossier d'une chaise et ses jointures deviennent blanches.

— Tu n'as rien à dire ?

— Rien que tu comprendrais, non.

Elle grimace de dégoût.

— As-tu la moindre idée du mal que tu as fait ? Dehors, quelque part, il y a une femme victime de mauvais traitements qui pourrait bien perdre le contrôle d'elle-même au point de tuer son conjoint. La célèbre affaire « Evie Clarke » aurait pu constituer un précédent qui l'aurait soulagée, qui lui aurait redonné foi en l'avenir. Mais la presse se délecte de la tournure prise par les derniers événements.

Je comprends sa fureur. Elle pensait pouvoir profiter d'un moment de gloire et récolter les bénéfices de tout le travail accompli, au lieu de quoi nombre de clients potentiels vont se détourner d'elle. Les journaux ne peuvent que spéculer sur ce qui s'est véritablement passé, et personne ne sait que croire.

Je m'en suis assurée.

Elle récupère la sacoche qu'elle vient à peine de poser.

— Si tu n'as rien d'autre à me dire, je vais te laisser.

Elle marche vers la porte.

— Elle est tombée, Harriet. C'était un accident.

Je n'ai pas levé la voix, mais Harriet fait volte-face. Elle revient devant la table.

— C'est faux, et tu le sais aussi bien que moi. Les preuves contre toi sont accablantes. Le sol était piétiné, on a trouvé des fibres de ses vêtements sur les tiens, on a vu les blessures et les bleus. Elle s'est débattue. Et elle a perdu.

Il semblerait que le plan ait fonctionné. Trop bien, à vrai dire. Elle a raison de ne pas me faire confiance, bien sûr. Cet ultime moment, tant attendu, ne s'est pas déroulé aussi simplement que je le prétends désormais.

L'espace d'un instant, j'ai cru qu'aucune de nous n'agirait. Nous nous affrontions du regard, chacune attendant que l'autre esquisse un geste. Elle a tué mon frère, et j'ai tué le sien. Qui, de nous deux, méritait la mort ?

Elle a décidé que ce serait moi. La haine et la colère qui pourrissaient en elle depuis si longtemps ont fini par prendre le pas sur son hésitation confuse, jaillir hors d'elle et la pousser à l'acte.

Harriet ouvre la porte.

— Au revoir, Evie. Je te souhaite de moisir dans ce trou pour les vingt ans à venir.

J'avais prévu de mourir, ce jour-là. Harriet n'y attacherait pas d'importance ; pire, elle regretterait que mon plan ait échoué. Je serais morte en martyre, et sa réputation serait intacte. Mais je suis toujours en vie et, aux yeux du monde entier, je suis et j'ai toujours été une meurtrière.

Ironiquement, je n'ai pas tué Cleo. Elle s'est ruée sur moi et je me suis écartée. Ce réflexe de survie m'a surprise. Ses pieds ont quitté le sol, sa main a attrapé une poignée de mes cheveux et arraché ma perruque. La chute sur les rochers en contrebas lui a été fatale.

Tous les indices que j'avais soigneusement disposés pour la faire accuser se sont retournés contre moi : le sang sous mes ongles, les fibres de ses vêtements.

Je ne mentais pas ce jour-là, j'étais vraiment prête à mourir. Je me croyais éternellement prisonnière de ces souvenirs qui me rongent depuis si longtemps, et dont ma vengeance soigneusement orchestrée n'avait pas réussi à soulager l'amertume.

Cependant, la mort de Cleo m'a procuré une étrange sensation de liberté. Peut-être suis-je vouée à finir mes jours entre ces murs, mais mon esprit s'égare vers le souvenir d'une journée d'hiver à la plage en compagnie de ma douce Lolula, là où les vagues effacent la trace de nos pas et les fantômes de ceux qui nous ont précédés.

Personne n'a assisté à la mort de Cleo. Les indices pourraient être interprétés autrement.

Ce n'en est peut-être pas fini de moi. Peut-être est-ce simplement un nouveau départ. Un jour, qui sait, je regarderai en arrière et alors je saurai : c'est ici que tout a commencé.

Remerciements

J'ai toujours été épatée par la générosité des gens enclins à répondre à des questions et à participer au travail de documentation d'un livre. Ce roman, plus que tous ceux qui l'ont précédé, a bénéficié de leurs expertises.

Comme chaque fois, j'adresse mes remerciements sincères à l'ancien inspecteur-chef Mark Grey, mon merveilleux consultant qui répond à toutes mes questions sur la police, des plus triviales aux plus alambiquées. Je peux toujours compter sur lui.

D'autres experts m'ont également aidée pour les scènes du tribunal. J'ai été guidée par la criminaliste Cheryl Dudley, dont la contribution a été décisive. Je remercie Steve Rodgers de me l'avoir recommandée. Lui et Jane Britton ont aussi eu la bonté de consacrer la journée du nouvel an à écouter mes idées pour cette histoire et à m'offrir de précieuses suggestions. Il est juge, ça aide !

Merci à Colin Larwry, du tribunal de Truro, pour son accueil et le partage de ses amples connaissances, et à David Earl pour l'exactitude de ses renseignements techniques, auxquels je peux toujours me fier.

Merci encore à une personne très spéciale, qui ne m'a jamais laissée tomber : mon agente, Lizzy Kremer. Elle et toute l'équipe de David Highman Associates m'ont soutenue durant cette aventure en me prodiguant des encouragements et des conseils inestimables. Je ne sais pas ce que je ferais sans elle. Je remercie également Harriet Moore, Olivia Barber et Clare Bowron pour leurs merveilleuses interventions éditoriales.

J'ai été subjuguée par l'enthousiasme et les compétences de l'équipe de Wildfire, surtout Kate Stephenson, Alex Clarke et Ella Gordon, ainsi que de l'équipe plus large de Headline, notamment Becky Hunter, Jo Liddiard, Caroline Young, Louise Rothwell et Becky Barder. C'est toujours un plaisir de travailler avec eux.

Je tiens à remercier Tish McPhilmey en particulier, qui m'a épaulée il y a maintenant trois ans afin de me renseigner sur les démarches administratives nécessaires pour devenir auteur, et qui a accompli bien plus depuis, y compris me faire rire quand tout ne se passe pas comme je le voudrais, et être une source constante d'inspiration.

Enfin, rien de tout cela n'aurait été possible sans l'éternel soutien de ma famille, en particulier John, qui prend soin de me nourrir et de m'arroser régulièrement quand je m'égare dans mon monde imaginaire, et qui m'écoute, avec un intérêt sincère, quand je parle de gens que je connais bien, mais qu'il ne rencontrera jamais que dans les pages de mon livre. Voilà un talent qui n'est pas donné à tout le monde.

Composition et mise en pages
Nord Compo à Villeneuve-d'Ascq

Imprimé en France par

MAURY IMPRIMEUR
à Malesherbes (Loiret)
en février 2020

Visitez le plus grand musée de l'imprimerie d'Europe

ami atelier-musée de l'imprimerie
Malesherbes-France

N° d'impression : 243507
S30019/01